I0653453

LE CAVALIER

KAREN LYNCH

Copyright de la version originale @ 2021 Karen A Lynch
Copyright de la couverture @ 2021 Karen A Lynch

ISBN : 978-1-948392-37-2

Tous droits réservés

Conception de la couverture : The Illustrated Author

Traduit de l'anglais par Vaelin pour Valentin Translation

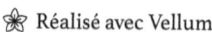 Réalisé avec Vellum

À mes frères

Alex, Marty et Tom

REMERCIEMENTS

Merci à ma famille et à mes amis, comme toujours, pour leur soutien et leurs encouragements. Merci à ma merveilleuse attachée de presse, Amber, ma correctrice, Kelly, ma graphiste de couverture, Melissa, mes bêta-lecteurs et tous ceux qui ont rendu cela possible.

1

— Hé, fais gaffe !

— Pardon, dis-je par-dessus mon épaule.

J'enjambai un panier de fleurs en soie renversé par l'elfe que je chassais, et passai à toute vitesse devant une rangée de tables.

J'éprouvai un sentiment de déjà-vu en voyant un étalage d'attrape-rêves contre les bantis. Deux semaines et demie plus tôt, j'avais traversé la même brocante à la poursuite d'un elfe différent, et cette visite ne s'était pas bien déroulée pour moi.

L'elfe devant moi en ce moment était plus rapide et plus agile que Kardas, et il allongeait la distance entre nous à chaque foulée. Lorsque je fus sortie des tables, il était déjà à la porte arrière qui menait au parking. Il l'ouvrit, marqua une pause assez longue pour me jeter un sourire narquois et victorieux, et se précipita dehors.

Serrant les dents, j'accélérai encore plus et atteignis la porte avant qu'elle ne se ferme complètement. Je sortis dans le froid mordant, ma respiration se transformant en nuages de vapeur alors que je fixais ma cible du regard sans cesser de courir.

Le parking était couvert de neige et de glace, après une récente tempête, ce qui m'empêchait presque de courir. Heureusement, les elfes ne géraient pas mieux la glace que les humains, et ma proie s'effondra sur une plaque de verglas. Malheureusement, ce fut aussi mon cas et j'imitai malgré moi une marionnette virevoltante.

Je me redressai juste à temps pour apercevoir l'elfe s'enfuir de nouveau. Je lâchai un juron. Maintenant, impossible de le rattraper à pied. Mais plutôt mourir que de laisser celui-ci s'enfuir.

Je regardai alentour et aperçus une famille non loin de là. Je me précipitai vers la petite fille, qui tenait une luge en plastique rose, et lui tendis mon badge.

— Salut, je peux te l'emprunter pour attraper un méchant ?

— Bien sûr !

Lorsqu'elle me donna la luge, je lui adressai un large sourire et partis en courant sur une étendue de neige. Je me jetai alors sur la luge, rentrant les membres pour traverser en glissant le parking verglacé en direction de l'elfe qui s'enfuyait.

Il regarda en arrière et il écarquilla les yeux en me voyant réduire rapidement la distance entre nous. Il essaya de prendre de la vitesse, mais il n'avait pas passé ses hivers d'enfance à faire la course dans Prospect Park.

Je baissai la tête et le percutai dans les jambes. Son poids m'atterrit dessus, mais j'étais prête. Je roulai sur le côté pour m'en débarrasser. Il essaya de se remettre à genoux, mais je fus sur lui trop rapidement.

Il jura en pestant alors que je menottais ses mains derrière son dos.

— J'ai des amis, et ils ne prendront pas mon arrestation à la légère.

— S'ils te ressemblent, je suis sûre que tu les verras bientôt dans le royaume des faës, répondis-je en le retournant.

À l'instant où je le relâchais pour qu'il se lève, il essaya de me donner un coup de pied dans la tête. Je bloquai le coup et le basculai sur le ventre. M'agenouillant sur son dos, je me pliai pour lui parler à l'oreille.

— Essaye de nouveau, et tu auras des bijoux de cheville pour aller avec tes bracelets.

Me saisissant de son bras, je l'aidai à se relever. Des applaudissements et des acclamations se firent entendre derrière moi et je me tournai vers la douzaine de personnes devant le bâtiment. L'elfe ne s'était pas fait des amis ici, après tous ses vols perpétrés.

Ramassant la luge, j'adressai aux spectateurs un petit sourire et emmenai l'elfe jusqu'à ma Jeep. Il rechigna en voyant la cage en fer à l'arrière, mais j'étais un peu à court de compassion. Ces jours-ci, je n'étais pas vraiment friande d'elfes qui enfreignaient la loi. Chaque fois que j'en voyais un, je pensais que cela pouvait être Rogin ou Kardas, alors qu'ils étaient sûrement à l'autre bout du monde à présent. Je m'en voulais d'avoir laissé ces ordures me déstabiliser, mais je ne savais pas comment y mettre un terme.

Après avoir bouclé l'elfe dans la cage, je fermai le coffre et rapportai la luge à la fillette.

— Merci. Je n'aurais pas pu faire ça sans toi.

— C'était la chose la plus incroyable que j'aie jamais vue !

Elle irradiait d'enthousiasme en me rendant mon badge.

— Je veux devenir chasseuse de primes comme toi quand je serai grande.

Je jetai un coup d'œil à la mère qui semblait horrifiée par cette idée. Une partie des gens que je préférais au monde étaient des chasseurs, et je fus tentée de défendre leur cause.

Au lieu de quoi, je répondis :

— Je parie que tu seras fantastique.

Je retournai à la Jeep. Je m'apprêtais à ouvrir la portière lorsque j'aperçus une silhouette solitaire de l'autre côté de la rue, avec une expression indéchiffrable. Un nœud se forma dans mon ventre alors que la colère et un léger sentiment de peur me parcouraient. Bon sang, qu'est-ce qu'*il* faisait là ?

Mon regard glacial croisa celui de Conlan. C'était la première fois que je posais les yeux sur lui ou sur l'un de ses amis depuis ce matin-là, dans le sous-sol de Rogin, et je n'étais pas assez stupide pour penser que c'était une coïncidence. Si j'avais appris quelque chose sur Lukas et ses hommes, c'était qu'ils ne faisaient rien au hasard.

Peu importe la raison, je ne voulais pas entendre parler d'eux. Ils avaient eu ce qu'ils voulaient, et au bout du compte, moi aussi. À mes yeux, le prince Vaerik et sa garde royale faisaient partie de mon passé, et c'était là où ils allaient rester.

Détournant les yeux, je montai dans la Jeep. Je n'accordai plus un regard à Colin, mais je pouvais sentir le sien sur moi alors que je sortais du parking. Ce ne fut qu'à quelques pâtés de maisons de distance que je parvins à respirer de nouveau normalement, mais je ne pouvais cesser de m'inquiéter à propos de ce que sa soudaine apparition signifiait pour ma famille et moi.

Plus tard dans l'après-midi, à la salle de sport, j'étais si distraite que ma coach n'arrêtait pas de me crier dessus pour m'ordonner de rester concentrée. Maren était une ancienne combattante de MMA avec deux titres mondiaux à son actif, avant de prendre sa retraite à cause d'une blessure à la colonne vertébrale. C'était l'entraîneuse de mes parents et elle était très demandée, mais elle avait accepté de me coacher quand je l'avais appelée, deux semaines plus tôt. Elle disait que j'avais ça dans le sang comme mon père, mais que j'avais beaucoup de travail à faire.

— Tu appelles ça un coup de pied haut ? railla-t-elle. Ma grand-tante Franny peut mieux faire.

Je lui jetai un regard noir et repris mon attaque sur le sac avec une ardeur renouvelée, même si cela durait déjà depuis presque une heure. Si je ne me donnais pas à cent dix pour cent dans chaque entraînement, elle y ajoutait une torture de son cru, comme cinquante pompes ou un défi à la planche. C'était sa façon d'être gentille.

Je terminai l'enchaînement d'une série de petits coups sur le sac, puis posai mes mains bandées sur mes genoux pour reprendre mon souffle. Maren me donna ma bouteille d'eau, que j'avalai d'un trait.

— Prête pour la seconde manche ? demanda-t-elle.

Je lui lançai un regard si furibond qu'elle éclata de rire, dévoilant ses dents d'un blanc brillant contrastant avec sa peau foncée.

Elle me jeta une serviette.

— Bien joué, petite.

— Merci.

J'essuyai mon visage et mon cou en sueur tout en observant deux habitués sur le ring. Cela me rappelait les fois où j'étais venue à la salle de sport pour regarder papa s'exercer avec Maren. Je me demandai combien de temps il lui faudrait pour remonter sur le ring.

Maren m'enleva les gants.

— Ta mère et ton père sont forts, Jesse. Ils seront sur pied en un rien de temps.

— Je sais.

Je croisai son regard compréhensif alors que mon téléphone sonnait. Ces jours-ci, je le laissais rarement hors de ma vue au cas où l'hôpital appellerait. Mon cœur s'emballa lorsque je vis le numéro de l'hôpital.

— Bonjour ?

— Jesse, c'est Patty, fit une voix de femme.

Cette précision n'était pas nécessaire, car j'avais parlé à l'infirmière presque chaque jour depuis deux semaines.

— Le docteur Reddy m'a demandé de t'appeler et de te faire savoir que ton père est réveillé.

— Il est réveillé ? m'écriai-je.

Le docteur Reddy m'avait dit qu'ils commenceraient à sevrer mes parents des médicaments anesthésiques cette semaine, mais je n'avais pas prévu que l'un d'eux se réveille aussi vite.

— Merci ! J'arrive dès que je peux.

J'adressai un si grand sourire à Maren que mon visage en était douloureux.

— Papa est debout ! Je dois y aller.

Hilare, elle m'attrapa le bras alors que je me précipitais vers la sortie.

— Tu devrais peut-être d'abord te doucher et te changer.

— Oh.

Je baissai les yeux vers ma brassière de sport et mon legging avec une grimace.

— Bonne idée.

Je me douchai en un temps record, et dix minutes plus tard, je dis au revoir en faisant signe à Maren, détalant hors de la salle. L'air glacial me coupa la respiration et je me réjouis d'avoir enfoncé un bonnet en laine sur mes cheveux humides.

J'eus l'impression qu'il me fallait une éternité pour arriver à l'hôpital et je faillis percuter deux passants entre la Jeep et l'entrée. Au lieu d'attendre devant l'ascenseur, je gravis à toute allure les quatre volées de marches et émergeai à l'étage, haletant après ma course folle.

Les infirmières me sourirent en me faisant de petits signes de la main alors que je leur passais devant en pressant le pas. J'étais une visiteuse quotidienne et elles me connaissaient toutes. Même le policier posté devant la chambre de mes parents m'accueillit par un sévère hochement de la tête.

Deux jours après leur admission à l'hôpital, ils avaient été transférés dans une chambre particulière, et un agent était venu monter la garde devant leur porte. Je m'étais demandé pourquoi l'Agence envoyait un garde du corps pour deux chasseurs de primes jusqu'à ce que je m'y rende pour ma déposition complète concernant ce qui s'était passé. On m'avait posé des questions pendant des heures, mes supérieurs particulièrement intéressés d'apprendre en quoi la garde royale de Seelie était impliquée dans la disparition de mes parents. Je n'avais pas pu leur dire pourquoi on les avait enlevés, et l'Agence espérait obtenir des réponses lorsqu'ils se réveilleraient.

La présence de l'agent armé qui montait la garde n'avait guère apaisé mon inquiétude pour la sécurité de mes parents. Les membres royaux de Seelie n'étaient pas n'importe quels faës, et s'ils voulaient accéder à mes parents, aucun agent n'allait les arrêter. J'avais contacté Tennin, ayant appris que c'était à lui que mes parents avaient confié la protection de notre appartement, mais chaque fois que je l'appelais, son répondeur m'annonçait qu'il se trouvait dans le royaume des faës, sans mentionner la date de son retour.

Le docteur Reddy était dans la chambre agencée pour accueillir deux lits. Il leva les yeux de mon père, qu'il auscultait, et vint me rejoindre à la porte. Mon regard était fixé sur le patient dans le lit d'hôpital. Il était allongé sur le dos, et de là où je me tenais, je ne pouvais pas distinguer si ses yeux étaient ouverts.

— Jesse, dit le docteur Reddy d'une voix grave, attirant mon attention vers lui. Ton père est réveillé, mais je tiens à te rappeler qu'il est très confus. N'aie pas peur s'il ne te répond pas, au début. Cela pourrait prendre une journée.

Je regardai derrière lui en direction de mon père.

— Il n'a pas encore parlé ?

— Non. Mais dans un cas comme celui-ci, c'est normal.

— Quelqu'un lui a dit ce qui s'est passé ? demandai-je.

Le docteur secoua la tête.

— Il est trop désorienté pour comprendre grand-chose en ce moment. Tu peux lui dire s'il le demande, mais reste simple pour éviter de le submerger.

— D'accord.

J'expirai.

— Et ma mère ? Elle va aussi se réveiller ?

— Elle n'en montre aucun signe. Peut-être dans un jour ou deux.

Le docteur ajusta son stéthoscope autour de son cou.

— Je passerai après mes visites pour faire le point.

— Merci.

Je me dirigeai vers mon père, qui semblait endormi. Il avait la même apparence que durant mes autres visites, si ce n'est l'absence notable de la sonde d'alimentation. Je posai ma main sur la sienne. Froide et sèche, elle n'avait rien à voir avec la main puissante et forte dont j'avais l'habitude.

— Je suis là, papa.

Ses paupières frémirent et se levèrent pour dévoiler les yeux bleus que j'avais attendu de revoir pendant presque deux mois.

— Papa ?

Un pli se forma sur son front alors que ses yeux se levaient vers le plafond. Je serrai sa main avec douceur et il me regarda en biais, d'un air hébété. Ma poitrine se comprima devant l'absence totale de reconnaissance dans ses yeux et je dus me rappeler ce que le docteur m'avait dit.

Pendant un long moment, je restai à son chevet, à lui tenir la main. Je voulais tant lui faire un câlin, mais j'avais peur de l'énerver, au vu de son état actuel. Pour l'instant, je devais me réjouir qu'il revienne parmi nous.

Je jetai un regard circulaire à la recherche de la chaise que j'utilisais lors de mes visites et l'aperçus dans le coin. Lâchant sa main, j'allai déplacer la chaise à côté de son lit.

Un gémissement étranglé me ramena en urgence auprès de lui.

— Je suis là.

Il me regarda, et cette fois-ci, il tourna la tête pour mieux me voir. J'eus le souffle coupé lorsque sa bouche forma un mot.

— Jesse.

Je me penchai pour lui faire enfin ce câlin dont j'avais tant besoin.

— Tu m'as tellement manqué, murmurai-je contre son torse.

Il ne répondit pas, mais quelques secondes plus tard, sa main vint se poser dans mon dos. Le poids réconfortant me donna l'impression d'avoir retrouvé une partie de mon être, perdue pendant un temps.

À contrecœur, je le lâchai et me redressai. Une sensation de chaleur m'envahit lorsqu'il m'adressa un faible sourire et tendit la main vers la mienne, sur la barre du lit. Je me saisis de sa grande main, retenant les larmes qui menaçaient. Je devais être forte pour lui et maman, leur montrer qu'ils devaient se concentrer sur leur guérison.

— Maman ?

Sa voix était à peine perceptible, mais l'inquiétude dans ses yeux disait ce qu'il ne pouvait pas formuler.

— Elle est juste là.

Je reculai, tendant le doigt vers le lit derrière moi.

— Le docteur a dit qu'elle se réveillerait bientôt.

Il s'efforça de lever la tête pour voir maman allongée dans l'autre lit. Je décelai l'instant précis où il la vit, car son visage s'adoucit et tout son corps sembla se détendre. Il reporta son regard sur moi.

— Combien... de temps ?

J'hésitai à répondre, ne sachant pas s'il demandait depuis combien de temps ils étaient ici ou depuis combien de temps ils avaient disparu.

Ses doigts se contractèrent autour des miens.

— Combien... de temps... coma ?

— Un mois.

Le choc était visible dans ses yeux. J'évaluai sa réaction avant d'ajouter :

— On vous a retrouvés il y a deux semaines, et depuis, vous êtes à l'hôpital.

Il haussa les sourcils, les yeux au plafond comme s'il essayait de se rappeler. Je voyais bien qu'il était frustré que ses souvenirs ne reviennent pas. Je lui serrai la main.

— Ce sont les médicaments. Le docteur a dit que ça pourrait prendre un moment avant que tes souvenirs reviennent.

Le pli sur son front disparut et il me regarda de nouveau.

— Toi... et Finch ?

— On se débrouille bien. Quand je peux, je le fais venir en douce pour vous voir. Il va m'engueuler de ne pas l'avoir amené aujourd'hui.

Mon père sourit. À ce moment-là, je sus qu'il irait bien. Un chemin difficile l'attendait, mais si quelqu'un était assez fort pour y arriver, c'était bien lui.

Je passai la demi-heure suivante à le rassurer, lui disant que tout se passait bien à la maison, omettant avec habileté les détails de ma nouvelle carrière et ce qu'il s'était passé dans ma vie depuis leur disparition. Lorsque j'eus laissé de côté la chasse aux primes, mes recherches et Lukas, cependant, il ne restait pas grand-chose à raconter. Cela dit, avec les médicaments, il était encore trop assommé pour le remarquer.

Au bout d'un moment, ses traits se contractèrent. Il avait mal. Il ne l'admettrait jamais, alors je lui annonçai que j'allais chercher de l'eau et je quittai la chambre à la recherche d'une infirmière. Je trouvai Gloria, l'un des piliers de cet étage, qui eut un bref échange avec le docteur Reddy sur la dose d'antidouleur que mon père était autorisé à prendre.

J'attendais qu'elle finisse son appel téléphonique lorsque j'aperçus une silhouette familière sortant de la cage d'escalier.

— Tennin.

Je me précipitai vers lui.

— Tu as reçu mes messages.

Il leva un sourcil.

— Oui, les vingt-huit.

Je souris. Je l'avais appelé deux fois par jour durant les deux dernières semaines, et je ne me sentais pas le moins du monde coupable d'avoir rempli sa messagerie.

— Tes messages ne me disaient pas grand-chose, outre le fait que tu avais retrouvé tes parents et que tu voulais qu'un sort de défense soit placé sur eux. Tu veux bien m'expliquer ?

Je hochai la tête et regardai aux alentours à la recherche d'un endroit où parler. La petite salle d'attente n'était pas tout à fait privée, mais elle était vide. Cela devrait faire l'affaire. À voix basse, je lui racontai une version condensée de ce qui s'était passé chez Rogin.

Je pris alors conscience que Tennin connaissait l'identité de Lukas depuis le début. Après tout, Lukas était un prince du royaume d'Unseelie. Je n'en voulais pas à Tennin, sachant que les faës étaient loyaux envers leur royauté. Et puis, ce n'était pas comme s'il n'avait pas essayé de me faire éviter Lukas et ses hommes.

— Tu comprends maintenant pourquoi j'ai besoin d'un sort de protection sur mes parents, dis-je après avoir terminé.

Tennin pinça les lèvres.

— Mes protections sont très puissantes, mais la garde de la reine Anwyn est impitoyable. S'ils s'en prennent à tes parents, tu as intérêt à avoir la plus puissante protection disponible.

— Ce qui veut dire ?

Une sensation de peur me pénétra. Disait-il que sa magie ne pouvait pas arrêter la garde royale ?

— Ce qui veut dire que je devrai ajouter plusieurs couches de protection.

Il sourit.

— Ne t'inquiète pas. Tu penses que ta mère et ton père me laisseraient protéger ta maison si mes sorts n'étaient pas parmi les meilleurs ?

Nous nous dirigions vers la chambre de mes parents lorsque Gloria sortit et m'adressa un sourire rassurant. L'équipe ici était formidable et elle me manquerait lorsque mes parents seraient transférés dans l'établissement de convalescence.

L'agent posté devant la porte leva une main pour nous arrêter.

— Aucun visiteur non autorisé à l'intérieur.

— Tennin était un ami de la famille, c'est moi qui l'ai appelé, lui répondis-je.

L'agent secoua la tête.

— Pas d'autorisation, il n'entre pas.

Je croisai les bras.

— Alors, appelle ton supérieur pour qu'il l'autorise, parce qu'il *va* entrer dans cette chambre.

Nous nous regardâmes tous les deux pour faire plier l'autre du regard pendant une bonne dizaine de secondes, jusqu'à ce qu'il hoche la tête et sorte son portable.

Tennin laissa échapper un faible sifflement lorsque nous fûmes hors de portée de voix.

— Tu en as fait du chemin depuis la fille qui a débarqué chez moi en novembre. Je me sens obligé d'ajouter que tu es sexy quand tu es autoritaire.

J'ignorai sa remarque sur mon côté « sexy ».

— Je ne suis plus cette fille.

— Je pense que si. Un peu épuisée, peut-être, mais je la vois toujours.

Gênée par son regard, je changeai de sujet.

— Mon père ne sait pas pour la chasse ni mon implication dans leur sauvetage. J'apprécierais que tu n'évoques rien de cela en sa présence.

— Tu ne penses pas qu'il finira par le découvrir ?

— Je prévois de le lui dire, mais pas avant qu'il retrouve ses forces.

Je jetai un coup d'œil vers la chambre.

— Les médicaments embrouillent sa tête et je ne veux pas l'énerver.

— Compris.

Au même moment, l'agent se dirigea vers nous.

— Vous avez la permission de rentrer, dit-il à Tennin.

Je lui souris.

— Merci.

Il m'adressa son hochement de la tête coutumier et retourna à son poste devant la porte.

Je traversai alors le couloir pour entrer dans la chambre. Me dirigeant vers le lit de mon père, je le trouvai paisiblement endormi grâce aux antalgiques que Gloria lui avait administrés. Cela m'anéantissait de savoir que ce serait sa vie à court terme, mais il n'y avait aucun autre moyen de se remettre d'une addiction au goren.

Je me tournai vers Tennin, qui fronçait les sourcils sur le pas de la porte.

— Tu peux entrer.

Il agita une main en l'air et un courant de magie d'un vert pâle s'écoula du bout de ses doigts et se dissipa immédiatement. Faisant un pas dans la chambre, il répéta l'action avec le même résultat. Il pinça les lèvres et croisa enfin mon regard.

— Tes parents ont déjà été protégés.

— Quoi ?

Tennin hocha la tête d'un air absent tout en cherchant de nouveau la protection.

— Et elle est puissante, plus que la mienne.

— Qui pourrait faire ça ?

À part moi, les seules personnes déterminées à protéger mes parents étaient l'Agence, et ils n'avaient pas évoqué de protection.

Il ne répondit pas tout de suite.

— Ta mère et ton père ont beaucoup d'amis chasseurs de primes. Peut-être que l'un d'eux a engagé quelqu'un pour les protéger.

Mon regard balaya la pièce, comme si la réponse pouvait se cacher dans un coin.

— C'est possible, mais pourquoi ne me le diraient-ils pas ? Et comment seraient-ils entrés ? L'Agence protège mes parents sans relâche.

— Ça, je n'en sais rien.

Il agita de nouveau la main, comme pour tester la protection.

— Mais c'est la meilleure que l'on puisse acheter. Elle arrêtera n'importe quelle attaque venant d'un humain ou d'un faë. Une bombe pourrait exploser dans cette pièce, et tes parents n'auraient pas d'égratignures.

— Mais elle n'empêche pas les faës d'entrer, si tu es là.

Il posa une main sur son menton.

— C'est une protection très complexe, constituée de plusieurs couches. Elle ne m'a autorisé à entrer que lorsque tu me l'as proposé, et je suppose que seuls toi et tes parents pouvez inviter un humain ou un faë ici.

La stupeur se mêla à mon soulagement. Mes parents étaient en sécurité, mais j'ignorais qui prendrait la peine de faire cela pour eux.

Tennin sourit.

— Je crois que j'en ai fini ici.

— Attends. L'ancienne protection que tu as faite dans mon appartement nécessitait une incantation pour laisser les faës entrer. Mais pas celle-là ?

— Elle est bien plus avancée. Il te suffit d'inviter un faë.

— Autant inviter un vampire à entrer, répondis-je sèchement.

Il rit et je m'approchai de lui.

— Maman et papa seront transférés dans l'établissement de repos de Long Island dans quelques jours. Tu pourras protéger leur chambre là-bas ?

— Ça ne sera pas nécessaire. Quand j'ai dit que tes parents étaient protégés, je voulais dire que la magie leur est attachée, à eux, pas à la chambre. La protection restera avec eux où qu'ils aillent.

Je le regardai, bouche bée.

— On peut protéger une personne ?

— Si on sait ce qu'on fait, oui. Ce n'est pas connu de beaucoup, mais la majorité des dirigeants de ton monde ont des protections corporelles contre les assassinats.

— Et les membres de la famille royale ? Ils sont aussi protégés ?

Je songeai à la tentative d'assassinats sur le prince Vaerik, que j'avais aidé à déjouer. Était-il en sécurité depuis le début ?

— Notre magie interfère avec d'autres, alors les protections ne marchent pas sur nous.

Tennin sourit d'un air suffisant.

— Sauf pour nous tenir à l'écart.

Je digérai ces nouvelles informations.

— Il y a trop de choses que je ne sais pas.

Tennin regarda derrière moi vers mes parents qui dormaient.

— Pour une fille qui ne connaît pas grand-chose, tu t'es bien débrouillée. Je dois admettre qu'au début, je n'avais pas de grandes attentes, et je n'ai jamais été aussi content que l'on me prouve que j'avais tort.

Il baissa la voix.

— Ne dis pas à ta mère et à ton père que je t'ai envoyée chez Teg.

Je pouffai devant la peur simulée dans son regard.

— Ton secret est en sécurité avec moi.

Il m'annonça qu'il devait partir et je le raccompagnai jusqu'à la cage d'escalier. Il avait une sainte horreur de l'ascenseur.

— Tennin ? dis-je lorsque nous atteignions la porte.

— Qu'est-ce qui te tracasse, Jesse ?

— Tu sais si... ?

Je serrai les lèvres en cherchant un moyen d'exprimer ma question.

— Tu peux me dire si Faris va bien ? Je comprends si tu ne peux pas parler de lui. J'aimerais simplement savoir s'il s'en est sorti.

La surprise transparut dans ses yeux.

— Je n'ai rien entendu, mais s'il était mort, cela aurait été annoncé à la cour.

J'expirai.

— C'est bon à savoir.

Il pencha la tête pour m'examiner.

— Tu ne vas pas te renseigner sur Lukas ?

— Non.

— Si c'est tout, alors...

Il tendit la main vers la porte.

— Il y a encore une chose. Tu as le temps de refaire la protection de mon appartement pendant que tu te trouves en ville ?

Il lâcha la poignée.

— Tu n'as pas de protection chez toi ? Qu'est-il arrivé à celle que j'ai créée pour tes parents ?

— Elle a été plus ou moins détruite quand Conlan a mis en place sa propre protection.

— Ça devrait aller. Sa magie est aussi puissante que la mienne, peut-être même plus.

Je changeai de position, mal à l'aise.

— Sa protection le laisse aussi entrer chez moi quand ça leur chante, lui et ses amis.

— Ah.

— Précisément. J'ai engagé un autre faë quand je ne pouvais pas te joindre, mais il n'a pas été capable d'enlever la protection de Conlan.

— Je ne suis pas surpris.

Il se caressa le menton.

— Je passerai dans quelques jours, je verrai ce que je peux faire.

— Merci.

Je ne lui demandai pas combien cela coûterait, car je savais déjà que ce ne serait pas donné. Une protection comme l'ancienne pouvait valoir plus de quatre mille trois cents dollars, mais laisser les choses en l'état n'était pas une option. J'essayai de ne pas penser à mes autres dépenses, comme les problèmes occasionnels de pression d'eau du bâtiment qui allaient sans doute nécessiter un plombier hors de prix.

— D'accord.

Tennin ouvrit la porte.

— J'y vais. Le prince Rhys est en ville et j'ai trouvé où il va dîner ce soir.

— Je m'en doutais.

Il sourit d'un air suffisant.

— À la prochaine, Jesse.

———

— Jesse, tu n'as pas écouté un mot de ce que j'ai dit.

La voix exaspérée de Violet me déconcentra et je levai les yeux de ce qui m'occupait.

— Désolée. Mais tu étais merveilleuse, les quatre premières fois que tu as répété le texte. Je ne pensais pas que tu avais besoin que j'écoute encore.

Son regard noir se transforma en un sourire satisfait.

— Tu dis ça pour me faire plaisir.

— Tu cherches les compliments. Tu connais ce texte sur le bout des doigts, tu pourrais sûrement le réciter dans ton sommeil. Comme je te l'ai dit il y a une heure, ces gens sont des idiots s'ils ne te donnent pas le rôle.

— Tu as raison.

Elle jeta les pages qu'elle lisait sur la table basse et s'affala sur l'autre partie du canapé avec un large sourire.

— Ça fait combien de temps que tu es dessus ?

Je haussai les épaules et ajustai la position du crochet que j'utilisais pour me libérer des menottes accrochées à mes poignets.

— Environ une heure.

— Je pensais que tu avais déjà compris comment crocheter toutes les serrures du monde, mademoiselle je-sais-tout.

— Toutes les serrures normales. Là, ce sont des menottes de l'Agence et la serrure est beaucoup plus compliquée. Je m'y exerce depuis plusieurs jours et je suis déterminée à réussir ce soir.

En plus de l'entraînement avec Maren, j'avais chaque jour consacré du temps à m'entraîner avec les armes de mes parents et à maîtriser mes talents de crochetage. J'avais aussi consulté les fichiers informatiques de ma mère, qui détaillaient chacune de leurs missions. Ses notes étaient méticuleuses. Si papa et elle voulaient un jour abandonner leurs activités de chasseurs, ils pouvaient faire un malheur en écrivant des modes d'emploi.

Violet émit un petit rire dénué de délicatesse.

— Tu t'attends à ce que l'Agence t'arrête ?

— Plus maintenant, mais ça ne coûte rien d'être préparée pour n'importe quelle situation. Je... Aïe !

Je frottai mon oreille et décochai un regard noir vers la cabane, à l'autre bout de la pièce. Il n'y avait aucun signe de Finch, mais je savais que ce sale gosse me regardait, derrière les plantes grimpantes qui recouvraient sa maison.

— Arrête ça !

— Pourquoi est-ce que ton frère te jette des cacahuètes ? demanda Violet sans chercher à cacher son amusement.

— Il boude, parce que je suis allée à l'hôpital sans lui pour voir papa. Je levai la voix.

— Et s'il ne se conduit pas bien, il se pourrait que je ne l'y emmène pas demain.

Un sifflement indigné provint de la cabane et je baissai la tête pour dissimuler mon sourire. Je n'irais jamais au bout de cette menace, mais c'était suffisant pour lui faire arrêter son manège.

Violet ricana et prit la télécommande. Elle alluma la télévision et parcourut les chaînes pendant que je tentais à nouveau de crocheter la serrure de la menotte.

— Est-ce que le docteur t'a dit quand tes parents seront transférés en maison de repos ?

— Pas avant une semaine, au moins.

Même si j'avais hâte que mes parents aillent mieux, je n'attendais pas ce transfert avec impatience. Le docteur Reddy m'avait informée, la semaine passée, que l'établissement restreignait les visites familiales à une seule par semaine pendant le premier mois. J'essayais déjà de trouver un moyen de contourner cette restriction, plus pour le bien de Finch que le mien. Il serait dévasté lorsqu'il découvrirait qu'il ne pouvait pas aller les voir tous les jours.

— Et voici les gros titres du jour, fit une voix féminine à la télévision.

Je levai les yeux vers le bandeau du flash info qui traversait le bas de l'écran sous une vue aérienne, en direct, d'une grande villa sur les collines d'Hollywood.

— Jackson Chase est mort. L'acteur de vingt et un ans, qui avait entamé une relation de notoriété publique avec la princesse Nerissa l'été dernier, est décédé plus tôt dans la journée, lors d'un échec de transformation.

Violet et moi échangeâmes un regard hébété avant de reporter notre attention sur la télévision. La journaliste essayait en vain de conserver une expression sérieuse, mais la lueur dans ses yeux trahissait son enthousiasme alors qu'elle récitait le peu de détails connus sur la mort de la star. Pendant qu'elle parlait, une vidéo montrait des agents escortant hors de la maison une faë brune éplorée.

— C'est la princesse ? demandai-je.

Violet hocha la tête et plaça une main sur sa gorge.

— Elle a l'air complètement dévastée.

Je reportai mon regard sur le reportage, qui diffusait la même vidéo en boucle.

— Pourquoi est-ce qu'ils prendraient le risque ?

Violet essuya une larme.

— Ils s'aimaient. Je suppose qu'ils ne pouvaient pas supporter l'idée de ne pas être ensemble.

— Mais il était trop vieux. Ils devaient savoir que ça ne marcherait jamais.

— L'amour fait faire des trucs dingues.

Violet secoua la tête d'un air triste.

— Pauvre princesse Nerissa. Que va-t-il lui arriver, d'après toi ?

Je haussai une épaule.

— Rien. On va sûrement la renvoyer chez elle.

Cela n'avait aucune importance que la princesse ait enfreint la loi et de nombreux traités. Elle faisait partie de la royauté des faës et n'était pas passible de sanctions dans notre royaume, aussi grave que soit son délit. Et il y avait peu de délits plus graves qu'une transformation non autorisée.

La transformation était un terme simple pour décrire le processus qui changeait un humain en faë. C'était si dangereux que c'était illégal, à moins que la permission ne soit accordée par un membre de la royauté faë. Même dans ces rares cas, certaines conditions devaient être réunies.

La première était que l'humain en question ait seize ans ou moins. Une fois que le corps terminait la puberté, le risque de rejeter le changement augmentait considérablement. Plus l'humain était jeune, plus grandes étaient ses chances de survie.

La seconde était que l'enfant soit gravement malade. Aucun enfant en bonne santé n'était autorisé et il n'y avait aucune exception.

La troisième condition était que seul un membre de la royauté effectue la transformation, en raison de la quantité de magie requise. Tous les membres royaux n'étaient pas égaux, si bien que seuls les faës au sang le plus bleu étaient assez puissants pour s'y essayer.

Même si toutes les conditions étaient réunies, il y avait toujours un risque que l'enfant ne survive pas à la transformation. À ma connaissance, il n'y avait eu que dix-neuf transformations réussies depuis que les faës vivaient parmi nous, soit une période de trente ans. Sur des enfants toujours âgés de moins de seize ans.

Violet baissa le volume de la télévision.

— Je sais que ce qu'elle a fait est grave, mais je me sens tellement mal pour elle. Si j'étais à la place de Jackon Chase, j'aurais peut-être fait la même chose.

— Non, tu ne l'aurais pas fait.

Quand nous étions plus jeunes, elle s'imaginait souvent ce que ce serait d'être une faë, mais je savais qu'elle n'aurait jamais quitté ses parents ou moi.

Elle soupira.

— Tu as raison. J'aime trop ma vie pour tenter le coup.

J'émis un petit rire avant de reprendre mes tentatives pour me libérer des menottes. J'avais à peine rentré le crochet dans la serrure que mon téléphone vibra sur le canapé à côté de moi. Baissant les yeux vers l'écran, je fronçai les sourcils devant le logo de l'Agence. Je pris le téléphone pour me connecter à l'application sécurisée et lire les messages que j'avais reçus.

— Un problème ? fit Violet.

— C'est une notification pour aller à la Plaza demain. Une annonce importante.

Je posai le téléphone.

— La seule autre fois où j'ai reçu un de ces messages, ça concernait les deux kelpies dans l'East River.

Elle pinça les lèvres.

— Tu ne penses pas que ça peut avoir un rapport avec Jackson Chase, si ?

Je repris mon travail sur les menottes.

— Ils savent déjà ce qui s'est passé, je ne vois pas pourquoi ils nous feraient intervenir. Et puis, une affaire de ce niveau serait traitée directement par l'Agence.

Elle se remit à parcourir les chaînes. Sans surprise, la majorité proposait des reportages sur Jackson Chase. C'était aussi important que le lancement du prince Rhys, le mois dernier, peut-être même plus, et les gens en parleraient pendant encore longtemps.

Je retins ma respiration lorsque mon fil de fer trouva un mécanisme à l'intérieur de la serrure, que je n'avais pas remarqué durant toutes les heures où j'avais essayé de crocheter ces menottes. Il était habilement caché derrière les ressorts sur lesquels je travaillais pendant ce qui me semblait être une éternité. Le mécanisme se déplaça lorsque je le poussai avec soin à l'aide du crochet.

Mon estomac se noua avec impatience quand le minuscule levier s'encastra et je reportai avec enthousiasme mon attention sur les ressorts. Quelques secondes plus tard, je laissai échapper un cri de triomphe lorsque les menottes s'ouvrirent.

2

———

— PAR LÀ, JESSE ! lança Trey quand je franchis le seuil arrondi de la Plaza, le lendemain matin.

Avec un regard autour de moi, je les repérai, lui et Bruce, au fond sur ma droite. Je les rejoignis.

Bruce me fit un grand sourire.

— J'ai entendu dire que ton père s'était réveillé hier. Comment va-t-il ?

— Il est encore un peu dans les vapes, mais le docteur a dit que ça passerait. Je vais les voir ce soir, lui et maman. D'après le médecin, elle se réveillera bientôt, elle aussi.

— Dis-leur qu'ils nous manquent, dit Bruce.

Je m'adossai contre le mur à côté de lui.

— Si tu veux, je vais essayer de t'ajouter à leur liste de visiteurs.

— J'aimerais bien.

— Papa aussi.

Les yeux vers l'entrée, j'aperçus de nombreux visages familiers ainsi que quelques nouveaux.

— Tu sais de quoi va parler la réunion ?

— Aucune idée.

Le front de Bruce se plissa et je suivis son regard vers l'entrée principale, où trois agents étaient entrés dans le hall. Ma lèvre se retroussa à la vue de l'agent Curry, avec qui j'avais eu des relations plutôt houleuses le mois dernier. Le fait qu'il m'ait libérée de la cage, dans le sous-sol de Rogin, ne m'avait pas fait oublier à quel point il était déterminé à prouver que mes parents étaient coupables des crimes qu'ils n'avaient pas commis.

Je reconnus l'un des hommes comme étant son partenaire : l'agent Ryan. Le troisième me disait vaguement quelque chose, mais je n'arrivais pas à l'identifier. Comme il marchait devant les deux autres, j'en déduisis qu'il était leur supérieur.

— Tu sais qui c'est ? demandai-je à Bruce.

— Ben Stewart.

Bruce regarda les agents traverser le hall.

— Il s'occupe de l'Unité pour les Crimes Spéciaux, à New York.

— Je savais bien que je l'avais vu quelque part.

Ben Stewart était le supérieur de l'agent Curry, celui qui lui avait ordonné d'arrêter de me harceler après que la mère de Violet lui eut parlé en ma faveur. Je l'avais vu en passant, quand je m'étais rendue à l'agence pour donner ma déposition il y a deux semaines, mais il ne m'avait pas parlé. Je me demandais pourquoi le responsable de l'Unité des Crimes Spéciaux se trouvait à la Plaza.

Les portes de l'ascenseur s'ouvrirent et Levi Solomon sortit, ainsi que les autres agents de liaison qui travaillaient dans l'immeuble. Ils serrèrent la main aux trois autres agents et discutèrent pendant quelques minutes avant de se retourner vers l'assemblée.

Ben Stewart s'avança et le silence tomba dans le hall, avec une atmosphère d'impatience.

— Merci à tous d'être venus aujourd'hui, commença l'homme aux cheveux blond vénitien, d'une petite trentaine d'années.

Il poursuivit en se présentant, lui et ses deux partenaires, avant d'aborder la raison de sa visite.

— Je m'apprête à partager avec vous des informations top secrètes. Une affaire de cette nature est habituellement traitée par l'agence, mais le besoin de rapidité nous demande d'utiliser toutes les ressources disponibles.

Traduction : ils cherchaient quelqu'un ou quelque chose, ils étaient dans une impasse et ils faisaient appel à la cavalerie.

L'agent s'éclaircit la voix.

— Il y a six mois, un artefact religieux sacré a été volé dans un temple du royaume des faës pour être rapporté dans le nôtre. Les faës nous ont demandé notre aide pour le localiser, mais pour le moment, notre enquête n'a abouti à rien. Cette disparation est tenue secrète, mais l'artefact fait partie d'une importante cérémonie religieuse pour les faës qui aura lieu au printemps. C'est donc une priorité absolue de mettre la main dessus.

Des murmures discrets se répandirent dans le hall pendant sa courte pause avant qu'il reprenne la parole. Je retenais ma respiration, impatiente de savoir ce qu'il allait dire ensuite.

— L'artefact s'appelle le ke'tain, et c'est une petite pierre de la taille d'une noix, dit-il.

Ma main se porta machinalement à la petite pierre cachée dans mes cheveux.

Ben Stewart poursuivit :

— Elle est ronde et ressemble fortement à du labradorite bleu. La différence, c'est que le ke'tain brille quand on le touche. Il possède aussi une signature énergétique particulière qui peut être détectée par la magie des faës. Nous vous fournirons des détecteurs réglés pour la déceler. Nous n'avons aucune photo du ke'tain, mais nous avons une reproduction artistique que nous enverrons à chacun d'entre vous. Vous devriez la recevoir dans les trente prochaines minutes.

— Qu'est-ce que c'est, la labradorite ? chuchota Trey.

Ni Bruce ni moi ne lui répondîmes.

Je n'en avais jamais entendu parler, pas plus que du ke'tain.

Une douzaine de mains se levèrent et Ben Stewart indiqua l'un des chasseurs.

— Allez-y.

— Est-ce dangereux pour les humains ? Devons-nous prendre des précautions particulières ?

— Le ke'tain est sans danger pour nous, répondit l'agent avant de désigner quelqu'un d'autre.

— Est-ce que l'Agence pense qu'il y a un lien avec la mort de Jackson Chase ?

— Non. Le pouvoir du ke'tain est mortel pour les faës. Si la princesse Nerissa avait utilisé le ke'tain, elle serait morte.

Kim, l'une des rares chasseuses de primes que je connaissais, leva la main.

— Vous nous avez appelés, car vous pensez que le ke'tain est à New York ?

Ben Stewart secoua la tête.

— Tout ce que nous savons, c'est que le ke'tain n'est plus dans le royaume des faës, ce qui veut dire qu'il pourrait être n'importe où dans notre royaume. Les chasseurs de primes dans tous les États-Unis et le monde entier reçoivent la même information en ce moment même. Cela dit, New York est l'un des cinq principaux lieux de passage au monde. Il est donc très probable que le ke'tain ait été apporté ici.

— Pouvez-vous nous en dire plus sur l'artefact ? demanda Kim par-dessus les voix qui bombardaient Stewart de questions. Pourquoi voudrait-on le voler ? Cela nous donnerait une idée sur l'endroit où chercher.

L'agent sembla réfléchir mûrement à sa réponse.

— D'après les faës, le ke'tain contient le souffle de leur déesse, et le mot ke'tain se traduit par *souffle de la déesse*. C'est l'un des nombreux objets religieux utilisés dans une célébration pour Aedhna et il n'avait jamais quitté le temple jusqu'à présent.

— Le ke'tain n'aurait aucun intérêt pour un humain, sauf pour des collectionneurs d'antiquités faës. Nous concentrons nos enquêtes sur les collectionneurs connus et les revendeurs au marché noir.

Quelque chose me tracassait, mais je n'eus pas le temps de m'y attarder, car Ben Stewart reprit la parole :

— Nous surveillons aussi plusieurs faës de la cour présentant un intérêt, mais c'est plus délicat à cause des traités qui les protègent. Sans preuves solides qu'ils ont commis un crime, nous sommes limités dans ce que nous pouvons faire.

Je grimaçai. Voilà un autre exemple flagrant du caractère injuste des lois qui gouvernaient les faës dans notre royaume. Les autorités n'hésiteraient pas à entrer dans la maison d'un faë de classe inférieure, mais les membres de la cour étaient régis par des normes complètement différentes. Ils avaient une immunité totale comme leur royauté. C'est pourquoi je prévoyais d'étudier le droit. Je voulais me battre pour les droits de tous les faës, pas seulement les plus privilégiés.

— Quelle est la prime offerte ? demanda une voix bourrue qui appartenait au frère et partenaire de chasse de Kim, Ambrose.

On pouvait compter sur lui pour aller droit au but.

Trey se pencha pour souffler à mon oreille :

— Je parie que c'est un niveau Cinq.

Un niveau Cinq ? Un frisson me parcourut à cette idée. Avec un niveau Cinq, la prime représentait la somme incroyable de cinquante mille dollars. Même maman et papa n'en avaient jamais réussi d'aussi élevée.

Ben Stewart s'éclaircit la voix.

— Le ke'tain est indispensable et il est impératif qu'il soit renvoyé dans le royaume des faës dès que possible. Ainsi, la mission a été classée comme un niveau Six, assortie d'une prime de cent mille dollars.

Je restai bouche bée alors qu'un brouhaha s'élevait dans la salle. À côté de moi, Trey cria si fort que mes oreilles bourdonnèrent.

Frottant mon oreille, je me tournai vers Bruce, qui semblait aussi ébahi que moi.

— Je n'ai jamais entendu parler d'un niveau Six, dis-je.

Il se gratta le menton.

— Il n'y en a jamais eu jusqu'à présent.

— Tu vas te joindre aux recherches ? lui demandai-je tout en regardant les gens parler avec enthousiasme, alors que les agents essayaient en vain de rétablir l'ordre dans la salle.

Je mentirais en affirmant que je ne voulais pas de cette prime. Cent mille dollars, voilà qui aiderait ma famille jusqu'à ce que mes parents soient capables de retourner au travail. Cela permettrait aussi de payer les rénovations nécessaires dans notre immeuble. Mais une telle somme avait de quoi rendre les gens complètement fous. Si les chasseurs étaient déjà compétitifs sur les missions de niveau Trois et Quatre, comment se comporteraient-ils pour une prime de cent mille dollars ?

Trey émit un petit rire.

— Bien sûr que nous allons le chercher. Pas toi ?

Il se tut et me regarda du coin de l'œil.

— Tu n'aurais pas ta petite idée sur l'endroit où il se trouve ?

Je lui adressai un regard incrédule.

— J'en ai entendu parler il y a cinq minutes. Comment veux-tu que je sache quelque chose à son sujet ?

— Tu es très intelligente et tu as lu tous les livres, répondit-il sur un ton presque accusateur.

Décidément, il n'avait toujours pas tourné la page après cet incident avec le bunnek.

— Désolée de te décevoir, mais aucun livre que j'ai lu ne mentionnait le ke'tain ni le moindre artefact faë.

Trey ne parut que légèrement apaisé.

— Mais la prime t'intéresse ?

— Je ne sais pas encore. Je pourrais accepter un paquet d'autres missions pendant que tout le monde est concentré sur celle-ci.

La compétition pour la mission du ke'tain allait être rude, et je préférais m'assurer un revenu garanti plutôt que de tenter ma chance sur un gros coup.

Bruce hocha la tête d'un air approbateur.

— C'est bien pensé. Nous pourrions faire le même choix.

Trey se tourna vers son père.

— Tu plaisantes.

— Nous en discuterons quand nous en saurons plus, répondit Bruce.

— Jesse, fit alors une voix d'homme.

Je tournai la tête pour apercevoir deux jeunes hommes jouer des épaules dans la foule dans notre direction. Aaron et Adrian Mercer étaient de vrais jumeaux, avec des cheveux blonds et bouclés et des yeux noisette, tous deux bâtis comme des joueurs de football américain. Ils étaient dans la classe de Trey, autrefois. Nous nous étions toujours bien entendus, même si nous ne nous fréquentions jamais en dehors des cours. Comme les miens, leurs parents étaient chasseurs de primes, et d'aussi loin que je m'en souvienne, ils envisageaient de suivre les traces de leurs parents.

— Truc de fou, hein ?

Aaron me fit un large sourire. Je savais que c'était lui à cause de la petite bosse sur son nez, qu'il s'était cassé au lycée. Avant la fracture, personne n'était jamais capable de les différencier.

Adrian s'avança à côté de son jumeau, les deux formant un mur entre moi et le reste de la salle.

— On voulait te parler avant tout le monde.

— Me parler ?

Ils hochèrent la tête en parfaite harmonie, ce qui leur donnait un air un peu robotisé.

— Pour te demander de faire équipe avec nous pour la mission, dit Aaron comme si c'était évident. Tout le monde sait que tu es brillante et te veut dans son équipe.

Adrian fit jouer ses biceps impressionnants.

— Tous les trois, on ferait une équipe d'enfer. Tu seras le cerveau, et nous les muscles.

Trey se rapprocha, me bousculant au passage.

— Jesse ne va pas se lancer à la poursuite du ke'tain, alors vous perdez votre temps.

— Je n'ai pas dit ça.

Je lui décochai un coup de coude et il se frotta les côtes.

— Et bien, si tu le fais, c'est plus logique que tu travailles avec papa et moi.

— On le lui a demandé en premier, Fowler.

Aaron lança un regard assassin à Trey, lui rappelant qu'ils n'étaient pas spécialement proches au lycée. Je ne me souvenais pas des détails, mais j'étais presque sûre que cela avait un rapport avec une fille qu'ils aimaient tous les deux.

— Les garçons, dit Bruce sur un ton sévère. Arrêtez et laissez Jesse respirer. Elle est assez grande pour parler. Si elle veut faire équipe avec l'un d'entre vous, elle vous le fera savoir.

J'adressai à Bruce un regard reconnaissant alors que les jumeaux Mercer reculaient d'un pas.

— Désolé, Jesse, marmonna Adrian. On s'est emportés.

Je leur souris.

— Je suis flattée que vous ayez demandé, mais je n'ai pas encore décidé de ce que j'allais faire.

Aaron sortit une carte de visite de sa poche et me la donna.

— Il y a nos numéros si tu décides de nous rejoindre.

— Merci.

Je pris la carte et la fourrai dans ma poche arrière. Je pouvais entendre les autres chasseurs autour de nous parler de la formation des équipes pour partir à la recherche du ke'tain. Cela ressemblait décidément au jour de la chasse au kelpie. Sauf que cette fois, la prime était bien plus élevée. L'atmosphère dans la pièce crépitait presque d'énergie, et ce n'était que le début.

Personne d'autre ne m'approchait pour me demander de faire partie d'une équipe, mais je croisai quelques coups d'œil en coin. En revanche, j'ignorais si l'on me considérait comme une collaboratrice ou une concurrente potentielle.

Il fallut bien vingt minutes pour que Ben Stewart reprenne le commandement de la pièce, et son premier ordre du jour fut de nous rappeler que nous avions l'interdiction de partager quoi que ce soit avec le grand public. Puis il nous annonça que nous pourrions remplir la fiche d'emprunt pour les détecteurs de ke'tain au quartier général de l'agence, à Manhattan, dès le lendemain.

À l'instant où il conclut la séance, chaque portable dans la salle émit un tintement ou vibra avec l'arrivée d'un message. Je baissai les yeux vers mon téléphone pour découvrir le dessin d'une pierre bleue lisse qui semblait irradier de l'intérieur. L'image semblait si réelle que je touchai l'écran avant de réaliser ce que je faisais. Me sentant un peu bête, je fourrai mon portable dans ma poche.

Aaron et Adrian s'étaient éloignés et je pris congé de Trey et de Bruce avant de me diriger vers la sortie. J'avais des courses à faire, cet après-midi, mais je pourrais toujours faire une petite place dans mon emploi du temps pour effectuer des recherches sur le ke'tain avant que Finch et moi n'allions à l'hôpital ce soir. C'était beaucoup plus calme de nuit et il y avait moins de risques que quelqu'un déboule dans la chambre et surprenne sa présence.

— James, attendez.

Je m'arrêtai en entendant la voix rauque de Levi Solomon et me retournai pour regarder l'homme obèse qui approchait d'un pas lourd. Il transpirait et haletait lorsqu'il me rejoignit, et je me demandai comment il n'avait pas déjà fait de crise cardiaque.

Il agita son téléphone.

— Je sais que vous filez pour avoir une longueur d'avance sur la mission du ke'tain, mais un niveau Deux vient d'arriver et doit être traité dès que possible avec une certaine délicatesse. Je pense que vous seriez parfaite pour cette mission.

— Quel genre de niveau Deux ? demandai-je.

— Un banti.

— Oh.

Mon pouls fit un bond. Je n'avais jamais vu de banti en vrai, et c'était sur la liste des missions que je voulais faire. Levi le savait, c'était pour cela qu'il affichait un petit sourire fourbe.

— Pourquoi est-ce qu'une mission avec un banti nécessiterait de la délicatesse ? lui demandai-je.

Il eut une toux grasse.

— C'est au Ralston, et ils n'aiment pas vraiment les chasseurs de primes. Mais vous...

— Je n'ai pas l'air d'une chasseuse de primes, conclus-je à sa place.

— Précisément.

Je soupirai, cochant dans ma tête les courses que je pouvais repousser au lendemain.

— Je vais accepter.

— Je m'en doutais. Je vous enverrai par e-mail les détails dès que j'arriverai dans mon bureau.

— Merci de m'aider sur ce coup, dis-je à Violet alors que nous entrions dans le hall du Ralston deux heures plus tard.

— Tu plaisantes ? Je suis ravie de t'aider pour une vraie mission.

Elle sautilla sur la pointe des pieds tout en regardant le hall de marbre blanc meublé avec élégance.

— Tu penses que nous verrons quelqu'un de connu ?

— Peut-être.

Je lui fis un sourire en coin avant de retrouver mon sérieux en me rappelant avoir vu Lukas ici, lors de ma première visite à l'hôtel. C'était bien la dernière personne que je voulais croiser.

Nous approchâmes de la réception et je reconnus l'employé à qui j'avais parlé lorsque j'étais à la recherche de mes parents. Il n'avait pas été très content de m'aider à ce moment-là, et à présent, il me regardait de haut.

— Puis-je vous aider ? dit-il d'un ton hautain qui suggérait qu'il aimerait mieux faire autre chose.

Je présentai mon badge.

— C'est lié à l'Agence. On m'a dit de demander le directeur.

Son nez se plissa comme s'il avait flairé quelque chose de mauvais.

— Ah, oui. Un instant.

Il prit son téléphone et je regardai Violet, qui admirait la splendeur environnante. Sa famille était aisée, pourtant même leur mode de vie était modeste en comparaison. On racontait que l'énorme lustre dans le hall avait coûté plus de cent mille dollars et j'avais lu qu'il y en avait un encore plus volumineux dans la salle de bal.

— Jesse James ?

Je fis volte-face pour voir une femme d'une petite trentaine d'années, aux cheveux bruns coupés court et vêtue d'un tailleur bleu foncé. Elle marchait dans notre direction.

— Oui.

— Je suis Marjorie Cooke, la directrice par intérim.

Ses pas ralentirent et elle fronça les sourcils lorsque ses yeux se posèrent sur mon jean et mes bottes noires, ainsi que la courte vareuse grise que j'avais empruntée dans le placard de maman.

— Vous êtes la chasseuse de primes ?

Je souris et tendis la main.

— Oui.

Elle me la serra, puis regarda Violet derrière moi.

— Et vous êtes ?

— Je suis son apprentie.

La directrice hocha la tête, déroutée comme si elle ne savait pas quoi faire de nous.

— Venez dans le bureau, s'il vous plaît.

Nous la suivîmes à la direction. Après avoir fermé la porte, elle s'assit à son bureau et nous invita à nous asseoir.

Je pris la parole en premier.

— Je n'ai pas eu beaucoup d'informations, si ce n'est que vous aviez un problème avec un banti. Que pouvez-vous me dire à ce sujet ?

— À notre connaissance, tout a commencé il y a deux jours. Nous avons surpris certains clients humains se plaindre de rêves étranges. Hier soir, une famille logée au cinquième étage a signalé une attaque sur leur fille de quatorze ans. Le père jure qu'il a vu un banti sur son lit. Ils ont immédiatement quitté l'hôtel après l'incident.

Violet trembla et je cachai à peine mon dégoût. Les banti s'en prenaient à n'importe quel humain assoupi, mais ils aimaient tout particulièrement faire souffrir les adolescents. Comme si la puberté ne suffisait pas, il fallait en plus craindre ces aspirants Freddy Krueger qui nous refilaient les pires cauchemars.

Marjorie croisa les mains sur son bureau.

— Le propriétaire souhaiterait que cette affaire soit réglée aussi vite et discrètement que possible. On nous a assuré que vous seriez discrète.

Elle n'avait pas besoin de nous préciser la raison pour laquelle le propriétaire voulait garder cela secret. Les hôtels utilisaient des protections spéciales pour tenir à l'écart les banti, et les sorts devaient être renouvelés chaque année. Apparemment, quelqu'un ici s'était planté. Le Ralston perdrait ses cinq étoiles et beaucoup de clients prestigieux si le bruit courait qu'ils avaient un problème de banti.

— Nous sommes la discrétion même, dit Violet en s'immisçant.

Je me levai.

— Si vous pouviez nous accorder l'accès à la chambre où l'accident s'est déroulé, nous nous mettrons au travail.

La directrice se leva et sortit une carte magnétique de son bureau.

— C'est la chambre 5017. Je vais vous accompagner jusqu'à l'escalier.

— On ne peut pas utiliser l'ascenseur ? demanda Violet alors que nous quittions le bureau.

— Mieux vaut ne pas trop vous montrer.

Marjorie nous mena dans un couloir, jusqu'à un hall plus petit, mais pas moins élégant, à l'arrière du bâtiment, où était posté un agent de sécurité imposant et musclé.

Je savais déjà que c'était l'entrée utilisée par les célébrités qui ne voulaient pas faire face aux paparazzi rôdant sur le parvis.

Elle me remit la clé magnétique.

— Appelez la réception et prévenez-les quand vous aurez fini. Vous pouvez donner la clé à Amos et partir par cette sortie.

Elle se tourna pour repartir par le même chemin et je me dirigeai vers l'escalier, sur le côté droit du hall. Violet me suivit, gardant le silence jusqu'à ce que nous soyons seules dans l'escalier.

— Tu te fais toujours traiter comme ça quand tu pars en mission ?

— Comment ça ?

Elle souffla derrière moi.

— Comme si tu étais un vilain petit secret.

Un rire m'échappa devant son indignation.

— La majorité des gens sont contents de nous voir, mais il est logique que les employés ici veuillent nous tenir à l'écart.

Nous émergeâmes au cinquième étage et localisâmes la chambre 5017. Je déverrouillai la porte et l'ouvris en la poussant. Bouche bée, nous découvrîmes la somptueuse suite. Le salon principal était décoré en tons chauds de crème et de bleu, avec des canapés en velours, des tables de marbre blanc et des lampes en cristal fragiles que j'avais peur de toucher. La pièce avait même son propre lustre et les rideaux étaient tirés sur de grandes fenêtres, nous donnant une vue dégagée sur les bâtiments bordant l'autre côté de la rue.

J'entrai dans la suite, prenant un moment pour essuyer mes pieds sur le paillasson de l'entrée avant de m'avancer sur le parquet ciré. Posant mon sac en toile, j'allai vérifier les chambres de chaque côté de la pièce principale. Elles étaient meublées à l'identique, à l'exception du lit – king-size dans l'un et double dans l'autre.

— Ce doit être la chambre dans laquelle la fille a dormi, dis-je en passant une main sur la couette blanche et moelleuse recouvrant le lit double.

Violet s'y affala en poussant un soupir rêveur.

— J'ai hâte d'être connue pour séjourner dans des palaces comme celui-ci.

Je souris devant sa conviction inébranlable qu'un jour, elle arriverait à Hollywood.

Elle leva la tête pour me regarder.

— Et maintenant ?

— Attrapons ce banti.

Je retournai dans la pièce principale pour prendre mon sac et le portai jusqu'à la chambre, refermant la porte derrière moi.

— Comment on fait ? Tu ne m'as jamais expliqué cette partie.

— On lui tend un piège en l'attirant.

Ouvrant le sac, je sortis un pyjama enroulé et le lui jetai.

— Mets-le.

— Pourquoi ?

Je fis un grand sourire tout en retirant mon manteau, que je repliai sur le dossier de la chaise.

— Tu es l'appât.

Les banti étaient plus actifs la nuit, mais on pouvait les attirer en journée avec le bon appât. En principe, Violet était encore une adolescente, et elle se trouvait dans le même lit où était passé le banti la veille au soir. Je comptais sur son incapacité à résister à la tentation de reprendre du rab.

— Quoi ? Pas question !

Elle sauta du lit comme s'il était en feu.

— Pourquoi tu ne peux pas être l'appât, toi ?

— Et bien, premièrement, tu sais t'assoupir sur commande, et l'appât doit être endormi. Deuxièmement, les ronflements les attirent.

— Je ne ronfle pas.

Je levai les sourcils et elle sourit, puis je continuai comme si elle ne m'avait pas interrompue :

— Troisièmement, l'une d'entre nous doit le piéger, et je suis la meilleure pour ça.

— D'accord.

Elle se déshabilla de mauvaise grâce.

— Mais la prochaine fois, je veux tous les renseignements avant d'accepter de t'aider sur une mission.

— Marché conclu.

Dissimulant mon sourire, je récupérai les affaires dont j'avais besoin dans mon sac. Il y avait un véritable attrapeur de rêves contre les banti, pas l'une des contrefaçons bon marché que l'on trouve à la brocante. Il avait du fer et du muryan tissés à l'intérieur, ce qui était censé rendre le porteur invisible aux banti. Je m'apprêtais à découvrir si c'était efficace.

Les draps bruissaient et je me retournai pour voir Violet allongée au milieu du lit, la couverture remontée jusqu'à sa poitrine.

— Détends-toi.

Je fermai les rideaux et éteignis la lumière, plongeant la chambre dans la pénombre.

— Il ne t'arrivera rien.

Elle prit une profonde respiration.

— Je sais. Mais je dois t'avertir que ça pourrait me prendre un peu plus longtemps que d'habitude pour m'endormir.

— Tu veux que je te chante une berceuse ?

Un petit rire vint du lit.

— Laisse le banti se charger des cauchemars.

— Ah, ah.

Je me dirigeai vers une chaise dans le coin et m'assis.

— Maintenant, sois gentille et au dodo.

Nous laissâmes le silence nous envelopper, seulement interrompu par les mouvements de Violet, de temps à autre. Après trente minutes, elle s'arrêta de bouger et ses ronflements faibles s'élevèrent dans la pièce. Je souris et me détendis dans la chaise confortable. Il n'y avait plus qu'à attendre, maintenant.

J'occupai mon temps en pensant au ke'tain disparu. Pourquoi est-ce qu'un faë volerait l'un de leurs artefacts religieux et l'emmènerait hors du royaume ? Comprendre le motif derrière cela pourrait être le meilleur indice pour trouver où était le ke'tain en ce moment même. Certains collectionneurs faës paieraient beaucoup d'argent, mais ceux de la cour n'en avaient pas besoin. Les faës des classes inférieures n'étaient pas riches, ainsi l'argent pouvait être un motif pour l'un d'entre eux. Est-ce qu'un faë des classes inférieures aurait accès au temple de la déesse ? Il y avait tant de choses concernant leur monde que je ne connaissais pas, en dépit de mes nombreuses lectures sur tout ce qui touchait aux faës.

Je n'avais pas encore décidé si oui ou non j'allais chercher à obtenir la prime pour le ket'ain. C'était beaucoup d'argent, trop pour l'ignorer à la légère, mais avais-je vraiment envie de me lancer dans une telle aventure avec tout ce qui se passait dans ma vie ?

Un souffle d'air presque imperceptible traversa alors la pièce, m'épargnant de devoir y répondre. Scrutant les ténèbres, je parvins tout juste à distinguer du mouvement au bas de la porte. J'observai, prise d'effroi et de fascination, alors qu'un brouillard vert se déversait dans la chambre par en dessous avant de se solidifier lentement pour former une silhouette reconnaissable. La créature mesurait à peine quarante-cinq centimètres, avec la peau verte et des cheveux verts emmêlés. Elle ressemblait fortement au gobelin que j'avais arrêté lors de ma première mission.

Une fois qu'il fut pleinement formé, le banti tourna la tête lentement, comme pour balayer la pièce du regard à la recherche d'une menace éventuelle. Je n'osai pas respirer lorsque ses yeux jaunes et perçants passèrent sur moi, me donnant la chair de poule sur les bras. Leurs représentations ne leur faisaient pas honneur. En personne, ils étaient encore plus flippants, tout droit sortis des cauchemars qu'ils créaient.

Un souffle léger attira son attention vers le lit et il se déplaça lentement, sans faire de bruit, vers son origine. Je le perdis de vue pendant un instant avant qu'il ne bondisse délicatement au bout du lit. Violet bougea et le banti resta cloué sur place, à la regarder jusqu'à ce qu'elle recommence à ronfler.

J'avais du mal à rester assise là, alors que le petit faë à l'allure difforme s'avançait pour regarder mon amie endormie. Je faillis me lever de la chaise lorsqu'il escalada sa poitrine pour s'y asseoir. Tout mon corps se tendit, prêt à bondir, mais je ne pouvais pas agir prématurément, sinon je le perdrais. Je dus attendre qu'il commence à créer son cauchemar, car c'était à ce moment-là qu'il serait le plus vulnérable.

Il tendit les mains au-dessus du visage de Violet et de la magie jaune jaillit du bout de ses doigts. Elle flotta et fut tout de suite inhalée par sa bouche entrouverte. Ses lèvres se recourbèrent en un petit sourire de biais tandis qu'elle commençait à trembler et à remuer dans son sommeil, les bras immobilisés sur les côtés comme si elle était attachée à une table d'opération.

Pas encore, m'intimai-je alors que la tension dans mon corps montait d'un cran chaque seconde que ce petit monstre passait sur ma meilleure amie.

Quand je lui avais promis de la protéger, j'avais oublié que je devrais rester en retrait, en simple observatrice jusqu'au moment venu.

Au beau milieu d'un cauchemar, Violet laissa échapper un gémissement et le banti ricana de joie, fasciné par son rêve.

Je bondis alors de la chaise et fondis sans bruit vers le lit, mon filet à papillons dans les deux mains. Au même moment, Violet gémit de terreur et je me heurtai contre le pied du lit, lâchant l'attrapeur de rêves.

Je me redressai alors que la tête du banti se tournait à cent quatre-vingts degrés, ses petits yeux jaunes sinistres croisant les miens.

3

VIOLET CRIA de nouveau, interrompant notre concours de regards. Le banti sauta de sa poitrine et me regarda avec pure malveillance avant que sa silhouette ne commence à se brouiller.

Oh, non. S'il s'échappait, je ne l'attraperais jamais, et je refusais d'échouer à cette mission. Sautant sur le lit, je me vautrai sur les jambes de Violet, abattant le filet sur la bête. Dès que le banti fut à l'intérieur, je tirai sur un fil près de la poignée et le filet se referma, l'emprisonnant.

Le banti commença à hurler et à se débattre dans le filet, mais les fins fils de fer dont mon ustensile était tissé l'empêchaient de changer de forme et de s'échapper. Au même moment, Violet se réveilla en criant comme si elle était pourchassée par le diable en personne. Elle se libéra de sous mon corps en se tortillant, s'empressant de glisser de l'autre côté du lit.

— Oh, mon Dieu !

Elle passa ses mains sur son visage et sa poitrine, comme pour enlever la sensation laissée par la créature.

Je fis un pas vers elle, tenant le filet.

— Tout va bien. Nous l'avons.

Ses yeux s'arrondirent à l'extrême et elle recula contre la fenêtre.

— Tiens cette chose à l'écart, hurla-t-elle par-dessus les braillements du banti.

Mes tympans me faisaient mal dans tout ce vacarme. Avide de soulagement, j'entonnai les premières mesures de la première chanson qui me vint à l'esprit. À la troisième phrase de *Shake It Off*, le banti semblait être une poupée de chiffon dans le filet et Violet me fixait, bouche bée.

Sans cesser de chanter, je posai le banti sur le lit et ouvris le filet. Dans ma poche arrière, je récupérai un minuscule collier imprégné de fer que j'avais emporté en prévision, et le passai autour du cou du faë. Il était fait pour les faës trop petits pour les menottes, avec la même fonction, accompagné d'un avantage supplémentaire. Il rendait le porteur silencieux.

Je m'arrêtai de chanter et le banti ouvrit la bouche pour me crier dessus, découvrant soudain les merveilles du collier. Son regard foudroyant était assez éloquent pour me couper l'envie de dormir pendant une semaine.

— Pourquoi as-tu choisi ma chanson préférée de Taylor Swift ? se plaignit Violet. Je ne serai plus jamais capable de l'apprécier.

— Désolée, mais c'était dur de réfléchir avec tout ce boucan.

Je me retenais de sourire. Elle danserait dans sa chambre en écoutant cette chanson d'ici demain soir.

Elle se mit à trembler.

— Pourquoi est-ce que tu n'as pas chanté avant qu'il se montre, avant qu'il s'immisce dans ma tête ?

— Je ne savais pas si ça marcherait sur lui, et nous aurions pu le perdre.

Je portai le banti jusqu'à mon sac en toile et le mis dans une petite cage pour animaux que j'avais emportée. Plaçant la cage en plastique dans mon sac, je regardai Violet qui enlevait déjà son pyjama. Elle me le jeta et je le repliai autour de la cage pour la protéger.

Elle enfila en hâte ses propres vêtements pendant que je m'assurais que tout mon matériel était bien rangé. Elle ne reprit pas la parole jusqu'à ce que nous soyons dans le couloir en direction de l'escalier.

— Même si c'était l'expérience la plus horrible de ma vie, je dois dire que tu as un talent inné pour la chasse.

— Je suis désolée de t'avoir fait subir ça. C'était comment ?

Elle frissonna en se frottant les bras.

— Tu as déjà eu un de ces cauchemars où tu sais que tu rêves, mais où tu ne peux pas te réveiller ? C'était pareil, mais en pire. Je savais que le banti était assis sur moi, mais je ne pouvais pas bouger pour l'enlever. J'avais l'impression d'être paralysée.

Le remords me noua l'estomac.

— Mon Dieu, Vi. Je n'aurais jamais dû te demander ça.

— Je savais dans quoi je m'engageais… à peu près.

Elle sourit pour la première fois depuis son réveil.

— Sache que c'était ma seule et unique chasse au banti.

J'ouvris la porte menant à l'escalier.

— Je me rattraperai.

— Oh, je n'en doute pas, lança-t-elle malicieusement.

Nous émergeâmes au rez-de-chaussée et nous nous dirigeâmes vers Amos, qui ressemblait à une statue de pierre. L'agent de sécurité ne bougea pas jusqu'à ce que nous soyons pile devant lui, et même encore, seuls ses yeux se baissèrent.

— Pouvez-vous faire savoir à Marjorie Cook que la mission est terminée ?

J'ouvris discrètement le sac en toile et lui laissai voir le banti en colère dans la cage.

Sourcillant à peine à la vue du faë, il appuya sur un bouton de son oreillette et parla d'une voix presque trop basse pour qu'on l'entende.

Nous nous écartâmes de quelques mètres, Violet et moi, en attendant qu'il termine son appel. Nous regardions une grande peinture à l'huile de la princesse Titania lorsque la porte de sortie s'ouvrit en coulissant. Deux hommes faës de la cour, aux cheveux blonds et habillés de noir, entrèrent. J'eus à peine le temps de m'interroger sur leurs expressions hostiles que Violet émit un cri étranglé.

Regardant derrière les deux faës, je reconnus le troisième qui les accompagnait. Le contraire eût été impossible, alors que son visage était sur presque toutes les couvertures de magazines, les panneaux d'affichage et les réseaux sociaux depuis plus d'un mois.

Je pris un instant pour dévisager le prince Rhys. Il avait déjà le regard blasé et arrogant d'une célébrité ayant passé trop de temps sous le feu des projecteurs. Il était encore plus beau en personne, mais c'était aussi le cas pour tous les faës de la cour. Je ne lui trouvais rien d'extraordinaire qui le différenciait des autres.

Mon regard se reporta sur les trois faës austères aux cheveux bruns derrière lui, qui constituaient le reste de sa garde personnelle. Un léger sentiment de peur me parcourut lorsque je pensai à la garde royale de Seelie qui avait kidnappé mes parents. Les hommes de la reine Anwyn étaient complètement indépendants de ceux de son fils, mais cela ne voulait pas dire qu'ils ne travaillaient pas ensemble.

Le prince et ses hommes s'arrêtèrent à cinq mètres de Violet et moi, et l'un d'eux, aux cheveux blonds, nous toisa de son regard glacial comme s'il nous évaluait en tant que menaces potentielles. Ses yeux balayèrent ma tenue banale pour se concentrer sur mon sac en toile.

— Que venez-vous faire ici ? demanda-t-il.

Son arrogance m'irrita immédiatement, mais je conservai une expression et une voix neutres, cherchant à éviter les problèmes. J'avais eu suffisamment de contacts avec la royauté des faës et leurs gardes pour toute une vie.

— Une affaire de l'Agence, répondis-je.

L'autre blond se déplaça pour nous bloquer la vue du prince.

— Vous ne ressemblez pas à un agent.

— Parce que je ne suis pas un agent. Je suis une chasseuse de primes.

Son regard suspicieux se déplaça sur Violet, qui se tenait silencieusement à côté de moi.

— Et elle ?

— C'est mon assistante.

Je me campai devant elle dans une posture protectrice. Un membre de la garde royale de Seelie, c'était bien la dernière personne que je voulais voir accorder de l'attention à ma meilleure amie.

— Je n'ai jamais rencontré de chasseurs de primes, prononça alors une nouvelle voix.

— Votre Altesse... protesta quelqu'un à l'arrière, alors que le prince se frayait un chemin entre ses gardes pour s'arrêter devant moi.

Ses cinq hommes formèrent aussitôt un demi-cercle autour de lui. Je déglutis en faisant face aux faës les plus meurtriers du monde. Ils semblaient disposés à m'achever au moindre regard de travers.

En regardant les yeux bleus du prince, j'eus la drôle d'impression de l'avoir déjà rencontré auparavant, ce qui était ridicule. Je me serais sûrement souvenue d'une rencontre avec le prince héritier de Seelie.

Nous nous fixâmes pendant quelques secondes avant que sa bouche n'esquisse un sourire qui transforma son visage noble, lui enlevant son côté distant pour lui donner un charisme de jeune garçon.

— Je suis le prince Rhys de la cour de Seelie, dit-il comme s'il restait un humain âgé de plus de dix ans qui ne le reconnaisse pas.

Tendant la main, il prit l'une des miennes entre ses longs doigts et la porta à ses lèvres.

— Jesse James.

Je ne voulais pas donner mon nom, mais le contraire serait grossier. Il y avait des chances que ses hommes enquêtent sur moi à l'instant où ils seraient hors de mon champ de vision, et donner un faux nom ne ferait qu'éveiller leurs soupçons.

— Comme le hors-la-loi ?

Devant ma surprise, ses yeux brillèrent avec humour.

— Ce que j'aime le plus dans votre monde, c'est votre histoire. J'apprécie particulièrement les récits du Far West.

Son regard se déplaça sur mes cheveux, que j'avais coiffés en queue de cheval pour cette mission, et s'y attarda pendant quelques secondes.

— Est-ce que tous les chasseurs de primes sont aussi charmants que vous, Jesse James ?

Je levai les sourcils.

— Je ne pense pas que les chasseurs de primes apprécieraient d'être qualifiés de charmants.

Le prince Rhys éclata de rire.

— Je suppose que non.

Il regarda par-dessus mon épaule.

— Et qui est votre compagne silencieuse ?

À contrecœur, je m'écartai pour révéler Violet, donnant aux faës un aperçu complet de mon amie.

— C'est Violet. Elle m'aide aujourd'hui pour une mission.

— *Deux* magnifiques chasseuses de primes. Je dois être béni par la déesse.

Comme il l'avait fait avec moi, le prince Rhys porta sa main à ses lèvres et l'embrassa.

Violet émit un son incohérent. Je la regardai de côté pour voir qu'elle fixait bêtement le prince. Ravalant un ricanement, je lui donnai discrètement un coup dans les côtes. Ce fut suffisant pour la ramener à elle et elle lui sourit timidement.

— Ravie... de vous... rencontrer, réussit-elle à prononcer.

— Le plaisir est pour moi.

Son regard se reporta sur moi.

— Sans vouloir vous offenser, vous êtes vraiment une chasseuse de primes ? Je dois avouer que j'imaginais plutôt de robustes policiers de l'ouest.

— Je ne suis pas offensée. On me le demande tout le temps.

Je sortis mon badge de ma poche arrière, où je le gardais toujours. Ses gardes semblaient prêts à attaquer, et cela me fit penser à quel point Lukas et ses hommes étaient méfiants de moi au début. Chassant ce souvenir, je levai la carte pour la leur montrer.

L'un des gardes aux cheveux blonds la prit et l'examina attentivement avant de me soumettre au même examen minutieux.

— Vous ne semblez pas assez forte pour chasser.

Je haussai les épaules, car j'avais déjà entendu cette réticence auparavant.

— Il n'y a pas que la force et la vitesse dans la chasse.

— Jesse est très intelligente, ajouta Violet.

Le garde semblait sceptique en me rendant ma carte, mais le prince paraissait encore plus intrigué. La dernière chose que je voulais, c'était attirer l'attention d'un autre membre royal, surtout venant de Seelie.

J'essayais de trouver un moyen de nous éclipser, Violet et moi, lorsqu'Amos lança :

— Mademoiselle James.

Le soulagement m'envahit et je me tournai vers lui.

— Oui ?

— Mademoiselle Cooke vous remercie pour votre aide.

Il montra la sortie du doigt.

— Vous pouvez partir par là quand vous serez prête.

— Merci.

J'ajustai le sac en toile sur mon épaule et me tournai vers le prince Rhys.

— Ravie de vous avoir parlé.

Son sourire quitta son visage.

— Vous partez ?

— Oui. Nous en avons terminé ici.

— Soyez donc mes invitées pour le dîner, dit-il impérieusement, comme si cela réglait tout. Je souhaite discuter davantage et entendre parler de votre travail.

Chacun de ses cinq hommes semblait prêt à protester, mais je les devançai :

— Merci, mais nous avons des projets.

— Vous pouvez sûrement modifier vos plans pour un soir.

Le prince Rhys me fit le même sourire charmeur que j'avais vu à la télévision, celui qui faisait se pâmer toutes les femmes, n'importe où dans le monde. Il était charmant, mais je ne ressentais aucune attirance. Lukas s'était assuré que je ne veuille plus jamais d'un autre faë.

Je secouai la tête.

— Je crains de ne pas pouvoir. C'est une obligation familiale.

Il fronça les sourcils.

— Demain alors.

— Entre mes obligations familiales et mon travail, je n'ai pas vraiment de temps libre. Je suis sûre que vous comprendrez.

— Oui.

Son froncement de sourcils se dissipa, mais ses yeux indiquaient toujours sa déception. Quelque chose me disait que c'était une émotion inconnue pour lui.

— J'espère que vous passerez un bon séjour à New York, dis-je en attrapant la manche de Violet pour l'entraîner vers la sortie.

Dès l'instant où les portes se fermèrent derrière nous, je respirai l'air frais. Je ne ralentis pas notre cadence jusqu'à ce que nous tournions à l'angle du bâtiment et retombions dans la rue. Il ne fallut pas plus longtemps pour que Violet retrouve sa langue.

— Nom d'un Shih Tzu !

Elle laissa échapper un petit cri perçant.

— C'est vraiment arrivé ?

Je la dirigeai vers la Jeep.

— Tu veux parler de la partie où nous avons rencontré le prince ou celle où tu as oublié comment parler ?

— Argh. Ne m'en parle pas. Je ne sais pas ce qui m'a pris, là-dedans.

Elle regardait par-dessus son épaule avec nostalgie.

— Je n'arrive pas à croire que nous avons rencontré le prince Rhys et que je me suis comportée comme une imbécile.

— Tu n'étais pas aussi ridicule, et je suis sûre qu'il fait cet effet à tout le monde.

— Pas à toi, rétorqua-t-elle.

— J'ai une bonne raison de ne pas vouloir côtoyer un prince héritier de Seelie.

Le visage de Violet s'empourpra.

— Oh, Jesse. Je n'ai pas réfléchi.

— Ne t'inquiète pas. Et puis, tu voulais rencontrer quelqu'un de connu dans l'hôtel, et il n'y a pas plus célèbre que lui.

— C'est vrai. Toutes les célébrités que je rencontrerai maintenant feront pâle figure.

Nous atteignîmes la Jeep et je rangeai mon sac dans le coffre.

— Je vais te déposer chez toi avant d'emmener notre petit ami à la Plaza.

Elle boudait tout en s'attachant.

— Je n'ai pas le droit d'aller avec toi ?

— Tu n'es pas une chasseuse de primes officielle, lui rappelai-je. Le fait que tu m'aides lors d'une mission n'est pas contraire au règlement, mais c'est mal vu. Je ne veux pas donner à Levi ou aux autres agents de liaison des motifs pour refuser de m'engager à l'avenir.

— Très bien.

Elle s'avachit sur son siège.

— Tu ne manques pas grand-chose, crois-moi.

Elle agita une main.

— Ce n'est pas ça. Je n'en reviens pas d'avoir rencontré le prince Rhys et de ne pas avoir pensé à prendre une seule photo. Mon agent n'arrête pas de me dire que je dois faire plus pour accroître ma fanbase sur les réseaux sociaux, et j'ai laissé l'occasion parfaite me filer entre les doigts. Je n'ai pas fini d'en entendre parler si elle l'apprend.

Je démarrai la Jeep.

— Je ne le lui dirai pas, fais-moi confiance.

— Arrête de te tortiller, sifflai-je à l'avant de mon manteau alors que l'ascenseur s'arrêtait au quatrième étage de l'hôpital. Tu vas nous faire attraper avant d'y arriver.

Finch s'immobilisa, même si je ne pouvais pas lui en vouloir de remuer. Il était déjà tout excité de voir papa avant que je reçoive l'appel, il y a une heure, m'annonçant que maman était réveillée. Le trajet jusqu'ici m'avait semblé durer une éternité.

— Et souviens-toi de ce que je t'ai dit. Maman et papa ne savent pas que je chasse, et nous n'allons pas le leur dire tant qu'ils ne se sentent pas mieux.

Je reçus un léger sifflement en guise de réponse. Finch ne mentait pas, surtout à nos parents, et j'avais dû lui expliquer plusieurs fois pourquoi un mensonge par omission était acceptable dans ce cas. J'espérais qu'il n'allait pas l'oublier dans son enthousiasme de les voir.

Les portes de l'ascenseur s'ouvrirent et je m'empressai de traverser le couloir jusqu'à leur chambre, où une femme montait la garde, cette fois-ci. Comme je l'avais vue à plusieurs reprises ici, elle ne m'arrêta pas lorsque j'ouvris la porte et entrai dans la chambre.

Je vis mon père en premier, légèrement incliné dans son lit, le teint revitalisé. Il avait l'air plus alerte que la veille. Il me fit un grand sourire avant de tourner la tête pour regarder vers l'autre lit. Je suivis son regard jusqu'à ma mère, qui était couchée sur le dos, les yeux fermés.

Je me dépêchai d'aller vers elle. Sa sonde d'alimentation avait été enlevée et elle semblait aller bien, en dépit de l'aspect décharné de son visage. Le docteur m'avait assuré que mes parents reprendraient le poids qu'ils avaient perdu dès qu'ils seraient réveillés et mangeraient à nouveau de la nourriture solide.

— Maman ? dis-je à voix basse pour ne pas la surprendre.

J'ouvris les yeux en clignant des paupières et j'eus la surprise de voir qu'elle me regardait sans la perplexité dont avait fait preuve mon père la veille. Elle me fixa un instant, puis elle afficha un petit sourire alors qu'une lueur affectueuse emplissait ses yeux verts.

Je souris en retour, d'abord incapable de parler à cause de la boule de la taille d'une balle de golf logée dans ma gorge. Il y avait tant de choses que je voulais lui dire. J'étais sur le point de pleurer toutes les larmes de mon corps comme une gamine de cinq ans.

Un sifflement d'impatience se fit entendre à l'intérieur de mon manteau et les yeux de ma mère s'écarquillèrent. Reconnaissante pour cette diversion, je tendis la main vers la fermeture éclair.

— J'ai amené quelqu'un.

J'avais à peine baissé la fermeture jusqu'en bas que Finch sortit sa tête. À l'instant où il vit notre mère, il émit un gémissement d'animal blessé et se précipita sur le lit.

— Fais attention, l'avertis-je.

Mais il étreignait déjà son cou, le visage enfoui dans ses cheveux.

Les yeux de maman s'embuèrent et elle leva une main tremblante pour recouvrir son petit corps.

— Mes... bébés, prononça-t-elle d'une voix rauque, grimaçant sous l'effort.

Sa gorge devait être irritée par la sonde alimentaire.

— N'essaye pas de parler.

Je posai ma main sur la sienne, puisant de la force à son contact, alors que je répondais à la question dans ses yeux.

— Tout va bien, nous sommes simplement très contents de te voir.

Elle ferma les paupières, poussa un soupir et caressa le dos de Finch avec son pouce. Je les quittai pour aller voir mon père, qui les regardait de ses yeux brillants. Je me penchai pour un câlin et ses bras m'enveloppèrent, me serrant avec force.

— Elle t'a réclamée dès l'instant où elle s'est réveillée, dit-il, la bouche contre mon oreille. Ta mère est une femme forte.

— Je sais.

Tout sourire, je me reculai pour l'embrasser sur la joue.

— Tu te sens comment, aujourd'hui ?

— Pas trop mal pour un drogué au goren.

Je m'assis sur le côté de son lit.

— Tu te souviens de ce qui s'est passé ?

— Non. Le docteur m'a raconté pour le goren.

Il pinça les lèvres.

— Il a dit aussi que nous devons aller dans un centre de convalescence, alors ça prendra du temps avant que nous puissions rentrer à la maison.

Je lui serrai la main.

— Ne t'inquiète pas pour ça. Finch et moi gardons la boutique. Concentrez-vous sur votre rétablissement.

Il tourna sa chaude main pour tenir la mienne.

— Je suis si fier de toi.

— On m'a dit que je tenais de toi.

Il ignorait à quel point c'était vrai, et je me demandais quelle serait sa réaction lorsqu'il apprendrait ce que je faisais vraiment depuis leur disparition.

— Jesse, fit maman d'une voix éraillée.

Je me précipitai vers elle.

— Tu as besoin de quelque chose ?

Elle leva sa main libre et prit la mienne.

— J'ai tout ce dont j'ai besoin.

Finch siffla doucement et je le regardai, assis à côté de son épaule. Il voulait aller voir papa, à présent et je le portai vers l'autre lit. À l'instant où je le déposai, il jeta ses bras autour du cou de notre père.

— Salut, mon grand.

Papa s'éclaircit la gorge en caressant le dos de Finch.

— Je trouve que tu as grandi depuis la dernière fois que je t'ai vu.

Finch s'assit, parlant en langue des signes :

J'aide Jesse. Nous sommes partenaires.

Le désarroi me remplit et je détournai brusquement le regard pour le poser sur papa. Je me creusais les méninges pour trouver une explication lorsque la porte s'ouvrit.

— Finch, murmurai-je avec insistance, ouvrant mon manteau.

Il bondit à l'intérieur et je le fermai alors qu'un infirmier entrait dans la chambre.

L'infirmier sourit et alla vers le lit de ma mère pour vérifier ses signes vitaux et lui demander si elle avait mal. Puis il s'approcha pour faire la même chose avec mon père avant de repartir en annonçant qu'il reviendrait dans deux heures.

Papa m'adressa un sourire en coin.

— Pourquoi ai-je l'impression que vous l'avez déjà fait avant ?

J'ouvris mon manteau pour laisser Finch sortir.

— Nous avons dû apprendre à ruser. Finch est doué pour se cacher.

Ce dernier hocha la tête avec enthousiasme et dit en langue des signes :

Je suis rusé.

Cela lui valut un rire de notre père. Ce son était la plus belle chose que j'aie entendue depuis longtemps. Me sentant plus légère que je ne l'avais été depuis des mois, je le laissai discuter avec Finch pour retourner vers maman, qui affichait un sourire satisfait tout en nous regardant.

— Tu sembles différente, dit-elle à voix basse.

— Comment ça ?

Je m'assis sur la chaise entre les deux lits.

Un froncement de sourcils lui plissa le front.

— Je ne sais pas trop. Tu es plus... adulte.

Je haussai les épaules.

— Ça devait arriver à un moment donné. Après tout, j'aurai dix-neuf ans dans quelques mois.

Elle ne semblait pas entièrement satisfaite de ma réponse, mais elle n'insista pas. Nous parlâmes pendant quelques minutes avant que je me rende compte qu'elle avait du mal à garder les yeux ouverts. À l'instant où je m'arrêtai de parler, elle s'endormit.

Papa et Finch étaient en pleine conversation, et je décidai de ne pas les interrompre, car mon frère avait besoin plus que moi de ce moment avec lui. Je sortis mon portable pour consulter mes messages, puis je passai quelques minutes à chercher des informations sur le ke'tain.

Je ne fus pas surprise que ma recherche n'affiche aucun résultat et je me promis d'aller sur le site internet de la Bibliothèque du Congrès dès que je rentrerais. Ils avaient une section restreinte sur les faës qui n'était disponible qu'aux forces de l'ordre, notamment les chasseurs de primes. J'avais déjà passé des heures là-bas, à la recherche de renseignements sur les pierres de la déesse. Je n'avais pas eu de chance, mais s'il y avait des traces écrites d'artefacts religieux faë, c'était certainement l'endroit où chercher.

Je trouvais cela étrange que l'Agence nous ait donné si peu d'informations concernant le ke'tain. Si c'était aussi important pour créer un nouveau niveau de mission et offrir une prime astronomique, pourquoi ne partageaient-ils pas tout ce qu'ils savaient avec nous ? Cela n'avait pas de sens.

Une heure et demie plus tard, maman et papa dormaient paisiblement et je dus jurer à Finch que nous reviendrions le lendemain pour le convaincre de partir. La journée avait été longue et je devais encore m'arrêter sur le chemin du retour pour faire les courses. En plus, ils prévoyaient de la pluie verglaçante pour ce soir. J'avais horreur de conduire par mauvais temps et je voulais être à la maison avant que les routes ne deviennent glissantes.

Une neige légère tombait lorsque je me garai dans notre rue. La température était descendue et je m'assurai que Finch soit bien enfermé à l'intérieur de mon blouson avant de sortir. Je tremblais déjà lorsque j'ouvris le coffre pour attraper les courses. Regardant les sacs en plastique fourrés dans le panier qui occupait tout le coffre de la Jeep, je me demandai si je pouvais tous les porter sans avoir à faire un second voyage.

— Jesse.

Mon cœur vacilla et je me tournai pour voir Conlan à quelques mètres de là. Son visage était éclairé par le lampadaire, dévoilant le sourire avenant qu'il arborait toujours.

— Qu'est-ce que tu fais là ?

Après celle de Lukas, la trahison de Conlan était la plus douloureuse. Sa présence était un rappel cuisant de ma naïveté. Dire que je l'avais pris pour mon ami.

La partie pragmatique de mon cerveau me disait que je devrais avoir peur, même s'il ne semblait pas menaçant. C'était un membre de la garde royale du royaume d'Unseelie, et la dernière fois que j'avais été aussi proche de lui, il m'avait regardée avec mépris. Mais la douleur et la colère s'accumulant en moi évinçaient toutes les autres émotions.

— Tu sais quoi ? Je m'en fiche.

Je lui tournai le dos pour ramasser mes sacs de course, pestant en silence lorsque je me rendis compte que j'allais devoir faire deux aller-retour.

— Laisse-moi t'aider.

Il s'avança pour me prendre les sacs.

— Non, dis-je d'un ton sec. C'est un peu tard pour ton aide.

Il grimaça, et le regret emplit ses yeux. Mon cœur s'adoucit durant la seconde qu'il me fallut pour me remémorer la vision de son visage, entre les barreaux de ma cage.

— Je suis tellement désolé, Jesse. Nous t'avons trahie alors que tu avais le plus besoin de nous.

Son aveu me prit par surprise et je dus maîtriser mon expression, reportant mon attention sur mes courses.

— Que s'est-il passé ? Est-ce que Faolin a torturé ce rat de Rogin jusqu'à ce qu'il dise la vérité ?

— Faris nous l'a dit.

Je pris une profonde inspiration.

— Il est... ?

— Il se remet lentement, mais il va s'en sortir.

— Je suis contente d'entendre ça.

Je n'avais connu Faris que pendant quelques heures, mais j'avais ressenti un véritable lien avec lui.

— Il paraît que tes parents vont aussi récupérer totalement. Je suis content pour toi.

Je me raidis.

— Comment sais-tu pour mes parents ?

— Faolin garde un œil sur certaines personnes d'intérêt et...

— Non !

Je le pointai du doigt.

— Ma mère et mon père ne sont *pas* des personnes d'intérêt pour vous. Faolin a récupéré son frère, et moi mes parents. Dis-lui de se concentrer sur sa famille et de laisser la mienne tranquille.

Ma poitrine palpitait lorsque j'eus terminé et je dus faire un effort pour maîtriser mes émotions. J'avais beaucoup de mal avec cela depuis mon épreuve et j'avais cru faire des progrès. Mais la simple mention de Faolin ou de tout autre faë surveillant mes parents fut suffisante pour me provoquer.

Conlan leva les mains.

— Je ne voulais pas t'énerver. Faris a demandé à Faolin de surveiller tes parents, car il voulait savoir comment tu allais. Il s'interroge chaque jour à ton sujet.

Une partie de la tension s'évacua.

— Et bien, tu peux aller lui dire que tu m'as vue et que je m'en sors bien.

— Vraiment ?

— Mieux que jamais.

Je me retournai vers mes courses pour qu'il ne puisse pas voir la vérité inscrite sur mon visage.

— Faris a demandé à te voir.

— Ce n'est pas une bonne idée.

Pas même mon inquiétude pour Faris suffirait à me convaincre de m'approcher à nouveau de ce bâtiment ou de ses occupants.

— Pourquoi ?

Je soufflai.

— Tu as vraiment besoin que je te l'explique ?

Il garda le silence pendant un long moment et j'espérais qu'il était parti sans parler.

— Lukas ne sera pas là, si ça peut te mettre plus à l'aise.

Je voulais lui dire que la présence de Lukas ne me dérangerait pas, mais je n'étais pas une aussi bonne menteuse.

— C'est lui qui t'a envoyé ou tu as pris une initiative ?

— J'ai demandé à te parler. Sache que je n'étais pas le seul.

Je ne lui demandai pas qui d'autre voulait me voir. J'étais contente que Faris récupère et je n'avais pas à craindre que Faolin me traque pour venger son frère. Mais j'allais de l'avant et je tirais un trait là-dessus. Je ne pouvais pas le faire si je laissais Conlan et ses amis revenir dans ma vie.

Je pris autant de sacs que je pouvais en porter et refermai le coffre avant de me tourner à nouveau vers Conlan. La déception dans ses yeux m'apprit qu'il savait déjà quelle serait ma réponse.

— Je vais refuser poliment votre invitation et demander que tu passes le bonjour à Faris. À présent, si tu veux bien m'excuser, il fait froid dehors, et je dois m'occuper de ces courses.

Il hocha la tête et s'écarta pour me laisser passer. Je m'attendais presque à ce qu'il me suive ou m'interpelle alors que je traversais la rue vers mon immeuble, mais il n'en fit rien.

Je ne regardai pas en arrière avant d'être dans l'entrée et j'ignorai quoi penser en voyant Conlan là où je l'avais laissé, tourné dans ma direction. Je n'étais pas vraiment effrayée, mais cela me rendait nerveuse. Quelque chose me disait que ce n'était pas la dernière fois que je le verrais, lui ou ses amis.

4

MON TÉLÉPHONE ME RÉVEILLA tôt le lendemain matin. J'ouvris les paupières pour voir qu'il faisait à peine jour dehors, puis je plissai les yeux vers le numéro inconnu. Il y avait de cela quelques mois, j'aurais laissé l'appel tomber sur ma boîte vocale, mais ces derniers temps, je ne savais jamais quand quelqu'un de l'hôpital pouvait appeler concernant l'un de mes parents.

— Bonjour ? dis-je d'une voix rauque.

— Jesse James ?

La voix masculine semblait familière, mais impossible de mettre le doigt dessus.

— Oui.

— Je suis Ben Stewart, et je travaille pour l'Agence, à la filiale de New York.

Je me redressai.

— Je sais qui vous êtes.

La peur me noua l'estomac, car il n'y avait qu'une raison pour qu'il m'appelle en personne.

— Il est arrivé quelque chose à mes parents ?

— Vos parents sont en sécurité. Mais il y a eu un accident à l'hôpital, hier soir, ce qui nous a obligés à les déplacer dans un lieu nouveau.

Je sortis du lit pour faire les cent pas dans la pièce.

— Quel genre d'accident ? Et où sont-ils maintenant ?

— Tout ce que je peux vous dire au téléphone, c'est qu'il y a eu une faille de sécurité, mais vos parents sont indemnes, ajouta-t-il d'une voix calme et autoritaire. Nous aimerions que vous veniez aujourd'hui pour en discuter davantage.

— Je serai là dans une heure, répondis-je, sortant déjà des vêtements de mon placard.

Je me dépêchai de m'habiller et de me brosser les dents. J'avais vraiment les cheveux en bataille, mais je n'avais pas le temps de m'en occuper. Je les tirai en arrière pour former une tresse, les domptant un tant soit peu.

Finch siffla pour attirer mon attention lorsque je fonçai dans le salon et lui expliquai que je devais aller à l'Agence. Maman et papa étaient en sécurité, il n'y avait donc pas besoin de l'inquiéter si ce n'était pas nécessaire.

Je me saisis de mon manteau et de mes clés, et je fus dehors moins de cinq minutes après avoir parlé à Ben Stewart. Je grognai avec frustration en voyant la Jeep et la rue couvertes de glace. Après avoir calculé combien de temps il me faudrait pour dégivrer la voiture, et si je voulais vraiment prendre le risque de conduire, je décidai de ne pas le faire.

Il me fallut plus longtemps que d'habitude pour marcher jusqu'à la station de métro sur les trottoirs glacés, d'autant qu'il était hors de question de courir. Je passai tout le trajet jusqu'à Manhattan à m'inquiéter pour mes parents et à me demander pourquoi le responsable de l'unité des Crimes Spéciaux m'appelait pour me faire part de l'accident à l'hôpital. Ne devrait-il pas être occupé par la recherche du ke'tain ?

Mon estomac n'était qu'un gros nœud d'angoisse lorsque j'entrai dans le quartier général de l'Agence et que l'on m'indiqua le bureau d'angle de Ben Stewart. Renonçant aux formalités, je m'exclamai :

— Où sont mes parents ? Ils sont là ?

— Jesse James, je présume.

L'agent sourit et fit le tour de son bureau.

— Vos parents se trouvent dans l'établissement de soins où ils étaient censés aller dans quelques jours. Nous avons simplement accéléré le planning. Ils sont à un étage sécurisé, avec des agents qui les surveillent sans relâche.

Je pris la chaise qu'il m'indiquait, mais j'étais trop perturbée pour me détendre.

— Que s'est-il passé à l'hôpital ?

Il retourna à son fauteuil derrière son bureau.

— Malheureusement, nous ne savons pas grand-chose. Une agent est arrivée à minuit pour relever celui de garde, et elle a trouvé l'autre agent endormi et les deux infirmières souffrant de pertes de mémoire.

Mes doigts agrippèrent les accoudoirs de la chaise.

— Ils ont été charmés ?

— Les infirmières oui. L'agent avait son dispositif anti-charme, mais il a été assommé.

— Et mes parents ? demandai-je d'une voix anxieuse.

Stewart joignit ses mains sur le bureau.

— Votre père a dit qu'un éclat lumineux l'avait réveillé. Il a vu quelqu'un dans le couloir, mais il n'a pas pu le reconnaître. Votre mère a dormi pendant tout ce temps.

L'écrasante vague de soulagement qui déferla sur moi me laissa presque étourdie. Je devais une fière chandelle à celui qui avait créé cette protection.

— Cela m'amène à ma première question, dit Stewart. Qui avez-vous engagé pour protéger vos parents ? Notre consultante faë nous a dit que c'était la protection la plus puissante qu'elle ait jamais vue.

— J'ai bien demandé à un ami de le faire, mais il m'a affirmé qu'ils étaient déjà protégés. Je pensais que l'Agence aurait pu le faire, étant donné que vous les surveillez.

Il bougea dans son fauteuil.

— Nous avons enveloppé la chambre d'une protection le jour où vos parents ont été admis à l'hôpital, mais depuis, quelqu'un en a créé une nouvelle qui a annulé la nôtre. Notre consultante faë ne pouvait pas entrer dans la chambre ni s'approcher à moins de trois mètres de vos parents. Elle nous a indiqué que la protection était attachée à eux, non pas à la pièce, et que c'était une manœuvre très difficile.

— Mon ami m'a dit ça aussi.

Je levai les mains et les laissai retomber.

— Je n'ai vraiment aucune idée de qui a bien pu faire cela. J'aimerais le savoir pour les remercier.

Il me fixa d'un air songeur pendant un instant, puis il hocha la tête.

— Vous avez dit que c'était votre première question. Vous en avez d'autres ? demandai-je.

— Vous avez passé plusieurs heures avec vos parents hier soir. Est-ce que l'un d'eux a dit quelque chose sur ce qui leur était arrivé ou pourquoi ils ont été faits prisonniers ?

Il prit un stylo et le fit rouler entre ses doigts. Ses gestes étaient décontractés, mais la lueur d'intérêt dans ses yeux me dit que ma réponse lui était très importante.

— Je n'ai pas demandé à maman, car elle venait juste de se réveiller. Mon père a dit qu'il ne se souvenait de rien.

Stewart parvint mal à cacher sa déception.

— C'est vraiment dommage.

— Leur docteur m'a dit que c'était normal, avec tous les médicaments dans leur système, mais qu'ils finiraient par récupérer leurs souvenirs.

— Oui. On nous a dit ça, aussi.

— Puis-je vous poser une question à mon tour ?

Il hocha la tête.

— Bien sûr.

Je me penchai.

— Pourquoi est-ce que l'Agence est aussi investie dans la protection de deux chasseurs de primes ? Qu'espérez-vous obtenir des souvenirs de mes parents ?

Il sourit.

— Ça fait deux questions.

J'étais encore trop tendue pour jouer avec les mots.

— Que dites-vous de ça, alors ? Vous pensez que la disparition de mes parents est liée au ke'tain disparu et vous espérez qu'ils se souviennent de quelque chose qui vous aiderait à le retrouver.

Sa tête fit un mouvement brusque en arrière.

— Non, mais ce n'est pas si difficile de recoller les morceaux.

— Quels morceaux ?

Il plissa le front.

— Je me demande pourquoi l'Agence protégerait deux chasseurs de primes sans relâche, insistai-je, d'autant plus que personne ne s'inquiétait vraiment de les retrouver lorsqu'ils avaient disparu.

Il y avait peut-être dans ma voix une pointe d'accusation.

— J'étais à la Plaza hier, quand vous avez prononcé votre annonce sur le ke'tain, puis j'ai reçu un appel de vous, et non pas de l'un de vos agents, concernant cette faille de sécurité. Ce n'est pas quelque chose que ferait le responsable des Crimes Spéciaux, en temps normal.

Il hocha la tête.

— Continuez.

— Hier soir, j'ai pensé à ce que vous avez dit concernant l'Agence qui se penchait sur les collectionneurs d'antiquités faës. Quand j'ai parlé à l'agent Curry à l'hôpital, après que mes parents et moi avons été retrouvés, il m'a demandé si Raisa Havas avait dit quelque chose sur Cecil Hunt et un éventuel trafic d'antiquités volées. Je n'y ai pas prêté attention à ce moment-là, mais maintenant je me doute que tout est lié.

— C'est tout ?

Son expression ne trahissait rien.

— Non. Comme je l'ai dit dans ma déposition officielle, Raisa Havas m'a dit que c'était la garde royale de Seelie qui avait kidnappé ma mère et mon père. S'ils avaient fait cela parce que mes parents ont découvert quelque chose sur le ke'tain ?

— Vous pensez que la garde royale de Seelie s'est emparée du ke'tain ?

Il tapota les doigts sur ses lèvres. Cette fois, il ne cherchait même plus à paraître décontracté.

Je haussai les épaules.

— Je ne dis pas qu'elle l'a volé. Je n'ai que mon instinct, qui ne doit pas compter. Mais je sais une chose. Mes parents sont trop intelligents pour aller à l'encontre de la garde royale de n'importe quelle cour. Il doit y avoir une sacrée bonne raison pour que la garde de Seelie veuille les mettre hors course.

Stewart pinça les lèvres.

— Impressionnant. J'ai lu dans votre dossier que vous possédez un QI supérieur à la moyenne. Avec vos résultats scolaires, vous devriez être agent, pas chasseuse de primes.

— Je devrais être à l'université.

Je choisis de ne pas répondre à son sous-entendu selon lequel les agents étaient plus intelligents que les chasseurs de primes.

— Et pourquoi n'êtes-vous pas à l'université ? Si je puis me permettre.

— La vie a pris le dessus, répondis-je sans détour. Je finirai par y aller. Pour le moment, ma seule préoccupation, c'est la sécurité de ma famille. Si un faë a eu le dessus sur votre agent à l'hôpital, qu'est-ce qui vous fait croire que vos agents peuvent protéger mes parents en maison de repos ?

— Les agents postés là-bas ne sont qu'une précaution. Vos parents sont défendus par la protection qui leur est attachée.

Je croisai les mains sur mes genoux.

— Et vous êtes sûr qu'elle tiendra à l'écart tous les faës, y compris la garde royale de Seelie ?

— Rien n'est certain à cent pour cent, mais je ne pense pas que vous trouverez une protection plus puissante.

Il sourit avec assurance.

— Vos parents sont aussi en sécurité que la famille du président.

Je relâchai mes épaules raides.

— Quand pourrai-je les voir ?

— Demain. Leurs docteurs ont dit que le bouleversement et le départ soudain avaient été pénibles, et vos parents auront besoin d'un jour pour s'installer.

Il jeta un coup d'œil à sa montre.

— J'ai une réunion dans cinq minutes. Y a-t-il autre chose dont vous aimeriez discuter ?

Il y avait beaucoup de choses que je voulais lui demander, mais j'en choisis une.

— Vous avez dit hier qu'aucun faë ne pouvait utiliser la magie du ke'tain. Pourquoi est-ce que l'un d'entre eux voudrait le ke'tain ?

— J'aimerais le savoir.

Il serra légèrement les dents et je le soupçonnai de ne pas être totalement franc avec moi, mais je n'insistai pas. Pour le moment, il avait collaboré au sujet de mes parents et je ne voulais pas que ça change.

Je le remerciai pour tout ce qu'ils faisaient pour mes parents et quittai son bureau avec sa carte de visite, au cas où j'aurais un jour besoin de le contacter. Au lieu de sortir du bâtiment, je pris l'ascenseur jusqu'au premier étage, là où j'avais fait faire mon badge. C'était aussi à cet endroit que nous devions aller pour remplir la fiche d'emprunt pour les détecteurs de ke'tain. Ce dont j'étais certaine, c'était que mes parents étaient encore en danger. Si le faë qui avait essayé de les atteindre hier soir en avait après le ke'tain, ils n'allaient pas abandonner tant qu'ils ne l'auraient pas, ou jusqu'à ce que mes parents ne soient plus une menace pour eux. Pour que ma famille soit en sécurité, il fallait que quelqu'un trouve le ke'tain en premier et le rende à l'Agence.

J'expliquai au garde la raison de ma présence et il me conduisit dans un couloir, jusqu'à la salle pour les requêtes. À l'intérieur, un agent se tenait derrière un haut bureau et travaillait sur un ordinateur. Il semblait si jeune qu'il devait être tout juste sorti de l'académie. Sans doute formaient-ils de nouveaux agents quelque part, et je me rendis compte que cela aurait pu être moi, si j'avais rejoint l'Agence. Je m'imaginais travailler dans cette pièce monotone et sans fenêtres et j'en frémis. Je serais devenue complètement folle à lier avant d'avoir terminé ma première semaine.

Derrière son écran, il leva les yeux dans ma direction.

— Je peux vous aider ?

— Oui. Je suis là pour remplir la fiche d'emprunt pour le détecteur de ke'tain.

— C'est réservé aux agents et aux chasseurs de primes, répondit-il avec dédain, reportant son attention sur son ordinateur comme si je n'étais pas là.

J'avais l'habitude que les gens supposent que je n'étais pas une chasseuse, et habituellement, cela ne m'atteignait pas. Après ma matinée, cependant, je n'étais pas d'humeur à faire face à la mauvaise volonté d'un type qui mouillerait sûrement son pantalon bien repassé s'il voyait ce que les chasseurs de primes rencontraient.

J'abattis si brutalement mon badge sur le comptoir qu'il sursauta.

— Et vous pensez que le garde m'aurait laissée entrer si je n'avais pas l'autorisation ?

— Tout va bien ici ? demanda Bruce, qui était entré dans la pièce sans que je le remarque.

Je regardai par-dessus mon épaule dans sa direction et celle de Trey.

— J'attends que...

Jetant un coup d'œil au nom de l'agent, je dus ravaler un rire.

— ... que l'agent Smith me remette mon détecteur.

L'agent en question prit mon badge, son regard alternant entre moi et la carte.

— Vous êtes donc cette chasseuse de primes qui a été kidnappée dans le Queens le mois dernier. Ils vous ont retrouvés, vous et vos parents, emprisonnés dans un sous-sol.

— C'est moi.

Je tambourinai des doigts sur le bureau.

— Je peux avoir mon détecteur maintenant ?

— Euh, bien sûr.

Il cliqua sur sa souris, puis inséra mon badge dans un scanner. Une fois que la lumière devint verte, il retira la carte et la fit glisser vers moi sur le comptoir.

— Je vais en chercher un derrière.

— Merci.

Il sortit par une porte derrière lui, et je me retournai vers Bruce et Trey.

— Je crois savoir pourquoi vous êtes là.

Bruce sourit.

— On continue toujours de prendre les missions habituelles, mais ce serait insensé de ne pas chercher aussi le ke'tain.

— On ne s'attendait pas à te voir ici, par contre, dit Trey. Je pensais que tu n'allais pas à la recherche du ke'tain.

Je mis mon badge dans ma poche.

— Je me suis dit que ça ne ferait pas de mal d'avoir un détecteur, au cas où.

— Très malin de ta part, dit Bruce.

Trey émit un petit rire.

— Tu as fait tout ce chemin depuis Manhattan dès les premières heures de la matinée pour en prendre un juste au cas où ?

Je plissai les yeux vers lui.

— Non, j'ai fait tout ce chemin parce que j'ai eu un appel de l'Agence me disant qu'ils avaient dû déplacer mes parents après une faille de sécurité hier soir à l'hôpital.

— Quoi ?

Les yeux de Bruce s'écarquillèrent avec inquiétude.

— Que s'est-il passé ? Ils vont bien ?

Je leur parlai de ce que Stewart m'avait dit sur l'accident à l'hôpital.

— Tu connais quelqu'un qui paierait pour une protection comme celle-ci ? demandai-je à Bruce.

Il secoua la tête.

— Je ne connais personne qui pourrait seulement se le permettre.

Nous retrouvâmes le silence lorsque l'agent Smith revint et plaça un objet rectangulaire, de la taille d'une clé de voiture à distance, sur le comptoir. Il n'y avait aucun bouton sur le détecteur, seulement une lumière qui brillait d'un rouge terne.

— Comment ça marche ? lui demandai-je.

— C'est assez simple. L'appareil commencera à vibrer quand il sera assez proche du ke'tain pour capter sa signature énergétique. La lumière passera du rouge au jaune, puis au vert, plus vous vous en approcherez.

Je levai les yeux vers les siens.

— Si le ke'tain n'a jamais quitté le royaume des faës, comment savoir que le détecteur fonctionne ?

Il me regarda comme si je lui avais demandé pourquoi le ciel était bleu.

— Ce sont les faës qui ont fourni les pierres qui alimentent les appareils. Je suis sûr qu'ils savent ce qu'ils font.

— Je n'en doute pas.

Je tendis la main, pris le détecteur, et la lumière commença à clignoter en rouge, jaune et vert.

— C'est normal, ça ?

— Non.

Il me prit l'appareil et le clignotement changea pour émettre de faibles lueurs discontinues.

— Il doit être défectueux. Je vais devoir vous en donner un nouveau.

Il disparut de nouveau à l'arrière et revint avec un nouveau détecteur. La lumière clignota avant même qu'il ne me le donne, mais elle s'emballa dès qu'il toucha ma main.

— C'est bizarre. Ils fonctionnaient bien quand nous les avons reçus hier.

Fronçant les sourcils, il prit le détecteur et le retourna dans ses mains.

— Je peux le voir ? demanda Bruce.

L'agent Smith lui donna le détecteur.

J'attendis qu'il recommence à changer de lumière, mais rien ne se produisit. Bruce le passa à Trey, toujours rien. Trey me le donna, et cette fois l'appareil s'illumina comme les feux d'artifice le jour de la fête nationale.

L'agent me regarda d'un air suspicieux.

— Vous portez quelque chose qui puisse interférer avec le signal ?

— Comme quoi ?

Je posai l'appareil et vidai mes poches. À part mon badge, j'avais mon portable, mes clés, un peu d'argent, un bonnet et des gants, ainsi que la nouvelle carte de métro que j'avais achetée hier.

— C'est tout ? demanda Smith.

Je tendis les bras et retroussai ma manche pour lui montrer mon bracelet en cuir. L'agent Curry me l'avait rendu quand j'étais venue donner ma déposition concernant mon enlèvement.

— À part mon talisman anti-charme.

— Ça ne peut pas être le problème, Trey et moi aussi en portons, commenta Bruce.

Smith n'était pas convaincu.

— Il doit y avoir autre chose.

— À moins que vous ne comptiez me fouiller au corps, vous allez devoir me croire sur parole. Je n'ai rien sur moi qui puisse interférer avec l'appareil faë.

À l'instant où l'affirmation franchit mes lèvres, je me rendis compte que ce n'était pas vrai. Je levai la main machinalement, mais me retins avant de toucher la minuscule pierre cachée dans mes cheveux. Pour me rattraper, je glissai une mèche rebelle derrière mon oreille.

Trey fit un large sourire et leva une main.

— Ce serait avec plaisir que...

— Dans tes rêves.

Je ricanai et Bruce s'esclaffa.

Smith reprit l'appareil.

— Je ne sais pas quoi vous dire. Pour d'obscures raisons, le détecteur ne marche pas avec vous.

Je laissai mes épaules s'affaisser. Comment étais-je censée chercher le ke'tain sans détecteur ? La pierre pourrait être juste sous mon nez que je ne le saurais même pas.

Mon visage devait montrer ma déception, car Trey me dit :

— Tu peux toujours travailler avec nous si tu veux. Pas vrai, papa ?

Bruce sourit.

— Nous aurions de la chance de t'avoir.

— Merci. Je vais y réfléchir.

Je fourrai à nouveau mes affaires dans mes poches alors que Smith prenait le badge de Trey et le scannait. Il lui remit l'un des détecteurs qu'il avait sortis pour moi et répéta l'opération avec Bruce.

— Tu es venue jusqu'ici en voiture, Jesse ? demanda ce dernier alors que nous nous dirigions tous les trois vers l'ascenseur.

Je grimaçai.

— La Jeep était couverte d'un demi-centimètre de givre, alors j'ai pris le métro.

Il appuya sur le bouton de l'ascenseur.

— Nous rentrons chez nous, si tu veux monter...

— Avec plaisir.

Nous quittâmes l'immeuble et un vent froid me coupa la respiration. Tremblante, je mis mon bonnet, l'enfonçant sur mes oreilles. Par des journées comme celle-ci, je me disais que Maurice avait peut-être raison de passer ses hivers à chasser dans le sud. Je n'avais pas eu de nouvelles de sa part depuis que je l'avais appelé, après la disparition de mes parents, et je me demandais quel genre de mission il effectuait pour rester injoignable aussi longtemps. Ce devait être important, moins que le ke'tain, bien sûr, mais tout de même.

— Tu as effectué des recherches sur le ke'tain ? me demanda Trey alors que nous marchions sur le trottoir glissant vers leur SUV.

— J'allais le faire hier soir, mais je n'ai pas eu le temps. Je sais où nous pourrions trouver quelques informations, s'il en existe.

Tous deux s'arrêtèrent pour me regarder avec espoir.

— La section pour les faës à la Bibliothèque du Congrès. Il y a un portail internet où l'on peut se connecter avec notre numéro de badge.

Bruce se frotta la nuque.

— Je n'ai jamais eu à l'utiliser et je ne m'en serais sûrement pas souvenu.

— Tu ferais mieux d'y jeter un coup d'œil, parce que je ne suis pas la seule chasseuse à y avoir pensé.

Il m'adressa un sourire reconnaissant.

— Merci, Jesse. Avec cette mission, nous aurons besoin de tous les avantages que nous pourrons obtenir.

— J'espère que ce sera utile.

Trey se montra un peu plus exubérant avec ses remerciements. Il m'attira pour me serrer fort contre lui, me soulevant pour me faire tournoyer.

— Tu es la meilleure !

Il me reposa et passa un bras autour de ma taille afin de me stabiliser lorsque je glissai sur la glace.

Je le repoussai en riant.

— Toi alors, tu es vraiment un...

Mes mots s'éteignirent lorsque je regardai derrière Trey pour découvrir des yeux d'un bleu nuit.

Lukas se tenait à moins de trois mètres de là, son visage de marbre alors que son regard alternait entre moi et Trey, dont le bras était toujours négligemment autour de ma taille. Nos yeux se croisèrent à nouveau et mon traître d'estomac fit un petit bond avant de se nouer de colère.

J'ignore ce qu'il vit dans mon expression, mais son visage perdit une partie de sa dureté. Pendant un bref instant, j'eus presque l'impression de retrouver l'ancien Lukas, celui que je pensais connaître avant qu'il ne me révèle quelle naïve j'avais été.

Un mouvement derrière Lukas me fit détourner les yeux. Iian et Kerr le flanquaient, et ils regardaient entre nous avec hésitation. Bien sûr, il n'était pas seul. Un prince faë n'allait nulle part sans sa garde personnelle.

J'ouvris la bouche pour lui crier dessus, pour lui dire tout ce que j'avais accumulé en moi pendant des semaines. Mais les mots ne voulaient pas sortir. Je tenais une occasion de l'affronter sur un pied d'égalité, sans barreaux entre nous, et voilà que j'étais trop émotive pour parler. Plus j'essayais, plus ma gorge se fermait. C'était frustrant.

Le dos droit comme un piquet, je m'éloignai de Trey et passai devant Lukas sans un regard vers lui ou ses hommes. Je ne regardai pas non plus en arrière pour savoir si Trey et Bruce me suivaient. Tout ce qui comptait, c'était de m'éloigner le plus possible de *lui*.

Quelle idiote ! me réprimandai-je tout en marchant d'un pas raide, remarquant à peine les environs. J'avais su qu'il y avait une chance que je finisse par tomber sur Lukas, mais je n'étais pas préparée à ce que cela arrive aussi tôt. Même après la visite de Conlan hier soir, Lukas était la dernière personne que je m'attendais à voir aujourd'hui.

Je ne cessai de marcher jusqu'à ce que Trey me prenne le bras et tende le doigt vers leur véhicule que j'avais dépassé. Bruce et lui me regardaient d'un drôle d'air alors que je montais sur la banquette arrière, mais je ne leur fournis aucune explication. J'étais chamboulée d'avoir revu Lukas et j'avais peur de me couvrir de honte en pleurant ou en vociférant si je devais répondre à des questions à son sujet.

Bruce et Trey parlèrent entre eux à voix basse durant le trajet vers Brooklyn. Lorsque nous nous garâmes chez moi, Bruce mit la voiture au point mort et se tourna sur son siège pour me regarder.

— Je dois m'inquiéter de quelque chose ?

Je me forçai à sourire pour le rassurer.

— Je vais bien et tu n'as pas à t'inquiéter.

— Tu me dirais si tu étais en danger, pas vrai ?

— Oui, et je t'assure que je ne le suis pas.

J'ouvris la portière.

— Merci de m'avoir déposée. Bonne chasse.

— Je suis à vous dans un instant, grommela Levi Solomon alors que la porte de son bureau s'ouvrait.

Marmonnant dans sa barbe, il continua de rédiger le chèque pour les deux péris que j'avais appréhendés.

Je regardai vers la porte alors qu'un homme approchant de la trentaine entra dans la pièce, avec sur une épaule un gros sac à dos effiloché. Ses cheveux blonds décolorés par le soleil et sa peau bronzée trahissaient le surfeur californien. Je pariais que c'était l'un des chasseurs de primes indépendants qui affluaient en ville.

Les lèvres de Levi étaient pincées lorsqu'il me remit le chèque.

— J'ai une douzaine de nouvelles missions et deux fois plus de chasseurs de primes en ville, mais tout ce qui les intéresse, c'est ce foutu ke'tain.

Il inclina la tête vers le nouveau venu, qui examinait les vieux avis de recherche accrochés aux murs.

— Vous êtes là pour une mission ?

— À l'Agence, on m'a dit de m'enregistrer auprès d'un garant avant de me mettre au travail sur le ke'tain, répondit l'homme.

— Vous voyez ?

Levi secoua la tête, faisant remuer ses multiples mentons.

— J'ignore comment l'Agence s'attend à ce que je fasse quoi que ce soit si personne ne veut les missions.

— Je vais les prendre.

— Très malin, James.

Il m'adressa un sourire futé.

— Il y a beaucoup d'argent à gagner. Laissez tous les autres se battre pour le ke'tain.

Je pliai le chèque et le fourrai dans ma poche.

— En fait, je vais le chercher, mais je vais aussi accepter les autres missions.

Il leva ses sourcils fournis.

— Vous êtes sûre de pouvoir tout gérer ?

— Vous me ménagez, Levi ?

Il rit à gorge déployée.

— Vous pouvez sauter du pont de Brooklyn si ça vous chante, tant que vous ne foirez pas mes missions.

Je posai ma main sur ma poitrine.

— C'est généreux.

Cinq minutes plus tard, j'avais quatre nouvelles missions avec la promesse d'en avoir davantage dès que je les finirais. J'étais plutôt contente de moi en rangeant la liste dans ma poche. L'une des missions était de niveau Trois, et le reste de niveau Deux. J'avais l'intention de les terminer le plus rapidement possible pour pouvoir commencer celle du ke'tain.

Le téléphone de Levi sonna alors que je me dirigeais vers la porte et il ronchonna en décrochant. J'avais le sentiment que le garant avait de longues journées devant lui en attendant que les choses reviennent à la normale.

Je venais juste d'appuyer sur le bouton de l'ascenseur lorsque la porte du bureau de Levi s'ouvrit. Il s'exclama :

— Ouf, vous êtes encore là.

Je me tournai vers lui alors qu'il s'approchait lentement de moi.

— Un problème ?

— Je viens de recevoir une mission urgente qui doit être traitée dès que possible. C'est une maison avec un paquet de créatures en liberté.

— Quel genre de créatures ?

— Un nixie et peut-être un drakan.

Je me redressai à l'évocation du drakan, car je n'en avais jamais vu de près. Mais je me demandais bien en quoi un drakan et une nixie représentaient une mission urgente.

— Et environ trois douzaines de verries, ajouta lentement Levi.

Je frémis.

— Des verries ?

— Ce sont des niveaux Trois, me rappela-t-il. Pour le lot.

Je ne répondis pas. D'habitude, je n'aurais pas hésité pour un niveau Trois, mais soudain, les cinq mille dollars de rémunération ne m'attiraient plus vraiment.

Le visage de Levi se tordit, comme s'il menait un combat intérieur. À moins qu'il ait soudain très envie d'aller aux toilettes.

— Bon, d'accord ! Je double la prime pour les verries, mais uniquement parce que je n'ai personne d'autre à qui demander.

Je tendis la main.

— Marché conclu. Je dois rentrer chez moi pour récupérer quelque chose.

— Ne prenez pas trop de retard, dit-il en serrant mes doigts dans sa poigne puissante.

Les portes de l'ascenseur s'ouvrirent et j'y entrai.

— Où dois-je aller ?

— À Flatbush.

— L'Agence a fait une descente dans la maison d'un trafiquant du marché noir, et il a libéré tout ce qu'il avait en cage pour créer une diversion.

La lèvre de Levi se retroussa.

— Les agents n'étaient pas équipés pour s'occuper des verries et nous ont appelés à l'aide pour nettoyer leur bazar. Comme si je n'avais pas assez à gérer sans qu'ils ne me créent plus de travail.

Mon estomac fit un saut périlleux sous l'effet de l'excitation. Les descentes n'étaient pas rares, mais l'Agence était trop concentrée sur le ke'tain pour s'en prendre à un type vendant de la contrebande faë habituelle. S'ils soupçonnaient le trafiquant de savoir quelque chose sur le ke'tain, c'était pour moi l'endroit idéal où débuter ma recherche.

— Envoyez-moi les détails par texto, dis-je à Levi alors que les portes de l'ascenseur se refermaient.

Ce ne fut pas difficile de trouver la maison dans Flatbush. Tournant dans la rue, je vis un tas de voitures et fourgons devant une maison blanche à deux niveaux, et six agents en tenue militaire dans l'allée. Je trouvai une place de stationnement et sortis de mon sac une combinaison blanche à capuche, que j'enfilai par-dessus mes vêtements. Il ne fournissait pas beaucoup de protection contre le froid, mais mes tremblements étaient bien le cadet de mes soucis.

Les agents me regardèrent approcher, mais ils ne dirent rien jusqu'à ce que j'atteigne le bas des marches.

— Je suis l'agent Ross, dit alors l'un d'eux alors qu'ils lorgnaient ma tenue et mon sac en toile. Tu es l'un des chasseurs de primes ?

Je leur montrai mon badge.

— Levi Solomon m'envoie. Quelle est la situation à l'intérieur ?

— Pour être francs, nous l'ignorons, répondit Ross d'un ton un peu penaud. Nous avons décampé quand les verries ont été libérées, et nous ne sommes pas rentrés depuis. À notre connaissance, aucune d'entre elles ne s'est échappée de la maison.

— Elles ne survivraient pas longtemps dans ce froid.

J'ajustai la lanière de mon sac.

— Je ferais mieux d'entrer.

Ils s'écartèrent comme la mer Rouge, et l'un d'entre eux passa même devant moi pour ouvrir la porte. Je pénétrai dans l'entrée et la porte se referma rapidement derrière moi. Sans la prime de dix mille dollars, moi non plus, je ne m'y aventurerais pas.

J'ouvris mon sac et sortis une paire de couvre-chaussures blanches, que j'enfilai par-dessus mes bottes. Puis j'enlevai mes lunettes et mis un masque de ski et des gants blancs. Après plusieurs profondes inspirations, je me donnai un petit discours d'encouragement dans ma tête et quittai l'entrée pour commencer mes recherches.

Il s'agissait d'une vieille maison qui n'avait pas été rénovée sous forme de vaste espace à aire ouverte, agencement si populaire de nos jours. Devant moi s'étendait un petit couloir avec deux portes ouvertes sur ma droite et deux sur ma gauche. Tout au bout se trouvait l'escalier menant au premier étage.

J'avançai discrètement dans le couloir, m'arrêtant pour jeter un coup d'œil dans la première des deux pièces. Celle sur ma gauche était un bureau, et pendant quelques secondes, je fus tentée de rentrer pour fouiner. Mais l'Agence pouvait m'arrêter et me retirer ma licence de chasseur de primes s'ils me surprenaient en train d'abîmer des preuves potentielles. Et puis, je devais m'occuper des verries.

Je regardai la pièce sur la droite, à la fois une cuisine et une salle à manger. Comme il n'y avait aucun signe de vie, je continuai ma route.

La seconde pièce sur la gauche était plus intéressante. Elle contenait au moins vingt cages en fer et en Plexiglas de tailles différentes. Toutes les cages étaient vides, mais il était évident qu'elles avaient chacune contenu un faë vendu sur le marché noir.

Une caméra de sécurité était fixée dans un coin, vraisemblablement pour que le propriétaire puisse surveiller son inventaire pendant son absence. J'en avais aperçu une dans le bureau, et au fond du couloir aussi. Je ne serais pas surprise d'en trouver partout dans la maison. En règle générale, ceux qui faisaient du trafic sur le marché noir étaient paranos quant à leur sécurité.

Je regardai de nouveau les cages, et une colère sourde me parcourut lorsque je pensai à Finch et à ses parents enfermés. Il avait dû avoir si peur quand ils lui avaient été arrachés et vendus. Que serait-il arrivé à mon frère si nos parents ne l'avaient pas trouvé et ramené à la maison avec eux ?

Me remémorant ma mission à terminer, je quittai la pièce et avançai de quelques pas dans le couloir vers la dernière porte sur la droite. Sans un bruit, j'entrai dans le salon et m'arrêtai pour regarder ce qui se présentait devant moi.

Sur les murs et sur chaque meuble, il y avait d'énormes papillons de nuit parés d'un large éventail de couleurs. Chacun était aussi gros qu'une grande assiette et possédait un corps épais avec deux paires d'antennes. Il y a quelques années, j'avais regardé un documentaire de National Geographic sur les verries, mais cela faisait pâle figure en comparaison avec les créatures vues de près.

Une vague se propagea sur elles, comme si elles étaient conscientes de ma présence, et sous le masque de ski, de la sueur perla sur ma lèvre supérieure. Je me rappelais avoir pensé que l'équipe du documentaire devait être folle pour être aussi proche d'autant de verries, me demandant s'ils n'avaient pas fini par se pisser dessus. Décidément, on ne me payait pas assez pour cela.

Mes mouvements au ralenti, j'entrai dans le salon. Les verries étaient attirées par les couleurs vives, sauf le blanc. Pour une raison quelconque, elles ne pouvaient pas voir le blanc. Je devais être invisible à leurs yeux tant que je ne faisais pas de bruit. Leurs antennes étaient très sensibles au son, et les bruits forts les provoquaient. Mieux valait faire face à un bunnek affamé qu'à un essaim de verries.

Je me dirigeai vers la verry la plus proche, perchée sur l'accoudoir d'un fauteuil. Retenant mon souffle, je tendis la main et laissai courir un doigt avec douceur le long du dos de la créature. À la seconde caresse, la verry se raidit et ses ailes se replièrent contre son corps.

Jusqu'ici, tout va bien. Je laissai échapper un souffle frémissant et ramassai la créature endormie, faisant attention à ne pas la bousculer. Je me tournai et revins sur mes pas jusqu'à la pièce, de l'autre côté du couloir, où je la déposai délicatement sur le sol d'une grande cage en verre jonché de crottes blanches. Une de faite, plus qu'une petite douzaine.

Je répétai, encore et encore, le processus terriblement lent d'endormir chaque verry et de les porter jusqu'aux cages. En dix-neuf minutes, j'en avais capturé trente-cinq, et il en restait cinq.

Je tendais la main vers une verry accrochée à un rideau lorsqu'une porte claqua à l'étage. Je me figeai sur place alors que les cinq verries qui restaient battaient des ailes avec agitation. L'agent avait dit que tout le monde avait quitté la maison, alors qui était là-haut, bon sang ?

Des pieds dévalèrent bruyamment l'escalier et un homme lança :

— Mon Dieu, j'ai dormi comme une souche. Pourquoi tu ne m'as pas réveillé, Lewis ?

Les verries s'envolèrent.

Oh, non ! Je sortis de la pièce en courant et tombai nez à nez avec un homme, visiblement d'origine coréenne. Étonné, il marqua une pause en bas de l'escalier.

— Tu es qui, toi ?

— Taisez-vous, chuchotai-je avec impatience en me précipitant vers lui.

— Que... ?

Les mots restèrent coincés dans sa gorge alors qu'il écarquillait les yeux avec horreur.

Je me figeai. Je n'avais pas besoin de regarder derrière moi pour comprendre qu'il était trop tard.

5

’HOMME CRIA et se tourna pour s’échapper en montant les escaliers. Il atteignit la troisième marche avant que les verries ne fondent sur lui. Elles l’encerclèrent, déchaînées, et mon estomac se noua à la vue des énormes dards recourbés qui dépassaient d’en dessous, luisant déjà de venin.

Je regardai désespérément alentour pour trouver quelque chose afin d’aider l’homme et mes yeux se posèrent sur un tableau encadré au mur. Je l’arrachai alors que l’homme poussait un cri à glacer le sang. Il tomba de l’escalier et atterrit en bas, en un imbroglio de membres hurlant et remuant. Le bruit ne fit que provoquer davantage les verries, qui plongèrent vers lui, le plantant avec leurs dards.

Je me précipitai en brandissant le tableau, que j’écrasai contre une verry, propulsant la créature contre le mur. Les autres délaissèrent l’homme tout de suite pour recherche la nouvelle menace, mais ma tenue blanche les perturbait. Elles ne pouvaient voir que le tableau que je tenais, et elles se lancèrent vers moi comme des missiles.

Durant une minute insoutenable, je crus que c’en était fini de moi alors que je frappais les verries l’une après l’autre. Mes côtes me donnaient l’impression qu’elles allaient se briser à cause de la pression dans ma poitrine et je faillis faire dans mon pantalon lorsqu’un dard perça mon gant. Je réussis à frapper la verry avant qu’elle ne puisse me piquer, mais il s’en était fallu de peu, et cela me donna des sueurs froides.

L’homme convulsait et bavait lorsque je neutralisai la dernière verry. Je lâchai le tableau et me précipitai vers lui, comptant au moins neuf cloques sur son visage et son bras. Avec autant de venin dans le corps, il serait mort en quelques minutes.

Je me ruai dans la pièce contenant les cages, où les autres verries étaient toujours inconscientes. Ouvrant la porte, je pris quelques crottes blanches et la refermai. Je me dépêchai de revenir vers l'homme et couvris les marques avec la pâte nauséabonde et poisseuse. Je dus faire un second déplacement pour en prendre davantage, mais bientôt, l'homme avait cessé de se débattre et de baver. J'ignorais si j'en avais fait assez pour le sauver, mais je lui avais donné une chance, et c'était mieux que rien.

Retirant les gants abîmés d'un coup sec, je courus vers la porte d'entrée. Lorsque je l'ouvris, je tombai nez à nez avec l'agent Ross.

— Appelez une ambulance. Il y a un homme à l'intérieur avec de nombreuses piqûres de verry.

Il me fixa quelques secondes, puis il se tourna pour aboyer des ordres. Les autres agents passèrent à l'action alors que Ross me regardait de nouveau.

— Est-ce que la menace a été neutralisée ?

— Oui.

Je mis le masque de ski sur ma tête, me délectant de l'air froid qui touchait mon visage brûlant. En reculant, je fis signe à l'agent d'entrer.

Il passa devant moi à grandes enjambées, alla vers l'homme inconscient au bas de l'escalier. D'autres hommes passèrent devant moi et ils regardèrent avec prudence les verries mortes dans le couloir alors qu'ils rejoignaient leur chef.

Ross m'appela.

— Qu'est-ce que c'est, cette matière blanche qu'il a partout sur lui ?

— Des excréments de verry.

Je remis des mèches de cheveux libres derrière mes oreilles.

— Si on les utilise comme cataplasme, ils retirent la majorité du venin.

Il écarquilla les yeux.

— Vous saviez cela.

— C'est mon boulot de savoir ça.

— Impressionnant, lança une femme en s'agenouillant à côté de la victime. Personne ne peut survivre à autant de piqûres de verry. S'il vit, il peut vous en remercier.

— Qui est-ce ? me demanda Ross comme si je devais connaître la réponse.

Je secouai la tête.

— Je l'ignore, mais je suis presque sûre que c'est un ami du propriétaire. Il est arrivé d'en haut. Il dormait pendant la descente.

L'agent examina l'homme avec un regain d'intérêt, et la femme tendit la main pour récupérer sous son corps le portefeuille fin dans sa poche arrière. Elle en sortit un permis de conduire et lut le nom à voix haute.

— Brian Kang.

— Cherchez ce nom, ordonna l'agent principal. Je veux tout savoir sur lui, et son lien avec Lewis Tate.

— À vos ordres !

Elle se mit debout et me décocha un sourire, alors qu'elle me passait devant d'un pas vif.

Ross se tourna vers un autre agent.

— Diaz, je veux que vous trouviez les sauvegardes de ces caméras de sécurité. Avec un peu de chance, Tate n'a pas eu le temps de les supprimer avant de s'enfuir.

— Si vous n'avez pas besoin de moi, je vais me remettre au travail, dis-je à Ross. Je dois toujours trouver la nixie et le drakkan.

Il me regarda comme s'il avait déjà oublié que j'étais là.

— N'entrez pas dans une pièce tant qu'un agent ne vous autorise pas à y aller. Et si vous voyez quoi que ce soit qui semble suspicieux, venez directement me voir. Compris ?

— Par suspicieux, vous voulez parler de tout ce qui ressemble au ke'tain ?

La surprise transparut dans ses yeux face à ma franchise.

— Précisément.

J'allai dans le hall pour prendre mon sac en toile. Retirant la combinaison et les couvre-chaussures, je les fourrai dans le sac, espérant ne jamais avoir à m'en servir de nouveau. Le souvenir des verries attaquant ce pauvre homme n'était pas quelque chose que j'oublierais de sitôt.

— Qu'est-ce que c'est que ça ? demanda alors une voix féminine et traînante avec un fort accent texan. Ils laissent les enfants jouer aux chasseurs par ici ?

— Je crois que oui, répondit une seconde voix.

Je levai les yeux vers les deux femmes dans l'embrasure de la porte. L'une avait les cheveux blonds, et l'autre était brune. Elles donnaient l'impression d'avoir vingt-cinq ans. Elles portaient des jeans délavés, des blousons en cuir, des bottes de cowboy éraflées, et arboraient de vraies expressions de garces.

La blonde me regarda de haut.

— Tu devrais être couchée depuis longtemps, petite.

— Rentre chez toi, renchérit son amie. C'est une mission pour adultes.

Je me levai, heureuse de constater que j'étais plus grande d'au moins trois centimètres que les deux femmes, même avec leurs bottes à talons. À leurs traits tirés, je déduisis qu'elles en étaient vraiment mécontentes. Je n'avais jamais eu de harceleuses à l'école, et aucun des chasseurs du coin n'avait jamais été hostile envers moi, si bien que je ne savais pas trop comment gérer cette situation.

Je ne reculerais pas devant elles, mais je ne voulais pas non plus d'affrontement.

Je leur adressai un sourire si mielleux qu'elles en firent presque de l'hyperglycémie.

— Je serai partie dès que j'aurai terminé les missions pour lesquelles on m'a envoyée ici. Sentez-vous libres de récupérer l'une des deux. Vous voulez celle avec la nixie ou le drakkan ? Désolée, mais j'ai déjà fait les verries.

Je savais très bien qu'elles n'étaient pas là pour les petites missions. Comme tous les chasseurs de primes étrangers à la ville, elles cherchaient le ke'tain. Elles avaient entendu parler de la descente, et elles étaient venues en espérant trouver leur prix. Je parierais la moitié de ma prime qu'elles ne seraient pas les seules chasseuses qui arriveraient ici avant la fin de la nuit.

La blonde se moqua.

— Tu peux les garder. Contente-toi de rester en dehors de notre chemin.

— Est-ce une manière de parler à une collège ? réprima une nouvelle voix alors que Kim passait entre les deux femmes.

Les Texanes m'avaient paru coriaces avant que je ne les voie à côté d'elle. Kim était tout en muscles allongés et possédait un physique sec. J'avais entendu dire qu'elle avait neutralisé quatre ogres toute seule, une fois.

— Qu'est-ce que c'est, une soirée mondaine ?

La brune fit la moue.

— Vous avez des règles de politesse à suivre ou quoi ?

Kim sourit, montrant les dents.

— Considère cela comme un petit conseil d'amie. Je ne sais pas comment *vous* procédez, chez vous, mais ici, nous nous entraidons.

— Que c'est bizarre, fit la blonde d'un ton las.

Elle passa devant moi, me donnant au passage un vigoureux coup d'épaule. Son amie fit un sourire narquois et la suivit.

— Quelles garces, marmonna Kim.

Je lui jetai un coup d'œil en coin.

— Des amies à toi ?

— Nous avons eu le plaisir, Ambrose et moi, de faire leur connaissance hier soir. Elles sont là depuis une journée et il est déjà de mauvaise humeur.

Je ne répondis pas à cela. J'ignorais que l'humeur de son frère pouvait s'empirer.

Elle se tourna vers moi, les sourcils froncés.

— Tu dois t'endurcir, sinon les gens comme elles te verront toujours comme une proie facile.

— Eh bien, merci, rétorquai-je, ressentant la douleur de ses paroles.

— Ne t'énerve pas. Tu es peut-être une encyclopédie vivante, mais il te faut plus que de l'intelligence dans ce secteur.

Je croisai les bras.

— Papa m'a appris l'auto-défense, et je travaille avec une formatrice à présent.

— C'est un début.

Elle agita une main, du haut de mon corps jusqu'en bas.

— Mais tu ressembles toujours à une élève de terminale. Je parie qu'au moins une fois par jour, quelqu'un te demande si tu es vraiment une chasseuse de primes.

J'ouvris la bouche, mais je n'avais aucune objection, car elle avait raison. Kim continua.

— Tu ne peux rien faire pour ton âge, mais parfois, faire preuve de caractère contribue largement. Tu es trop gentille. Ne laisse personne t'intimider.

C'était mon tour de froncer les sourcils.

— Je n'étais pas intimidée par elles.

Elle hocha la tête.

— Bien, car elles ne seront pas les dernières pestes que tu vas rencontrer avant que cette histoire avec le ke'tain soit terminée. Cette satanée ville est envahie par des chasseurs, et certains te trancheraient la gorge plutôt que de t'aider.

— Je m'en souviendrai.

— Comment ça, on n'est pas autorisées à entrer ? s'exclama l'une des Texanes à voix haute.

Je regardai derrière moi pour voir un agent raccompagner dans l'entrée les deux femmes furieuses. Je fis un pas de côté pour les laisser passer.

La brune pointa avec colère un doigt vers moi.

— Pourquoi est-ce qu'elle a le droit d'entrer ?

L'agent fronça les sourcils vers moi et je me rendis compte qu'il ne me reconnaissait pas sans ma combinaison blanche. Je levai mon masque de ski.

— J'ai attrapé les verries.

Il hocha la tête et regarda les Texanes.

— Elle est en mission ici. Les autres, vous devrez attendre dehors.

— N'importe quoi, vociféra la blonde, mais l'agent ignora leurs protestations alors qu'il les poussait de l'autre côté de la porte.

Kim ne sembla pas non plus ravie, mais elle me donna une tape sur l'épaule avant de les suivre.

— Je vais voir si je peux asticoter les cow-girls en attendant.

Je lui fis un grand sourire. J'aimerais être une mouche posée sur le mur pour entendre l'échange entre les trois, après que la porte fut fermée.

Comme les deux agents fouillaient le bureau, je jetai un coup d'œil dans la cuisine où un autre passait en revue les meubles de rangement. Dans une main, il tenait un détecteur pour le ke'tain pendant que, de l'autre, il ouvrait les portes et les tiroirs. Il se déplaçait rapidement, sans se soucier de refermer les portes derrière lui.

— J'imagine que vous n'avez pas trouvé de nixie ou de drakkan dans un de ces placards ? lui demandai-je depuis l'embrasure de la porte.

Il fronça les sourcils, visiblement contrarié par l'interruption, et se remit à travailler.

— Non.

Me souvenant des ordres de l'agent Ross, je restai là où j'étais jusqu'à ce que l'homme finisse sa fouille et quitte la cuisine. Je ne pensais pas qu'il aurait pu manquer un faë dans la pièce, mais je l'examinai tout de même. De toute façon, ce n'était pas comme si je pouvais fouiller les autres pièces pour le moment. Un regard dans l'entrée me dit que les agents n'avaient pas fini d'inspecter les autres salles du rez-de-chaussée. À ce rythme, ça allait prendre une éternité pour finir ma mission.

Il fallut encore trente minutes avant que je puisse entrer dans le bureau, qui donnait l'impression qu'une petite bombe avait explosé à l'extérieur. J'examinai les papiers éparpillés et les tiroirs ouverts, songeant au jour où l'agent Curry s'était montré dans mon appartement pour le fouiller. S'il avait eu un mandat de perquisition, notre bureau aurait sûrement ressemblé à cela après son passage.

Je contournai avec soin les papiers sur le sol, sachant déjà que ni la nixie ni le drakkan ne se trouvaient là. Si je devais parier, je dirais qu'ils se terraient en haut, dans les coins les plus sombres. Mais l'Agence avait fait une descente dans cette maison, car ils pensaient que le ke'tain pouvait s'y trouver, et je serais bête de ne pas profiter de cette occasion pour fouiner un peu.

Hélas, les agents avaient emporté tout ce qui était intéressant, y compris l'ordinateur. Tout ce qui restait, c'étaient les factures ménagères et des objets divers qu'ils n'avaient pas jugés importants. Je ramassai un bout froissé d'un épais papier à lettres et vis que c'était une invitation écrite à la main à une fête de réveillon en tenue de soirée provenant d'un certain DW. Je repensai au réveillon passé à l'hôpital avec mes parents, et je jetai la carte avec dégoût.

Il fallut presque trois heures pour que les agents finissent leur fouille. Je suivais dans leur sillage, cherchant chaque endroit où un faë de petite taille pourrait se cacher. Dans le couloir du premier, je trouvai une fenêtre cassée et quelques écailles rouges et dorées sur le sol en dessous. Le drakkan était parti depuis longtemps, et je n'avais aucune intention de le pourchasser. La mission consistait à rassembler les créatures *dans* la maison, et c'était ce que je ferais.

Après une fouille approfondie, je trouvai finalement la nixie terrifiée, roulée en boule dans un vieil abat-jour du grenier. Il me fallut encore une heure pour la faire sortir de sa cachette.

J'avais vu des photos de nixies, mais aucune d'entre elles n'arrivait à exprimer la beauté de la faë de vingt-cinq centimètres, aux cheveux dorés et aux ailes chatoyantes. C'était comme regarder la Fée Clochette en chair et en os, l'une des raisons pour lesquelles ces créatures valaient beaucoup d'argent sur le marché noir. L'autre raison, c'était leur voix angélique. Maman m'avait dit, une fois, qu'elle avait sauvé deux nixies d'un trafiquant, et elles avaient chanté pour elle. C'était si magnifique qu'elle en avait pleuré de joie.

Cela semblait cruel de remettre la nixie dans une cage après ce qu'elle avait enduré, mais je n'avais aucun autre moyen de la transporter en sécurité. Je la fis descendre au rez-de-chaussée et sortis une petite cage en plastique pour animaux de mon sac en toile.

Je réalisai un lit douillet à l'intérieur à l'aide de mon écharpe et l'y plaçai avec douceur. Ce n'était pas grand-chose, mais j'apaisais ma conscience en sachant qu'elle retournerait chez elle et serait libre dans quelques jours.

Comme il était impossible que je puisse transporter les verries que j'avais attrapées, j'appelai Levi pour prendre des dispositions afin que quelqu'un s'en occupe. Je m'attendais à tomber sur sa messagerie, car il était plus de vingt-trois heures, et je fus surprise qu'il réponde à mon appel. Son humeur ne s'était pas améliorée, mais il se réjouit lorsque je lui annonçai que j'avais fini la mission. Il me demanda de ramener la nixie chez moi pour ce soir et de l'emmener à la Plaza demain. J'acceptai aussitôt, contente de ne pas avoir à conduire jusqu'au Queens ce soir.

Seuls Ross et deux autres agents restaient dans la maison lorsque je m'en allai. Il y avait un fourgon dans l'allée, mais aucun signe de Kim ou des autres chasseuses de primes. Elles avaient dû se lasser d'attendre et elles étaient parties. Je ne leur en voulais pas.

Sans manteau, et le souffle coupé par le froid, je me dépêchai d'aller à la Jeep aussi vite que possible, portant le sac en toile et la cage pour la nixie. Je jetai mon sac dans le coffre et plaçai la cage sur le siège passager avant d'enfiler mon manteau et mes gants.

Je m'apprêtais à monter dans la Jeep lorsque j'éprouvai une sensation de picotement sur ma nuque, le genre que l'on éprouve quand on a l'impression que quelqu'un vous regarde. Je pensai d'abord à Conlan, mais il n'y avait aucune trace de sa présence. Il ne s'était pas caché de moi lorsqu'il m'avait surveillée à la brocante, et cela ne lui ressemblait pas.

Terrifiée, je sautai dans la Jeep et verrouillai les portières avant de démarrer. Je n'attendis même pas que le moteur chauffe.

— Tu es parano, me dis-je alors que je tournais à gauche dans la prochaine rue.

Cela dit, personne ne pouvait me le reprocher après...

Je poussai un cri lorsque quelque chose percuta le pare-brise et dérapa sur le capot. Je freinai si fort que la cage de la nixie se serait écrasée contre le tableau de bord si je ne l'avais pas attrapée à temps. Le cœur battant la chamade, j'agrippai le volant si fermement que mes doigts faisaient mal.

Je me penchai du côté passager, essayant de regarder par la vitre, mais je ne pouvais rien voir sous cet angle.

La partie pétrifiée de mon être m'intima de partir sans regarder en arrière. Mais ma conscience n'était pas d'accord. Et si un animal gisait sur la chaussée ?

La rue était bien éclairée, mais je pris tout de même une lampe torche dans la boîte à gants. Ouvrant la porte, je sortis et fis le tour avec prudence vers l'avant de la Jeep, la lampe brandie devant moi comme une arme.

Un feulement m'arrêta alors que j'allais atteindre le capot. Je n'étais pas spécialement amatrice d'oiseaux, mais je savais une chose à leur sujet : ils ne feulaient pas.

Le cri d'animal fut suivi par ce qui semblait être un faible grognement. Bon sang, qu'est-ce que j'avais percuté ?

Prenant mon courage à deux mains, j'avançai et pointai la lampe torche vers l'origine du son.

Il me fallut un instant pour donner un sens à la silhouette recroquevillée par terre. Lorsque la lumière éclaira des écailles rouges et dorées, je plaquai une main sur ma bouche.

— Oh, non !

Je m'agenouillai à quelques centimètres du drakkan en partie couché sur un côté, l'aile opposée déployée. Il leva sa tête cornue pour feuler et une vrille de fumée provenant de son museau s'y enroula. L'effort lui semblait insurmontable et il laissa tomber sa tête sur la chaussée en haletant.

Je posai la lampe torche et enlevai mon manteau. Protégeant mes mains des dents du drakkan, je pliai soigneusement son aile qui, heureusement, ne semblait pas cassée, puis l'enveloppai avec mon vêtement. Il se débattit au début jusqu'à ce qu'il soit emmailloté comme un nourrisson. Puis il arrêta de se démener et resta immobile.

— Ne t'inquiète pas. Nous allons te soigner, dis-je d'une voix douce en le

portant jusqu'à la Jeep, où je l'étendis sur le siège passager à côté de la cage de la nixie.

Il émit un son à mi-chemin entre un gémissement et un grognement. Pauvre petite chose.

Je me remis au volant, priant pour que le trajet jusque chez moi se déroule sans encombre. J'avais eu plus qu'assez d'émotions ce soir.

Lorsque j'entrai enfin dans l'appartement, Finch était assis sur le dossier du canapé à m'attendre. Depuis que maman et papa avaient disparu, il m'attendait chaque fois que je sortais. Il n'avait jamais cessé, même après qu'on les eut retrouvés.

Qu'est-ce que c'est ? demanda-t-il en langage des signes lorsque je posai la cage sur la table.

— C'est une nixie qui va rester avec nous ce soir.

Je déverrouillai la porte de la cage et la laissai ouverte pour elle. Je préférais encore passer du temps à la chercher demain plutôt que de la laisser derrière les barreaux toute la nuit.

Finch se précipita et escalada la table.

— *Pourquoi est-ce qu'elle ne veut pas sortir ?*

— Elle est effrayée. Donne-lui du temps, elle sortira quand elle sera prête.

Le laissant regarder la cage, j'allai jusqu'à mon ordinateur avec le drakkan toujours dans les bras et fis une recherche sur internet pour savoir comment soigner la créature blessée. Je ne fus pas surprise de ne rien trouver. Après tout, les drakkans n'étaient pas monnaie courante dans notre monde. Je dus me débrouiller avec une vidéo sur la façon de bander l'aile d'une chauve-souris blessée. Je l'enveloppai avec des bandes de contention afin de fixer son aile contre son corps, ce qui n'était pas une tâche facile étant donné que, pendant la manœuvre, il cherchait à me mordre et me fouettait avec sa queue. Je réussis à m'en sortir avec de petites éraflures.

Il se calma dès que j'eus fini et je pris un instant pour l'examiner. J'avais vu quelques photos des drakkans, mais c'était la première fois que j'en voyais un en vrai. Impossible d'en piéger dans le royaume des faës, et la seule façon d'en avoir, c'était de voler un œuf et de le faire éclore. Ce qui voulait dire que ce petit gars était né ici, en captivité.

Comme tous les drakkans, il n'était pas plus gros qu'un chat domestique, avec quatre pattes, des ailes parcheminées et une longue queue hérissée de pointes. Il existait des drakkans de toutes les couleurs, mais celui-ci avait des écailles rouges avec des pointes dorées qui ressemblaient à des flammes lorsqu'elles bougeaient. Il soutint mon regard, les yeux mi-clos comme deux bassins de lave en fusion. Il semblait aussi curieux à mon propos que je l'étais de lui.

— Quelle belle créature tu fais, lui dis-je.

Je savais que c'était un mâle, car il avait deux cornes sur sa tête tandis que les femelles n'en avaient qu'une. D'après mes lectures.

Il agita la queue et se pavana en cercle, comme s'il me comprenait.

Je lui adressai un sourire fatigué.

— Tu as bien meilleure mine. Voyons voir si j'ai quelque chose à manger pour toi.

Je me levai et sortis du bureau vers la cuisine, laissant le drakkan me suivre. Finch était toujours assis sur la table, à côté de la cage, et ses yeux s'écarquillèrent lorsqu'il vit notre autre invité.

Je pris alors conscience que j'ignorais ce qu'il se passait quand on mettait un lutin et un drakkan dans la même pièce. Les drakkans étaient carnivores, ils se nourrissaient d'insectes et de petits animaux comme les rongeurs. Mangeaient-ils aussi les faës de petite taille ?

— Ne t'approche pas tant que je ne suis pas sûre que c'est sans danger, dis-je alors que je me dirigeais vers le réfrigérateur.

Un petit sifflement derrière moi me fit me retourner pour voir Finch debout à côté du drakkan. Avant que je puisse protester, mon frère posa la main sur son museau et sa magie violette emplit l'air autour d'eux. Le drakkan réagit en frottant son corps contre Finch, renversant presque le lutin. J'avais vu Finch faire cela avant, avec un lamal, mais cela m'étonnait toujours autant que la première fois.

Je sortis un paquet de blanc de poulet cru du frigo et en coupai un morceau, que je posai sur une petite assiette au sol. Le drakkan renifla la viande avant de s'en emparer et de l'avaler sans mâcher.

Contente, je découpai le reste du blanc et le mis devant lui. J'avais à peine retiré ma main lorsqu'il s'attaqua à la viande comme une bête affamée. Dieu seul savait à quand remontait la dernière fois qu'il avait mangé, ou si le trafiquant le nourrissait régulièrement.

Je coupai le second morceau, qui était censé constituer mon dîner avant que l'on m'envoie en mission ce soir. Je soupirai. Il semblerait que j'aille me coucher sans manger, car ce petit gars en avait plus besoin que moi.

Je nettoyai l'assiette et posai une gamelle d'eau pour le drakkan, puis jetai un œil à la nixie. Elle était toujours dans la cage, mais elle s'était avancée et passait timidement la tête par l'ouverture. Je posai quelques baies sur la table pour elle, au cas où elle aurait faim, et allai me doucher.

Il était presque une heure du matin lorsque je me glissai, exténuée, dans mon lit. Je prévoyais de faire la grasse matinée, puis j'emmènerais la nixie et le drakkan à la Plaza pour régler la mission avec Levi avant d'aller rendre visite à maman et à papa au nouvel établissement. Il se pouvait même que j'aie le temps d'effectuer l'une des autres missions que Levi m'avait confiées. Je m'enfouis sous les couvertures avec joie. Les choses commençaient enfin à aller mieux.

Voler. Je volais, et c'était la meilleure sensation au monde. J'avais les bras écartés et je baissais les yeux vers la forêt dense et verte que je survolais. La cime des arbres était si proche que je pouvais presque les toucher. Je voulais plonger sous la voûte formée par les branches et voler parmi les feuilles.

La forêt disparut et je me trouvai au-dessus d'un champ de blé oscillant légèrement dans le vent. Le soleil projetait mon ombre en dessous et j'eus le souffle coupé en voyant une énorme silhouette ailée au lieu de la mienne. Je levai les yeux pour découvrir avec émerveillement le ventre d'un dragon, qui me tenait avec l'une de ses pattes.

Je reportai mon attention sur le paysage qui défilait. Nous volâmes au-dessus de villages et de fermes, où les occupants vaquaient à leurs occupations comme s'il n'y avait pas un dragon au-dessus de leurs têtes. Lorsque nous atteignîmes une rivière, le dragon tourna et la suivit jusqu'à une falaise noire si haute qu'elle semblait toucher le ciel. Plus nous nous approchions, plus vite il volait jusqu'à ce que je sois persuadée que nous allions percuter le rocher.

À la dernière seconde, il changea de cap, si vite que mon cri me resta dans la gorge. Il vola tout droit le long de la falaise, dépassa à toute vitesse le sommet. Je découvris alors ce qui devait être des milliers de dragons de toutes les couleurs, perchés sur des kilomètres de falaises. De toute ma vie, je savais que je ne verrais rien d'autre qui puisse rivaliser avec la splendeur offerte à moi.

Mon dragon plongea. Je levai les yeux et émis un cri de surprise en constatant qu'il avait rétréci à la moitié de sa taille. Il devint encore plus petit et vacilla, s'efforçant de rester en vol.

Tout d'un coup, il me lâcha et je tombai, tombai inexorablement…

Je me redressai en regardant frénétiquement vers les murs de ma chambre, puis le ciel matinal de l'autre côté de la fenêtre. Par-dessus le martèlement de mon cœur, j'entendis un bruit rauque bizarre, et je balayai la pièce du regard à la recherche de son origine.

— Argh !

Je me ruai hors du lit en voyant la forme noire sur mon oreiller. Mes jambes s'emmêlèrent dans la couverture et j'atterris en tas sur le sol.

J'essayai de me libérer lorsque quelque chose apparut au bord du lit. J'eus le souffle coupé en levant les yeux vers deux billes rouges effrayées sur le visage du drakkan.

Je me redressai, une main sur mon cœur.

— Tu m'as fait une de ces peurs.

Il bâilla et s'écroula sur le ventre.

— Super.

Je me levai et baissai les yeux vers la créature roulée en boule, sa longue queue repliée autour de lui. Il portait toujours le bandage que je lui avais mis la veille au soir. Je devais dormir comme un loir pour ne pas l'avoir senti monter sur le lit.

— Qu'est-ce que tu fais là, toi ?

Il ouvrit un œil pour me regarder, puis retourna dormir comme si l'endroit lui appartenait.

— Ne prends pas trop tes aises, mon grand. Tu ne vas pas rester longtemps.

Me frottant les yeux pour me réveiller, j'allai jeter un œil sur notre invitée. Sans surprise, la cage sur la table était vide et la nixie n'était nulle part. Je n'étais pas inquiète, car elle ne pouvait pas être sortie de l'appartement. Après avoir bu mon café, j'irais voir Finch pour qu'il m'aide à la retrouver.

L'un des plaisirs que je m'autorisais était mon café du matin. Depuis qu'une sécheresse avait détruit la majorité des cultures de grains, faisant exploser le prix du café, j'avais dû me contenter d'un café par semaine, à moins que Violet ne m'en offre. Mais il y avait de cela quelques semaines, j'avais décidé que si je devais être le soutien de la famille, je méritais ce petit luxe. Le reste de mes revenus allait directement dans mes économies pour l'université ou dans les dépenses de la maison.

Je réfléchissais à prendre deux tasses ce matin, exceptionnellement, lorsqu'on sonna à la porte. J'en fus surprise, il était à peine sept heures. Bon sang, qui pouvait me rendre visite à cette heure ?

Posant mon café, j'allai jusqu'à la porte sans un bruit et jetai un coup d'œil dans le judas. Mon estomac se retourna et je fis un pas en arrière alors que la peur se glissait le long de ma colonne vertébrale. La dernière fois où j'avais vu le faë, de l'autre côté de la porte, il semblait prêt à me tuer à mains nues.

Je sursautai lorsque Faolin tapa vivement sur la porte.

— Je sais que tu es là, Jesse. J'ai besoin de te parler.

— Va-t'en. Nous n'avons rien à nous dire.

Je détestais le tremblement dans ma voix. J'étais pleinement consciente que Tennin n'avait pas encore refait ma protection, Faolin pouvait donc entrer s'il le voulait. La question était : est-ce que Faolin le savait, et qu'en ferait-il ?

— Je suis là au nom de mon frère. Il souhaite te voir.

Faolin donnait l'impression qu'il préférerait encore boire du fer liquide plutôt que de me demander une faveur.

Je croisai les bras.

— J'ai déjà dit non à Conlan. Je n'ai pas changé d'avis.

Il ne répondit pas pendant un long moment.

— Faris ne se porte pas bien.

— Conlan a dit qu'il guérissait.

Était-ce une sorte de ruse pour m'attirer ?

— Physiquement oui, mais son moral est bas, et cela gêne le processus de guérison. La seule chose qu'il demande, c'est de te voir.

— Pourquoi ? On se connaît à peine.

Une autre pause pesante.

— Mon frère a dit qu'il était prêt à mourir dans cette cage, et la déesse lui a dit que sa rédemption était proche. Il croit qu'elle t'a envoyée pour le sauver.

J'émis un rire cynique.

— Elle est belle, la sauveuse.

— Tu as pris soin de lui, et tu lui as donné envie de lutter pour vivre.

Je fermai les yeux. Faris pensait que je lui avais sauvé la vie, et le besoin de rembourser sa dette lui pesait.

— Dis-lui qu'il ne me doit rien. Je suis heureuse en sachant qu'il guérit.

— Ce n'est pas assez. Il ne pourra pas passer à autre chose tant qu'il ne t'aura pas vue de lui-même.

Je passai mes mains dans les nœuds de mes boucles. Je connaissais ces personnes, et elles allaient continuer de revenir jusqu'à obtenir ce qu'elles voulaient. Le mieux pour les faire sortir de ma vie était encore de céder et d'aller voir Faris. De plus, je voulais vraiment que Faris guérisse. Si cela l'aidait de me voir, comment pouvais-je rejeter sa demande ?

— Très bien. J'irai le voir.

— Bien, dit Faolin.

J'aurais juré détecter une pointe de soulagement dans sa voix.

— Je vais t'attendre en bas.

— Non.

J'irais voir Faris, certes, mais il n'était pas question que je monte dans un véhicule avec son frère.

— Je sais où tu habites. Je te retrouve là-bas dans une heure.

— Comme tu le souhaites.

Ma tête contre la porte, j'écoutai ses pas dans l'escalier. Son départ aurait dû me soulager, mais je ne ressentais que de l'appréhension et la certitude croissante que j'allais le regretter.

6

JE COUPAI le moteur et fixai le bâtiment que j'avais pourtant eu l'intention de ne plus jamais revoir. Durant tout le trajet jusqu'ici, je m'étais dit que je pouvais le faire, mais je n'en étais plus certaine à présent. Pourquoi est-ce que j'avais accepté de venir ici ? J'aurais pu appeler Faris et m'épargner tout ce stress. Mon estomac était noué depuis que Faolin s'était montré à l'appartement, et je ne serais pas surprise d'apprendre que j'avais un ulcère.

J'ignore combien de temps je restai assise là avant de me rendre compte que j'avais froid. Je tendis la main vers le contact avec l'intention de partir comme une lâche, mais quelque chose que Faolin m'avait dit arrêta ma main.

— *Il ne pourra pas passer à autre chose tant qu'il ne t'aura pas vue de lui-même.*

— Bon sang.

Je frappai le volant. Ma conscience n'allait pas me laisser partir tant que je n'aurais pas fait ce pour quoi j'étais venue, peu importe à quel point cela me mettait mal à l'aise.

Prenant mon portable et mes clés, j'ouvris la portière et sortis. Je marchai jusqu'à la porte en me demandant quoi faire quand j'arriverais. Il n'y avait pas de sonnette et j'ignorais si quelqu'un m'entendrait si je toquais. Les fois où j'étais venue, dans le passé, j'étais toujours accompagnée.

La porte s'ouvrit lorsque j'en fus à quelques centimètres et un Faolin stoïque me fit signe d'entrer. Il semblait me réserver son comportement le plus revêche, ce qui étrangement me mit un peu à l'aise. S'il était gentil, je me méfierais et je fuirais sûrement.

La porte intérieure était ouverte, mais je ne bougeai pas tant qu'il ne m'invita pas à entrer. M'armant de courage, j'avançai enfin dans le grand salon. Tout semblait comme la dernière fois où j'étais venue, mais les lieux étaient froids et inhospitaliers.

Faolin passa devant moi.

— Suis-moi.

Il me conduisit dans un couloir jusqu'à la bibliothèque, s'arrêtant devant la porte fermée.

— Il se fatigue facilement, alors ne sois pas inquiète s'il s'endort durant ta visite. Laisse la porte ouverte et appelle-moi si tu as besoin de quoi que ce soit. Je serai dans le salon.

— D'accord.

Il ouvrit la porte pour moi et j'entrai dans la pièce. Là où le grand bureau se trouvait autrefois, il y avait un lit et une table de chevet, et d'épais tapis recouvraient le sol. Au lieu des livres, des plantes en fleurs du royaume des faës décoraient les bibliothèques, emplissant l'air d'un parfum plaisant et exotique.

— Tu es venue.

Je suivis la voix grave masculine vers un faë aux cheveux blonds, assis dans un grand fauteuil à côté du feu. Ses jambes reposaient sur une ottomane et une épaisse couverture était ramenée sur son corps, en dépit de la chaleur de la pièce.

Sans ses yeux et la ressemblance avec Faolin, je n'aurais jamais deviné que c'était la même personne que j'avais rencontrée dans le sous-sol de Rogin. Les cheveux ternes et emmêlés avaient disparu, il était moins émacié, et son visage avait perdu son teint blafard. La seule chose qui n'avait pas changé, c'étaient ses yeux. Ils avaient ce regard hanté d'une personne qui avait beaucoup souffert.

Faris tendit une main et j'avançai pour la prendre. Sa peau était froide au toucher, et je constatai un tremblement dans sa poigne alors qu'il leva ma main à ses lèvres. De près, je pouvais voir les cernes sous ses yeux, et sa peau était plus pâle qu'elle ne devrait l'être. Il guérissait peut-être, mais il n'était en aucun cas en bonne santé.

— Je t'en prie, assieds-toi.

Il désigna le fauteuil à côté du sien.

— Il y a de quoi manger et boire, si tu veux.

Je regardai la petite table carrée entre les deux sièges, où étaient posés un grand café et un assortiment de pâtisseries venant de la boulangerie que j'aimais. Je regardai le café, mais ne bougeai pas pour le prendre.

Faris sourit.

— Tu as l'air bien, Jesse.

— Toi aussi. Je suppose qu'aucun de nous n'était sous son meilleur jour la dernière fois où nous nous sommes vus.

— En effet, je n'ai pas dû faire très bonne impression.

Il ricana, ce qui se transforma en une légère toux.

— Il paraît que tes parents se portent bien.

— C'est le cas. Je suis contente de voir que tu es aussi en voie de guérison. J'ignorais ce qui t'était arrivé après...

Je laissai ma phrase en suspens, ne sachant pas comment la terminer. J'étais venue ici pour soulager son esprit, non pas pour ressasser cette horrible nuit.

Faris me sauva du silence gênant.

— J'étais dans les vapes la première semaine, mais Faolin était toujours à mon chevet et m'a forcé à ingurgiter de grandes quantités de remèdes contre le fer. Comme tu t'en es sûrement aperçue, mon frère peut se montrer un peu autoritaire.

— C'est l'un de ses traits les plus charmants, dis-je sans humour. Pourquoi est-ce qu'ils ne t'ont pas ramené chez toi ? Tu ne te rétablirais pas plus vite dans ton royaume ?

— En temps normal, si, mais mon corps est trop saturé par le fer. Cela me tuerait à l'instant où j'entrerais dans le royaume des faës.

— Je n'ai pas pensé à ça.

Le fer pur ne pouvait pas être emporté dans le royaume des faës, car il se désintégrait au contact de leur air. Je tremblai, essayant de ne pas penser à ce qu'il pourrait se passer pour un faë possédant autant de fer dans son organisme.

Il tira sur la couverture qui avait glissé sur son torse.

— Je suis bien soigné ici, avec mon frère et ses amis pour me tenir compagnie.

— Tu peux te soigner en ville ?

Les faës de la cour étant plus sensibles au fer que ceux des classes inférieures, ils utilisaient leur magie pour s'en protéger. Le bouclier épuisait leur magie, les obligeant à retourner régulièrement dans leur royaume pour la reconstituer. Les faës qui vivaient dans les villes devaient retourner chez eux plus souvent à cause de la forte concentration en fer.

— Faolin et les autres ont ajouté des protections supplémentaires à ce bâtiment pour me protéger du fer. Je ne peux pas aller dehors, sauf dans le jardin, mais j'ai le plaisir de te voir, mon ange.

Je grimaçai.

— Je t'ai dit de ne pas m'appeler comme ça.

— Vraiment ? Ces derniers temps, je semble avoir des trous de mémoire.

— Comme c'est pratique, rétorquai-je, me sentant un peu plus à l'aise.

Il me fit un sourire chaleureux.

— Je me souviens bien de ta gentillesse envers moi. Je ne sais pas si j'aurais passé cette dernière nuit sans toi. Et tu m'as aidée à oublier à quel point j'étais effrayée. Je pense que je me serais recroquevillée et que j'aurais pleuré toutes les larmes de mon corps sans toi.

Faris secoua la tête.

— Je ne le crois pas. Quiconque peut tenir tête à Vaerik et à Faolin n'abandonne pas facilement.

Je me raidis à la mention naturelle du vrai nom de Lukas, mais je cachai ma gêne. Faris ignorait que c'était un autre rappel de la trahison de ses amis.

— Tu chasses toujours ? s'enquit Faris.

Je fus reconnaissante pour le changement de sujet.

— Oui. Je peux en faire plus, maintenant que je ne cherche plus mes parents.

— Et tu apprécies ?

Je levai une épaule.

— Ça dépend de la mission. Hier soir, j'ai dû attraper quarante verries. Tu as déjà vu la taille des dards de ces choses-là ?

Un léger fracas se fit entendre dans la cuisine, comme si quelqu'un avait lâché un verre. Je ne pensais pas que les faës pouvaient être maladroits.

Il en resta bouche bée.

— *Quarante verries ?* Tu n'as pas été blessée, j'espère !

— Par chance, non, mais un pauvre type s'est fait piquer plusieurs fois.

Je fronçai mon nez.

— J'ai dû l'enduire d'excréments de verry avant qu'ils ne l'emmènent à l'hôpital.

Faris rit.

— Tu mènes vraiment une vie passionnante.

— Pour l'instant. Si tout se passe bien, j'espère être à la fac l'année prochaine. J'échangerais volontiers ma licence de chasseur de primes contre celle d'étudiant.

— Qu'est-ce que tu veux étudier ? demanda-t-il.

— Le droit.

Je ne développai pas. Ce n'était pas le moment de discuter des inégalités dans la loi des faës, ni de préciser que je voulais être conseillère juridique pour les faës des classes inférieures.

Il sourit.

— Quelque chose me dit qu'il ne faudra pas te sous-estimer.

KAREN LYNCH

— Tu peux en être sûr.

Une planche craqua, attirant notre attention vers la porte ouverte alors qu'un énorme félin, semblable à un lynx noir aux yeux exotiques couleur améthyste, entrait dans la pièce. Kaia était l'animal de compagnie de Lukas, et elle n'aimait pas beaucoup les humains. Dans le passé, elle avait seulement toléré ma présence ici, car il lui avait ordonné de ne pas me faire du mal.

— Kaia, pas bouger, ordonna Faris alors qu'elle marchait d'un pas raide vers moi.

Elle l'ignora et continua d'avancer jusqu'à s'arrêter devant moi. Je retins ma respiration, redoutant de bouger. Kaia n'avait pas essayé de me faire du mal, les autres fois, mais peut-être pouvait-elle sentir que je n'étais plus une amie de son maître.

— N'aie pas peur, Jesse, dit Faris d'un ton un peu trop calme. Faolin va la faire sortir.

— Je n'ai pas...

Je lâchai un cri lorsque Kaia se dressa pour poser ses grosses pattes sur mes épaules, son visage à quelques centimètres du mien. Son souffle chaud déferla sur mon visage et ses longues moustaches chatouillèrent mon nez, me donnant envie de me gratter. Sans oser bouger, je détournai les yeux des siens par peur qu'elle ne l'interprète comme un défi.

Elle abaissa son corps sur le sol et frotta sa tête contre mes genoux. Un grognement monta de sa gorge et il me fallut plusieurs secondes pour réaliser que ce que je prenais pour un grondement était en réalité un ronronnement.

— Vous êtes amies, toutes les deux ? demanda Faris, reflétant ma stupeur.

— Elle n'a jamais fait ça avant.

— Kaia, viens, fit alors une voix autoritaire qui me coupa le souffle.

Mon premier réflexe fut d'ignorer Lukas, mais je ne voulais pas lui faire savoir à quel point sa présence m'affectait. Je le regardai donc, l'air de rien, avec une expression que j'espérais de marbre. Nos yeux se croisèrent pendant quelques secondes, trop brièvement pour me permettre de l'interpréter.

Le lamal orienta sa tête vers lui, mais ne bougea pas de mes pieds. Je ne l'avais jamais vu désobéir à un ordre venant de lui.

— Kaia.

Sa voix était tranchante et il tendait le doigt vers le sol à côté de lui.

Elle se leva et se déplaça de manière provocante. Avant qu'elle ne l'atteigne, il se tourna et partit, l'animal dans son sillage. Je fixai l'embrasure vide de la porte jusqu'à ce que Faris reprenne la parole.

— Je dois m'excuser pour mon égoïsme, Jesse.

Je fronçai les sourcils.

— Qu'est-ce que tu veux dire ?

— Quand j'ai demandé à te voir, je n'ai pas pris en compte combien il te serait difficile de venir ici.

Il m'adressa un regard entendu.

— De tous, c'est toi qu'il a blessée le plus.

Je bougeai, mal à l'aise.

— On pourrait parler d'autre chose ? Qu'est-ce que tu fais pour tuer le temps pendant ta convalescence ?

Faris jeta un coup d'œil vers la porte et baissa la voix.

— Il n'est pas lui-même depuis que je suis rentré. Il ne veut pas en parler, mais il regrette profondément ce qui s'est passé. Ils le regrettent tous.

Je pinçai les lèvres, sans trouver les mots

— Je n'essaierai pas de justifier les actions de mes amis, car ce qu'ils t'ont fait était mal. Je ne peux qu'essayer d'offrir un aperçu de leur comportement. Tous les six, nous sommes ensemble depuis l'enfance, plus des frères que des amis. Nous sommes en permanence sur le qui-vive quant aux menaces contre la vie de Vaerik... la vie de Lukas. On nous a appris à ne pas faire confiance aux inconnus.

Faris prit une profonde inspiration, puis expira.

— Pour la première fois, ils ont baissé leur garde avec quelqu'un en dehors de leur cercle, et ils ont réagi par instinct en pensant que tu m'avais blessé et que tu les avais trompés.

Ma mâchoire se serra. Je ne pouvais pas reprocher à Faris de se soucier de ses amis, mais il voyait cela sous un angle faussé qui ne lui montrait qu'une version de l'histoire.

— Je comprends qu'ils soient paranoïaques sur la sécurité. Ils n'ont pas vraiment déroulé le tapis rouge devant moi, et j'étais d'accord avec ça. Mais la confiance marche dans les deux sens, et ils ont brisé la mienne avant même ce jour-là. Ils m'ont menti au sujet de l'identité réelle de Lukas, même lorsque je les avais prévenus que quelqu'un essayait de tuer le prince Vaerik. J'ai dû apprendre la vérité de Rogin Havas alors que j'étais dans l'une de ses cages.

Je ravalai la boule qui se formait dans ma gorge chaque fois que je pensais à la trahison absolue que j'avais ressentie.

— Je ne sais pas ce qui était le pire. Trouver que l'on m'avait menti depuis le début, ou combien il leur a été facile de croire un type comme Rogin au lieu de moi.

Faris avait l'air triste.

— Jesse...

— Je sais que tu veux que je leur pardonne, mais même si je le faisais, je ne pense pas que je pourrais leur faire confiance à nouveau.

Je lui adressai un sourire contrit.

— Je suis désolée si ce n'était pas ce que tu voulais entendre.

Il leva une main.

— Mais il fallait que ce soit dit.

Faris ne parlait pas de lui. J'ignorais quoi penser à l'idée que les autres écoutent notre conversation, mais cela ne me surprenait pas. Les faës possédaient une ouïe supérieure et Faolin ne me laisserait jamais complètement seule avec son frère malade, même si c'était lui qui m'avait invitée ici.

— Je suis vraiment désolée pour ce que tu as traversé, dit Faris à voix basse.

— Tu n'as pas besoin de t'excuser.

Je lui fis un sourire plus guilleret.

— Je vais bien, tu sais. Mes parents sont de retour et les chasses à primes paient beaucoup plus que mon ancien boulot de barista. La ville est belle.

La tristesse quitta ses yeux.

— Je suis heureux d'entendre ça.

Je regardai dans la pièce.

— Dis-moi maintenant, pourquoi est-ce que tu dors dans la bibliothèque ? Tu n'as pas de chambre ici ?

— Si, mais il faut que mon frère ou un de mes amis me fassent monter et descendre l'escalier. Rester en bas me permet de garder une partie de ma dignité. Et de recevoir des invités.

Il baissa les yeux sur le plateau de pâtisseries sur la table.

— Tu n'as pas touché ton café. Kerr a dit que tu l'aimais.

— J'ai bu un café chez moi. Tu veux le mien ?

Sa grimace était presque comique.

— Oh que non. Pourquoi me demandes-tu ça ?

— Tu n'aimes pas le café ?

Faris leva un sourcil.

— Tu travaillais dans un café. Tu as déjà rencontré un faë de la cour qui aime ça ?

Je le dévisageai en essayant de savoir s'il me faisait marcher. Mais plus j'y pensais, plus je réalisais qu'il me disait la vérité. J'avais servi du café à de nombreux faës des classes inférieures, mais jamais à un membre de la cour. Je secouai la tête.

— Pour mon sens de l'observation, on repassera.

Son rire était léger et contagieux. Plus nous parlions, plus je me sentais à l'aise. J'étais heureuse d'être venue le voir.

À peine une heure était passée lorsque ses paupières s'affaissèrent, indiquant que c'était l'heure d'y aller. Je m'avançai au bord de ma chaise, me préparant à me lever.

— Tu pars ? demanda-t-il d'une voix endormie et mal articulée.

— Oui, j'ai beaucoup à faire aujourd'hui.

Ce n'était pas un mensonge. Je devais emmener la nixie et le drakkan à la Plaza, et commencer ces missions que Levi m'avait données hier. Et puis, je devais trouver où commencer ma recherche pour le ke'tain.

Faris m'adressa un regard plein d'espoir, et je sus quelles seraient ses paroles avant qu'il ne les prononce.

— Tu reviendras ?

J'hésitai à répondre, mais il insista :

— Je n'ai pas de visites à part mon frère et mes amis, et j'ai beaucoup apprécié ta compagnie.

Je sortis mon téléphone.

— Quel est ton numéro ? Je t'appellerai pour établir un jour et une heure.

— Si tu ne peux pas me joindre, tu peux appeler un des autres, dit-il une fois que je l'eus ajouté à mes contacts.

— Il se pourrait que j'aie bloqué leurs numéros, murmurai-je, m'attirant un autre rire de sa part.

— Dans ce cas, je suis honoré que tu aies accepté le mien.

Lorsque je me levai, il tendit sa main vers moi. Je la pris et il serra la mienne.

— Sois prudente dehors, et reviens vite.

— D'accord.

Je rejoignis la porte. Lorsque je regardai en arrière, il dormait déjà dans son fauteuil. Sa couverture était de nouveau tombée, alors je retournai vers lui pour la remonter autour de ses épaules.

En me tournant vers la porte, je sursautai. Faolin se tenait là, quelques mètres derrière moi. Je portai une main à ma bouche pour étouffer le petit cri qui aurait réveillé Faris. Ces gars-là se déplaçaient avec discrétion, mais Faolin était le dernier que l'on voudrait surprendre à s'approcher furtivement. Il ne m'avait jamais appréciée et je n'étais pas assez stupide pour penser qu'il avait changé parce qu'il m'avait demandé de venir rendre visite à son frère.

Faolin avait une expression que je n'avais jamais vue sur son visage. Il ne souriait pas, mais ses yeux n'étaient pas non plus sévères. Son manque d'hostilité me troubla et je le contournai rapidement avant de quitter la pièce.

Comme je connaissais le chemin de la sortie, je ne l'attendis pas pour m'accompagner jusqu'à la porte. C'était peut-être lâche, mais à présent que ma visite auprès de Faris était terminée, je ne voulais pas rester et risquer de tomber sur l'un des autres.

Je m'étais presque échappée lorsque la voix de Lukas m'arrêta.

— Jesse.

Le besoin de m'enfuir était fort, mais je m'obligeai à me retourner pour lui faire face. Il se tenait près de la fenêtre donnant sur le jardin et me regardait comme si j'étais une biche agitée, un sentiment proche de ce que je ressentais. Je n'étais pas préparée pour la ruée des émotions causée par le simple fait d'être seule avec lui dans la même pièce, et je me contentai de rester plantée là, à attendre qu'il parle.

Ses yeux s'emplirent de chaleur.

— Merci.

— Je n'ai pas fait ça pour toi, répondis-je d'une voix ferme qui ne semblait pas être la mienne.

Il hocha la tête et fit un pas en avant.

— Je veux...

— Non.

Le long du corps, je serrais convulsivement les poings.

— Tu as déjà dit tout ce que je voulais entendre.

— Silence, chuchota vivement Faolin en surgissant à l'entrée du couloir. Tu veux réveiller Faris ?

La culpabilité m'envahit.

— Je suis désolée.

Il grogna et se tourna pour s'en aller d'un pas raide vers la bibliothèque, me laissant seule avec Lukas.

— Au revoir, Votre Altesse.

J'aperçus sa grimace en me tournant, mais je refusais de me sentir mal pour ça. Nous n'étions pas amis, et nous ne nous appelions plus par nos prénoms. Je devais insister sur ce point si je voulais de nouveau rendre visite à Faris.

La porte s'ouvrit alors que je tendais la main vers la poignée, et je me rattrapai avant de tituber à la renverse. Kerr s'arrêta net, forçant presque Iian à lui rentrer dans le dos. Le choc sur leur visage m'indiqua que j'étais la dernière personne qu'ils s'attendaient à voir chez eux.

Ils me firent un large sourire, et Kerr dit :

— Jesse, tu es là !

— Je suis venue voir Faris.

Je désignai la porte qu'ils bloquaient.

— Si vous voulez bien m'excuser, maintenant, je dois partir.

Leur sourire les quitta alors qu'ils s'écartèrent. Je fis un pas en avant vers la porte et m'aperçus que le chemin était bloqué par Conlan, qui était entré derrière eux. Il parut moins surpris de me voir et m'adressa un timide sourire que je ne lui rendis pas.

Je passai devant lui et faillis courir pour sortir plus vite. Dehors, j'inspirai goulûment l'air frais tout en m'empressant de rejoindre ma Jeep. Je pris à peine le temps d'attacher ma ceinture avant de démarrer.

Cela avait été désagréable, mais maintenant que je les avais tous revus, la prochaine rencontre serait plus facile. J'insisterais sur le fait que je n'étais là que pour Faris, et que je ne cherchais pas à raviver notre amitié. C'était mieux ainsi pour nous tous.

— Comment ça, elle ne veut pas partir ? demandai-je à Finch, mon regardant alternant entre lui et la nixie qui pointait son nez par la fenêtre de la cabane.

Aisla a dit que le royaume des faës n'était pas sa maison, répondit Finch en langage des signes. *Elle ne veut pas aller là-bas.*

— Mais... et sa famille ? Elle ne veut pas les voir ?

Il secoua la tête d'un air triste.

Elle est née ici, et son ancienne famille a disparu, comme la mienne. Je lui ai dit qu'elle pouvait rejoindre notre famille et vivre dans ma maison avec moi.

J'en restai bouche bée. Finch était possessif avec sa maison et n'aimait même pas que nous regardions à l'intérieur. Et à présent, voilà qu'il proposait de la partager avec une autre faë ?

Elle peut rester ? demanda-t-il, les yeux implorants. *Je partagerai ma nourriture avec elle.*

— J'imagine.

Je me frottai la nuque.

— Je dois m'assurer que sa présence ici n'est pas contraire à la loi.

Le visage de Finch s'éclaira.

Je t'avais dit qu'elle dirait oui.

— Ne t'emballe pas tant que nous ne saurons pas si elle peut rester.

La plupart des faës et des créatures que nous attrapions étaient renvoyés dans le royaume des faës, car ils représentaient une menace pour les humains. Les autres, comme les lutins et les nixies, étaient inoffensifs, mais menacés d'extinction, et ils étaient renvoyés dans leur royaume pour leur protection.

Mais il y avait une zone d'ombre. Maman et papa avaient pu adopter Finch, car il était orphelin, et ses ailes coupées auraient rendu sa survie impossible pour lui dans le royaume des faës. Aisla était indemne, mais elle était née dans notre monde. Ce serait cruel de l'envoyer dans un lieu qu'elle n'avait jamais connu, mais l'Agence pourrait croire qu'elle serait mieux là-bas qu'ici.

Finch me suivit dans le bureau où je passai l'heure suivante à parcourir les manuels de l'Agence et à chercher sur internet. Incapable de trouver une réponse, je finis par appeler Levi, qui m'annonça que puisque notre famille avait déjà adopté Finch, cela pencherait fortement en notre faveur. Je devais aller à l'Agence et remplir un tas de papiers, mais il estimait que l'on ne refuserait pas ma demande. Ils avaient bien plus à s'inquiéter qu'une nixie orpheline.

Je relayai le tout à Finch, qui dansa sur le bureau avant de filer pour annoncer la bonne nouvelle à son amie. Quelques minutes plus tard, lorsque je retournai dans le salon, je souris en entendant les couinements et les sifflements de joie provenant de la cabane.

Je regardai le drakkan qui me fixait depuis son perchoir, sur le dossier du canapé. Son bandage avait disparu, et sous cet angle, son aile semblait guérie.

— Il faut croire que nous serons les seuls à aller à la Plaza aujourd'hui.

Il bondit du canapé, disparaissant derrière. Je le contournai, mais il était introuvable.

— Viens, mon petit.

Je m'agenouillai pour jeter un coup d'œil sous le canapé.

— J'ai beaucoup de choses à faire aujourd'hui, et je n'ai pas le temps de jouer à cache-cache avec toi.

Finch siffla et je levai les yeux vers lui.

Peut-être qu'il veut rester, lui aussi, dit mon frère en langage des signes.

Je posai mes bras sur le dossier du canapé.

— Il ne peut pas rester ici.

Pourquoi pas ?

— Premièrement, je n'ai pas le temps de m'occuper de lui. Il n'est pas comme Aisla. Ce serait un animal de compagnie, et ils ont besoin de beaucoup d'attention. Ce serait injuste pour lui.

Je peux m'occuper de lui quand tu n'es pas là, proposa Finch.

— D'accord. Je vais aller à l'épicerie aujourd'hui pour acheter de la viande crue. Tu devras le nourrir deux fois par jour.

De la viande ?

Le visage bleu de mon frère prit une teinte jaune.

— Ou alors, je pourrais acheter des souris vivantes, mais je pense que ça serait trop chaotique.

Retenant un sourire narquois devant le visage horrifié de Finch, j'énumérai les corvées sur mes doigts.

— Tu dois le nourrir, t'assurer qu'il a beaucoup d'eau, l'entraîner à utiliser la litière et ramasser en cas de ratés. Je pense qu'il mue, aussi, alors tu devras nettoyer les écailles qui tombent.

Finch me dévisagea.

Les animaux domestiques exigent beaucoup de boulot.

— C'est le cas.

Je me baissai pour regarder sous le canapé, mais le drakkan n'était pas là. Bon sang, comment avait-il réussi à m'échapper ? En me relevant, je balayai le salon du regard.

— Où est-il passé ?

Finch siffla en tendant le doigt vers la cuisine. Je me tournai rapidement dans cette direction, et il me fallut un moment pour remarquer le drakkan entassé dans l'espace étroit, entre le haut des meubles et le plafond.

J'entrai dans la cuisine pour le regarder attentivement. Comment avait-il fait pour monter là-haut si rapidement sans faire de bruit ?

Sortant l'escabeau du placard de l'entrée, j'essayai de le faire descendre en l'attirant avec du bacon cru. Il le renifla, mais refusa de bouger. Abandonnant cette idée, je tendis les mains pour le soulever et fus récompensée par des morsures à deux de mes doigts.

— Aïe !

Du sang perlait et je fourrai mon doigt dans ma bouche en le fusillant du regard. Quelle chasseuse de primes pitoyable ! Je ne pouvais même pas capturer un drakkan chez moi.

Je descendis de l'escabeau lorsqu'on sonna à la porte. Adressant à la petite bête un regard rancunier, j'allai ouvrir.

— Tennin, dis-je. J'avais oublié que tu venais aujourd'hui.

Derrière moi, un choc se fit entendre dans la cuisine. Je fis volte-face pour apercevoir le drakkan assis sur le plan de travail, engloutissant le bacon que j'avais laissé.

— Je savais que tu aimais le bacon, lui criai-je sur un ton accusateur.

Tennin ricana.

— Est-ce que je veux savoir pourquoi tu as un jeune drakkan assis sur le plan de travail de ta cuisine ?

Je me tournai pour faire face au faë.

— Il a percuté mon pare-brise hier soir et il s'est blessé l'aile. Je l'héberge aujourd'hui avant qu'il soit ramené chez lui.

— Je pense qu'il a d'autres projets.

Tennin fit un grand sourire vers quelque chose, au-dessus de mon épaule.

Je regardai en arrière juste à temps pour voir le drakkan retourner sur les placards. Avec un grognement, je reculai.

— Je t'en prie, entre.

Le rire de Tennin s'estompa alors qu'il passait dans l'entrée. Il leva la main et un flux de magie vert pâle s'écoula de ses doigts.

— Qu'est-ce que c'est ?

Je me raidis, attendant qu'il me dise qu'il n'était pas assez fort pour remplacer la protection de Conlan.

— Je sais pourquoi le faë que tu as engagé ne pouvait pas détruire l'ancienne protection, dit-il en testant la magie qui protégeait l'appartement.

— Pourquoi ?

Il baissa les mains et me regarda.

— Ce n'est pas la magie de Conlan. Cette protection a été faite par le même faë qui a protégé tes parents à l'hôpital.

La stupeur me saisit. Un faë avait déjoué la protection de Conlan et était entré chez moi. *Qui est plus fort qu'un membre de la garde royale d'Unseelie ?*

Je n'avais pas réalisé que j'avais posé ma question à voix haute jusqu'à ce que Tennin y réponde.

— Quelqu'un avec du sang plus bleu que lui.

— Un royal ? Pourquoi est-ce qu'un faë royal voudrait aider ma famille ?

Il arqua un sourcil.

— Non.

Je secouai la tête avec insistance.

— Ce n'était pas lui.

— Pourquoi pas lui ? C'est un des plus puissants de mon espèce, et il a un lien personnel avec toi.

— Il *avait* un lien avec moi, mais il l'a rompu et j'ai été parfaitement claire. Je ne veux rien avoir à faire avec lui.

Tennin haussa les épaules

— Peut-être qu'il a d'autres plans.

— Et peut-être est-ce la protection de Conlan. Tu n'es pas venu ici depuis qu'il a créé la sienne.

— Crois-moi, cette protection n'a pas été faite par Conlan, dit Tennin avec une pointe d'arrogance. Son sang est peut-être légèrement plus bleu que le mien, mais ma magie est aussi puissante que la sienne.

Je le fixai du regard.

— Conlan est un royal ?

— Les gardes royaux sont toujours de sang bleu. Leur titre officiel est *prince*, mais ils ne l'utilisent jamais. Ce sont des faës des classes inférieures, expliqua-t-il. La plupart des autres royaux utilisent leur vrai titre dans ce royaume, mais les gardes ne veulent pas être distraits par une attention indésirable. Je suis surpris que tu ne le saches pas, en ayant passé beaucoup de temps avec eux.

— Ils n'étaient pas vraiment communicatifs sur certains sujets.

Il leva une épaule.

— Maintenant, tu es au courant.

Un bruit grinçant se fit entendre derrière moi et je me retournai pour voir le drakkan à nouveau sur le plan de travail, à essayer d'avaler les clés que j'y avais laissées plus tôt.

— Non !

Je me précipitai et lui arrachai les clés.

— Méchant drakkan.

Tennin ricana.

— Charmant animal de compagnie, mais tu ferais mieux de cacher tout ce qui risque d'entrer dans sa bouche.

— Il ne reste pas.

Je grimaçai en attrapant un essuie-tout pour nettoyer les clés gluantes.

— Le métal ne lui fait pas mal ?

— Le drakkan n'est pas comme les autres créatures de notre royaume. Le feu dans son ventre le protège de presque tout.

Comme pour illustrer ses paroles, le drakkan rota, et quelques étincelles jaillirent ainsi qu'un filet de fumée.

Je regardai autour de moi avec nervosité, craignant pour tous les objets inflammables dans l'appartement.

— La nouvelle protection n'a pas enlevé celle contre les incendies, j'espère.

Tennin agita la main pour en avoir le cœur net.

— Tout va bien.

Je repartis vers lui et suspendis les clés au crochet près de la porte, quand soudain, je pris conscience d'une chose.

— Tu as dit que le sang de Conlan n'était qu'un peu plus bleu que le tien. Cela fait aussi de toi un royal ?

Il s'inclina légèrement.

— Prince Tennin, à votre service, bien que personne ne m'appelle comme ça.

Un prince. Voilà qui expliquait pourquoi il était capable de créer une protection assez puissante pour empêcher les hommes de Lukas d'entrer tant que je ne leur en avais pas donné l'autorisation.

— Mais tu m'as prévenue de rester à l'écart de Lukas et de ses hommes.

— J'ai dit qu'ils étaient dangereux, ce qui est vrai quand il le faut.

J'étais un peu déçue que Tennin, comme tous les autres faës de la cour à ma connaissance, semble avoir perfectionné l'art de contourner la vérité. Quand j'avais demandé à Conlan si Lukas était au service de la couronne, il avait vaguement répondu qu'ils l'étaient tous. Lukas m'avait dit, une fois, qu'il m'était redevable, et j'ignorais qu'il faisait référence à lui-même à la troisième personne.

— Tu sais, la plupart des humaines seraient enchantées de savoir qu'elles sont en présence d'un faë de la famille royale. Ta déception est humiliante.

Je rigolai.

— Je suis sûre que tu as ta juste part de vénération.

— Je ne peux pas me plaindre, et je suis invité aux meilleures fêtes.

Il fit semblant de se rengorger.

— Et pourtant, tu es un paparazzi ?

Il secoua la tête comme si j'avais dit quelque chose d'amusant.

— Tout le monde s'en fiche quand tu es un faë de la famille royale. La présence de n'importe quel royal à une fête, même un prince inférieur comme moi, est un symbole de statut social.

— Ça ne t'embête pas que les gens t'invitent pour augmenter leur popularité ? demandai-je, agacée pour lui.

— Pas vraiment. Je suis difficile concernant les soirées auxquelles je participe. D'ailleurs, je vais à une fête demain soir.

Il me fit un grand sourire.

— L'hôte est un vrai excentrique, mais il y a toujours des célébrités et des politiciens à espionner.

— Excentrique de quelle façon ?

— Il est comme qui dirait obsédé par les faës, et ses maisons sont remplies d'objets provenant de notre royaume. Dans son domaine, en Italie, il a même un lac rempli de poissons du royaume des faës. C'est son petit univers. Un peu ridicule, mais il est de joyeuse compagnie.

— Il doit être plein aux as.

J'essayai d'imaginer une telle fortune, gaspillée pour autant de fantaisies. Tennin hocha la tête.

— Il a suffisamment d'argent pour acheter tout un pays, mais la chose qu'il veut ne peut pas être achetée.

— Et c'est quoi ?

Il se pencha avec un air de conspirateur.

— Être un faë, bien sûr. Il céderait toute sa fortune à quiconque le transformerait, mais aucun faë ne voudra jamais tenter le coup. Réaliser une transformation non autorisée ferait courir le risque d'être banni du royaume des faës, et l'expulsion est synonyme de mort.

— La princesse Nerissa l'a essayé avec Jackson Chase.

Son sourire disparut.

— Les gens désespérés font toujours des bêtises par amour.

— Tu la connais ?

Je me rappelais avoir entendu dire que la princesse Nerissa venait du royaume d'Unseelie, mais il y avait des centaines de royaux dans chaque région.

— Oui, dit-il tristement.

Un frisson me parcourut. Je ne voulais pas savoir quelle avait été sa punition.

Tennin frappa soudain dans ses mains.

— Bref, tu me sembles bien occupée ici avec ton nouvel animal de compagnie. À moins que tu aies besoin d'autre chose, je vais te laisser.

Il se tourna pour partir lorsque je pris conscience qu'en effet, il y avait bien quelque chose d'autre.

— Attends.

Il me regarda d'un air intrigué.

— Je suis sur une mission et je me demandais si tu pouvais me dire quelque chose sur un objet faë en particulier.

Il hésita.

C'était subtil, mais je l'aperçus.

— Pas de problème.

— Qu'est-ce que tu peux me dire sur le ke'tain ?

— Le ke'tain ?

Il tendit le bras derrière lui et ferma rapidement la porte.

— Comment es-tu au courant de ça ?

Sa réaction confirma ma suspicion. Le ke'tain était plus important que ce que l'Agence disait. Il ne savait évidemment pas que les chasseurs de primes avaient été informés de sa disparation. Je l'en informai, lui rapportant le peu que je savais sur l'artefact.

— Comment s'attendent-ils à ce qu'on le retrouve alors qu'ils ne nous disent rien de plus que sa description physique ? me plaignis-je. Qui avait accès au ke'tain dans le temple ? Pourquoi est-ce que quelqu'un le prendrait et l'emmènerait ici ? Je ne peux pas croire qu'un faë volerait quelque chose de sacré uniquement pour le revendre à un collectionneur humain pour de l'argent ? Il doit y avoir autre chose.

Tennin mit ses mains dans ses poches, visiblement mal à l'aise.

— C'est quelque chose que tu devrais demander au prince Vaerik, à Lukas. Il peut répondre à tes questions mieux que moi.

— Tu sais que ce n'est pas une option, répondis-je fermement.

Il essaya une nouvelle approche.

— Quiconque a pris le ke'tain s'est donné beaucoup de mal pour l'obtenir et ne prendra pas les fouineurs à la légère. La prime est-elle si importante ?

— Il ne s'agit pas d'argent. Je fais ça pour protéger mes parents.

Surpris, il recula brusquement la tête.

— Qu'est-ce que tes parents ont à voir avec ça ?

Jetant un regard circulaire à la recherche de Finch, je baissai la voix.

— L'Agence pense que ceux qui ont dérobé le ke'tain sont aussi ceux qui ont kidnappé mes parents. C'est ce qu'ils ont découvert.

— L'Agence t'a dit ça ? demanda Tennin, incrédule.

— Mot pour mot. Après qu'un faë a essayé de s'approcher de maman et de papa à l'hôpital, j'ai supposé que c'était lié au ke'tain, et l'agent à qui j'ai parlé ne l'a pas nié.

Il prononça un mot en faë.

— Tu n'as pas pensé à m'en parler avant aujourd'hui ? Ils vont bien ?

— Oui. J'ignore qui c'était, mais il n'a pas pu déjouer la protection. Mes parents sont en sécurité pour le moment. La seule façon de les protéger, c'est de trouver le ke'tain et de le rendre. À ce moment-là, personne n'aura plus aucune raison de les pourchasser.

Son regard se voila d'inquiétude.

— Est-ce que Lukas sait ce que tu fais ?

— Pourquoi ? Ça n'a rien à voir avec lui.

— Tout concerne Lukas.

Je croisai les bras.

— Alors, je suis sûre que l'Agence lui a déjà dit tout ce qu'il avait besoin de savoir. Et s'il veut connaître le nom des chasseurs de primes à la recherche du ke'tain, ils lui donneront une liste.

Tennin ne semblait pas convaincu.

— Tu ne veux pas parler du ke'tain, mais tu peux au moins me dire si le temple de la déesse est ouvert à tout le monde ou seulement à certaines personnes ? demandai-je avec espoir. Cela pourrait m'aider à limiter mes recherches.

L'hésitation passa sur son visage avant qu'il ne finisse par dire :

— N'importe quel faë peut visiter le temple, mais le ke'tain en lui-même est gardé derrière une puissante protection. Il faudrait quatre ou cinq faës puissants travaillant ensemble pour en venir à bout.

— Ce seraient donc des faës de la cour ?

Il hésita.

— Oui.

Comme le garde royal de Seelie. Je gardai cette pensée pour moi.

— Alors, en gros, n'importe quel faë de la cour aurait pu l'apporter dans notre royaume ou confier cette mission à un faë de classe inférieure. Ce qui m'amène à mon autre question. Pourquoi est-ce que quelqu'un volerait le ke'tain ?

— Je me suis posé cette question plusieurs fois.

Je réprimai un grognement de frustration. Je n'arrivais à rien avec cette mission, et je me demandais si quelqu'un d'autre avait plus de chance que moi. Dans l'intérêt de mes parents, je l'espérais.

Le téléphone de Tennin sonna et il ricana en regardant l'écran.

— Quand on parle du loup. C'est Davian. Il veut savoir si je viens seul ou accompagné. C'est sa façon de me demander si je prévois d'y aller, vu que j'ai raté sa dernière fête.

— Davian ?

Il hocha la tête.

— Davian Woods, le magnat des technologies. Tu as entendu parler de lui ?

— Bien sûr !

Davian Woods était devenu célèbre pour avoir atteint le statut de milliardaire au jeune âge de vingt-cinq ans. À trente et un ans, il possédait à présent la moitié de la Silicon Valley, et il essayait depuis des années de convaincre les faës de partager leur portail magique avec notre monde. J'avais toujours supposé que Woods voulait se faire de l'argent avec les portails, mais après avoir entendu le récit de Tennin à son propos, je soupçonnais que sa vraie raison était d'accéder au royaume dont il était obsédé. Avec autant d'argent et de détermination, il devait faire son possible pour obtenir ce qu'il voulait.

Tout à coup, un souvenir refit surface. Celui d'une invitation écrite à la main, froissée sur le sol du bureau de Lewis Tate. Une invitation pour la fête du réveillon, sur du papier à lettres raffiné signé des initiales DW.

Davian Woods.

7

MON ESPRIT TOURBILLONNAIT alors que les pièces du puzzle s'assemblaient.

L'Agence avait fait une descente dans la maison de Lewis Tate, car ils croyaient qu'il pourrait détenir le ke'tain. Lewis Tate connaissait un certain DW, qui utilisait un papier à lettres de grand luxe et organisait des fêtes somptueuses. Davian Woods collectionnait les objets des faës et possédait assez d'argent pour acheter presque tout. Lewis Tate trafiquait précisément le genre de biens susceptibles d'intéresser Davian.

Tennin claqua des doigts devant mon visage.

— Jesse ?

Je clignai des yeux en prenant conscience que je le fixais d'un regard vide.

— Tu es allé à la fête de Davian pour le réveillon ?

— Je l'ai manquée, parce que j'étais dans le royaume des faës.

Il m'adressa un regard interrogateur.

— Qu'est-ce qui se prépare dans ta tête ?

— Hier soir, l'Agence a fait une descente chez un trafiquant du marché noir pour chercher le ke'tain. Quand j'étais dans son bureau, j'ai vu...

— Pourquoi faisais-tu partie d'une descente de l'Agence ? m'interrompit Tennin.

— On m'a appelée pour attraper des créatures qu'il avait libérées.

Je pointai le drakkan du pouce.

— Bref, j'étais dans le bureau du trafiquant, et j'ai trouvé une invitation pour la fête du réveillon signée par un certain DW. Je pense que c'était Davian Woods, et le trafiquant lui a vendu le ke'tain ou prévoyait de le faire.

Ma théorie ne sembla pas surprendre Tennin.

— Tu le savais ? lui demandai-je après-coup.

Il secoua la tête.

— Pas pour le trafiquant, mais je sais qu'on a enquêté sur Davian. Tous les collectionneurs les plus importants d'objets culturels faë ont été interrogés. Il a été innocenté.

— Le fait qu'ils n'ont rien trouvé ne veut pas dire qu'il est innocent.

Plus j'y pensais, plus j'étais convaincue d'être sur une piste.

Tennin haussa les épaules.

— L'Agence est très minutieuse pour ce genre de choses.

— Ils pensaient aussi que mes parents étaient de mèche avec un trafiquant de goren, lui rappelai-je. Ils ont commis des erreurs.

— C'est vrai, répondit-il pensivement. Mais tu crois qu'ils t'écouteront si tu vas les voir avec tes soupçons ?

— Non, répondis-je, goguenarde. En plus, Davian doit se méfier de l'Agence à présent. S'il a quelque chose à cacher, il ne va sûrement pas baisser sa garde avec eux.

Je me grattai le menton.

— Je dois trouver comment lui parler, peut-être fouiller sa maison.

Tennin laissa échapper un grand éclat de rire.

— Ne t'approche pas de Davian Woods. Et renonce à rentrer dans l'une de ses maisons. La seule manière de pénétrer dans son sanctuaire, c'est sur invitation.

Il parlait encore lorsque l'inspiration me frappa. J'esquissai un sourire digne du chat du Cheshire.

Le rire de Tennin s'arrêta.

— Pourquoi tu me regardes comme ça ?

— J'ai trouvé le moyen parfait pour Davian Woods.

Je laissai les mots flotter dans l'air.

— Comment ?

Il me fixa pendant quelques secondes, puis l'horreur se peignit sur son visage.

— Non. Certainement pas.

— Tu n'as même pas écouté mon plan.

Il recula d'un pas, les bras levés.

— Et que ça reste comme ça.

— Tu ne veux pas m'aider ?

J'affichai la même mine défaite qu'utilisait toujours Violet pour m'émouvoir.

— Ce n'est pas que je ne veux pas. Seulement, une personne pour qui j'ai un profond respect me fera la peau si je te mets dans une situation potentiellement dangereuse.

J'agitai la main.

— C'est une soirée mondaine, pas un repaire de drogués. Et mon père ne le saura pas si aucun de nous ne le lui dit.

Tennin ouvrit la bouche, la referma et l'ouvrit une fois de plus.

— Je suis désolé.

— Je comprends.

Je lui fis un sourire.

— Je suis débrouillarde. Je trouverai un moyen de le rencontrer par moi-même.

L'inquiétude brilla dans ses yeux.

— Quelle partie de *c'est trop dangereux* tu ne comprends pas ?

— Quelle partie de *la vie de mes parents dépend de ça* tu ne comprends pas ? Je ferais n'importe quoi pour les protéger.

Il jura tout bas et baissa la tête.

— Je vais le regretter.

———

— Arrête de gigoter.

Je baissai les mains du décolleté de ma robe et croisai les yeux de Tennin dans le miroir de l'ascenseur.

Il sourit et articula silencieusement :

— *Détends-toi.*

Je lui rendis son sourire, contemplant nos reflets. Il portait un jean noir associé à une veste noire, un t-shirt gris et une cravate. Quant à moi, j'avais enfilé une robe sans manches bleu ciel, avec un col bateau souligné par des fils semblables à de l'or blanc. La jupe souple évasée autour de mes genoux était tissée dans un matériau issu des faës, et lorsque je bougeais, elle adoptait avec subtilité d'autres nuances de bleu.

L'une des conditions de Tennin pour m'amener ici ce soir était qu'il choisisse ma tenue. Je ne savais pas à quoi m'attendre lorsqu'il avait quitté mon appartement, mais il était revenu quelques heures plus tard avec cette magnifique robe. J'avais protesté jusqu'à ce qu'il me précise que Davian Woods reconnaîtrait la robe comme une création de faë, ce qui plairait au milliardaire.

Violet était venue m'aider avec le maquillage et dompter mes cheveux pour former un chignon harmonieux sur ma nuque. Elle avait insisté pour que je laisse mes lunettes à la maison, étant donné que je ne conduisais pas. Un petit sacrifice au nom de la mode, comme elle le disait. Elle ne connaissait pas la raison pour laquelle je tenais à participer à cette fête, si ce n'est que je travaillais sur une mission dont je ne pouvais pas parler.

L'ascenseur s'arrêta à l'étage de l'appartement-terrasse. Tennin et moi sortîmes sur une entrée de marbre rose, avec une seule porte de chaque côté et une double porte en face de nous. Au-delà, on pouvait entendre des accords de musique et le murmure de nombreuses voix. Je résistai à la tentation d'ajuster ma robe une fois de plus.

Deux domestiques souriants nous accueillirent. L'un prit mon manteau, et l'autre nous dirigea vers une table de verre dans le coin. Je fus surprise d'y voir une sélection de magnifiques masques, de concepts et de couleurs différents.

— C'est un bal masqué ? demandai-je à Tennin.

Il toucha l'un des loups disposés sur la table.

— Davian ne me l'a pas dit, mais il aime ajouter de petites touches fantaisistes à ses fêtes.

— Choisissez celui qui vous plaît, nous dit le domestique.

La majorité des masques féminins étaient richement décorés de pierres et de plumes brillantes. Je tendis la main vers le plus proche, mais Tennin m'arrêta avant que je ne puisse le prendre.

— Tu n'as pas besoin de toute cette décoration.

Il prit un masque vénitien en argent orné de tourbillons éclatants et délicats, et m'aida à le mettre. Après qu'il eut fixé les élastiques, il recula et sourit.

— Parfait.

Il choisit un masque noir et blanc, qu'il posa devant son visage. Puis il m'offrit son bras.

— On y va ?

Me sentant plus audacieuse derrière le masque, je souris et lui pris le bras. Nous passâmes par les doubles portes et arrivâmes dans un couloir. À notre gauche se trouvait un escalier de verre en colimaçon menant à l'étage, et il y avait d'autres portes plus loin. Nous tournâmes à droite et entrâmes dans une grande salle qui ne ressemblait à rien de ce que j'avais connu auparavant.

La première chose qui attira mon attention fut la vue incroyable de la ville à travers les fenêtres cintrées, des deux côtés de la pièce. Le sol était un parquet à chevrons sombre décoré de magnifiques tapis, et accrochés au haut plafond pendaient des orbes de verre contenant des cristaux faë qui projetaient une douce lueur dans la pièce. Partout où je portais les yeux, il y avait des plantes exotiques, des tapisseries et des bibelots d'origine faë. La pièce était chaude et agréable, rien à voir avec ce que j'avais imaginé de l'appartement-terrasse d'un milliardaire.

Je détournai mon attention du décor pour la reporter sur les occupants de la salle. Il devait y avoir au moins trente personnes, et en fonction de leurs tailles et carrures, j'en déduisis que la moitié était des faës. Je ne pouvais pas en être certaine, cependant, car comme nous, elles portaient toutes des masques.

Plusieurs serveurs en noir et blanc évoluaient parmi les invités avec des plateaux de vin. L'un d'eux nous approcha et je secouai poliment la tête. J'étais là pour une seule raison, et je devais garder l'esprit clair.

Tennin se pencha.

— Qu'est-ce que tu en penses ?

— Je n'imagine même pas vivre dans un tel luxe. J'adore.

— Je suis heureux que vous approuviez, dit alors une voix d'homme derrière moi.

Tennin et moi nous retournâmes au même moment pour faire face à notre hôte, la seule personne dans la salle qui ne portait pas de masque. Davian Woods ne semblait pas très différent des photos, mais il était plus petit que je l'imaginais. C'était un homme au physique ordinaire, avec des cheveux châtains et des yeux marron, mais il avait un beau sourire, le genre qui vous donnait l'impression de déjà le connaître.

— Tennin, je suis ravi de voir que tu as pu venir.

Le regard de Davian se porta alors sur moi et s'attarda avec satisfaction sur ma robe, avant de venir croiser le mien.

— Et qui est ton amie si élégante ?

— Davian, voici Jesse, répondit mon compagnon. Jesse aime les faës presque autant que toi, et je savais qu'elle apprécierait de faire ta connaissance.

— Vraiment ?

Davian tendit une main.

— C'est toujours agréable de rencontrer quelqu'un qui partage ma passion. Mais où mon ami vous cachait-il durant tout ce temps ?

Je souris et pris sa main pour la lui serrer.

— Il ne me cache pas. J'étais au lycée, et mon père l'aurait massacré s'il m'avait emmenée à une fête avant mes dix-huit ans.

Davian rejeta la tête en arrière et éclata de rire.

— Et bien, je suis honoré d'être votre hôte. Peut-être pourrais-je vous faire une visite de ma maison une fois que j'aurai accueilli tous mes invités.

— Avec joie.

Je ressentis une pointe de déception à devoir attendre pour lui parler davantage, mais j'étais impatiente de voir le reste de sa maison. Tout ce que j'avais lu à son sujet me laissait présager qu'il était trop intelligent pour dévoiler ses secrets, mais l'on pouvait en apprendre beaucoup sur quelqu'un en voyant comme il vivait et ce qu'il appréciait.

On appela Davian et son sourire se crispa lorsqu'il fit signe à ses invités.

— Veuillez m'excuser, je crois que le gouverneur aimerait me parler. Je vous en prie, buvez et mangez les merveilles que mon chef a préparées.

— Le gouverneur ? murmurai-je à Tennin après que notre hôte nous eut laissés.

— On ne sait jamais qui on trouve à ces fêtes-là. Pour l'instant, je vois des acteurs de renom, un membre de la famille royale britannique, une star de la NBA, et une... non deux top-modèles.

Il esquissa un demi-sourire en ajoutant :

— Et une chasseuse de primes.

Je balayai la pièce du regard, essayant de repérer les célébrités. Violet n'allait pas en revenir quand je le lui raconterais.

— Comment le sais-tu, puisqu'ils portent tous des masques ?

— C'est mon boulot de reconnaître les visages. Je te les présenterai, si tu veux.

Je voulais répondre oui, car je n'aurais jamais une autre chance pareille. Mais je secouai la tête.

— Je pense que je devrais rester en retrait et ne pas attirer l'attention. Mais j'aimerais savoir ce qui sent si bon dans cette cuisine.

Il ricana.

— Allons voir les délices que le chef de Davian nous réserve.

La salle à manger et la cuisine de l'appartement-terrasse étaient aussi impressionnantes que la pièce principale. La cuisine était en bois sombre, avec de petits placards en verre, des plans de travail en pierre et des appareils électroménagers en acier inoxydable dernier cri. Un chef en tablier blanc ouvrit la porte d'un four pour en sortir un plateau d'amuse-gueule. Il les transféra sur un plat et les porta jusqu'à la grande table couverte de plateaux alléchants.

Nous allâmes voir le buffet et Tennin me dit quels plats étaient d'origine faë pour que je puisse les éviter. Je remplis une petite assiette, refusant le verre de vin qu'un serveur me proposait. À la place, il m'apporta de l'eau minérale. Après que nous eûmes goûté certaines entrées délicieuses, Tennin et moi nous promenâmes vers l'autre bout du vaste salon, où il identifia les nouveaux invités qui affluaient.

Je ne l'écoutais qu'à moitié, songeant à ma prochaine action. J'avais réussi à rentrer dans l'appartement-terrasse, mais je n'avais pas vraiment planifié quoi faire une fois que j'y serais. J'avais cuisiné Tennin sur Davian et sa maison, et il m'avait dit que le bureau et la collection privée de notre hôte se trouvaient à l'étage. Il m'avait aussi informée que Davian avait horreur des caméras de sécurité, ce qui était étrange pour quelqu'un qui gagnait sa vie grâce aux technologies. À moins qu'il ne veuille aucun enregistrement de ce qui se passait dans sa maison. Vive les milliardaires excentriques et paranos !

Nous tournâmes dans un couloir dissimulé par des arbres en pot et nous arrêtâmes devant une bibliothèque. Je me demandais si je trouverais des livres sur les faës à l'intérieur. Un homme obsédé par leur monde devait sûrement avoir des tas de livres à leur sujet, peut-être même certains que mes parents ne possédaient pas.

Lorsqu'une femme en robe rouge avec un masque à plumes nous fit signe de la rejoindre, elle et deux autres invitées, Tennin grommela.

— J'imagine que tu ne veux pas faire semblant d'être folle amoureuse de moi pendant les prochaines heures.

Mes lèvres frémirent.

— J'ai peur de ne pas être assez bonne actrice.

— Chaque jour, tu deviens un peu plus comme ta mère, ronchonna-t-il.

— Merci.

Il posa son verre de vin sur le plateau d'un serveur qui passait.

— Tu veux aller parler aux gens ?

— Vas-y d'abord. Moi, j'aimerais regarder la bibliothèque.

Je lui adressai un regard entendu et il hocha la tête.

— Évite les ennuis, chuchota-t-il avant d'aller rejoindre le groupe de femmes.

J'entrai dans la bibliothèque et pris quelques instants pour faire le tour de la pièce, admirant la grande collection de livres. Il y avait des milliers de titres, avec toute une section dédiée aux livres épuisés et aux premières éditions, ainsi qu'une sélection de ce qui semblait être de la littérature russe ancienne, derrière une vitrine. Je découvris également une grande section dédiée à la technique et à la finance, ce qui n'était pas surprenant pour un magnat des technologies.

— Ah !

Je m'arrêtai en découvrant trois étagères remplies de livres sur les faës. Nous en possédions la moitié à la maison, et j'avais vu certains d'entre eux à la bibliothèque, mais il y en avait deux que je n'avais jamais vus jusqu'à présent. Comment pouvait-il y avoir des livres sur les faës dont je n'avais jamais entendu parler ?

J'en glissai un hors de l'étagère et le tournai pour regarder la couverture. C'était un dessin gaufré à l'or d'un couple dans une position sexuelle, et mes joues s'empourprèrent lorsque je compris de quoi parlait le livre. Voilà qui expliquait pourquoi je ne le connaissais pas.

J'étais curieuse, mais je remis le livre sans regarder à l'intérieur. Ce serait trop gênant si quelqu'un venait à entrer dans la bibliothèque et me surprenait en train de feuilleter un manuel érotique.

Un rire masculin m'atteignit alors que je sortais de la salle. Je me figeai. Je reconnaîtrais ce rire n'importe où. Bon sang, que faisait Conlan ici ? Et sa présence voulait-elle dire que... ?

Mon estomac se noua alors que je regardais à travers les branches d'un arbre en pot jusqu'à repérer Conlan près d'une fenêtre avec Davian.

Je laissai ma respiration sortir dans un souffle lorsque je constatai qu'ils étaient seuls. Conlan était l'une des dernières personnes que je voulais voir, mais cela aurait pu être pire. Il aurait pu venir avec...

Lukas.

J'eus un sentiment désagréable au creux du ventre lorsqu'il apparut à côté de Conlan, un verre à la main. Contrairement à la plupart des autres invités, aucun d'eux ne portait de masque. Le pouvoir et l'autorité émanaient de Lukas, et je voyais bien, à la façon dont les gens le contournaient, que je n'étais pas la seule à le sentir.

Je me mordillai les lèvres en voyant Lukas dire quelque chose à Davian, qui répondit en riant. Conlan et lui risquaient de tout gâcher. Était-ce trop demander que d'espérer qu'ils ne me reconnaissent pas avec mon masque ? Ils comprendraient que je mijotais quelque chose à l'instant où ils me verraient. Et s'ils découvraient que j'étais une chasseuse de primes ? Davian se méfierait et me mettrait dehors.

Lukas fronça les sourcils tout à coup, et son regard se porta vers moi. Je reculai dans le coin, le cœur battant la chamade. M'avait-il vue ? Comme je n'avais aucune envie de le savoir, je me précipitai dans le petit couloir. Sur ma droite se trouvait une porte, sans doute celle de la chambre principale, et sur ma gauche le même couloir que nous avions emprunté plus tôt, avec l'escalier conduisant à l'étage supérieur.

Il n'y avait personne en vue alors que j'approchais de l'escalier, et je me demandai pendant une seconde si je devais demander à quelqu'un l'autorisation de monter. La pensée que Lukas puisse me rejoindre se chargea de prendre la décision à ma place.

Mieux vaut demander pardon que demander la permission, pensai-je en gravissant l'escalier. Je fis la grimace lorsque mes talons claquèrent sur les marches en verre. Après les trois premières, je m'arrêtai et enlevai mes chaussures.

Sur le palier, je fis quelques pas et m'arrêtai pour admirer le luxe autour de moi. Sous un plafond de verre incliné se trouvait une salle à manger avec une table qui pouvait aisément accueillir vingt convives. Une baie vitrée la séparait d'une terrasse éclairée par des lumières tamisées et bordée de sapins et de cyprès en pot. Sur ma gauche, il y avait une pièce entièrement vitrée, mais la végétation de l'autre côté m'empêchait de voir l'intérieur. Peut-être une serre ou un jardin d'hiver.

Je me tournai dans l'autre direction. *Aha.*

Séparée de la salle à manger par un mur de verre et de cuivre texturés se trouvait une zone surélevée qui ressemblait à une galerie. Mes chaussures au bout de mes doigts, je m'y dirigeai et montai les quatre premières marches vers la collection privée d'artisanat faë de Davian Woods.

Je fus immédiatement attirée par le tableau encadré représentant des paysages du royaume des faës, peints par des artistes renommés. Le style me rappelait une exposition de Monet que j'avais vue au Musée d'Art Moderne, et j'aimais combien ces peintures me paraissaient vivantes. Si le royaume des faës était aussi magnifique sur une toile, je n'imaginais pas comment c'était en vrai.

Une fois que mes yeux se furent régalés de la peinture, je me tournai pour contempler les autres trésors faës de Davian, exposés dans les vitrines. Il y avait des sculptures, des livres, des bijoux, des ustensiles, des vêtements et des cristaux variés. Dans la plus grande vitrine, je remarquai un morceau de vêtement blanc supposé provenir de la robe de la déesse. Je m'interrogeai sur son authenticité, car les faës étaient respectueux de leur déesse et ne céderaient pas un artefact aussi important à un humain. Leur effort considérable pour retrouver le ke'tain en était la preuve.

Dans la même vitrine se trouvait une moitié de lance, qui aurait soi-disant appartenu aux mythiques Asrais. Mais ce fut la petite pierre blanche nichée dans un lit de velours qui m'intéressa le plus. D'après l'inscription, on pensait que c'était une pierre de la déesse, mais je savais avec certitude que ce n'était pas le cas. Une pierre de la déesse restait avec son propriétaire légitime jusqu'à être offerte à un nouveau propriétaire. Si Davian avait été béni par la déesse, comme on le disait, la pierre serait sur lui, pas dans une vitrine de verre.

À chaque extrémité de la galerie se trouvait une porte. J'essayai les deux, mais sans surprise, elles étaient verrouillées. L'une d'entre elles devait être le bureau de Davian. J'étudiai la serrure d'une porte et souris. Elle était classique, avec cinq goupilles de verrouillage, et ne devrait pas être trop difficile. Heureusement, j'étais venue préparée.

Je passai le bras sous la jupe de la robe pour retrouver le jeu de crochets attachés à l'intérieur de ma cuisse. Ma main se figea lorsque des voix d'hommes dérivèrent vers moi d'en bas. Je tendis l'oreille, mais je peinai à entendre. Peut-être passaient-ils devant les escaliers.

Des chaussures sur les marches de verre me firent tendre l'oreille. Je me redressai et m'éloignai de la porte. Je prévoyais de faire comme si j'admirais la galerie, jusqu'à ce que j'entende la voix caractéristique d'un prince faë que je ne connaissais que trop bien. Je me précipitai vers les marches de la salle à manger et courus sur le carrelage, contente de ne pas avoir remis mes chaussures. J'ouvris sans un bruit la porte de la terrasse et me glissai à l'extérieur.

Je n'eus pas le temps de me préparer au vent glacial qui me coupa la respiration. Je courus vers les arbres en pot et me mis à couvert dans les ombres juste derrière. Les arbres me dissimulaient de la vue, mais ils offraient peu de protection contre le froid. Je tremblais furieusement dans ma petite robe, conçue pour le climat tempéré du royaume des faës.

Croisant les bras autour de mon buste, je regardai vers le haut de l'escalier lorsque Davian et Lukas apparurent, suivis par Conlan. À côté des deux faës, Davian paraissait petit, et ce dernier était encore plus ordinaire en comparaison avec leur perfection masculine, mais il ne semblait pas s'en soucier, discutant avec animation à Lukas.

Tous trois gravirent les marches de la galerie, où Davian leur montra l'un des tableaux que j'avais admirés. Lukas ne semblait intéressé que par politesse et je me demandai ce qu'il faisait ici. Ma conversation avec Tennin, hier, m'avait laissée avec le sentiment que Davian était une source de divertissement pour les faës.

Il n'était pas vraiment le genre de fréquentation que j'imaginais pour Lukas. Pourtant, j'avais eu tort sur beaucoup de points le concernant. J'étais certaine que sa véritable identité n'était pas la seule chose qu'il m'avait cachée.

Le trio se dirigea ensuite vers la porte du bureau et Davian utilisa une clé pour la déverrouiller. Il entra dans la pièce et effleura quelque chose sur le mur, à côté de la porte. Mes jambes flageolèrent lorsque je le regardai saisir un code de sécurité. Quelques minutes de plus et l'on m'aurait attrapée en train d'entrer par effraction dans son bureau.

Davian devait avoir quelque chose d'important à cacher, s'il avait un panneau de sécurité pour son bureau. PDG d'une entreprise d'un milliard de dollars, il était logique qu'il veuille protéger des documents sensibles, mais mon instinct me disait qu'il s'agissait d'autre chose.

Mes dents claquaient, me rappelant que j'avais un plus gros souci que le contenu du bureau de Davian. Je sautillais d'un pied sur l'autre pour éviter qu'ils ne s'engourdissent. Je n'avais même pas la place de me baisser pour remettre mes chaussures sans être vue.

Je regardai Davian et ses invités entrer dans le bureau alors que j'attendais une occasion de m'échapper. À l'instant où ils fermèrent la porte, je déguerpis avant d'avoir trop froid pour bouger.

Plusieurs minutes passèrent, mais la porte du bureau restait ouverte, Conlan visible à l'intérieur. Je regardai autour de moi avec désespoir et aperçus une porte, vers ce qui ressemblait à une serre. Me déplaçant sur le côté, j'avançai discrètement le long de l'espace exigu entre les arbres et le mur jusqu'à atteindre une trouée d'un mètre vingt dans les arbres. Maudissant ma malchance, je regardai à travers les branches dans le bureau et constatai que Conlan me tournait le dos. C'était maintenant ou jamais.

Mon corps se contracta pour bondir dans l'espace ouvert, mais un mouvement dans la galerie m'arrêta net. Davian émergea avec Lukas, Conlan derrière eux. Il dit quelque chose aux faës, qui en retour sourirent et hochèrent la tête. J'expirai. Peut-être allaient-ils redescendre.

Ou pas. Lukas et Conlan restèrent dans la galerie, à regarder Davian, alors qu'il descendait les marches et s'approchait de la porte de la terrasse. Mes yeux se posèrent sur notre hôte et mon estomac se noua lorsque son expression agréable se changea en masque de colère que je fus la seule à distinguer. Il sortit sur la terrasse et attendit que la porte se referme avant de mettre un téléphone à sa bouche pour parler.

— N'étais-je pas assez clair quand j'ai dit que vous ne deviez pas m'interrompre ce soir ? dit-il. Cela a intérêt de valoir le coup pour m'avoir fait tourner le dos au prince d'Unseelie.

Il se tut en écoutant parler son interlocuteur, à l'autre bout de la ligne.

— Bien sûr, reprit-il enfin. Ce téléphone est sécurisé ! C'est moi qui l'ai conçu.

Je m'appuyai contre le mur alors qu'il marchait vers moi. L'hôte charmant qui m'avait accueillie tout à l'heure s'était envolé. Cet homme hargneux me donnait l'impression d'être comme un lapin se cachant d'un prédateur, et je ne voulais pas penser à ce qu'il ferait s'il me surprenait à l'espionner.

Il s'arrêta non loin de moi.

— Comment ça, vous ne l'avez pas ?

Une pause.

— Une descente ? Et vous ne me le dites que *maintenant* ?

Sa voix s'éleva dangereusement, mais il la baissa aussitôt. Affichant un sourire, il regarda dans la galerie, où Lukas et Conlan l'observaient toujours.

Je n'osais pas bouger un muscle. Les faës possédaient une vue aiguisée et ils risquaient de me voir, même si Davian ne le pouvait pas. Le masque cachait la partie supérieure de mon visage, mais mes cheveux ne laissaient aucune place au doute.

Davian tourna le dos à la galerie.

— Trouvez-le et obtenez-le-moi. Je me fiche de ce que vous avez à faire. Et souvenez-vous, vous êtes aussi superflu que vos prédécesseurs.

Sur cette note sinistre, il raccrocha. Il resta là sans rien dire, à bouillonner et à fusiller le muret du regard, à moins d'un mètre de moi. Je ne me rappelais pas avoir été aussi effrayée par un humain que je l'étais en ce moment. Physiquement, Davian n'était pas une menace pour moi, mais il avait l'argent et les ressources pour faire ce qu'il voulait de ses ennemis. La malveillance qui émanait de lui en cet instant me laissait entendre que cela ne l'empêcherait pas une seconde de dormir.

Il ferma les yeux et respira plusieurs fois profondément pour se calmer. Sous mon regard ébahi, la colère disparut de son expression et son sourire chaleureux revint. Si je n'avais pas été témoin de sa rage, je ne l'en aurais jamais cru capable.

Calmement, il se tourna et retourna à l'intérieur pour rejoindre Lukas et Conlan dans la galerie, leur faisant signe de revenir dans son bureau. Conlan jeta un coup d'œil à Lukas, qui regardait encore la terrasse. Il ne pouvait pas me voir, si ?

Va-t'en, je t'en prie. J'ignorais si je pouvais endurer le froid pendant une minute de plus. Encore un peu et mes pieds allaient geler au contact des pierres en dessous.

Après ce qui me sembla durer une éternité, Lukas pivota sur ses talons et se dirigea vers le bureau avec les autres. Je n'attendis pas qu'ils entrent. Dès qu'ils me tournèrent le dos, je traversai le trou et me cachai derrière les arbres de l'autre côté. De là, je n'avais qu'à me déplacer d'encore trois mètres environ à couvert avant de perdre de vue la porte du bureau. Enfin, je détalai vers la verrière.

— Ouf, dis-je, les lèvres engourdies lorsque la porte s'ouvrit sous ma main.

J'entrai et soupirai quand la chaleur m'enveloppa. C'était comme sortir d'un congélateur pour pénétrer dans un sauna.

Je fus si soulagée d'avoir quitté le froid qu'il me fallut un moment pour me concentrer sur les alentours. Enfin, j'émis un cri de surprise en découvrant la pièce que j'avais prise pour une serre. Elle semblait tout droit sortie d'un rêve.

Au centre de l'espace, un bassin naturel entouré de pierre et de végétation sur trois côtés offrait une véritable chute d'eau à son extrémité. Le sol du bassin semblait être en sable, et au fond, je pouvais voir des plantes aquatiques et quelques poissons aux couleurs vives.

Retirant mon masque, je me baladai dans la pièce, admirant les arbres et les fleurs faës au parfum enivrant. Des oiseaux bariolés voletaient entre les arbres alors que je passais devant eux, et dans un coin, il y avait un petit bosquet habité par des lutins. Les minuscules faës verts s'agitaient en voletant, mécontents de ma présence, mais ils me laissèrent tranquille. Des lutins sauvages auraient essayé de me mordre pour avoir envahi leur territoire, mais ceux-ci avaient sûrement été élevés ici, en captivité.

Davian avait créé son propre petit paradis faë chez lui. Levant les yeux vers le plafond voûté en verre, je m'imaginai flotter dans le bassin, admirant le ciel bleu par beau temps. Je me demandais si cette pièce était une représentation fidèle du royaume des faës ou simplement sa vision personnelle. Quoi qu'il en soit, c'était à couper le souffle.

Je rejoignis le mur intérieur donnant sur la salle à manger et jetai un coup d'œil à travers les plantes grimpantes qui recouvraient la majeure partie du verre. De là, je pouvais distinguer une tête brune à l'intérieur du bureau du haut. Cela pouvait être Lukas ou Conlan, difficile à dire. Je devrais attendre ici jusqu'à ce qu'ils descendent, mais cette cachette était un grand progrès par rapport à la terrasse.

Tennin devait se demander où j'étais partie et je m'en voulus d'avoir laissé mon portable dans mon manteau. Il savait que j'étais ici pour fouiner et trouver si Davian savait quelque chose sur le ke'tain, et j'espérais qu'il ne viendrait pas me chercher. Il était assez subtil pour ne rien faire susceptible de me trahir, mais je ne voulais pas risquer de l'impliquer davantage.

Je déambulai avant d'aller m'asseoir sur un rocher, à côté du bassin, me répétant la conversation à sens unique de Davian sur la terrasse. Il n'avait pas évoqué le nom de Lewis Tate, mais j'étais convaincue que c'était lui qu'il avait ordonné à son interlocuteur de retrouver. Et la chose qu'il cherchait devait être le ke'tain. J'aurais aimé qu'il en dise plus, car j'ignorais quoi faire ensuite.

Ce soir, tout ce que j'avais réussi, c'était de confirmer mes doutes concernant le lien de Davian avec Tate. J'avais aussi vu le côté obscur du milliardaire, côté qu'il gardait caché du reste du monde. Je tremblais malgré la chaleur de la serre. Davian Woods n'était pas quelqu'un que je voulais pour ennemi. Il ne devait absolument pas découvrir ce que j'avais fait ce soir.

Des battements à côté de moi me firent tourner la tête juste à temps pour voir deux lutins s'envoler avec le masque que j'avais posé sur le sol à côté de mes chaussures. Peinant à supporter le poids du masque, ils vacillaient près du sol.

— Eh. Revenez !

Je bondis et me précipitai après eux dans leur bosquet. Davian m'avait vue avec ce masque. S'il le trouvait dans cette pièce, il saurait que j'étais montée ici.

Je réussis à mettre la main sur le masque avant qu'ils ne s'échappent vers les branches supérieures, qui devaient se trouver à quatre mètres de hauteur au moins. Ils couinèrent avec colère et ripostèrent en se précipitant sur moi, me tirant des mèches de cheveux.

— Aïe. Arrêtez.

Je chassai les petites bêtes en essayant de ne pas leur faire de mal.

Deux autres lutins se joignirent à l'attaque, et l'un d'eux réussit à s'emmêler dans mes cheveux. Je luttai pour me libérer sans endommager ses ailes fragiles ni me faire mordre au passage. Incapable de voir où j'allais, je trébuchai sur un rocher et m'étalai de tout mon long. Heureusement, le sol ici était couvert d'herbe et d'une épaisse mousse qui amortirent ma chute.

Le bruit d'une porte qui s'ouvrait m'immobilisa. Je ne pouvais pas laisser Lukas ou Davian me trouver. Je fis donc la seule chose que je pouvais, je me ruai derrière un buisson feuillu à peine assez gros pour me cacher et priai pour que le nouveau venu ne regarde pas trop près du bosquet.

Des bruits de pas étouffés par le sol herbeux s'approchèrent et s'arrêtèrent. Je risquai un coup d'œil à travers les feuilles, m'attendant à voir Davian ou Lukas, mais je fus surprise de découvrir un faë blond à côté du bassin. Il leva la main pour retirer le masque qui couvrait la majorité de son visage et je crus soudain le reconnaître. Où l'avais-je déjà vu avant ? Un pressentiment désagréable s'immisça dans mon estomac. Plus je le fixais, plus cela s'accentuait.

Il posa son masque sur le sol et se redressa, entièrement tourné vers moi. Ma respiration s'arrêta lorsque je compris d'où je le connaissais. Le jour où mes parents avaient disparu, j'avais rendu visite à Levi, à la Plaza, et j'avais vu ce faë à la station de métro. Je me souvenais de son regard fixe et constant, qui m'avait perturbée par sa froideur alors que ma rame s'éloignait du quai.

Je ne l'avais pas revu jusqu'alors, et sa présence me fit frissonner plus que la colère de Davian. J'étais oppressée par la désagréable impression qu'il s'agissait d'un membre de la garde royale du royaume de Seelie. J'ignorais ce qu'il faisait à la fête de Davian ou comment il avait échappé à l'attention de Lukas, mais je savais que cela ne se terminerait pas bien pour moi s'il me trouvait ici.

Quelque chose attira mon attention et mon sang se glaça. J'avais laissé mes chaussures à côté du bassin. S'il faisait quelques pas dans cette direction, il les découvrirait et saurait que quelqu'un était là.

Le faë leva les mains et murmura dans sa barbe. Ma peur se transforma en enthousiasme délirant lorsque de la magie vert pâle s'écoula de ses mains et que l'air commença à briller devant lui. Il créait un portail. Comme les faës n'aimaient pas le faire devant les humains, je n'en avais jamais vu. Peu de personnes pouvaient s'en vanter.

J'étouffai un cri de surprise en sentant une douleur aiguë dans mon cuir chevelu. J'avais oublié le lutin coincé dans mes cheveux, celui qui semblait tout à coup déterminé à m'arracher les cheveux pour se libérer. Serrant les dents, je levai la main pour l'aider, mais il me récompensa avec une morsure cinglante au doigt.

Je sursautai, réprimant de justesse mon cri de douleur. Le buisson bruissa et je me figeai alors que la tête du faë se tournait vers moi.

8

MON COEUR MENAÇAIT de sortir de ma poitrine alors que j'imaginais ce qu'il ferait s'il m'attrapait. Même si j'étais venue armée, je n'avais aucune chance contre un garde royal.

Il baissa les mains et fit un pas vers le bosquet. À ce même moment, le lutin se libéra de mes cheveux et jaillit du buisson, emportant avec lui quelques mèches. Le faë cessa d'avancer et regarda le lutin disparaître dans les branches. Je ne pouvais que prier pour qu'il ne voie pas les cheveux roux accrochés au lutin et ne vienne pas enquêter.

Il fit un autre pas, le stress m'amputant d'une année de ma vie, et se retourna soudain vers le bassin. Levant les mains, il recommença à créer le portail. Impressionnée, je vis l'air briller et onduler, et un trou de la taille d'un faë se forma. Au-delà du portail, je ne distinguai qu'un mur de pierre blanche et une fenêtre cintrée, mais rien d'autre.

Quelqu'un parla de l'autre côté. Je tendis l'oreille pour l'entendre, mais il était impossible de discerner les paroles par-dessus le jaillissement de la cascade.

— Non, Votre Altesse, dit le faë. Davian ne l'a pas encore.

L'autre voix s'éleva juste assez pour me permettre de savoir qu'elle était féminine, ce qui ne pouvait signifier qu'une chose. Il parlait à la reine Anwyn. Je venais juste d'entendre la voix de la reine de Seelie.

Le faë baissa la tête.

— Je suis désolée, Votre Altesse. Je vous ai déçue.

Il y eut du mouvement de l'autre côté du portail et j'aperçus des cheveux blonds, une peau claire et le scintillement d'un diadème incrusté de bijoux. Elle ajouta autre chose et il hocha la tête.

— Si quelqu'un peut le trouver, c'est bien Aibel. Dois-je le rejoindre ?

La reine parla de nouveau, et cette fois, je pus distinguer ses paroles.

— Non, j'ai une autre mission pour toi.

— Comme vous le souhaitez.

Il traversa le portail, qui se ferma avec un faible chuintement d'air.

Je ne bougeai pas pendant cinq bonnes minutes. Lorsque je finis par me lever sur des jambes tremblantes, j'étais étourdie par ce que j'avais vu et entendu. Aucun humain n'avait jamais posé les yeux sur les monarques faës et je ne doutais pas que je serais morte si la reine apprenait ce dont j'avais été témoin.

J'époussetai ma robe, enfilai mes chaussures et tapotai mes cheveux. J'allais avoir besoin d'un miroir pour les arranger avant de descendre. Il était hors de question que je retourne à la fête et fasse comme si de rien n'était après cela. Je ne voulais surtout pas tomber sur Lukas et Conlan. Je ne leur devais aucune explication, mais ils me connaissaient suffisamment pour savoir que quelque chose n'allait pas. Ils attireraient aussi l'attention sur moi et c'était la dernière chose dont j'avais besoin.

Il n'y avait aucun signe de vie dans la galerie ou le bureau lorsque j'y jetai un coup d'œil. J'entrouvris donc la porte pour écouter. Le silence m'accueillit. Je quittai la pièce et trouvai une salle d'eau, de l'autre côté des escaliers, où je me recoiffai et enfilai mon masque.

Mes jambes étaient plus stables lorsque je descendis les escaliers. J'espérais paraître plus calme que je ne me sentais en réalité. Un serveur passa en pressant le pas lorsque j'atteignis le premier étage, mais il me regarda à peine. Tant que Davian n'était pas l'une de ces personnes paranoïaques qui interrogeaient leur personnel sur à peu près tout, mon secret serait en sécurité.

Je me dirigeai aussitôt vers la sortie. Je me sentais mal de laisser Tennin après qu'il m'eut amenée ici, mais je ne pouvais pas retourner à la fête avec Lukas. J'enverrais un texto à Tennin pour m'expliquer, et il comprendrait. Il était bien conscient des raisons qui motivaient mon refus de voir Lukas.

Dans l'entrée, le premier domestique alla récupérer mon manteau et je donnai mon masque au second. Il le refusa, me disant que c'était un souvenir de la fête offert aux invités. Je n'en aurais pas besoin pour me souvenir de cette soirée, mais je souris et le remerciai.

L'autre domestique m'aida à enfiler mon manteau et appela l'ascenseur pour moi. Je l'attendis avec anxiété et m'y précipitai presque lorsque les portes coulissèrent. Aussitôt, j'appuyai sur le bouton pour redescendre dans le hall. Les portes commencèrent à se fermer et je m'affaissai contre le mur.

Je sursautai lorsqu'un bras apparut dans l'ouverture entre les portes, un instant avant qu'elles ne se ferment. Elles se rouvrirent en coulissant et mon estomac se noua quand je croisais les yeux intenses et bleus de Lukas. Derrière lui se tenaient Conlan et Kerr. Bon sang, d'où surgissait ce dernier ? Le manque de surprise sur leurs trois visages m'indiquait que ce n'était pas une rencontre fortuite.

Ils entrèrent dans l'ascenseur, qui me sembla tout à coup bien plus exigu. Conlan et Kerr se tenaient de chaque côté de la cabine, et Lukas devant moi. Je n'avais pas été aussi proche de lui depuis la dernière fois qu'il était venu dans mon appartement. Ma poitrine se comprima à ce souvenir, mais la douleur fut rapidement remplacée par la colère qui suivait toujours.

— Quand Conlan a dit qu'il pensait t'avoir vue chez Davian, je lui ai répondu qu'il se trompait, dit Lukas. Qu'est-ce que tu fais ici, Jesse ?

— J'assiste à une fête, de toute évidence, répondis-je sèchement.

— Comment es-tu entrée ?

Je levai le menton.

— Je suis entrée comme toi.

— Tu sais que ce n'est pas ce que je voulais dire. Davian est sélectif en ce qui concerne la liste de ses invités, et personne n'entre dans ses fêtes sans invitation.

— Et c'est impossible pour quelqu'un comme moi d'être invitée à l'une de vos soirées mondaines ?

Son soupir fut à peine perceptible.

— Si par quelqu'un comme toi, tu veux dire une chasseuse de primes, alors oui. Davian est snob, et il considère la majorité des gens comme inférieurs à lui, à moins qu'ils ne soient des célébrités ou qu'ils aient des relations.

— Ou qu'ils soient un membre de la famille royale des faës. Je pars du principe qu'il sait qui tu es vraiment, rétorquai-je, laissant ma colère prendre le dessus.

J'étais piégée avec lui et ses hommes, ce qui me donnait envie de m'en prendre à lui. Quelque chose brilla dans ses yeux, m'indiquant que ma pique avait fait mouche, mais cela ne me procura que peu de satisfaction.

— Je ne me suis pas incrustée à la fête de ton ami. Je suis ici au bras d'un de ses invités.

La mâchoire de Lukas se contracta.

— Qui ?

— Je ne veux pas être impolie, mais ça ne te regarde pas.

Tennin m'avait rendu un grand service en m'amenant ce soir, et je ne voulais pas le remercier en lui créant des problèmes avec Lukas, qui m'avait clairement fait comprendre que ma présence était indésirable. Autant que je sache, Lukas ne savait pas que je connaissais Tennin, et j'avais l'intention que cela continue ainsi.

— C'est le faë qui t'a offert cette robe ?

Ses yeux se posèrent sur ma tenue et la chaleur m'envahit.

— Ce ne sont pas non plus tes affaires.

Je tirai d'un coup sec sur les bords de mon manteau et jetai un rapide coup d'œil à l'indicateur des étages au-dessus des portes. J'avais l'impression que nous ne bougions même pas. C'était le trajet en ascenseur le plus long que j'aie jamais fait et je commençais à me sentir claustrophobe.

Son regard croisa de nouveau le mien.

— Ton rencard ne te raccompagne pas ?

— Je peux rentrer chez moi toute seule. De nos jours, les femmes font toutes sortes de choses folles et indépendantes comme ça.

Un petit rire atténué se fit entendre du côté de Conlan et mon regard noir s'accentua.

— Où veux-tu en venir avec cet interrogatoire ?

— Je veux savoir la raison de ta venue. Tu te fiches des célébrités et des fêtes.

Mes doigts se resserrèrent sur le manteau.

— Tu ne sais rien de moi.

— Nous savons tous les deux que ce n'est pas vrai.

Un sourire effleura ses lèvres, attisant ma colère qui bouillonnait.

— Il n'y a pas si longtemps, tu me pensais capable de trahison et de torture, dis-je, ces paroles se mêlant à la douleur et la rancœur qui me rongeaient depuis des semaines.

Je voulais lui crier dessus – *leur* crier dessus – à cause de leur trahison, mais ma gorge se serra et des larmes de colère me piquèrent les yeux.

L'atmosphère dans l'ascenseur devint tendue. Conlan et Kerr bougeaient, mal à l'aise, et les yeux de Lukas s'assombrirent de remords.

— J'avais tort.

— Oui. C'est vrai.

L'ascenseur s'arrêta avec une faible secousse et les portes s'ouvrirent. Lukas s'écarta pour me laisser passer en premier et je me dirigeai tout droit vers la sortie. J'étais venue ici avec Tennin, ce qui voulait dire que je devrais prendre un taxi pour rentrer. Je préférais en attendre un dehors plutôt que rester ici avec eux.

J'avais à peine fait trois pas que la main de Lukas m'attrapa le bras.

— Jesse.

M'armant de courage, je me retournai pour le regarder.

— Un homme comme Davian Woods n'arrive pas là où il est sans se montrer impitoyable, me dit Lukas à voix basse.

Un frisson me parcourut.

On eût dit qu'il allait ajouter autre chose, mais il se ravisa.

— Fais attention.

— Je le ferai.

Cette fois, lorsque je m'éloignai, il ne m'arrêta pas. Je sortis du bâtiment alors qu'un taxi déposait un couple habillé pour une soirée. Je me demandais s'ils se dirigeaient vers l'appartement-terrasse. Ils n'avaient pas l'air connus, alors peut-être n'était-ce pas le cas.

Je m'affalai sur la banquette arrière du taxi et donnai mon adresse au chauffeur. Le prix de la course était élevé, mais je n'allais pas prendre le bus ou le métro dans cette tenue. Je sortis mon portable pour envoyer un texto à Tennin, et lui faire savoir que j'étais rentrée et que j'étais tombée sur Lukas dans l'ascenseur. Je ne lui dis pas ce dont j'avais été témoin, car je ne voulais pas l'entraîner dans cette histoire.

Durant le trajet, je rejouai tout ce que j'avais vu et entendu. Je devais trouver quoi faire avec cette information avant de convenir d'un plan d'action. Une chose dont j'étais sûre, c'était que si Davian Woods *et* la reine de Seelie cherchaient le ke'tain, j'étais complètement dépassée.

— J'étais si en colère que je voulais leur dire à tous d'aller se faire voir, racontai-je à Violet le lendemain, vidant mon sac alors que nous marchions dans une rue bondée de Soho. Mais au lieu de ça, j'ai failli pleurer devant eux. C'était affreux.

Elle hocha la tête avec compassion.

— J'aurais aimé être là, avec toi. Je lui aurais dit ses quatre vérités.

Je souris, car parfois, je connaissais ma meilleure amie mieux qu'elle. Violet était fougueuse et franche, mais elle avait tendance à être impressionnée par les membres de la famille royale faë. Au mieux, elle aurait réussi à leur lancer un regard vaguement réprobateur, et encore.

— Mais tu lui as tenu tête, tu devrais en être fière.

— Je déteste me sentir comme ça, mais je ne sais pas comment faire autrement.

J'expirai longuement, regrettant de ne pas pouvoir expulser toutes ces horribles émotions refoulées.

Violet s'arrêta devant une vitrine.

— Ça ne fait que trois semaines. Donne-toi le temps.

— Je n'ai pas le temps. Je dois...

Je m'interrompis avant d'évoquer malencontreusement ma recherche du ke'tain. L'Agence avait été catégorique. Nous devions le cacher au public, y compris à nos familles et nos amis.

Elle m'adressa un regard perplexe.

— Tu dois faire quoi ?

— Travailler. Tu sais que je m'occupe de tout jusqu'à ce que maman et papa reviennent à la maison. Et maintenant, j'ai en plus Aisla et Gus.

Violet émit un petit rire.

— Je n'en reviens toujours pas que tu aies un drakkan chez toi. De tous les noms que tu pouvais choisir, tu as pris Gus.

— Il ne veut pas partir, et c'était le nom qu'il aimait le plus.

— Il aime aussi le rouge à lèvres. Tu m'en dois un nouveau, dit-elle en faisant la moue. C'était mon favori.

J'inclinai la tête.

— Je t'ai prévenue de ne pas laisser ton sac sur le sol. Mais je vais t'en acheter un, vu que tu m'as aidée à me préparer pour la fête.

Elle sourit d'un air rêveur.

— Cette robe. Dis à ton ami faë qu'il peut m'offrir des fringues quand il veut.

— Je crois que tu as ce qu'il te faut dans ce domaine.

Je levai l'un des sacs que je portais pour elle.

— Tu avais vraiment besoin de cinq nouvelles tenues ?

Elle leva les yeux au ciel.

— J'ai besoin de quelque chose de parfait pour ma seconde audition. L'image fait tout.

—Tu pourrais arriver habillée d'un sac à patates et ils te choisiraient quand même pour ce rôle.

Violet laissa échapper un minuscule cri.

— Ah ! Tu crois ? C'est la première fois que j'ai un second entretien. Je sais que ce n'est qu'un petit rôle, mais ce film va faire un tabac.

— Souviens-toi de ce qu'on dit. « Il n'y a pas de petits rôles, rien que de petits acteurs. » Tu vas leur montrer que tu es vraiment la meilleure pilote de navette spatiale qu'ils verront.

Elle hocha la tête.

— J'ai regardé *Star Wars* si souvent que je vais bientôt parler en wookie.

Je pouffai et nous poursuivîmes notre chemin. On ne pourrait jamais dire de Violet qu'elle ne s'investissait pas à cent dix pour cent dans un rôle.

Elle s'arrêta tout à coup devant un magasin.

— Oooh. Rentrons.

Levant les yeux vers l'écriteau sur la vitrine qui indiquait *Guitares neuves, d'occasion et vintage*, je secouai la tête.

— Je n'ai pas besoin...

— Si.

Elle m'attrapa par le bras et m'attira vers la porte.

— Tu ne fais que t'occuper des autres. Le monde ne va pas disparaître si tu te fais plaisir de temps en temps, et je sais que ta guitare te manque.

Je me mordillai la lèvre inférieure. Ma vieille guitare me manquait vraiment, mais j'essayais d'économiser le moindre centime. Notre immeuble avait besoin de nouvelles canalisations dans le sous-sol et la majeure partie du loyer des locataires allait dans les mensualités du prêt immobilier, les charges et l'assurance. Les devis que m'avaient envoyés trois plombiers différents suffisaient à me faire perdre le sommeil.

— Ça ne coûte rien de rentrer pour voir ce qu'ils ont, dit-elle.

Je cédai.

— Je ne rentre que pour regarder.

Trente minutes plus tard, je ressortais du magasin avec un étui de guitare acoustique d'occasion en bandoulière.

— Tu es une très mauvaise influence, Violet Lee.

Elle rigola et pointa du doigt le café.

— Je vais me faire pardonner. C'est moi qui offre.

Nous entrâmes dans la salle et trouvâmes une table vide. Je surveillai nos sacs pendant qu'elle allait commander les cafés.

— Au fait, comment vont ta maman et ton papa dans ce nouveau centre de repos ? demanda-t-elle en posant nos cafés sur la table.

Je bus une gorgée avant de soupirer gaiement.

— Ils vont bien. Tu devrais voir l'endroit. On dirait un de ces centres de désintoxication où vont les riches. Je n'arrive toujours pas à croire que notre assurance maladie couvre un tel établissement.

J'avais effectué des recherches sur le traitement pour le goren, et il y avait un autre établissement à Newark qui ressemblait plus à un hôpital qu'à l'hôtel où logeaient mes parents. Maman et papa avaient une suite confortable, avec des fenêtres donnant sur un parc, et la cafétéria ressemblait à un restaurant gastronomique. Les résidents n'avaient pas le droit aux ordinateurs ni aux téléphones, et les télévisions ne diffusaient que des films non violents, car un excès de stimulation n'était pas bon pour le sevrage du goren. Mais il y avait une bibliothèque, une salle de sport dernier cri avec une piscine aux dimensions olympiques et un magnifique terrain si l'on n'avait pas peur d'affronter le froid. J'avais apporté à maman et à papa des vêtements et des affaires de la maison, et ils redevenaient eux-mêmes un peu plus chaque jour.

— Tu le leur as déjà dit ?

— Non, je vais bientôt le faire.

Chaque fois que je voyais mes parents, je voulais leur parler de la chasse aux primes, mais leurs médecins me rappelaient sans cesse que le stress et les troubles émotifs au début du programme pouvaient provoquer une régression. Mes parents se débrouillaient si bien que la dernière chose que je voulais, c'était de leur faire ressentir de l'anxiété. Je savais aussi que plus j'attendais, plus ils seraient contrariés par mes cachotteries.

Des bruits de pas approchèrent de notre table et je levai les yeux pour voir deux trentenaires en costumes. Je ne les reconnaissais pas, mais leur démarche et leur tenue, c'était l'Agence toute crachée. Je me raidis, car je n'avais pas vraiment de bons antécédents avec les agents qui me cherchaient.

— Je peux vous aider ? demandai-je avant qu'ils ne prennent la parole.

— Vous êtes Jesse James ? demanda l'un d'entre eux d'un ton sec.

Mon regard alterna entre lui et son partenaire.

— Qui me demande ?

Il sortit un porte-cartes en cuir et me montra son badge de l'Agence.

— Je suis l'agent Collins et voici l'agent Howard. Nous aimerions vous poser quelques questions sur la descente chez Lewis Tate.

— Je n'étais pas présente lors de la descente. On m'a appelée après, pour rassembler les verries.

L'agent Howard hocha la tête.

— Nous parlons à tous ceux qui étaient à la maison cette nuit-là.

— Pourquoi ?

— C'est la procédure habituelle. Il n'y a pas lieu de s'inquiéter, dit l'agent Collins.

Quelque chose dans son sourire me laissa une sensation de picotement au cuir chevelu. Selon mon expérience, quand les gens disaient de ne pas s'inquiéter, l'inverse était généralement de rigueur. Et les agents ne retrouvaient pas les chasseurs dans des cafés pour des questions de routine. Ils allaient directement chez eux ou les appelaient en leur donnant rendez-vous au siège.

— Que voulez-vous savoir ? demandai-je, consciente que Violet nous regardait.

L'agent Collins regarda autour de nous dans le café.

— Allons parler dehors.

J'hésitai un instant avant de me lever. S'ils voulaient parler de données

sensibles, c'était logique de le faire là où nous risquions moins d'être entendus. Prenant mon manteau, je les suivis hors du café, m'assurant de me
placer devant la grande fenêtre où Violet pouvait me voir. Je me fichais que ce
soient des agents. J'avais de bonnes raisons de me méfier des inconnus.

L'agent Howard parla en premier.

— D'après le rapport, vous étiez la première chasseuse de primes à
arriver sur les lieux après la descente, c'est bien ça ?

— Oui.

— Et vous êtes allée dans la maison toute seule, dit l'agent Collins. Pourquoi est-ce qu'aucun des agents ne vous a accompagnée ?

Je fronçai les sourcils à cette question.

— C'était trop dangereux, avec toutes les verries en liberté à l'intérieur.

Il hocha la tête.

— Et vous avez passé deux heures seule dans la maison ?

— Plutôt une heure et demie.

Je me demandais où il voulait en venir avec cet interrogatoire.

— Où êtes-vous allée dans la maison, durant cette période ? demanda-t-il.

— Le salon, le couloir et la pièce aux cages.

L'agent Howard me coupa la parole.

— C'est tout ?

— C'était là où étaient les verries. Je n'avais aucune raison d'aller ailleurs.

— Je vois.

Il plaça ses mains dans les poches de son manteau.

— Avez-vous vu quelque chose d'inhabituel pendant que vous y étiez ?

— Comme quoi, par exemple ?

— Des objets qui pourraient être d'origine faë, répondit l'agent Howard.

Ce qu'ils pouvaient être vagues ! Ils devaient savoir que les chasseurs de
primes étaient au courant pour le ke'tain disparu.

— Il y avait des objets faë, mais je n'ai rien vu qui ressemblait au ke'tain,
répondis-je.

Ils échangèrent un regard, puis l'agent Collins demanda :

— Vous avez donc cherché le ke'tain pendant que vous étiez seule dans la
maison ?

Leurs questions commençaient à me déranger.

— Non, j'étais trop occupée à essayer de ne pas mourir par piqûre.

La colère transparut dans son regard.

— Et après que vous avez attrapé les verries, qu'avez-vous fait ?

— J'ai aidé l'homme qui s'était fait piquer.

— Je pensais que vous aviez dit que vous étiez seule à ce moment-là,
intervint l'agent Howard, de la méfiance dans la voix.

De petites sonnettes d'alarme résonnèrent dans ma tête. Comment n'étaient-ils pas au courant pour Brian Kang, s'ils avaient lu le rapport de cette nuit-là ? J'imaginais qu'ils voudraient poser des questions à l'ami et complice éventuel de Lewis Tate, mais pas à moi. Cela ne collait pas.

Je croisai les bras.

— Pardon, mais pourquoi vous me demandez ça ? Tout devrait être dans le rapport de l'agent Ross, et les vidéos de la caméra de surveillance vous montreront précisément ce que j'ai fait dans cette maison. Je ne sais pas quoi vous dire d'autre.

L'agent Collins fit un petit pas vers moi.

— Nous déciderons de ce qui est important ou pas.

— Je pense que vous devriez nous accompagner au siège pour un débriefing complet.

L'agent Howard s'approcha, me coinçant contre la vitrine.

Je m'y adossai.

— Je vais prendre rendez-vous.

L'agent Collins posa une main sur mon bras.

— Nous préférerions vous parler maintenant.

9

MA MAIN ALLA vers ma poche et se referma autour du Taser que je portais toujours, à présent. L'agression d'un agent était un crime fédéral, mais mon instinct me disait que je ne parlais pas à de véritables représentants de l'Agence. Ils avaient peut-être la tête de l'emploi, mais aucun ne poserait de questions à un témoin sans faire ses recherches au préalable. Il était évident que ces deux-là n'avaient pas posé les yeux sur le rapport ou les images de la caméra de surveillance.

— Jesse.

Nous regardâmes tous les trois Violet, qui se tenait devant la porte en agitant son portable.

Elle sourit d'un air penaud.

— Désolée de vous interrompre, mais tu as un appel de quelqu'un de l'Agence. Je lui ai dit que tu parlais à des agents, mais il a insisté.

— Ça doit être Ben Stewart. Dis-lui que j'arrive tout de suite.

Je me tournai vers Collins et Howard, qui venaient de reculer.

— Je dois prendre cet appel. Ne faites pas attendre le chef des affaires intérieures.

— Bien sûr que non, approuva Collins à la hâte. Nous vous appellerons pour continuer ce débriefing.

— Je serai ravie de venir demain, leur dis-je, tout en sachant pertinemment que je ne recevrais jamais son coup de fil.

Il hocha la tête et tendit la main.

— Merci de votre coopération, mademoiselle James. Profitez du reste de votre journée.

Je serrai aussi la main de Howard, puis je regardai les hommes rebrousser rapidement chemin dans la rue. Ils se déplaçaient le plus vite possible sans courir.

Violet bondissait sur son siège lorsque je revins à notre table, les yeux écarquillés sous l'effet d'une curiosité nerveuse.

— C'était quoi, ce bordel ?

— Je ne sais pas, mais merci de m'avoir sauvée.

Je sortis mon téléphone de ma poche.

— Comment tu savais que j'avais besoin d'aide ?

— Je ne le savais pas, admit-elle. Mais je n'aimais pas leur regard, et je voyais bien qu'ils étaient insistants. Tous les agents sont comme ça ?

J'affichai mes contacts.

— Ce n'étaient pas des agents.

Sa main jaillit et couvrit mon portable.

— Comment ça ? Ils avaient des licences de l'Agence.

— Des contrefaçons.

Je levai les yeux pour croiser son regard interloqué.

— L'Agence a fait une descente dans la maison d'un trafiquant du marché noir, il y a quelques jours, et on m'a envoyée pour nettoyer. Ces gars-là m'ont demandé des choses qu'ils auraient dû savoir.

Elle fronça les sourcils.

— Cela ne veut pas dire que ce n'étaient pas des agents.

— Et puis, ils n'ont pas sourcillé quand j'ai dit que Ben Stewart était le chef des affaires internes. Il est impossible qu'un agent dans cette ville ne sache pas qui il est et qu'il dirige l'unité des Crimes Spéciaux.

Violet laissa échapper un cri de surprise.

— Oh mon Dieu, Jesse ! On fait quoi ?

— *On* ne fait rien.

Je m'arrêtai sur le numéro de Stewart dans ma liste de contacts.

— Je vais l'appeler et lui faire savoir qu'il y a deux hommes qui rôdent en se faisant passer pour des agents.

— Comment peux-tu être aussi calme ? demanda-t-elle en toute hâte. Je vais paniquer.

Je souris et maintins ma sérénité de façade en portant mon téléphone à l'oreille. Intérieurement, moi aussi je paniquais. J'étais certaine que ces hommes m'auraient forcée à aller avec eux si Violet n'était pas intervenue. Ils cherchaient le ke'tain, et de toute évidence, ils étaient prêts à utiliser tous les moyens pour le trouver. Se faire passer pour un agent représentait un crime grave.

Je m'attendais à tomber sur le répondeur de Ben Stewart et je fus surprise lorsqu'il répondit à la troisième sonnerie. À mi-voix, je lui racontai ma rencontre avec les faux agents, prêtant attention à ne pas évoquer le ke'tain par son nom.

— Il faut que vous veniez pour travailler avec l'un de nos dessinateurs, dit-il lorsque j'eus terminé.

Je perçus une émotion dans sa voix qui n'y était pas la première où nous avions parlé.

— Vous vous sentez en sécurité, là où vous êtes ? Je peux envoyer des agents pour vous prendre.

Je marchai vers la vitre et scrutai la rue à la recherche d'un signe des hommes.

— Ma Jeep n'est pas loin. Je dois ramener mon amie chez elle, et je viendrai juste après.

— Je vous attends d'ici deux heures.

Je raccrochai et retournai à table.

— Il veut que j'y aille, alors je dois écourter notre journée.

Le visage de Violet se décomposa.

— Nous n'avons même pas encore bu notre café.

— Je sais, mais il veut que je donne une description au dessinateur.

Elle laissa échapper un « ahh ! » frustré et agita ses mains avec frénésie avant de prendre son portable pour tourner l'écran vers moi. C'était une photo, prise à travers la vitre, des deux hommes en ma compagnie. J'avais le dos tourné à l'appareil, mais elle avait obtenu un bon aperçu des soi-disant agents.

— Tu as pris une photo ?

Je fixai le visage des hommes sur son portable.

— Ils ne m'ont pas fait bonne impression, alors je me suis demandé : que ferait Jesse à ma place ?

— Tu es un génie !

Je lui fis un grand sourire en prenant son portable pour envoyer la photo sur le mien. Puis je la transmis à Ben Stewart par texto. Il répondit immédiatement, disant qu'ils n'avaient plus besoin de moi pour travailler avec l'artiste maintenant qu'ils en avaient une image claire. Ils passeraient leurs visages dans leur logiciel de reconnaissance faciale, et avec un peu de chance, ils obtiendraient un résultat.

— Il semblerait que je sois tirée d'affaire avec l'Agence.

Je me levai et rassemblai ses sacs de course.

— Sortons d'ici.

— Tu ne veux pas rester pour boire un café ?

— Allons chez toi, plutôt, et choisissons une tenue pour ton audition.

Elle se leva d'un bond et enfila son manteau.

— Je vais prendre nos cafés à emporter.

Violet discuta de l'audition jusqu'à la Jeep. Je souris et répondis autant que nécessaire, mais j'étais en état d'alerte, faisant très attention à nos environs et aux passants.

Ces hommes auraient pu travailler pour n'importe qui, mais je les soupçonnais d'être au service de Davian Woods. Avait-il découvert que j'étais une chasseuse de primes ou ses hommes suivaient-ils leurs propres pistes ? Dans tous les cas, je craignais que ce ne soit pas la dernière fois que je les voyais.

— Ensuite, il s'est caché dans la cabane pendant toute une journée. Finch ne l'a *pas* bien pris. Tu n'as jamais vu une crise de colère tant que tu n'as pas vu un lutin expulsé de sa maison par un drakkan.

Faris rejeta la tête en arrière et éclata de rire. Cela faisait presque une semaine depuis que je lui avais rendu visite pour la première fois, et j'étais heureuse de voir que ses joues avaient plus de couleurs. Il avait encore des cernes sous les yeux, mais elles étaient moins prononcées qu'une semaine auparavant.

Aujourd'hui, nous étions assis dans le salon. Il ne trouvait pas très convenable de me recevoir dans la bibliothèque, qui lui tenait lieu de chambre. Je m'étais inquiétée de voir les autres – surtout Lukas –, mais pour le moment, nous n'étions que deux. Faris n'avait pas évoqué ma prise de bec avec lui, et je n'avais pas l'intention de l'évoquer.

— Les lutins sont dociles dans le royaume des faës, expliqua Faris, souriant toujours de toutes ses dents. Je ne peux pas dire que j'aie déjà vu un lutin en colère.

— C'est parce que tu n'as jamais rencontré mon frère.

Je bus une gorgée de la bouteille d'eau que j'avais apportée. Il y avait un café et une assiette de pâtisseries à mon arrivée, mais je les avais poliment refusés.

— J'espère pouvoir le rencontrer un jour.

Il prit un verre de jus vert et le vida d'un trait. C'était un cocktail de quatorze fruits et légumes d'origine faë, qui lui fournissait une grosse partie des nutriments essentiels pour l'aider à guérir.

— Peut-être que tu le rencontreras.

Je lui pris le verre vide.

— Laisse-moi te le remplir.

Avant qu'il ne puisse protester, j'allai dans la cuisine et lui versai un verre à partir de la grosse carafe sur le plan de travail. Il fronça les sourcils lorsque je le lui rapportai.

— C'est moi l'hôte. C'est moi qui suis censé aller te chercher à boire.

Je levai un sourcil.

— Nous avons partagé une cage. Je pense que nous pouvons nous passer de ces formalités, pas vrai ?

Son sourire revint et je réalisai que c'était la toute première fois que j'évoquais cette fameuse nuit sans ressentir l'habituelle pointe de douleur ou de colère qui l'accompagnait. Peut-être que Faris n'était pas le seul à qui profitaient nos visites.

— Tu as donc renoncé à essayer d'enlever le drakkan de ton appartement ? demanda-t-il.

— Pour le moment. Je suis tellement occupée avec le travail que je n'ai pas passé beaucoup de temps à la maison cette semaine. Et il n'a pas posé tant de problèmes que ça, tout compte fait.

Hormis l'alimentation, le drakkan nécessitait très peu de soins. Je lui avais acheté une grosse litière, et il m'avait fallu deux jours pour comprendre qu'il n'y avait aucune crotte à l'intérieur, car il ouvrait la minuscule fenêtre de la salle de bain pour sortir chaque fois qu'il le souhaitait. Pour l'essentiel, il restait caché, sauf quand il se faufilait chaque nuit afin de dormir sur mon lit. Je ne l'apercevais jamais, mais les écailles rouges qu'il laissait derrière lui me prouvaient son passage. Sans compter les drôles de rêves que je faisais depuis son arrivée. Je n'avais aucune preuve, mais j'étais presque certaine qu'il en était la cause, en quelque sorte.

— Pourquoi es-tu si occupée ? demanda Faris.

Je grimaçai.

— J'ai découvert que la vie d'adulte n'était pas toujours drôle, et que les plombiers gagnaient bien plus que les chasseurs de primes. Heureusement, il y a beaucoup de missions supplémentaires ces temps-ci.

— Pénurie de chasseurs ?

— L'inverse, en fait. Nous avons trois fois plus de chasseurs de primes à New York que d'habitude. Seulement, ils ne sont pas intéressés par les missions classiques.

Il pencha la tête de côté.

— Et pourquoi ça ?

— Ils sont à la poursuite de l'énorme prime que l'Agence a mise pour le ke'tain.

Il écarquilla les yeux.

— Tu recherches le ke'tain ?

— Comme tout le monde. L'Agence propose une prime de cent mille dollars dessus et les chasseurs du monde entier le recherchent. Vu que New York est l'un des points d'entrée principaux depuis le royaume des faës, beaucoup de chasseurs viennent ici à la recherche du ke'tain. J'ai déjà eu une dispute avec des étrangers à la ville qui pensaient que je leur faisais de la concurrence, et ça ne va faire que s'aggraver.

Il hocha la tête d'un air sinistre.

— L'argent fait faire aux gens des choses folles. Et ceux qui veulent le ke'tain pour leurs propres intérêts affronteront tous ceux qui se dresseront en travers de leur chemin. J'aimerais que tu ne sois pas impliquée là-dedans.

— Au début, je ne l'étais pas. Je prévoyais de travailler sur les autres missions et laisser tout le monde se battre pour le ke'tain.

— Pourquoi est-ce que tu as changé d'avis ? C'était l'argent ? demanda-t-il.

— L'argent aiderait ma famille, mais ce n'est pas la raison.

Je pinçai les lèvres, regrettant aussitôt d'avoir évoqué le ke'tain.

Il fronça les sourcils.

— Pourquoi courir ce risque si ce n'est pas pour l'argent ?

— Pour ses parents, dit alors une voix d'en haut qui me rendit nerveuse.

Je levai les yeux vers Lukas, alors qu'il descendait l'escalier, et j'eus la gorge sèche devant l'intensité de son regard. Il semblait encore plus sérieux que lors de notre dernière rencontre, me rappelant le faë distant et déterminé que j'avais rencontré au Teg, deux mois plus tôt.

Il alla se placer près de la cheminée. Sa proximité me fit prendre pleinement conscience de sa présence. Cela avait-il toujours été ainsi avec lui, ou mes émotions étaient-elles renforcées à cause du vide où se trouvait notre amitié ?

Kaia descendit l'escalier en courant et rejoignit son maître. Debout là, une main posée sur sa grande tête, Lukas donnait l'impression d'être si puissant et majestueux que je n'en revenais pas de l'avoir pris pour autre chose qu'un membre de la famille royale.

— Jesse ferait tout pour ses parents, dit-il à Faris, ses yeux pourtant braqués sur moi. Même si cela signifie une combine dangereuse, comme fouiner dans la maison de Davian Woods.

Je me tordis les mains sur mes genoux.

— De quoi tu parles ?

— Quand tu as quitté la fête, j'y suis retourné et j'ai parlé à notre hôte, m'informa-t-il.

Un gouffre s'ouvrit dans mon ventre et je sentis mon visage perdre un peu de sa couleur.

Lukas caressait la tête de Kaia.

— J'ai dit à Davian qu'une de ses invitées était tombée malade et qu'elle était partie, et que je voulais le faire savoir à son compagnon. Imagine ma surprise quand j'ai appris que cette personne n'était autre que Tennin.

— Tennin ? répéta Faris.

— Oui. Lui et moi, nous avons eu une conversation très instructive.

Lukas me sourit, ce qui ne fit rien pour chasser l'oppression dans mon estomac.

— Il m'a dit qu'il connaissait tes parents depuis des années et qu'il t'aidait un peu, parce qu'il a une dette envers ton père. Il a fallu peu de choses pour le convaincre de me dire pourquoi il t'a emmenée à la fête de Davian. Il est étonnamment loyal à ta famille, ce qui ne ressemble pas du tout au Tennin que je connais.

— Tu n'avais pas le droit de lui poser des questions sur moi.

Je me levai d'un bond, en colère contre lui pour intervenir dans mes affaires, et envers moi-même pour mettre Tennin dans cette position.

Lukas ignora ma réaction.

— D'après lui, tu crois que Davian sait quelque chose sur le ke'tain, mais il est resté vague sur la façon dont tu es venue à cette conclusion. Comme je suspecte aussi l'implication de Davian, je suis très intéressé par ce qui t'a conduite à lui.

Je croisai les bras.

— Un bon travail de détective.

— Quand même, tu as réussi à être invitée à l'une des fêtes privilégiées de Davian, où tu as disparu pendant une heure. Tennin a dit qu'il ne t'avait pas vue et qu'il n'avait pas eu de tes nouvelles jusqu'à ce que tu lui envoies un texto en rentrant chez toi.

Le regard pénétrant de Lukas me cloua sur place.

— La question est : où étais-tu et qu'est-ce que tu as fait durant cette heure ?

Je choisis une semi-vérité.

— J'étais dans la bibliothèque pendant quelques minutes, puis je suis allée là-haut pour jeter un œil. J'allais fouiller son bureau, mais la porte était fermée.

— Ensuite, tu as quitté la fête.

— Oui, répondis-je d'un ton sec, trop agacée par les questions et par sa présence pour sentir qu'il m'attirait dans un piège.

Il se frotta la mâchoire.

— Je t'explique. Conlan et moi, nous sommes allés en haut avec Davian pendant une bonne trentaine de minutes, et nous sommes retournés à la fête environ un quart d'heure avant que Kerr ne te voie descendre et partir. Cela voudrait dire que toi et moi, nous étions en haut au même moment, mais aucun de nous ne se souvient de t'avoir vue là-bas. Pourquoi ?

Je haussai une épaule.

— Un mauvais sens de l'observation.

Sa bouche esquissa un sourire si douloureusement familier que je sentis mon cœur transpercé par des piques de douleur.

— Tu t'es donné tant de mal pour aller dans l'appartement-terrasse, tout ça pour repartir au bout d'une heure.

Il secoua la tête.

— Tu n'abandonnes jamais aussi facilement. La seule raison pour laquelle tu aurais quitté la fête en avance, ce serait que tu as trouvé quelque chose. Pas le ke'tain, sinon tu l'aurais rendu, mais quelque chose d'important.

— C'est ça, tu as tout compris.

Je laissai mes bras retomber sur les côtés.

— C'est pour ça qu'on m'a invitée ici aujourd'hui ? Tu pensais pouvoir me piéger et trouver ce que je sais ? Et après ? Tu vas obliger Faolin à me faire parler si je ne te donne pas ce que tu veux ?

— Par la déesse, non !

Faris chancela en se levant et perdit son équilibre.

Je bondis vers lui, mais Lukas y arriva en premier. Il rattrapa Faris et le fit asseoir dans le canapé avec grand soin. Lorsqu'il se redressa, son regard troublé rencontra le mien.

— Personne ici ne te fera jamais de mal, Jesse, dit-il d'une voix rauque. Ne le reproche pas à Faris. Il ignorait que j'allais te poser des questions.

Des pieds martelaient l'escalier en descendant, et Faolin fit irruption dans la pièce.

— Qu'est-ce qui ne va pas ? J'ai entendu Faris crier.

D'un geste, ce dernier lui fit comprendre que ce n'était pas important.

— Ce n'est rien, mon frère. J'ai essayé de me lever trop rapidement et je suis tombé.

— Je t'ai dit de ne pas te fatiguer, le réprimanda Faolin, de l'inquiétude dans ses yeux.

Je m'éclaircis la gorge.

— Je ferais mieux d'y aller.

— Reste, je t'en prie.

Faris m'adressa un regard si implorant qu'il m'était impossible de refuser.

Évitant le regard de Lukas, je m'assis. J'aurais préféré m'en aller lorsqu'un silence gênant tomba sur la pièce.

— Faolin et moi, nous serons là-haut si tu as besoin de quelque chose, dit Lukas.

Faris attendit que leurs bruits de pas se soient atténués avant de parler.

— Je suis désolé. Depuis que je suis rentré, l'objectif principal de Lukas a été de retrouver le ke'tain et ceux qui l'ont pris.

— Le ke'tain est important pour votre peuple.

Je n'étais pas obligée d'apprécier Lukas ni d'être d'accord avec ses méthodes pour comprendre pourquoi il voulait le récupérer.

— C'est le cas, mais ce n'est pas la seule chose qui le pousse.

Faris poussa un profond soupir.

— Il le fait aussi pour moi.

— Pour toi ? Le ke'tain t'aidera à guérir plus vite ?

Faris secoua la tête et regarda par la fenêtre pendant un long moment.

— J'enquêtais sur la disparition du ke'tain quand on m'a enlevé.

Il tourna la tête pour me regarder.

— Je devrais dire que l'on m'a enlevé *car* j'enquêtais sur sa disparition.

Ma main se porta à ma poitrine.

— La garde royale de Seelie.

— Comment le sais-tu ?

— La sœur de Rogin, Raisa, m'a dit que la garde de la reine t'avait fait ça. Elle a dit que la reine Anwyn n'avait pas de pitié pour ses ennemis.

Il se frictionna le torse comme si cela lui faisait mal.

— Elle a raison.

— Raisa m'a dit aussi que c'était la garde de Seelie qui avait enlevé ma maman et mon papa. Son frère était censé les tuer, mais Raisa les a sauvés.

Faris fronça les sourcils.

— Pourquoi est-ce que la garde de la reine voudrait tuer tes parents ?

— Tout ce que Raisa savait, c'était qu'ils avaient fait quelque chose pour fâcher la garde. Je pense que mes parents sont tombés par hasard sur des renseignements concernant le ke'tain durant leur dernière mission. C'est la seule explication logique.

— Tu en as parlé à tes parents ?

Je secouai la tête.

— Maman et papa ne se souviennent de rien, et leurs docteurs m'ont dit que je devais être prudente avec ce que je leur disais. J'ai peur que la garde de Seelie essaye de les empêcher de recouvrer leurs souvenirs. C'est pour ça que je cherche le ke'tain.

La compréhension emplit son regard.

— Si on trouve le ke'tain, ils n'auront aucune raison de s'en prendre à tes parents.

— Ils pourraient toujours leur en vouloir, mais pour le moment, je ne peux pas y penser.

Cette idée me glaçait et je me frottai les bras pour me réchauffer.

— Je ne peux être que sur un front à la fois.

— On va se battre pour toi.

— Non.

— Écoute-moi, je t'en prie, implora-t-il. Si tu n'es pas d'accord, nous n'en reparlerons jamais.

Je fixai le sol comme s'il détenait miraculeusement les réponses dont j'avais besoin. N'y trouvant pas d'aide, je levai les yeux pour croiser les siens. Je ne le connaissais pas depuis longtemps, et il était un des amis les plus proches de Lukas, mais pour une raison quelconque que je ne pouvais pas expliquer, j'avais confiance en lui.

Je joignis mes mains sur mes genoux.

— D'accord.

Il sourit.

— Je suis impressionné de voir que tu n'as rien cédé face à Lukas. Il y a peu de personnes qui peuvent lui tenir tête comme toi.

— Mais ?

— Mais en découdre avec lui est une chose. Il ne te ferait jamais de mal. Te mesurer seule à la reine Anwyn et à sa garde, ce n'est pas seulement de la folie, c'est du suicide. Tu n'as pas besoin de chercher plus loin que moi pour en avoir la preuve.

Je me rappelai qu'il avait frôlé la mort la première fois que je l'avais vu. Il faisait partie de la garde royale d'Unseelie, c'était un tueur chevronné, et pourtant il n'avait eu aucune chance contre eux. Alors, quelle chance pourrais-je avoir de survivre à une rencontre similaire ?

— Mes amis t'ont profondément blessée, et ta colère contre eux est justifiée. Mais si tu mets de côté tes sentiments pendant un moment, tu admettras qu'il n'y a personne de mieux équipé pour faire face à la garde de Seelie.

— Tu as raison, mais tu me demandes de leur confier les vies de ma famille. Comment pourrais-je être sûre qu'ils ne vont pas me trahir de nouveau ?

Faris garda le silence pendant un instant.

— Ils t'ont donné toutes les raisons de douter d'eux, je comprends ta réticence. Je ne peux que te dire qu'ils regrettent leurs actes plus que tu ne le penses. Ils se rachèteraient si tu leur en laissais l'occasion.

— Je me fiche des excuses. Je me soucie de la sécurité de mes parents.

— Tu as donc besoin d'un allié puissant, et nous savons tous les deux de qui il s'agit.

— Ce que je sais ne pourrait même pas leur être utile.

Lukas savait déjà que la garde de Seelie était derrière l'emprisonnement de Faris, et Davian Woods en avait après le ke'tain. Que pouvais-je leur dire qu'il ne puisse pas deviner par lui-même ?

Faris haussa les épaules.

— Tu ne le sauras pas tant que tu ne l'auras pas partagé avec lui.

J'inspirai profondément et contractai mes épaules.

— Cela ne change rien. Je ne vais pas être leur amie simplement parce que nous travaillons ensemble.

— Bien sûr, répondit-il sérieusement.

Mais j'entrevis un petit sourire alors qu'il buvait son verre.

Il s'essuya la bouche et rejeta la tête en arrière pour crier :

— Lukas, Faolin ! Jesse voudrait vous parler.

— Il faut vraiment que ce soit les deux ? le rabrouai-je à mi-voix.

— Faolin est le chef de la sécurité, et il n'y a pas plus motivé à traîner mes ravisseurs devant la justice.

— Je peux lui parler, alors ?

— Je suis touché, dit Faolin d'un ton sec depuis le palier.

— Aucune raison de l'être.

Je jetai un regard noir à Faris et m'armai de courage alors que Lukas et Faolin redescendaient les escaliers.

Ils entrèrent dans la pièce et Faolin alla s'asseoir sur le canapé avec son frère. Lukas prit l'une des autres chaises au lieu de rester debout comme la première fois. Aucun ne parla, attendant que je commence.

Je me trémoussai, mal à l'aise sous le poids de leurs regards, et mes paumes commencèrent à transpirer. Ce n'était pas à cause de la peur. Pas vraiment. Il y avait tant d'émotions qui luttaient en moi que je ne pouvais pas en isoler une seule.

Je me remémorai ce que Faris avait dit concernant mon besoin d'avoir Lukas et les autres comme alliés, et je pris les devants.

— Vous êtes au courant de la descente de l'Agence chez un trafiquant du marché noir, à Flatbush, la semaine dernière ?

— Lewis Tate, commenta Lukas. Ils m'ont dit qu'il s'était enfui et que leur recherche n'a abouti à rien.

Il m'adressa un regard interrogateur.

— Et donc ?

— J'y étais. Ils avaient besoin d'un chasseur de primes pour faire du nettoyage. Je suis allée dans son bureau alors qu'il avait été retourné et j'ai vu une invitation pour une fête du réveillon venant de quelqu'un nommé DW. Je n'y avais jamais prêté attention jusqu'à ce que Tennin mentionne Davian Woods et me parle de son obsession pour l'univers des faës. C'est là que j'ai fait le lien. L'Agence a fait une descente dans la maison de Tate, parce qu'ils pensaient qu'il possédait le ke'tain, et Davian aime collectionner les objets faës. C'était trop pour être une coïncidence.

— Ça, c'est du bon travail de détective, félicita Faris.

Lukas approuva de la tête.

— Et la fête ?

— Tennin m'a dit qu'il allait à une soirée chez Davian, et je lui ai demandé de me faire passer pour sa compagne d'un soir.

Lukas pencha la tête.

— Il a dit que tu lui avais fait du chantage. Tu l'as menacé de solliciter Davian toute seule s'il ne t'emmenait pas.

— C'était après le lui avoir demandé une première fois. Il a accepté de m'y emmener, parce qu'il avait peur que je fasse quelque chose de dangereux.

Faolin se moqua et je lui jetai un regard noir.

— Que s'est-il passé à la fête ? demanda Lukas. Pourquoi étais-tu si pressée de partir que tu n'as même pas prévenu Tennin ?

Je frottai mes paumes sur mon jean. Je n'avais raconté à personne ce dont j'avais été témoin cette nuit-là, pas même à Tennin. Le secret pesait autour de mon cou tel un joug de plusieurs dizaines de kilos, mais j'avais trop peur de le partager avec quiconque.

Je regardai Faris, qui m'adressa un petit sourire d'encouragement, puis je me lançai. Je leur expliquai quand je m'étais faufilée à l'étage pour regarder la galerie de Davian, et mon plan pour rentrer dans son bureau, annulé lorsque j'avais entendu Lukas, Conlan et Davian dans l'escalier.

Les sourcils de Lukas se levèrent.

— Tu étais dehors sur la terrasse durant tout ce temps ?

— Non.

Je me rendis compte que je gigotais et je m'immobilisai.

— Je suis retournée à l'intérieur après l'appel de Davian.

Une lueur s'éclaira dans les yeux de Lukas lorsqu'il réalisa ce que je ne disais pas. Il se pencha en avant, les bras sur les genoux.

— Qu'est-ce que tu as entendu ?

Je leur dis tout, aussi proche de la vérité que je m'en souvenais, y compris le changement qui avait gagné Davian durant l'appel. Les yeux de Lukas s'assombrirent. Je ne savais pas s'il était en colère contre moi ou le milliardaire.

Faolin et lui échangèrent un regard, et ce dernier lui dit :

— Nous avions raison. Davian est en plein dedans.

Lukas hocha la tête.

— Nous devons trouver Lewis Tate.

Faolin se leva.

— Je vais de nouveau passer en revue ses finances.

— Ce n'est pas tout, laissai-je échapper.

Lukas et Faolin se tournèrent vers moi comme s'ils avaient oublié que j'étais là. Faolin se rassit, et tous trois me regardèrent avec impatience.

— Après que Davian est rentré, je me suis cachée dans la salle de sa piscine couverte, ou peu importe comment vous l'appelez, jusqu'à ce qu'il descende.

Mon estomac se noua lorsque je leur dis ce que j'avais vu et entendu dans la pièce.

Lukas poussa un juron et se leva pour s'approcher de la cheminée. Ses yeux étaient flamboyants lorsque nous nous fîmes à nouveau face et je reculai dans le canapé par réflexe. Mais ce fut Faolin qui parla.

— Il a créé un portail. Tu sais ce que ça veut dire ?

L'expression de Faolin se fit presque aussi sombre que celle de Lukas.

— Oui.

Je regardai les deux, puis Faris, qui semblait savoir de quoi ils parlaient. Prévoyaient-ils de me confier leur petit secret ?

— Je ne sais pas ce que ça veut dire, dis-je avec insistance.

Ce fut Faris qui me répondit.

— Cela veut dire que Davian Woods travaille avec la reine Anwyn.

Je fronçai les sourcils.

— Comment en êtes-vous sûrs ? Peut-être que Davian ignorait que son garde était là.

Lukas retourna à sa chaise.

— Tu sais ce qu'est une protection d'atténuation ?

— Oui.

Les protections d'atténuation limitaient l'utilisation de la magie en leur sein. Elles étaient majoritairement utilisées sur les bâtiments importants du gouvernement, mais les grandes salles avaient aussi commencé à les employer.

— Davian a une protection d'atténuation sur son appartement-terrasse, ce qui veut dire qu'aucun faë ne peut créer de portail là-bas, dit Lukas. À moins qu'on lui donne l'accès pour contourner la protection.

Mes veines se remplirent de glace. Davian et la reine de Seelie étaient déjà dangereux pris à part. Ensemble, ils étaient inarrêtables. Sauf à cacher mes parents dans un abri souterrain secret, comment pouvais-je espérer les protéger contre des ennemis aussi puissants ?

Mon visage dut trahir ma peur, car Lukas reprit :

— Nous nous occuperons de notre ami Davian et de la reine. Aucun d'entre eux ne sait ce que tu as observé, tu n'as rien à craindre de ce côté-là.

— Tant que tu gardes tes distances avec Davian et que tu restes discrète, tu ne seras pas repérée, ajouta Faolin avec son regard noir habituel.

Je frottai mes mains tout à coup froides sur mes genoux.

— Je pense que je suis déjà surveillée par quelqu'un.

Lukas plissa les yeux.

— Qu'est-ce que tu as fait ?

— Je n'ai rien *fait*. Il y a trois jours, deux hommes se faisant passer pour des agents m'ont approchée pendant que j'étais dehors, à boire un café avec Violet. Ils m'ont posé des questions sur la descente dans la maison de Lewis Tate, et ils voulaient savoir si j'avais recherché le ke'tain pendant que j'y étais.

— Comment sais-tu que ce n'étaient pas des agents ? s'enquit Faolin.

— Ils avaient la tête de l'emploi, mais il y avait quelque chose qui clochait. Ils ont posé des questions dont des agents connaîtraient déjà la réponse.

Faris attira mon attention.

— Auraient-ils pu être d'autres chasseurs de primes à la recherche du ke'tain ?

— J'y ai pensé, mais leurs licences de l'Agence semblaient vraies. Ce n'est pas facile et ça coûte cher de les imiter.

Je marquai une pause.

— Et... Ils ont essayé de me faire partir avec eux.

— Par la force ?

La voix de Lukas avait pris un ton qui aurait pu trancher la pierre.

— On n'en est pas arrivés là.

Je leur fis part de l'intervention de Violet et de mon appel avec Ben Stewart.

— À ma connaissance, l'Agence ne les a pas encore identifiés, et je ne les ai pas revus depuis.

J'avais été très vigilante depuis l'incident, mais il n'y avait eu aucun signe des hommes ni de quelconques fouineurs. J'avais aperçu l'agent Curry en quittant l'établissement de soins de mes parents hier, et je m'étais demandé si Ben Stewart l'avait envoyé pour veiller sur moi et mes parents, ou s'il était là pour une autre affaire.

— Tu as la photo que ton amie a prise des hommes ? demanda Faolin.

Je sortis mon portable et envoyai par texto l'image à Faris, car c'était le seul numéro que j'avais à présent. Il donna son portable à Faolin, qui se la transféra avant de tendre le téléphone à Lukas.

Ce dernier leva les yeux du téléphone.

— Tu sais si les hommes ont parlé à d'autres personnes présentes lors de la descente ?

— Ils ont dit que oui, mais j'ai demandé à une autre chasseuse qui était sur place et elle n'a pas entendu parler d'eux.

— Pourquoi toi, alors ? demanda-t-il d'une manière suspicieuse. Quelque chose s'est passé cette nuit-là qui puisse les pousser à te prendre pour cible ?

Je hochai la tête.

— J'étais la seule à avoir passé du temps sans personne d'autre dans la maison, et c'était ce qui les intéressait le plus.

— Pourquoi étais-tu seule dans la maison durant une descente ? demanda Faolin.

— Tate a libéré une douzaine de verries quand les agents sont arrivés. J'étais là pour les rassembler.

Les narines de Lukas se dilatèrent.

— Les agents t'ont envoyée seule dans la maison avec elles ?

— Ils ne m'ont envoyée nulle part, et j'ai été payée une belle somme pour cette mission.

Encaisser le chèque le lendemain, ça m'avait fait du bien au moral. Et Levi avait été si satisfait qu'il avait promis de réserver certaines missions de choix pour moi, comme il l'avait fait pour mes parents. Ce matin-là, il avait laissé entendre qu'il pourrait avoir un niveau Trois à me confier dès le lendemain.

Faolin écrivit quelque chose dans son portable et demanda :

— As-tu dit à l'Agence ce que tu viens de nous raconter sur Davian et la garde de Seelie ?

— Non. Je ne l'ai dit qu'à vous trois.

— Pourquoi ?

Ses yeux se firent suspicieux. Au moins, certaines choses ne changeaient jamais.

— Nos priorités ne sont pas les mêmes. Celle de l'Agence, c'est de retrouver le ke'tain, et la mienne, c'est de protéger mes parents. Si elle devait choisir, l'Agence choisirait le ke'tain au lieu des vies de deux chasseurs de primes.

Je soutins son regard pour qu'il ne se trompe pas sur mes intentions.

— Ma famille passe avant tout. Comme c'est le cas pour toi.

Il releva le menton en signe d'admission, unique réaction à laquelle je pouvais m'attendre de sa part. Cela me déconcertait toujours que Faris et lui soient frères. À l'exception de leur ressemblance physique, je ne l'aurais jamais cru.

Je me levai, incitant les trois faës à faire de même.

— C'est tout. Si j'apprends autre chose, je vous le ferai savoir.

Lukas sourit.

— Ne m'appelle pas, je t'appellerai.

Je ne lui rendis pas son sourire.

— Très bien.

Le visage de Faris se décomposa.

— Tu pars ? Mais nous n'avons pas passé de temps ensemble.

— Le travail, mentis-je. Je reviendrai la semaine prochaine.

Je n'avais pas conscience que Lukas m'avait suivie jusqu'à ce qu'il parle alors que je sortais.

— Merci, Jesse.

Sa voix était chaleureuse et sincère, et cela me noua le cœur. Je me sentais plus légère d'avoir partagé mon fardeau avec lui et ses hommes, mais je ne pouvais pas me laisser attirer dans un faux sentiment de sécurité. Je forçai mon expression à rester neutre avant de me tourner vers lui.

— Je n'ai pas fait ça pour toi. Je l'ai fait pour mes parents et Faris.

— Je sais.

Je remontai mon col contre le froid.

— Ça ne change rien.

— Je sais, répéta-t-il.

— Bien.

Cette question étant réglée, je me tournai et m'éloignai.

10

J E TREMBLAIS, avec mon petit blouson en cuir et ma robe qui m'arrivait aux cuisses. Je fourrai mes mains dans mes poches. Devant moi, des femmes se pressaient les unes contre les autres en petits groupes, essayant de repousser le froid dans leurs tenues légères.

— Je n'arrive pas à croire que je t'ai laissé me convaincre de porter une minuscule robe par ce temps.

Je jetai un regard noir à Violet, qui ne semblait pas affectée par la température inférieure à zéro, bien que sa robe bleu saphir soit aussi courte que la mienne.

Elle rejeta ses cheveux par-dessus son épaule, leurs reflets bleus presque de la même teinte que sa robe.

— Je t'ai dit que le Va'sha avait un code vestimentaire spécifique, et ils sont très sélectifs sur qui ils laissent entrer.

— Je ne peux pas juste leur montrer ma licence de l'Agence ? me plaignis-je en claquant des dents.

— Où serait le plaisir dans tout ça ?

Avec un grand sourire sournois, elle prit une pose qui retroussa sa jupe courte encore plus.

Un instant plus tard, un faë aux cheveux noirs vêtu d'un t-shirt tout aussi sombre avec le logo de la boîte de nuit s'avança dans la queue, montrant du doigt certaines personnes. Lorsqu'il nous atteignit, ses yeux balayèrent lentement le corps de Violet, de ses orteils vernis dans ses talons aiguilles argentés jusqu'à ses cheveux brillants.

— Toi, dit-il en la pointant du doigt.

Elle prit mon bras et me tira en avant.

— Et mon amie.

Il regarda ma minuscule robe rouge composée d'un corsage en col en V et mes talons dépourvus de sangles qui donnaient l'impression que mes jambes étaient interminables. Son regard s'attarda sur mes cheveux, que Violet avait insisté pour que je laisse détachés ce soir, à l'exception des quelques mèches de chaque côté que j'avais attachées. Des yeux charbonneux et des lèvres rouges complétaient la tenue.

Ses yeux s'enflammèrent de désir et un sourire sensuel fit frémir ses lèvres.

— Sans aucun doute.

— J'ai le sentiment que tu vas être très populaire ce soir, plaisanta Violet dans sa barbe alors que nous sortions de la queue.

Les gens ronchonnèrent lorsque nous suivîmes le faë jusqu'à la porte, mais j'étais trop heureuse d'échapper au froid pour leur accorder beaucoup d'attention. Nous entrâmes dans la boîte de nuit, où une femme prit nos blousons et nos téléphones. Le Va'sha était un endroit populaire auprès des célébrités, et le club faisait ce qu'il pouvait pour protéger leur vie privée. Aucune caméra ni aucun matériel d'enregistrement n'étaient autorisés à l'intérieur, et les paparazzi étaient exclus.

Un faë attendait pour nous faire gravir un escalier jusqu'à l'étage principal de la boîte de nuit, comme si nous étions des invités d'honneur. Violet accepta sans sourciller et j'en déduisis que c'était la coutume dans les boîtes de nuit faë.

— Qu'est-ce que tu en penses ? demanda-t-elle lorsque nous atteignîmes le haut de l'escalier.

Je regardai autour de moi, la boîte de nuit faiblement éclairée par les lumières bleues et rouges situées dans le haut plafond. Au centre de la pièce se trouvait une petite piste de danse ronde, qui pouvait à peine accueillir la douzaine de couples qui s'y trémoussaient. De chaque côté de la piste, une rampe incurvée en bois séparait le coin salon des danseurs.

Tout au fond, il y avait un bar, rétro-éclairé par les étagères où était exposé l'alcool. Dans un coin, sur la gauche du bar, c'était la plateforme surélevée du DJ, et sur la droite l'escalier menant à l'étage supérieur, probablement vers la section VIP, à en juger par la porte fermée tout en haut. Une chanson populaire de hip-hop se faisait entendre, mais le volume était assez bas pour discuter. Les faës n'aimaient pas la musique assourdissante, et le Va'sha était un endroit où les faës et les humains venaient se retrouver.

— C'est sympa.

Je tendis le cou pour voir les occupants des tables et des box, mais c'était impossible d'ici. Sans doute était-ce fait exprès.

Un remue-ménage près de la balustrade de l'étage supérieur attira mon attention. Je levai les yeux vers un groupe de faës et d'humaines, dont une célèbre chanteuse, une actrice populaire et le prince Rhys. Violet ne plaisantait pas en disant que le Va'sha était l'endroit le plus en vue du moment.

J'aurais dû me douter que le prince de Seelie serait là, car il était de notoriété publique qu'il aimait le monde de la nuit à New York. Je n'étais pas ravie d'être dans la même boîte qu'un garde de Seelie, mais je ne pouvais rien y faire.

Un courant d'air se propagea le long de mon dos nu et je pris le bras de Violet pour l'entraîner vers le bar.

Elle fit signe vers la piste de danse.

— Dansons.

— Tu te rappelles que je suis ici pour une mission ?

— Tu as dit qu'elle ne serait là qu'après minuit. Et tu sais ce qu'on dit, il ne faut pas toujours travailler, il faut aussi s'amuser.

Elle fit une jolie moue.

— Allez, Jesse. Viens t'amuser un peu.

Je levai le doigt.

— Une seule danse.

— Deux, contra-t-elle en attrapant ma main pour m'attirer sur la piste de danse bondée.

Trois chansons plus tard, essoufflée et hilare, je traînais mon amie qui protestait en dehors de la piste.

— Mais j'aime cette musique, se plaignit-elle. Une chanson de plus, s'il te plaît.

Je vérifiai ma montre.

— Elle sera bientôt là, et j'ai soif.

— Je vais danser avec toi, dit alors une voix féminine.

Nous nous tournâmes pour voir une faë aux cheveux noirs, vêtue d'une robe blanche au tissu si fin que l'on pouvait distinguer chaque courbe de son corps. Elle me fit grâce d'un rapide sourire, mais elle n'avait d'yeux que pour Violet, qui semblait déjà folle d'amour. Ou de désir. Avec Violet, difficile à dire.

Elle rougit.

— Volontiers.

— Amuse-toi, lui dis-je alors que la faë prenait sa main et l'éloignait.

Violet la suivit si docilement que j'aurais soupçonné l'usage d'un charme, si je ne m'étais pas assurée qu'elle porte un talisman ce soir.

Me dirigeant vers le bas, je commandai une eau pétillante et la bus tout en balayant du regard la boîte de nuit à la recherche de ma cible. Quelques faës souriaient vers moi, mais aucun ne m'approcha, ce qui était une bonne surprise. Violet m'avait prévenue que mes cheveux attireraient beaucoup l'attention et j'avais failli mettre une perruque ce soir. Dans un endroit comme celui-là, avec autant de femmes aussi magnifiques, une rousse n'allait pas se démarquer.

Après avoir fini mon eau, je me tournais pour me promener lorsqu'un faë aux cheveux noirs et longs s'approcha de moi.

— Salut, je suis Dain. Puis-je t'offrir un verre ?

— Non, merci.

Il posa une main sur la mienne pour m'empêcher de partir.

— Peut-être que tu aimerais me rejoindre en haut, dans la section VIP. Le prince Rhys est présent ce soir et je peux te le présenter.

Je retirai ma main de la sienne.

— J'attends que mon amie revienne.

— La fille sublime avec qui je t'ai vue danser ? Elle est la bienvenue avec nous.

— Nous préférerions rester en bas, dis-je, tout en sachant que Violet tuerait pour être invitée dans la section VIP.

Ce qu'elle ne savait pas ne lui ferait pas de mal, et elle semblait très heureuse là où elle était.

Il cligna des yeux comme s'il ne m'avait pas bien entendue.

— Tu ne veux pas aller dans la section VIP et rencontrer le prince ?

J'étais à deux doigts de lui dire que j'avais déjà rencontré le prince Rhys lorsqu'une voix que je ne connaissais que trop bien s'éleva derrière nous.

— Jesse ?

Dain et moi nous tournâmes en même temps pour découvrir Lukas, qui se tenait tout près, aussi élégant que s'il sortait tout droit du magazine *Modern Faë*. Il portait un jean noir, un haut blanc et un blazer gris-anthracite dont les manches étaient retroussées pour dévoiler ses puissants avant-bras. Mon cœur battait irrégulièrement face à la chaleur accablante de son regard, qui menaçait de réduire en cendres ma petite robe rouge.

L'expression de Lukas changea en un instant, si bien que je me demandai si je ne l'avais pas imaginée. Ses sourcils commencèrent à se froncer, implacables. Je sentis presque sa fureur lorsqu'il tourna son regard vers le faë à mes côtés.

Dain s'éloigna aussitôt de moi.

— Votre Altesse. Je ne m'étais pas rendu compte. Je m'en vais.

Je le fixai par-derrière alors qu'il partait presque en courant. Bon sang, c'était quoi, ça ?

— Qu'est-ce que tu fais au Va'sha ? demanda Lukas.

Je reportai mon regard sur lui.

— Il y a une raison qui m'empêcherait d'y être ?

— Tu ne vas pas dans des boîtes de nuit comme celle-ci.

— Ah bon ?

Il sembla surpris par ma réponse détachée et je ne savais pas pourquoi. J'avais été claire, chez lui, il y a trois jours. Nous n'étions pas amis. J'avais des informations dont il avait besoin, et lui, il avait le pouvoir et les ressources pour contrer la menace planant sur ma famille. C'était un accord commercial, et à moins qu'il n'ait des nouvelles pour moi, nous n'avions rien à nous dire.

Quelqu'un émit un sifflement admiratif. Je levai les yeux alors que Conlan et Faolin venaient se placer de part et d'autre de Lukas.

— Jesse, tu es sexy.

Conlan fit semblant de me lorgner, et pendant un instant, ce fut comme au bon vieux temps.

— Merci.

Il regarda Lukas de côté.

— Et dire que nous pensions que ce soir allait être ennuyeux.

Je me rappelai soudain que nous étions dans une boîte de nuit où les faës venaient coucher avec les humains. Je jetai un coup d'œil circulaire, sur les magnifiques femmes à proximité qui reluquaient Lukas, et je ressentis une infime pointe de quelque chose qui n'était certainement pas de la jalousie.

Je m'écartai du bar.

— Je dois me mettre au travail.

— Au travail ? répéta Lukas.

— Oui. Je suis ici pour une mission, en fait.

Et maintenant, il sait que tu n'as pas de vie. Super.

Conlan désigna ma tenue.

— Si c'est l'uniforme pour les nouvelles chasseuses de primes, j'approuve sans réserve.

Le regard de Lukas s'assombrit et j'ignorais s'il était destiné à Conlan ou à moi.

— Quel genre de mission t'amène au Va'sha ?

— Une nymphe.

Je n'avais pas besoin d'en dire plus. Tout le monde savait que si l'on voulait attraper une nymphe, il fallait aller là où elles aimaient jouer, avec beaucoup d'humains magnifiques ouverts aux rapports sexuels entre espèces. Dans un endroit comme celui-ci, il y avait peu de personnes qui ne voudraient pas être le jouet d'une nymphe pour une nuit.

Dans l'ensemble, les nymphes ne représentaient pas de danger, et l'Agence ne se souciait pas d'elles. Celle que l'on me chargeait de capturer, en revanche, ne faisait pas que séduire. Elle ciblait les hommes et les femmes fortunés, qu'elle captivait pour accéder à leurs comptes bancaires bien garnis. Ses victimes se réveillaient le lendemain avec la désagréable découverte que leurs comptes avaient été vidés durant la nuit.

Les nymphes étaient généralement classifiées comme une mission de niveau Trois, mais celle-ci avait été rehaussée au niveau Quatre. Levi m'avait confié que sa victime la plus récente était le fils d'une sénatrice américaine, dont le nom n'avait pas été divulgué, qui avait appelé l'Agence dans tous ses états à cause des cinq millions de dollars retirés du fonds fiduciaire de son fils. Aïe. Je ne pouvais qu'imaginer l'appel piteux qu'il avait passé à sa mère le lendemain matin.

Conlan esquissa un demi-sourire.

— Tu es la chasseuse ou l'appât ?

— Les deux.

Il me regarda de nouveau de la tête aux pieds, et secoua la tête.

— Quelle veinarde, cette nymphe.

— Comment sais-tu que la nymphe se trouve dans cette boîte de nuit ? demanda Lukas.

— Elle a rencontré ses deux dernières victimes ici.

Une nymphe ne changeait pas de terrain de chasse une fois qu'elle en trouvait un à son goût, et elle ne se souciait pas d'être reconnue par l'une de ses conquêtes précédentes. C'était l'une des races de faës les plus insaisissables, car elles pouvaient modifier leur apparence à leur guise. Un jour, elles pouvaient être une brune élancée, et le jour d'après, une blonde plantureuse. Sous leur vraie forme, elles étaient très banales, impossible de les identifier comme des faës.

Conlan me regarda avec curiosité.

— Et comment comptes-tu identifier une nymphe parmi toutes ces magnifiques femmes ?

— Secret professionnel.

Mes doigts se contractaient autour de ma pochette rouge, plus lourde qu'il n'y paraissait.

— Je ferais mieux de m'y mettre. Passez une bonne soirée.

Je m'étais à peine éloignée de cinq pas que quelqu'un se mit devant moi, me bloquant le chemin. Je levai les yeux vers le visage souriant du prince Rhys. Derrière se trouvaient les mêmes cinq gardes que j'avais vus avec lui au

Ralston. Leur regard froid me disait qu'ils partageaient le plaisir du prince à me voir.

— Jesse James. D'en haut, je pensais bien t'avoir vue, dit-il comme si nous étions de vieilles connaissances. Tu es tout simplement ravissante dans cette robe. Je ne t'ai presque pas reconnue, mais ces splendides cheveux ne trompent pas.

Prise au dépourvu, je fus lente à réagir lorsqu'il leva une main pour toucher l'une des boucles contre ma joue. Tout à coup, un mur de muscles réconfortants se dressa dans mon dos et je me retrouvai flanquée par Conlan et Faolin. Devant moi, la garde du prince de Seelie serrait les rangs autour de lui.

— Rhys, dit Lukas froidement.

Il était si proche que je pouvais sentir le grondement de ses paroles dans son torse. Je détestais le minuscule frisson qui me parcourut alors qu'au même moment, je trouvais sa présence réconfortante.

— Vaerik.

Le sourire du prince Rhys ne faiblit pas. Il laissa sa main retomber à côté de lui.

— J'ignorais que tu connaissais la charmante mademoiselle James.

— Je pourrais te dire la même chose, répondit Lukas.

Le prince Rhys m'adressa un sourire mystérieux.

— Nous nous sommes rencontrés récemment à mon hôtel. Elle laisse une forte impression.

Lukas se raidit.

— Ton hôtel ?

— Violet et moi étions là-bas pour une mission, précisai-je, même si je ne lui devais aucune explication.

— Ah, la belle fille aux cheveux bleus.

Le prince Rhys regarda autour de lui.

— Elle est là avec toi ?

— Elle danse.

Il balaya la piste de danse du regard, et une lueur d'amusement scintilla dans ses yeux.

— Je vois que ton amie a rencontré Lorelle.

Je tournai la tête pour voir Violet et la faë se rouler des pelles au milieu des autres danseurs. Ce n'était pas la première fois que je voyais Violet avec une autre fille, mais elle n'avait jamais paru aussi intéressée.

— Jesse, commença le prince Rhys. Je peux t'appeler Jesse ?

— Je...

Je ne voulais pas que le prince de Seelie me tutoie, mais je ne pouvais pas non plus lui faire insulte.

— Oui.

— Je serais honorée si toi et ton amie vous joigniez à moi, là-haut, pour boire un verre. Tu pourras m'en dire plus au sujet de ton activité de chasseuse de primes.

Lukas émit un son qui ressemblait presque à un grognement.

— Tu n'es pas son type, Rhys.

Je me retournai pour lui lancer un regard noir. Il avait raison, mais comment osait-il penser qu'il pouvait parler à ma place ? Il n'avait pas ce droit même quand nous étions amis.

— Tu ne sais pas quel est mon type.

La main du prince Rhys me toucha le dos et je compris ce que j'avais fait. J'avais pratiquement laissé entendre qu'il m'intéressait, ce qui n'était pas le cas.

— Je pense que Jesse peut décider d'elle-même qui elle aimerait fréquenter, dit-il à Lukas.

— En fait... commençai-je.

— Je n'en doute pas, répondit Lukas sans me regarder. Mais ces derniers temps, elle n'a pas vu le meilleur de notre espèce.

J'examinai son expression indéchiffrable et froide. Faisait-il référence à la garde royale de Seelie ou à la façon dont il m'avait traitée ?

Le prince Rhys retira sa main de mon dos.

— Tu insinues quelque chose, Vaerik ? Mes intentions envers Jesse ne sont qu'honorables. Peux-tu dire la même chose ?

Les yeux de Lukas brillèrent d'une lueur dangereuse.

— Seelie et l'honneur ne sont pas des mots que j'utiliserais ensemble.

Je levai une main.

— Bon, je vais...

— Venant d'un prince d'Unseelie, railla le prince Rhys.

Je fis claquer mes doigts entre eux.

— Excusez-moi.

Leurs deux paires d'yeux se posèrent sur moi.

— À présent que nous avons établi que vous n'étiez pas les seules personnes dans la pièce, je vais vous dire au revoir. Si vous, les princes, souhaitez vous battre pour savoir qui a la plus grosse couronne, allez-y.

Je me tournai et marchai d'un pas raide vers l'endroit où j'avais vu Violet pour la dernière fois. Derrière moi, Conlan éclata de rire, mais j'étais trop agacée pour partager son plaisir. Je comprenais qu'il y avait de l'hostilité entre les deux cours, et Lukas avait le droit d'être en colère après ce que Faris avait enduré. Mais je refusais d'être attirée dans leur querelle et je leur en voulais de parler de moi comme si je n'étais pas là.

Violet et Lorelle se tenaient de l'autre côté de la piste de danse, en grande conversation, lorsque je les rejoignis. La main de Lorelle était autour de la taille de Violet, et la faë semblait aussi éprise que mon amie. Je répugnais à les interrompre, mais Violet avait insisté pour m'aider sur cette mission.

Lorelle plaça une main sous son menton et inclina son visage vers le haut pour l'embrasser.

— Appelle-moi.

— Demain, promit Violet à bout de souffle.

Je regardai mon amie suivre des yeux avec envie la faë qui partait.

— Je ne voulais pas la faire fuir.

— Ce n'est pas toi. Je lui ai dit que j'étais ici pour t'aider avec une mission.

Violet m'adressa un sourire en coin.

— Elle trouve les chasseuses de primes sexy, alors j'ai peut-être joué le rôle un tout petit peu.

— Dans ce cas, ne la décevons pas.

Violet m'adressa un regard plein d'espoir.

— Tu vas enfin me dire comment nous sommes censées trouver cette nymphe ?

Je lui fis un sourire en coin.

— Je pense que tu es prête pour apprendre mes secrets.

— Je connais tous tes secrets.

Elle plaça les mains sur ses hanches lorsque je ne répondis pas tout de suite.

— Pas vrai ?

— Tous, sauf ceux liés au travail, mentis-je.

La culpabilité me tiraatilla un peu lorsque je pensai à la pierre de la déesse dans mes cheveux. Je n'en avais parlé à personne, pas même à elle, et j'avais l'impression que c'était une trahison de notre amitié. Mais je savais qu'elle réagirait de manière excessive et qu'elle prendrait peur, ce qui n'aiderait aucune de nous deux.

Ce que je voulais vraiment, c'était en parler à mes parents. Je n'avais confiance que dans leurs conseils, et leur aide me manquait. Mais j'obéissais à leurs médecins, évitant de les bouleverser. C'était à cause de cela que je ne leur avais toujours pas parlé de mon activité de chasseuse de primes. Les secrets s'accumulaient et j'ignorais comment tout leur avouer lorsqu'ils seraient prêts à les entendre.

— Est-ce que je t'ai vue parler à Lukas ? demanda Violet alors que j'ouvrais ma pochette. Depuis quand êtes-vous redevenus amis ?

— Nous ne le sommes pas.

Je sortis des lunettes et les mis.

— Tu en penses quoi ?

— Elles n'ont pas de verres.

Elle s'approcha et fronça les sourcils.

— C'est quoi, cette monture bizarre ? On dirait qu'elles ont été faites en cours d'art plastique de l'école maternelle.

— Hé ! Je te ferai savoir que j'ai passé des heures à les fabriquer hier soir.

Elle partit d'un petit rire.

— Ne démissionne jamais.

J'enlevai les lunettes pour les regarder. La monture était ornée d'écailles dorées et rouges brillantes que j'y avais minutieusement collées.

— Tu vois ces écailles ? Ce sont des écailles de drakkan. Gus les sème dans tout l'appartement.

J'y passai un doigt.

— Tu savais que les charmes faës ne fonctionnaient pas en présence des drakkans ?

— Comment tu sais ça ?

— Faris me l'a dit.

Je remis les lunettes.

— Ce n'est pas vraiment quelque chose de connu, alors ça reste entre nous.

Violet hocha la tête.

— Sais-tu si les écailles marcheront sans Gus ?

— Je ne sais pas, mais je m'apprête à le savoir.

Nous commençâmes à traverser la zone faiblement éclairée d'un côté de la boîte de nuit, à la recherche de la nymphe qui devrait être ici à présent. Je balayai du regard les visages autour de nous, ignorant les regards intéressés qui m'étaient adressés, pendant que Violet ne tarissait pas d'éloges au sujet de Lorelle.

Atteignant le bar, je fus soulagée de constater que Lukas et le prince Rhys n'étaient plus là. Nous rejoignîmes l'autre côté de la boîte et mes yeux se dirigèrent vers le groupe rassemblé autour de plusieurs fauteuils dans le coin. Je les contournai et ressentis un élan d'enthousiasme en voyant un homme et deux femmes assis sur l'un des sièges.

L'une des femmes, une brune d'une vingtaine d'années, avec une robe dorée scintillante, irradiait d'une atmosphère trop lumineuse, comme une photo surexposée. Lorsque je plissai les yeux, sa silhouette se troubla et j'eus l'impression de voir deux formes se chevaucher.

— Trouvée ! murmurai-je.

Je passai les lunettes à Violet, qui fit des « ohh » et des « ahh » en remarquant la nymphe.

— Tu es prête ? demandai-je lorsqu'elle me rendit les lunettes.

Elle fit un mouvement de ses cheveux.

— Être prête, c'est dans mes gènes.

Je remis les lunettes dans ma pochette.

— De quoi j'ai l'air ?

— Irrésistible.

Elle passa son bras sous le mien et nous marchâmes vers les fauteuils comme si l'endroit nous appartenait. Ignorant délibérément la nymphe et ses amis, et nous nous assîmes d'une façon théâtrale sur le fauteuil le plus proche et nous nous plongeâmes directement dans notre représentation longuement répétée.

— Papa est trop injuste ! me plaignis-je. C'est mon argent et je peux en faire ce que je veux.

Violet caressa mon bras d'un geste réconfortant.

— Qu'est-ce qu'il a dit ?

— Il a dit que je devais m'inscrire à l'Université Columbia cet automne, sinon il gèlera mon argent jusqu'à mes vingt-cinq ans.

Son expression choquée était digne d'un Oscar.

— Il n'oserait pas !

Je fis une moue que j'avais pratiquée.

— Il est tellement excessif. C'est si mal de vouloir s'amuser un peu avant de passer des années le nez dans les livres ?

— Ça te dit qu'on se déchaîne ce soir ? J'ai entendu dire que le prince Rhys était en haut, dans la section VIP.

Je mis une main sur mon cœur.

— Je donnerais tout pour le rencontrer.

Violet pencha légèrement la tête afin que la nymphe ne puisse pas voir son sourire narquois.

— Toi et ton obsession pour les membres de la famille royale faë.

— Nous avons tous nos faiblesses, dis-je, essayant de garder mon sérieux.

Le fauteuil s'affaissa lorsque quelqu'un s'assit de l'autre côté. Je sus que c'était la nymphe avant qu'elle ne parle. J'étais nerveuse et j'ignorais si c'était l'excitation de ce que je m'apprêtais à faire ou une réaction naturelle à sa présence. J'avais enlevé mon bracelet de cuir faisant office de talisman au profit d'un autre, fragile et en argent, qui ne protégeait que contre les charmes. Il ne pouvait pas entraver la capacité de la nymphe à accroître mon attirance sexuelle.

— Tu souhaites aller dans la zone VIP ?

Sa voix, semblable à du miel chaud, me coupa la respiration.

Les pupilles de Violet se dilatèrent alors que son regard était fixé sur la nymphe, et je m'armai de courage avant de pivoter pour faire face à ma proie. De près, la nymphe était la femme la plus magnifique que j'aie jamais vue. Elle ne portait pas de maquillage, car rien ne pouvait sublimer ses traits parfaits, et ses yeux étaient d'un bleu azur foncé qui semblait posséder une lueur intérieure. Je me perdis dans son regard et il me fallut quelques secondes pour me libérer de son pouvoir hypnotique.

— Oui, répondis-je, surprise par mon essoufflement.

— Le videur en haut est une connaissance, il nous laissera passer.

Ses yeux erraient sur mon visage et elle tendit la main pour enrouler une mèche de mes cheveux autour de son doigt. Elle semblait aussi fascinée que je l'avais été un instant plus tôt.

— Tu es si charmante.

— Merci.

Je me blottis contre sa main, comme si je ne pouvais pas m'en empêcher, et chuchotai :

— Mon amie peut venir aussi ?

Son regard se porta sur Violet et s'assombrit de désir.

— Absolument.

Je souris.

— Je suis Jesse, et voici Violet.

— Je m'appelle Laila.

Elle se leva avec grâce et nous fit signe de la suivre.

Dès qu'elle eut le dos tourné, je jetai un regard vers Violet et articulai silencieusement :

— *En piste.*

Violet hocha la tête, semblant à la fois effrayée et impatiente. J'avais trop d'adrénaline en moi pour avoir peur et Laila était loin d'être la faë la plus épouvantable à laquelle j'avais fait face lors de ma courte carrière de chasseuse de primes. J'étais plus stressée de ne pas réussir la mission.

Laila attira de nombreux regards admiratifs, mais elle n'en semblait pas consciente alors qu'elle nous conduisait vers le bar. Elle nous rendit notre sourire à plusieurs reprises pour s'assurer que nous étions toujours avec elle, et chaque fois, une impulsion d'énergie provenant de son être me faisait ressentir un picotement agréable sur la peau. J'avais lu que les humains ne pouvaient pas savoir lorsqu'une nymphe exerçait sa magie sur eux. Je me rappelai de demander à Violet plus tard si elle avait ressenti la même chose.

Nous approchâmes de l'escalier menant à la section VIP. L'heure était venue de mettre le piège en place.

— Laila, dis-je lorsqu'elle arriva devant le videur au bas de l'escalier. Je dois aller aux toilettes avant de monter.

La nymphe hésita pendant quelques secondes.

— Je devrais y aller aussi, dit-elle, comme je savais qu'elle le ferait.

Sa magie fonctionnait seulement aussi longtemps qu'elle restait avec moi, et elle n'allait pas risquer de me perdre.

— Je vais vous attendre là-bas, lança Violet comme prévu.

Elle n'était pas ravie de me laisser seule avec la nymphe, mais je refusais de la mettre en danger.

Entre le bar et l'escalier se trouvait un petit couloir conduisant aux toilettes des dames. Il y avait la queue, mais elle n'était pas trop importante. Il nous fallut dix minutes pour atteindre l'une des cabines et nous y rentrâmes ensemble. Mon regard balaya la pièce et je me tournai pour verrouiller la porte.

Une main traîna alors le long de mon dos, suivie par une autre vague de magie plus puissante que les autres. Je déglutis comme un petit frisson me parcourait. Apparemment, Laila ne voulait pas perdre de temps.

Je me blottis contre elle, soulagée qu'elle ne puisse pas voir mon visage. Par instinct, j'avais envie de la repousser. Quand j'avais dévoilé mon plan à Violet pour attraper la nymphe, elle m'avait soutenu qu'elle devait être l'appât pour cette même raison. Mais elle avait déjà servi d'appât pour la mission avec le banti, c'était donc mon tour d'être dans une situation délicate.

La magie émanait par vagues de Laila, mais elle n'avait pas de véritable effet sur moi, sûrement parce que j'étais consciente de ce qu'elle faisait.

— Tu es sûre de vouloir aller en haut ? Je connais un endroit où nous pourrions avoir notre propre fête, chuchota-t-elle contre mon oreille.

— Et Violet ? demandai-je alors que ma main avançait doucement vers ma pochette.

Laila rit tout bas.

— Je lui fais confiance pour trouver sa propre compagnie.

— En effet.

Je souris tout en glissant ma main dans la pochette. Mes doigts trouvèrent le métal froid.

— Mais j'ai promis que nous resterions ensemble ce soir.

La voix de la nymphe contenait une pointe de frustration.

— Allons-y pour une fête à trois alors.

— Super !

Ma voix semblait voilée et impatiente, mais pour une raison tout autre.

L'excitation de la chasse tambourinait dans mes veines alors que je me tournais pour lui faire face.

La lueur dans ses yeux s'était intensifiée, et son sourire était victorieux. Elle plaça ses mains de part et d'autre de mon visage. Elle était plus grande que moi d'au moins dix centimètres, et elle baissa la tête, dévoilant clairement son intention.

La pochette tomba de mes mains. Sa tête recula vivement à l'instant où elle sentit le fer, mais j'avais mis la menotte autour de son poignet gauche avant qu'elle ne puisse s'éloigner.

Elle cria et s'écarta en titubant. Sa silhouette se troubla et une petite femme banale aux cheveux ternes et bruns se retrouva à sa place. La stupeur emplit ses yeux, aussitôt remplacée par la colère. Elle se jeta en avant sur moi, toutes griffes dehors.

— Sale traîtresse !

Je me mis facilement hors de son chemin en l'esquivant et donnai un coup de pied qui l'envoya contre la porte.

— Retour à l'envoyeur.

Elle se rua vers moi.

— Enlève ça, sinon je te massacre jusqu'à ce que je trouve la clé.

— Fais de ton mieux, raillai-je.

Elle m'attaqua de nouveau, mais ses mouvements d'ivrogne semblaient lents. Les nymphes étaient puissantes dans leur vraie forme, mais les menottes en fer devaient la vider de son énergie. Elle n'était pas plus forte qu'une humaine à présent.

Je lui attrapai le bras et le tordis derrière son dos, la clouant contre le mur. Elle réussit à me donner un coup de coude dans la poitrine avant que je ne la maîtrise.

— Pourquoi est-ce que tu me fais ça ? gémit-elle. Je voulais seulement t'offrir une nuit de plaisir.

Je menottai son autre poignet.

— Je suis sûre que tu aurais fait ça avant de me voler mon argent, comme tu l'as fait avec ces hommes.

— Tu es un agent ?

La peur s'immisça dans sa voix et elle recula devant moi.

— Mieux. Je suis une chasseuse de primes.

Lui appuyant dessus pour qu'elle s'asseye sur la lunette des toilettes, je récupérai ma pochette. Je la refermai afin qu'elle ne voie pas le filet gris cousu dans la doublure. Le plomb pesait une tonne, mais cela rendait le fer indétectable pour les faës.

— Qu'est-ce que tu vas faire de moi ? demanda-t-elle avec appréhension lorsque je lui fis signe de se lever.

— Je t'emmène à mon agent de liaison, où l'on s'occupera de toi et tu seras renvoyée dans le royaume des faës.

Elle secoua frénétiquement la tête.

— Mais je ne veux pas y retourner.

— Désolée, ce n'est pas ma décision.

Je la pris par le bras et la menai vers la porte.

— J'ai de l'argent, laissa-t-elle échapper lorsque je tendis la main vers la poignée. Je peux te payer ce que tu veux si tu me laisses partir.

Je déverrouillai la porte.

— Cet argent ne t'appartient pas. Il appartient aux gens que tu as volés.

Violet m'attendait devant, faisant poireauter une queue de femmes impatientes d'aller aux toilettes. Elles fixèrent Laila qui ne ressemblait en rien à la beauté qui était entrée avec moi.

— Tu as fini ?

Violet écarquilla les yeux.

— Il n'a pas fallu longtemps.

— C'était suffisant.

Je pensai à la nymphe contre mon dos et grimaçai.

Violet nous suivit dans le couloir.

— On part maintenant ?

Je m'arrêtai pour la regarder. Elle était contente quand je lui avais demandé de venir ici avec moi ce soir, et je m'en voulais de gâcher sa soirée.

— Pourquoi tu ne restes pas ? Je parie que Lorelle sera toujours là.

Elle rougit, mais secoua la tête.

— Nous sommes venues ensemble et nous partirons ensemble. Je peux toujours revenir un autre soir.

— D'accord. Allons-y.

Nous attirâmes des regards curieux, à la fois d'humains et de faës, alors que je menais la nymphe menottée dans la boîte de nuit. J'eus l'impression que les chasseurs de primes étaient un spectacle rare au Va'sha, surtout en robe et talons hauts.

Nous passions devant les banquettes lorsqu'une voix masculine lança :

— Jesse ?

Je jurai tout bas et me tournai vers Iian, qui me regardait bouche bée. À côté de lui, Kerr tourna la tête vers moi et marqua un temps d'arrêt.

— Ça alors !

Les yeux de Kerr me survolèrent.

— Tu peux me chasser quand tu veux dans cette robe.

J'oubliai la réplique que j'avais sur le bout de la langue lorsque Lukas apparut derrière lui, la mine sombre. Sa présence ne troubla pas Kerr, qui me souriait avec malice.

— Conlan nous a dit que tu étais ici, mais il a omis quelques détails, dit Iian.

Ses yeux se portèrent sur la nymphe.

— Je vois que ta chasse a porté ses fruits.

— Plutôt, oui.

Laila bougeait avec nervosité sous leur examen attentif et je me rappelai ce que j'avais ressenti la première fois que j'avais enduré leur regard insistant. Il avait compris cette notion d'intimidation.

Je m'apprêtai à l'éloigner d'eux lorsque j'aperçus une faë aux longs cheveux noirs qui se faufilait à côté de Lukas. Elle posa une main possessive sur son bras et lui dit quelque chose. Il tourna alors la tête vers elle, et je ne pus m'empêcher de remarquer combien ils étaient parfaits ensemble. Ils semblaient bien se connaître. Je détournai rapidement les yeux.

Au même instant, mes bras se tordirent douloureusement et Laila m'échappa. Elle courut vers l'escalier qui menait à la sortie et je m'élançai à sa poursuite. L'adrénaline vibrant dans mes veines, je plaquai la nymphe avant qu'elle ne fasse dix pas. Je la coinçai au sol, le genou dans son dos.

Des applaudissements et des sifflets éclatèrent autour de moi et mon visage vira au rouge lorsque je réalisai le spectacle que j'avais donné à tout le monde dans ma robe trop courte. Renfrognée, je me levai et mis la nymphe sur pied, la dirigeant vers l'escalier sans un regard en arrière.

La seule chose qui en valait la peine, c'était la prime de dix mille dollars qui m'attendait lorsque je la remettrais en mains propres. Je m'en souviendrais quand je repenserais que je m'étais sûrement exhibée devant un prince d'Unseelie, son escorte et sa garde royale.

J'atteignis le haut des marches lorsque le talon de ma chaussure droite se cassa. Avec une grimace, j'entrepris ma descente sans me soucier de ma dignité, une main bien serrée autour du bras de la nymphe. La plupart du temps, ce boulot n'était pas trop mal. Mais là, je m'en serais bien passée.

— Jesse !

Violet m'attrapa le bras pendant que nous attendions nos manteaux.

— C'était super.

Je grimaçai.

— Tu sais que j'aime soigner ma sortie.

— Sans blague. Où as-tu appris à courir si vite... en talons ?

— J'ai toujours été une bonne coureuse.

Je pris mon manteau à la fille du vestiaire et l'enfilai tout en maintenant ma prise sur la nymphe d'humeur boudeuse.

Violet émit un petit rire.

— Tu n'étais pas *si* bonne. La pauvre Laila n'avait aucune chance.

— Dix mille dollars, c'est une bonne source de motivation.

Je conduisis Laila vers la sortie, prête pour le froid.

Le videur me regarda en levant les sourcils, avec ma démarche de travers et la nymphe menottée. Je haussai les épaules et passai devant lui.

— Oh, et belle culotte au fait, lança Violet avec un ricanement alors que nous marchions vers la Jeep. Ça vient de chez Victoria's Secret ?

11

— FINCH, ARRÊTE DE JOUER avec ta nourriture, dis-je lorsqu'une myrtille rebondit sur ma joue et atterrit sur le sol de la cuisine.

Je me redressai du réfrigérateur que je nettoyais et fronçai les sourcils vers l'îlot de la cuisine.

— Aisla, arrête de l'encourager.

Il siffla et je levai les yeux pour voir cet idiot en équilibre sur le dossier d'une chaise avec trois myrtilles de plus dans les bras. Aisla était sur la table et le regardait avec un sourire ravi. Dès qu'il vit qu'il avait notre attention, il jongla avec les myrtilles tout en essayant de rester sur son perchoir.

Aisla couina en frappant dans ses mains et Finch bomba le torse. Je secouai la tête. Je soupçonnais mon frère d'en pincer pour la nixie et j'ignorais quoi faire à ce sujet. J'avais commencé la procédure d'adoption pour Aisla, ce qui ferait d'elle sa sœur, en quelque sorte. Je me frottai le visage. Je devais en parler à maman et papa lorsque je leur rendrais visite, le lendemain.

J'avais parlé d'Aisla à mes parents la dernière fois que j'y étais, et sans surprise, ils étaient d'accord pour que la nixie rejoigne notre famille. Ils étaient moins contents pour Gus, mais je savais qu'ils l'accepteraient aussi. Nous avions toujours voulu un animal de compagnie, mais maman était très allergique aux pellicules d'animaux. Les drakkans n'ayant pas de fourrure, ce ne serait pas un problème.

Une seconde myrtille heurta le sommet de mon crâne, me tirant de mes pensées. Je levai les yeux alors que les bras de Finch s'agitaient, et il tomba de la chaise en arrière. J'allai le voir, sachant déjà qu'il allait bien. Les lutins étaient comme les chats, ils atterrissaient toujours sur leurs pattes.

Je mis mes mains sur les hanches.

— Tu vas arrêter de frimer maintenant ?

Il m'adressa un timide sourire en grimpant sur la chaise vers la table.

Je retournai à mon nettoyage du réfrigérateur, frottant avec acharnement une minuscule tache de ketchup comme si elle me dérangeait. Depuis que je m'étais réveillée fatiguée et grincheuse, j'avais passé ma journée à nettoyer comme une folle. Je devrais me réjouir. Hier soir, j'avais arrêté ma première nymphe, et Levi m'avait dit que je lui rappelais ma mère à ses débuts. C'était un grand compliment venant de lui. En plus, j'étais rentrée avec un chèque de dix mille dollars.

Je m'attaquais au congélateur lorsqu'un horrible aboiement se fit entendre dans le salon. Pas *encore*.

Je courus dans l'autre pièce où Gus avait des haut-le-coeur. On aurait dit qu'il allait vomir un organe. Il y avait une bosse de la taille d'une balle de baseball dans sa gorge et je me demandai ce qu'il avait essayé de manger cette fois-ci.

J'avais vite appris qu'on ne laissait pas traîner d'objets brillants plus petits qu'une balle de tennis quand on vivait avec un jeune drakkan. Après que Gus avait avalé le bougeoir en cristal favori de maman, j'avais enfermé tout ce qu'il pouvait manger dans la chambre de mes parents. Lorsqu'un drakkan mangeait quelque chose, c'était digéré comme de la nourriture. J'ignorais comment j'allais annoncer à maman que les bougeoirs qu'elle avait reçus comme cadeaux de mariage de la part de sa grand-mère avaient disparu.

Gus eut un dernier haut-le-coeur dégoûtant, et quelque chose sortit de sa bouche pour rouler lourdement vers moi sur le sol. Je me penchai pour ramasser la boule à neige de Paris que Maurice m'avait offerte quelques années auparavant. De la salive gouttait et je plissai le nez face à la surface gluante du globe.

— Beurk.

Je l'emportai jusqu'à l'évier pour la rincer. Alors que je passais devant la table, je vis Finch essayer de faire tenir en équilibre un tas de myrtilles sur une main. Décidément, cet endroit se transformait en maison de fous.

Je séchais la boule à neige à l'aide d'un essuie-tout lorsqu'on sonna à la porte. *Quoi encore ?*

Je me dirigeai vers la porte.

— Qui est-ce ? demandai-je sans réfléchir.

Je regardai par le judas lorsqu'une voix familière répondit :

— Lukas.

Mon cœur émit un petit battement de nervosité. Que faisait-il ici ?

— Jesse ?

— Oui.

— Tu vas ouvrir la porte ? demanda-t-il, une pointe d'amusement dans la voix.

Je me rendis compte que j'étais restée là, à fixer la porte pendant au moins une minute.

Je déverrouillai et ouvris.

— Qu'est-ce que tu fais ici ?

Il resta impassible devant mon accueil glacial.

— Je dois te parler.

— Tu ne pouvais pas téléphoner ?

— Tu as bloqué mon numéro.

Il m'adressa un sourire en coin qui fit faire à mon ventre cet étrange saut périlleux. J'avais horreur qu'il puisse encore me faire ressentir cela, ce qui me rendait encore plus irritable.

Je levai les sourcils.

— Ça n'a pas suffi à te faire comprendre que je ne voulais pas te parler ?

— Je n'ai jamais été doué pour comprendre.

— On dirait.

J'appuyai ma hanche contre la porte.

— Qu'est-ce qui est si important pour que tu te déplaces jusqu'ici ?

Il inclina la tête.

— Je peux entrer ? Ce n'est pas quelque chose dont on parle dans le couloir.

Je faillis dire non, car c'était bien la dernière personne que je voulais dans ma maison. J'ignorais pourquoi je lui avais ouvert la porte. Je le pensais quand j'avais dit que ses informations sur le ke'tain n'avaient rien changé entre nous.

— Entre.

Je reculai et ouvris la porte en grand. Il entra dans l'appartement et mon pouls bondit lorsqu'il referma derrière lui. Sa présence emplissait chaque coin de la pièce, me faisant me sentir petite et peu sûre de moi. Je lui en voulais de m'affecter de cette manière, et j'étais en colère envers moi-même de le lui permettre.

Je n'étais pas la seule à le ressentir. Finch et Aisla cessèrent de jouer sur la table, et même Gus se tut.

— Bon, vas-y, dis-je sans préambule.

Il alla droit au but.

— Comment connais-tu le prince Rhys ?

La question me surprit et je me contentai de le fixer pendant quelques secondes.

— Je ne le connais pas.

— Il semblait te connaître à la boîte de nuit hier. Que s'est-il passé dans cet hôtel ?

— Qu'est-ce que tu insinues ?

Je croisai les bras.

— Et en quoi ça te concerne ?

Lukas expira.

— Je n'insinue rien. Je suis inquiet de son intérêt pour toi.

— Pourquoi ?

— Pourquoi ?

Son regard était incrédule.

— Jesse, dois-je te rappeler qui est Rhys ? C'est la garde de sa mère qui a enlevé tes parents et Faris.

— Tu penses que je pourrais l'oublier ? Je fais encore des cauchemars après les avoir trouvés dans cette cage.

On aurait dit que j'avais décoché à Lukas un coup dans le ventre.

— Tu fais des cauchemars ?

— Parfois.

Je détournai le regard. Je n'avais vraiment aucune envie de discuter du passé avec lui.

— En ce qui concerne le prince Rhys, Violet et moi l'avons rencontré quand nous partions du Ralston après une mission. Il est fasciné par les chasseurs de primes, alors il était curieux en apprenant que j'en étais une. Nous avons parlé pendant cinq minutes, puis Violet et moi sommes parties. Je ne l'ai pas revu jusqu'à hier soir. Est-ce que ça répond à toutes tes questions ?

— À la boîte, il semblait intéressé par autre chose que ta mission, répondit Lukas.

Je levai les bras en l'air.

— Les autres faës aussi. Ça veut juste dire qu'ils aiment les robes courtes.

Il pinça les lèvres et je poursuivis avant qu'il ne parle.

— Il ne t'est jamais venu à l'esprit que le prince Rhys ne m'a montré de l'intérêt que parce qu'il m'a vue te parler, hier soir ? Il est évident que vous ne pouvez pas vous supporter, tous les deux. Il a sûrement pensé que j'étais importante à tes yeux et il a voulu t'énerver.

La sévérité disparut de son visage.

— Tu es...

Un bruit sourd étouffé vint du couloir et une voix d'homme en colère s'exclama :

— J'habite ici. Qui êtes-vous, bordel ?

Ma main se posa sur ma poitrine. Je connaissais cette voix !

J'ouvris la porte d'un coup sec pour voir un grand homme noir affrontant Iian et Kerr en haut de l'escalier. Les dreadlocks de l'homme étaient attachées en queue de cheval et ses yeux couleur noisette étaient furieux alors qu'il fusillait du regard les deux faës qui lui barraient la route.

— Maurice ?

Kerr me regarda.

— Tu connais cet homme, Jesse ?

— Oui. Il vit ici.

L'agacement de Maurice se changea en un large sourire. Lâchant le sac à dos et le sac de toile qu'il portait, il marcha à grandes enjambées et me souleva pour me faire un câlin à m'en casser les côtes.

— Ma petite, c'est bon de te voir, dit-il avec son chaleureux accent de Louisiane. Tu es un plaisir pour les yeux.

— Tu es rentré !

Je refermai mes bras autour de son cou et lui rendis son étreinte. J'avais toujours attendu avec impatience ses retours à la maison, mais jamais autant que cette fois.

Il me remit au sol et posa une main sur mes épaules. De l'âge de ma mère environ, il faisait pourtant à peine plus de vingt-cinq ans, et il avait un physique à faire tourner les têtes de toutes les femmes.

Ses yeux devinrent soucieux.

— Je n'ai appris que ce matin pour ta mère et ton père. J'ai pris le premier vol que je pouvais trouver.

— Tu étais sur cette mission dans les Everglades pendant tout ce temps ?

— Oui, je suis arrivé tôt ce matin.

Il m'attira pour un autre câlin.

— Je n'en reviens pas que tu aies dû gérer ça toute seule.

Un bruit de gorge se fit alors entendre derrière moi. J'étais si concentrée sur Maurice que j'avais oublié que nous n'étions pas seuls. M'éloignant de lui, je me tournai à moitié vers Lukas, dont le regard sévère était rivé sur le nouveau venu.

— Maurice, je te présente le prince Vaerik d'Unseelie. Il m'a aidée à rechercher maman et papa quand ils étaient portés disparus.

Je dis à Lukas :

— Maurice est mon parrain, le meilleur ami de papa.

Si Lukas fut surpris que je le présente par son vrai nom et son titre, il ne le montra pas. Je n'avais pas l'intention de le cacher à Maurice.

Ce dernier le regarda avec suspicion.

— Pourquoi est-ce que le prince d'Unseelie serait intéressé par le bien-être de deux chasseurs de primes ? Qu'est-ce que tu y gagnes ?

— C'est entre Jesse et moi, répondit froidement Lukas.

— Je suis sûr que ses parents auraient quelque chose à redire là-dessus.

Maurice se rapprocha de moi.

— Et je suis le parrain de Jesse, je suis responsable d'elle pendant que ses parents sont à l'hôpital.

Je ne lui fis pas remarquer que j'avais dix-huit ans et que je n'étais plus une mineure. Je posai une main sur le bras de Maurice.

— C'est une longue histoire.

— Tant mieux, parce que j'ai tout mon temps.

Il adressa à Lukas un regard acerbe.

— J'ai l'intention de rester pendant un moment.

— Vraiment ?

Un sourire me monta aux lèvres. Ces dernières années, ses visites ici avaient à peine duré une semaine. Il appréciait d'être sur la route, il s'ennuyait s'il restait trop longtemps au même endroit.

— Oui. Et la première chose que je vais faire quand nous aurons discuté, c'est aller voir tes parents.

Il sortit ses clés.

— Je vais déposer mes affaires dans l'appartement, j'arrive tout de suite après.

Traduction : dis au revoir à tes invités, car toi et moi, nous allons parler.

Maurice ramassa ses sacs et passa devant Iian et Kerr, qui étaient restés silencieux tout du long. Il ouvrit sa porte et disparut à l'intérieur, la laissant entrouverte.

— Cet homme est ton parrain ? demanda Lukas, dubitatif. Il n'a pas dix ans de plus que toi.

— Maurice a trente-neuf ans, un an de moins que ma mère.

Lukas détendit sa posture rigide.

— Et tu as confiance en lui ?

— Je lui confierais ma vie. Il fait partie de la famille.

Cela sembla apaiser Lukas.

— Alors, je vais te laisser discuter avec lui. Nous continuerons notre discussion à un autre moment.

Je fronçai les sourcils.

— Que reste-t-il à évoquer ?

Au lieu de répondre, il demanda :

— Quand prévois-tu de rendre à nouveau visite à Faris ?

— Dans quelques jours. Pourquoi ?

— On parlera à ce moment-là.

Il passa devant moi, où les autres l'attendaient.

— Si tu revois Rhys ou ses hommes, garde tes distances.

Comme si de rien n'était, il s'en alla. Iian et Kerr me sourirent et le suivirent.

— Au revoir à toi aussi, murmurai-je.

— Au revoir, Jesse, lança Lukas après avoir descendu deux marches, me rappelant une fois de plus qu'il avait une ouïe supérieure.

J'envisageai de lui répondre avec cynisme lorsque Maurice revint. Me voyant seule dans le couloir, il m'adressa un regard interrogateur, mais je secouai la tête.

— Tu veux du café ? lui demandai-je alors que nous entrions dans mon appartement.

Ses yeux s'illuminèrent avec plaisir.

— Tu as du café ?

— Bien sûr. Je peux renoncer à beaucoup de choses, mais pas à ça.

J'allai dans la cuisine et soupirai devant le contenu du réfrigérateur étalé sur le plan de travail.

— Pardon pour le désordre.

J'allumai la cafetière et remis les boîtes à leur place.

— Jesse, pourquoi as-tu un drakkan sur ta table basse ? demanda Maurice.

— C'est une autre longue histoire.

— Quelque chose me dit que tu as beaucoup de choses à me raconter, dit-il en me rejoignant dans la cuisine.

Il tendit le bras et retira quelque chose de mes cheveux. C'était une myrtille écrasée.

— Finch, dis-je avec un regard furieux.

Maurice regarda autour de lui.

— Où est-il ?

Je pris deux grandes tasses et les posai sur le plan de travail.

— Très probablement dans la cabane avec Aisla.

— Aisla ?

— C'est une nixie.

Les sourcils de Maurice se levèrent.

Je rigolai.

— Tu ferais mieux de t'asseoir. Cette discussion pourrait prendre un moment.

Deux tasses de café plus tard, Maurice me regardait avec un mélange de stupéfaction et d'inquiétude. Je l'avais informé de ce qui s'était passé à partir du jour où maman et papa avaient disparu. J'avais laissé de côté ce qui était arrivé entre Lukas et moi, car je ne voulais pas de problèmes entre lui et le prince d'Unseelie. Je ne lui avais pas non plus raconté la fête chez Davian Woods. Si Maurice savait que j'avais pris un tel risque, il ne me quitterait pas des yeux jusqu'à ce que mes parents reviennent à la maison.

Je lui avais parlé de la pierre de la déesse. Cela faisait un bien fou d'enfin me confier auprès de quelqu'un. Comme moi, il n'avait jamais entendu parler d'un tel objet et il ignorait ce que cela signifiait.

Il se frotta la mâchoire.

— Je peux me renseigner auprès d'un ami faë en Floride sans éveiller les soupçons.

— Tu penses qu'il saura quelque chose ? demandai-je avec espoir.

— Je ne sais pas, mais ça vaut le coup.

Il se pencha en arrière et me sourit.

— Je n'arrive pas à croire que ma petite Jesse soit une chasseuse de primes, et sacrément douée on dirait. Ça ne me surprend pas. Après tout, tu as ça dans le sang.

Je passai mes mains autour de ma grande tasse vide.

— J'espère que maman et papa le prendront aussi bien que toi. Je ne le leur ai pas encore annoncé.

— Tu veux que je t'accompagne pour le leur dire ? demanda-t-il.

— Tu le ferais ? Finch et moi, nous allons les voir demain, et je peux t'ajouter à la liste de leurs visiteurs.

Il hocha la tête.

— Demain, c'est parfait.

— Tu as dit à Lukas que tu prévoyais d'être là pendant un moment. Tu n'as pas constamment une autre mission sur le feu ?

— Si. Je vais travailler sur celle du ke'tain. Je dois m'arrêter à la Plaza demain pour m'enregistrer et leur faire savoir que je suis sur le coup.

— Eh bien, il va y avoir *beaucoup* de chasseurs mécontents quand ils apprendront que le grand Maurice Begnaud entre dans l'action.

Je ne plaisantais pas. Tout le monde dans le métier connaissait Maurice. Mes parents étaient peut-être les meilleurs de la côte est, mais Maurice faisait partie des meilleurs du pays tout entier. Les choses allaient devenir plus intéressantes.

Ses yeux étaient habités par une lueur machiavélique.

— Un peu de concurrence, c'est bénéfique. Ça évite de s'endormir.

— Peut-être que *je* vais te faire concurrence, plaisantai-je.

— Je n'en doute pas.

Il retrouva alors son sérieux.

— Ne te mets pas en colère, mais j'aimerais que tu ne fasses pas cette mission. Tu es débutante et tu n'as même pas de partenaire.

— Bruce et Trey m'ont demandé de les rejoindre, et une autre équipe aussi. Il faut croire que je suis plutôt un loup solitaire.

— Comme moi.

Il vida ce qu'il lui restait de café et me fixa pensivement.

— Tu pourrais travailler avec moi. Je n'ai pas eu de partenaire depuis un moment, mais je pourrais faire une exception.

Un frisson d'excitation me parcourut. Parmi les chasseurs, Maurice était le meilleur dans sa propre catégorie, et je pouvais apprendre beaucoup en travaillant avec lui. Il n'y avait personne d'autre, après mes parents, en qui j'aie autant confiance.

Mais je me remémorai la raison pour laquelle il œuvrait en solitaire. Il faisait les choses à sa manière et à son rythme, et il détestait rendre des comptes. Maman et papa étaient ses meilleurs amis, et il ne travaillait plus que rarement avec eux. S'il me demandait cela maintenant, c'était pour pouvoir me surveiller.

— J'apprécie, mais je pense que je gâcherais ton style.

Je me levai en emportant les tasses.

— Mais je vais me vanter à tout le monde que tu voulais que je sois ta partenaire. Trey ne s'en remettra jamais.

Maurice éclata de rire.

— Peut-être que ce serait moi qui gâcherais *ton* style.

— Eh bien, dis-je d'une voix traînante. Tu as déjà fait un tour avec un kelpie ?

— Je ne crois pas. Mais j'ai passé deux mois dans les Everglades à traquer un rakshae.

J'en restai bouche bée.

— Pas possible ! Tu l'as attrapé ?

— Est-ce que je l'ai attrapé ?

Il secoua la tête.

— Tu plaisantes !

— Raconte-moi tout.

Je posai mon menton sur mes mains, tout excitée. Un rakshae était une créature que la plupart des gens prenaient pour un mythe, comme le croque-mitaine. Sa partie supérieure ressemblait à celle d'un elfe, mais avec une peau verte couverte d'écailles, et de la taille jusqu'aux pieds, c'était un serpent. Il vivait dans les lacs et les marécages, et sa morsure transformait les humains en zombies sans cervelle. Ces zombies ne gémissaient pas, ne dési-raient pas la chair humaine, mais ils pouvaient propager à d'autres la maladie incurable. Les rakshaes étaient presque impossibles à piéger, classés au niveau Cinq.

Je ne me pensais pas capable de passer deux mois à arpenter les régions humides, même pour une prime de cinquante mille dollars, mais la vie à la dure ne gênait pas Maurice. Il vivait pour l'excitation de la chasse, où qu'elle l'emmène.

Maurice s'adossa dans son siège.

— Ça risque d'être long. Il te reste encore du café ?

Je m'empressai de me lever d'un bond.

— Donne-moi cinq minutes, puis je veux tout entendre.

— Vous allez dire quelque chose ?

Je n'arrêtais pas de gigoter, mon regard alternant entre maman et papa, assis sur le canapé en face de moi dans leur suite. Finch était entre eux, sur le dossier, et Maurice faisait le témoin silencieux près de la fenêtre.

Je venais juste de finir de leur raconter une version condensée de l'histoire de mes recherches pour les retrouver et de mon activité de chasseuse de primes. Je dus passer sous silence une grande partie des détails sur Lukas et ce qui s'était passé chez Rogin, car à ce stade de la guérison, cela n'aurait fait que leur causer trop de stress. Voyant leurs expressions inquiètes, je me félicitai d'avoir suivi mon instinct et de ne pas leur en avoir dit davantage.

Ils m'avaient interrompue en posant des questions, mais maintenant que j'avais fini, ils semblaient déterminés à me torturer par leur silence.

Papa parla en premier.

— Pourquoi est-ce que tu ne nous l'as pas dit avant ?

— Le docteur Reddy m'a conseillé d'y aller doucement et de ne rien dire qui puisse vous bouleverser. J'ai dû attendre que vos docteurs me donnent le feu vert.

Il croisa les mains sur ses genoux. Je ne savais pas si c'était de la frustration ou de la déception que je voyais dans ses yeux. Jamais de la vie il n'avait exprimé de la déception envers moi.

Mon estomac se noua.

— J'aurais dû le comprendre plus tôt. J'aurais dû obliger l'Agence à me prendre au sérieux.

— Nous n'aurions pas dû te mettre dans cette position, dit maman avec sévérité. Rien de tout cela n'est ta faute.

Papa secoua la tête.

— Je ne connais pas d'autre adolescente capable de faire ce que tu as fait.

Tu as pris soin de ton frère et tu es restée concentrée lors d'une terrible situation. Nous ne pourrions pas être plus fiers.

— Alors, ça ne vous dérange pas que je sois une chasseuse de primes ?

Les sourcils de maman se levèrent.

— Je ne sais pas si *déranger* est le bon mot. Je suis sûre que tu fais un super travail, mais je ne suis pas très contente que tu travailles seule.

Finch siffla pour attirer leur attention et dit en langage des signes :

Elle n'est pas seule. Nous sommes une équipe, et je l'aide à se préparer pour les missions.

— Elle ne pouvait pas rêver de meilleur partenaire.

Notre mère caressa sa jambe tout en m'adressant un regard qui me laissait entendre que nous en reparlerions plus longuement lorsque Finch ne serait pas là.

— Je suis surpris que Bruce n'ait pas refusé que tu le fasses seule, objecta papa.

— Il a essayé de me faire travailler avec lui et Trey, mais tu sais que Trey m'aurait rendue folle en une semaine. Je ne sais vraiment pas comment Bruce reste sain d'esprit ni comment Trey a survécu aussi longtemps.

Papa sourit.

— Je pense que Bruce espérait que Trey irait à l'université et ne suivrait pas ses traces.

— Je parie que vous n'avez jamais pensé non plus que je rejoindrais l'affaire familiale.

Maman fronça les sourcils.

— Tu as renoncé à l'université ?

— Oh que non. C'est chouette, la chasse aux primes, mais je vous céderai volontiers la place quand vous serez prêts à reprendre du service. À ce moment-là, je devrais avoir économisé assez pour faire quelques années à la fac... si Levi continue de me donner les missions qui rapportent.

Elle secoua la tête.

— Déjà, je n'arrive toujours pas à croire qu'il t'en ait confié une. Levi n'a pas beaucoup de tolérance avec les nouveaux chasseurs.

Je lui fis un sourire énigmatique.

— Je peux me montrer très persuasive.

— Tu as apporté un niveau Trois lors de ta première mission, me rappela Maurice.

Il adressa un grand sourire à ma mère.

— Les chiens ne font pas des chats, Caroline.

Tous trois éclatèrent de rire.

— Quoi ?

Mes parents échangèrent un regard et papa dit :

— Quand nous avons débuté, les nouveaux chasseurs devaient faire de l'apprentissage pendant six mois auprès d'un chasseur expérimenté. Mon oncle a consenti à s'occuper de moi, mais il a refusé d'entraîner ta mère.

Sa lèvre se retroussa.

— Il a dit que la chasse aux primes n'était pas une carrière pour une femme. Je suis allée demander à tous les chasseurs dans la ville si l'un d'entre eux nous prendrait ensemble. Beaucoup pensaient comme l'oncle de ton père, et certains ont rigolé quand j'ai dit que je voulais devenir l'une des leurs. Ils m'ont tous refusée. Mais je n'allais pas laisser un paquet d'idiots bornés être un frein pour moi.

— Qu'est-ce que tu as fait ?

Je m'avançai dans mon siège.

Papa sourit fièrement.

— Elle s'est branchée à la radio de la police, a écouté leurs échanges et a découvert que des trolls agressaient des passants sur la Flushing Line. Puis elle y est allée toute seule, les a attrapés et les a traînés jusqu'à la Plaza. Elle a fait grand bruit.

Je les fixai d'un œil accusateur.

— Tu ne me l'avais jamais dit.

Elle haussa les épaules.

— Ce que j'ai fait était illégal, car je n'avais pas de licence pour chasser. On aurait pu me jeter en prison. Ce n'est pas quelque chose que tu racontes à ton enfant.

Je n'arrivais pas à croire ce que j'entendais.

— Tu as eu des problèmes ?

— J'aurais pu, sans l'aide d'un des chasseurs. Originaire de la Louisiane, il venait juste d'emménager ici et ma ténacité l'a impressionné. Il a pris ma défense en disant que j'étais sa nouvelle apprentie.

— Monsieur Begnaud ?

Je savais que papa et elle avaient commencé à chasser avec le père de Maurice, Vincente, mais je n'aurais jamais imaginé que cela se soit produit de cette manière.

Maurice ricana.

— Quand mon père est revenu à la maison, et m'a dit qu'il avait pris en charge non pas un, mais deux nouveaux apprentis, j'étais si jaloux que je ne pouvais pas penser clairement. Je voulais être son partenaire de chasse.

— Et un an plus tard, on travaillait tous ensemble, dit papa.

Maman tendit le bras pour lui prendre la main.

— Jesse, nous n'aimons pas les circonstances qui t'ont menée à la chasse aux primes, mais nous ne pouvons pas te reprocher de faire exactement ce que nous aurions fait. Nous t'avons élevée pour être indépendante et penser par toi-même, et nous sommes fiers de toi.

— Ça ne veut pas dire que nous ne nous inquiétons pas pour toi, aussi intelligente et débrouillarde que tu sois, précisa papa.

Maurice vint s'asseoir avec nous.

— Je serai là pour les semaines à venir au moins, et Jesse sait qu'elle peut m'appeler quand elle veut.

Mes parents se détendirent visiblement et je lui adressai un regard reconnaissant.

— Parle-nous maintenant de cette pierre de la déesse, dit papa. Tu as dit qu'elle n'avait rien fait, mais je me méfie de la plupart des objets venant du royaume des faës.

— Lukas a dit que c'était une légende faë. Personne ne sait ce que font les pierres, et à sa connaissance, aucun faë de la cour n'a jamais été béni par la déesse. J'ai arraché la pierre d'un kelpie, elle s'est peut-être attachée à moi par erreur.

Je touchai la pierre dans mes cheveux.

— Je peux vous dire qu'on n'en parle dans aucun livre que j'ai lu ni dans les archives faë de la bibliothèque du Congrès. Le seul autre endroit où regarder, c'est l'Agence, et je ne vais pas leur en parler.

Maman hocha la tête.

— L'Agence a tendance à réagir de façon excessive face à ce qu'ils ne peuvent pas comprendre ni contrôler.

Elle regarda Maurice.

— Qu'est-ce que tu en penses ?

— Je suis d'accord, évitons de le dire à l'Agence jusqu'à ce que nous en sachions plus. Je vais demander à mon amie Melia si elle en a entendu parler, mais j'ignore ce qu'elle peut nous apprendre que le prince d'Unseelie ne puisse pas nous dire.

— Tu dis ça comme s'il n'y avait qu'un seul prince à la cour du royaume d'Unseelie.

J'en connaissais sept, et Lukas avait parlé d'un frère.

— Il y a d'autres princes, mais un seul héritier, répondit Maurice en étirant ses grandes jambes.

C'était comme si l'on avait aspiré tout l'air de la pièce.

— Lukas est le prince héritier d'Unseelie ?

Maurice me jeta un coup d'œil bizarre.

— Tu ne le savais pas ?

— On ne l'a jamais abordé.

Je voulais me gifler d'être une telle idiote quand il s'agissait de Lukas. Beaucoup de membres de la royauté possédaient des gardes, mais seuls les monarques et leurs héritiers avaient une garde personnelle et complète.

— En parlant du prince Vaerik...

Maman me fixait d'un regard qui me fit déglutir avec nervosité.

— Tu as dit qu'il avait proposé son aide pour nous trouver, parce qu'il cherchait son ami, mais tu ne nous as pas dit comment tu l'avais rencontré.

Je jetai à Maurice un rapide coup d'œil, mais à son sourire, je compris que j'étais seule sur ce coup-là. Je m'éclaircis la gorge.

— Je... euh, je l'ai rencontré quand je suis allée au Teg pour suivre une piste pour la mission sur laquelle vous travailliez.

— Comment savais-tu que nous étions censés aller au Teg ? demanda ma mère.

Ses narines se dilatèrent et elle s'exclama :

— Tennin !

Je m'empressai de le défendre.

— Ne sois pas en colère contre lui. Il m'a recommandé de ne pas aller au Teg, mais je ne l'ai pas écouté.

Elle croisa les bras.

— Continue.

— J'ai vu Lukas au Teg, et de nouveau quand je suis allée au Ralston après avoir trouvé ton bracelet. Nous n'arrêtions pas de nous croiser et il a eu des soupçons.

Je repensai à la nuit où Faolin m'avait traînée chez Lukas pour un interrogatoire. Hors de question que je parle de *ça* à mes parents.

— Il a dit qu'il avait entendu parler de vous, et il pensait que votre disparation pourrait être liée à quelque chose qu'il cherchait. L'Agence traînait les pieds, alors j'ai accepté sa proposition de m'aider.

— S'il t'aidait, où était-il quand tu as été enlevée et emmenée chez Rogin ? exigea papa.

— Il a dû se rendre dans le royaume des faës la veille.

Je tripotais l'ourlet de mon pull.

Le regard de maman s'accentua.

— Tu es encore en contact avec lui ?

— Je le vois de temps en temps.

Je me tortillai sur mon siège. Faolin pouvait apprendre quelques leçons de ma mère en matière d'interrogatoire.

— Faris est malade à cause du fer et je lui rends visite une fois par semaine.

— Pourquoi est-ce que tu appelles le prince par son prénom au lieu de son titre ? demanda-t-elle.

Visiblement, l'inquisition n'était pas terminée.

Enfin une question à laquelle je pouvais répondre.

— Il se fait appeler Lukas Rand ici, et au début, je ne savais pas que c'était le prince Vaerik. Je me suis habituée à l'appeler Lukas, et ça fait bizarre maintenant de penser à lui avec l'autre nom.

Elle sembla satisfaite par ma réponse et j'espérais qu'elle en avait fini avec les questions. Une fois qu'elle se détendit à nouveau, je distinguai des cernes sous ses yeux. Il était facile d'oublier que mes parents étaient malades, pourtant même rester assis à discuter pouvait les fatiguer.

Finch s'en aperçut, lui aussi.

Il siffla et lui dit en langage des signes.

Tu es fatiguée, maman ?

— Un petit peu, admit-elle, trahissant ainsi qu'elle était plus fatiguée qu'elle ne le faisait croire.

Tu devrais faire une sieste, lui dit-il. Moi, je me sens toujours mieux après une sieste.

Elle tendit la main pour caresser ses cheveux bleus.

— C'est une bonne idée, mon chéri.

Je me levai.

— De toute façon, nous devrions y aller. Aisla n'aime pas rester seule trop longtemps.

Je fis un câlin à mes parents alors que nous prenions congé les uns des autres. Après leur avoir promis que je ferais attention, je mis Finch à l'intérieur de mon blouson et partis.

Maurice resta un moment, à la demande de papa, et je compris de quoi il voulait parler. Ils allaient demander à Maurice de me surveiller pendant qu'il était en ville. J'adorais le savoir de nouveau à la maison, mais j'espérais qu'il n'allait pas tourner autour de moi.

Je conduisais lorsque Violet m'envoya un texto.

T'es chez toi ?

Dans 10 min, répondis-je.

On se retrouve là-bas.

Violet se tenait devant ma porte lorsque j'arrivai, et je fus surprise de voir qu'elle n'était pas seule. Mandy Wheeler, une fille que je connaissais du lycée, était à côté d'elle.

Je n'avais pas revu Mandy depuis le bac, et je ne l'avais jamais vue comme ça. C'était l'une de ces filles qui donnaient toujours l'impression de sortir du salon de coiffure. Aujourd'hui, ses cheveux blonds étaient attachés en queue de cheval mal faite, elle ne portait pas de maquillage et ses yeux étaient rouges et bouffis à force de pleurer.

— Salut, Mandy.

Je m'arrêtai devant elle.

— Qu'est-ce qui ne va pas ?

Ses lèvres tremblèrent, et ses yeux étaient pleins de larmes.

— J'ai besoin de ton aide. Je n'ai personne d'autre à qui parler.

Violet caressa le dos de Mandy.

— Jesse va t'aider.

Elle croisa mon regard.

— On a besoin de tes services. On va t'expliquer à l'intérieur.

Confuse, je hochai la tête et ouvris la porte. Une fois que Finch fut de retour dans sa cabane avec Aisla, je rejoignis mes invitées sur le canapé.

— Bon, raconte-moi.

Mandy appliqua un mouchoir humide sur ses yeux.

— Mon ancien petit ami a volé Roméo, et il menace de le vendre.

Son visage se déforma et elle commença à pleurer dans ses mains.

— Quoi ?

Roméo était son petit yorkshire, qu'elle avait depuis le collège. Mandy aimait ce chien plus que tout, elle l'habillait toujours avec de belles tenues et postait des photos sur Instagram.

Violet répondit à la place de la fille qui pleurait.

— Mandy est sortie pendant six mois avec un mec, et elle a rompu avec lui la semaine dernière. Comme elle refusait de se remettre avec lui, il a volé Roméo et il a dit qu'il le vendrait si elle ne lui donnait pas une autre chance.

La colère explosa en moi.

— Tu as appelé la police ?

Mandy renifla.

— Oui. Mais ils sont trop occupés pour se soucier d'un chien.

Cela ne m'étonnait pas. La police était surchargée de travail, en dépit des chasseurs de primes qui s'occupaient de la majorité des affaires concernant les faës. Même s'ils voulaient l'aider, ils manquaient de personnel.

Elle reporta ses yeux suppliants sur moi.

— J'ai entendu dire que tu étais une chasseuse de primes à présent. Je sais que ce n'est pas ce que tu fais d'habitude, mais je peux te payer.

Je levai une main.

— Je ne veux pas de ton argent. Qui est cet ex, et que dois-je savoir sur lui ?

— Il s'appelle Drew Gordon. Il a vingt-trois ans et il vit à Williamsburg.

Mandy débita les informations. Lorsqu'elle eut fini, je possédais les adresses du domicile et du travail de son ex, ainsi que son emploi du temps quotidien. Elle afficha des photos sur son portable d'un homme aux cheveux blonds et à l'apparence soignée, qui faisait clairement du sport et s'entretenait. Sur chaque photo, il affichait un sourire arrogant, et il avait le regard d'un homme qui avait l'habitude d'obtenir ce qu'il voulait.

Je consultai l'heure. Il était presque dix-sept heures. Si Mandy ne s'était pas trompée dans le planning de Drew, il rentrerait du travail dans une heure. En me levant, je me dirigeai vers ma chambre.

— Où vas-tu ?

— Me changer. Je ne peux pas porter ces vêtements en mission.

Toutes deux me suivirent.

— On y va *maintenant* ? demanda Mandy avec espoir.

Je me tournai pour lui faire face.

— Rien ne vaut le présent.

Elle s'élança et passa ses bras autour de mon cou.

— Merci !

— Ne me remercie pas encore. Allons récupérer Roméo d'abord.

Après avoir enlevé mon pantalon et mon haut, j'enfilai un jean noir et un t-shirt noir plus chaud. Je mis mes bottes de combat et formai une épaisse tresse avec mes cheveux.

Violet m'évalua du regard alors que je complétais la tenue par un blouson en cuir doublé.

— Tu sembles prête à botter des culs.

Je glissai mon badge dans ma poche arrière.

— Espérons qu'on n'en arrive pas là.

— Les chasseurs de primes n'ont pas d'armes ? demanda Mandy alors que Violet et elle me suivaient dans le salon.

— Mon sac est dans la Jeep, mais je doute d'avoir besoin d'armes.

Je tapotai la poche de mon manteau, y sentant une bosse familière.

— J'ai un pistolet électrique et des menottes dans mes poches, si c'est nécessaire.

Mandy écarquilla les yeux.

— Tu as des menottes sur toi ?

— On ne sait jamais quand je pourrais en avoir besoin.

Nous marchâmes jusqu'à la porte et je m'arrêtai pour les regarder.

— Je ne peux prendre qu'une personne dans la Jeep.

Mandy sortit un jeu de clés.

— J'ai la voiture de ma sœur. Je vous retrouve là-bas.

— D'accord. Si tu y arrives en premier, attends-nous, dis-je en ouvrant la porte.

Drew Gordon vivait dans un bel immeuble de vingt étages, situé à moins de deux pâtés de maisons de chez Lukas. Mandy nous attendait devant l'entrée lorsque nous arrivâmes. Elle semblait avoir peur. Chez moi, je lui avais demandé si son ex avait été violent. Elle avait répondu qu'il ne l'avait jamais frappée, mais la maltraitance prenait parfois d'autres formes. Si je n'avais pas d'expérience dans ce domaine, la peur dans ses yeux parlait pour elle.

— Tu n'as pas besoin de venir avec nous, lui dis-je.

Elle se redressa.

— J'y tiens. Roméo a besoin de moi.

Je lui adressai un sourire rassurant.

— Allons-y, alors.

12

NOUS ENTRÂMES dans le bâtiment et prîmes l'ascenseur jusqu'au septième étage. À la porte de Drew, Violet et moi nous mîmes sur le côté, où nous n'étions pas visibles à travers le judas, et Mandy frappa.

Trente secondes plus tard, quelqu'un approcha. Après une courte pause, le verrou racla et la porte s'ouvrit.

— Mon Dieu, Mandy, tu es dans un état, fit une voix masculine. Je ne sais pas si je veux que tu reviennes, tout compte fait.

J'apparus rapidement, me plaçant entre eux.

— C'est une bonne chose, alors, qu'elle ne soit pas ici pour des réconciliations.

Il recula la tête d'un mouvement brusque.

— Tu es qui, toi ?

— Les renforts, annonça Violet en se montrant à son tour.

L'homme dans le couloir éclata de rire. C'était un son vraiment sinistre.

— Des renforts ? Tiens donc.

Il se moqua de Mandy avec mépris.

— Qu'est-ce que tu espérais accomplir avec ce petit tour ?

— Je suis venue récupérer Roméo, répondit-elle d'une voix chevrotante.

— Roméo qui ? fit-il avec une innocence feinte. Je ne connais personne de ce nom-là.

Pour la première fois de ma vie, j'eus envie de frapper un autre être humain.

— Nous savons que tu as son chien. Rends-le-lui, et on s'en ira sans causer de problèmes.

— Vraiment ?

Il s'avança vers moi d'un pas menaçant.

Mandy plaça une main tremblante sur mon bras et chuchota :

— Je pense qu'on devrait partir.

— Ça devient amusant, mon cœur.

Drew s'approcha jusqu'à ce que son torse touche le mien.

Mon pouls s'accéléra.

— Tu devrais reculer.

— Et toi, tu devrais apprendre à te mêler de tes affaires, rétorqua-t-il. C'est entre moi et ma copine.

— Ce n'est pas ta copine.

Drew la pointa du doigt.

— Ferme-la, espèce de...

Ma main jaillit et attrapa son poignet. Le tordant avec force, je le fis tourner, son bras derrière son dos, et le poussai contre le mur la tête la première. Il se débattit et s'en prit à moi avec son autre poing, mais j'exerçai une pression sur son bras coincé jusqu'à ce qu'il hurle de douleur et s'immobilise.

— Ouah, lâcha Violet.

— Recommençons, dis-je à l'homme qui tremblait sous l'effet de la colère. Tu as le chien de Mandy et elle veut le récupérer. Nous allons tous entrer pour qu'elle puisse le prendre. Ensuite, nous partirons et tu ne l'embêteras plus jamais.

— Tout va bien ici ? fit soudain une nouvelle voix.

Je regardai dans le couloir pour apercevoir un jeune homme en costume, une mallette à la main.

— Oui, dis-je au même moment où Drew grognait :

— Non !

Le nouveau venu nous regarda d'un air hésitant. Si je ne faisais pas quelque chose, il appellerait la police, et en ce moment, je n'avais pas besoin de cette difficulté.

Passant le bras derrière moi, je sortis ma licence de chasseuse de primes et la lui montrai. Il était assez proche pour distinguer le sceau officiel de l'Agence dessus.

— On maîtrise la situation, dis-je de ma voix la plus sérieuse.

L'utilisation du badge en dehors des affaires de l'Agence était une zone d'ombre, mais j'étais prête à contourner les règles dans ce cas.

— C'est bon à savoir.

L'homme passa devant nous d'un pas précipité et entra dans un appartement, plusieurs portes plus loin.

Drew ricana.

— Agression *et* usurpation d'identité. J'espère que tu aimes la prison de Rikers.

— En fait, c'est une chasseuse de primes, l'informa Violet joyeusement. Et tu l'as touchée en premier, donc tu l'as agressée en premier, et elle a agi en légitime défense.

Je la fixai avec étonnement, mais elle haussa les épaules.

— Maman aime travailler sur ses plaidoiries à la maison.

Avec un large sourire, je remis ma licence dans ma poche et sortis mes menottes, que je refermai autour des poignets de Drew. Je le poussai vers la porte et nous entrâmes tous les quatre dans son appartement. Mandy courut tout de suite de porte à porte, appelant Roméo.

Elle revint vers nous, le regard dévasté.

— Il n'est pas là.

Drew pouffa.

— Roméo, Roméo, pourquoi es-tu Roméo ?

Je me tournai vers lui. Mais avant que je ne puisse ouvrir la bouche, Violet lui envoya un coup impressionnant, juste entre les jambes. Drew laissa échapper un son aigu et se plia en deux, mais ses bras étaient menottés dans son dos, l'empêchant de mettre ses mains autour de ses parties blessées.

— Écoute-moi bien, connard, grogna-t-elle. Nous avons fini d'être gentilles. Dis-nous où est Roméo, sinon ça va très mal aller pour toi. Nous connaissons des gens qui pourraient te faire disparaître comme ça.

Elle claqua des doigts pour accentuer ses dires. Je faillis émettre un petit rire.

Drew haleta, et il lui fallut une minute pour répondre.

— Il a disparu. Il s'est enfui quand je le promenais.

Violet lui donna un petit coup sur le torse.

— Essaye encore, mon gars.

— Elle a les moyens de t'extorquer la vérité, dis-je, peinant à garder un visage sérieux. Ne te fie pas aux apparences, c'est du cinéma.

Il se redressa assez pour nous regarder dans les yeux. Son visage était rouge écarlate et il y avait des larmes dans ses yeux.

— Je devais de l'argent à un mec, dit-il en respirant bruyamment. Il a envoyé quelqu'un pour le récupérer et ils ont pris le chien.

Mandy poussa un cri de surprise.

— Qui l'a pris ?

Drew pinça les lèvres. Je crus qu'il n'allait pas répondre lorsqu'il finit par dire :

— Deux ogres.

Elle laissa échapper un sanglot étranglé. Je la menai vers une chaise et la laissai pleurer sans pouvoir s'arrêter pendant que je retournais en trombe auprès de son ex.

— Qu'est-ce qui ne tourne pas rond chez toi ? lui hurlai-je au visage. Tu as vendu Roméo à ces brutes ?

En plus d'avoir un sale caractère, les ogres étaient connus pour manger les chats et les chiens. S'ils avaient Roméo, il y avait de fortes chances qu'il soit déjà mort, ou qu'il le soit bientôt.

Il eut un mouvement de recul.

— Ils l'ont pris. Je n'avais pas le choix.

Mes lèvres se retroussèrent en un rictus.

— On a toujours le choix. Quand sont-ils venus et où l'ont-ils emmené ?

— Hier soir. Je ne sais pas où ils vivent, répondit-il.

Il avait perdu son arrogance de fanfaron.

Je lui donnai un coup dans la poitrine.

— Tu ferais mieux de le découvrir, et vite.

Violet me tendit la main.

— Donne-moi ton taser. Cinquante mille volts lui rafraîchiront la mémoire.

Je m'émerveillai devant elle. Qui était cette personne ? Je n'arrivais pas à savoir si elle était sérieuse ou si elle faisait un sacré bon travail d'actrice.

Drew blêmit et commença à sangloter et à bredouiller, jusqu'à lâcher enfin quelque chose d'utile.

— Le Fenton. Ils vivent au Fenton.

Je sortis mon portable et effectuai une recherche. Le Fenton était un vieux théâtre, dans le Queens, fermé depuis deux ans, ce qui en faisait un emplacement idéal pour des squatteurs comme les ogres.

— Combien d'ogres vivent là-bas ? demandai-je.

Il déglutit de manière convulsive.

— Rien que deux.

— Tu ferais mieux de prier pour que ce chien aille bien, dis-je en serrant les dents alors que j'enlevais ses menottes.

Violet fit craquer ses jointures comme un loup de la mafia.

— Crois-moi, tu ne veux vraiment pas qu'on revienne.

Je me dirigeai vers Mandy, qui pleurait silencieusement à présent, et l'aidai à se relever.

— Allons-y.

Aucune de nous ne parla jusqu'à ce que nous soyons de retour dans la rue. Mandy était dans un sale état et Violet lui proposa de conduire sa voiture. Ma meilleure amie et moi échangeâmes un regard sombre avant de rejoindre chacune son véhicule. Les probabilités que Mandy revoie son chien vivant étaient minces, mais je ferais mon possible pour le récupérer.

J'arrivai au théâtre la première, me garant à un demi-pâté de maisons. Après avoir envoyé un texto à Violet pour lui faire savoir où me trouver, je fouillai mon équipement afin de prendre ce dont j'avais besoin. Les ogres étaient forts, mais ils n'étaient pas de bons combattants ni les plus intelligents des faës. Néanmoins, j'avais appris à la manière forte à ne jamais sous-estimer un adversaire, après qu'un troll m'eut entaillée avec son épée et empoisonnée.

Violet et Mandy arrivèrent alors que je fourrais du matériel dans un petit sac à dos. Mandy avait cessé de pleurer, mais son visage était tiré et pâle. Il me suffit d'un regard pour savoir qu'elle ne pouvait pas venir avec nous. J'ignorais ce que nous allions trouver à l'intérieur, et elle ne serait qu'une gêne.

Je refermai le coffre de la Jeep.

— Restez dans la voiture, vous deux.

— Je ne te laisserai pas aller dedans toute seule.

Violet serra la mâchoire avec obstination.

— Ne me fais pas ton baratin de « je suis chasseuse de primes et pas toi », ça ne marchera pas.

— Tu ne peux pas te battre, lui rappelai-je.

Elle leva les yeux au ciel.

— Je peux distancer un ogre. Et je sais que tu as un taser supplémentaire dans ce sac.

— D'accord, mais tu dois faire tout ce que je te dis.

J'ouvris le sac à dos et lui remis l'arme.

— Et moi ? demanda Mandy.

Je passai le sac à dos sur mon épaule.

— Quelqu'un doit rester ici au cas où nous aurions des problèmes. Nous t'enverrons un message s'il arrive quelque chose.

Elle accepta à contrecœur et marcha vers sa voiture alors que Violet et moi partions en direction du théâtre. La vieille bâtisse en briques s'élevait sur trois étages. Elle comportait une entrée voûtée et une marquise, où était inscrit le nom du théâtre en grosses lettres rouges. Nous passâmes devant l'entrée principale et fîmes le tour jusqu'à la ruelle et ses deux petites portes de service. La seconde que nous essayâmes était ouverte, et nous nous glissâmes à l'intérieur sans un bruit.

Je fis signe à Violet d'être silencieuse. Nous tendîmes l'oreille alors que nos yeux s'ajustaient à l'obscurité. N'entendant rien, nous passâmes lentement devant plusieurs loges. Tous les accessoires, l'éclairage et les câbles avaient été enlevés. Le théâtre sentait le renfermé, car il n'était plus utilisé. C'était un peu étrange, dans un endroit qui débordait d'activité en temps normal.

Nous atteignîmes la scène et je m'arrêtai d'un coup en entendant de faibles bruits du côté de l'auditorium. Me tournant vers Violet, je montrai du doigt les rideaux entrouverts qui pendaient encore devant la scène. Elle hocha la tête et s'immobilisa alors que je montais l'escalier vers les coulisses, me dirigeant sur la pointe des pieds vers le rideau.

De la poussière s'échappa en volutes de l'étoffe lorsque je la touchai. Je dus étouffer une toux avant de tirer lentement l'épais tissu et passer ma tête pour regarder.

L'auditorium était un rectangle composé de deux rangées de places divisées par une allée, avec des escaliers de chaque côté conduisant au niveau de la mezzanine et du balcon. Les murs étaient des panneaux sombres et le plafond recouvert de peintures murales délavées. Au milieu, là où un imposant lustre était sûrement accroché autrefois, se trouvait un trou béant par lequel une petite colonne de fumée s'échappait.

Je suivis le chemin de la fumée jusqu'à sa source – un feu qui brûlait dans un tambour en métal. Les sièges avaient été arrachés du sol et mis de côté pour faire un camping improvisé aux deux créatures chauves et à la peau jaune étendues à côté du feu. Les ogres grognaient et mâchaient bruyamment une sorte de viande. Mon ventre se noua lorsque l'un d'eux jeta un os sur un tas à ses pieds.

Je portai une main à ma bouche. *Pitié, faites qu'il ne s'agisse pas de Roméo.*

Tendant le cou, j'essayai de mieux voir ce qu'il se passait alentour. J'eus le souffle coupé en repérant des cages posées sur certains sièges toujours boulonnés au sol. Je crus voir une silhouette dans l'une des cages, mais elles étaient trop éloignées pour que j'en aie le cœur net.

L'un des ogres dit quelque chose d'une voix grave et tonitruante, puis il s'allongea, la tête sur ses bras croisés. Son ami continuait son repas et je me demandai s'il surveillait ou s'il mangeait lentement. Je l'épiai pendant encore cinq minutes avant qu'il ne s'allonge à son tour, se recroquevillant sur le côté.

Laissant le rideau retomber prudemment en place, je retournai vers Violet pour lui faire part de ce que j'avais vu.

— Je vais jeter un coup d'œil à ces cages, murmurai-je.

— Il faut combien de temps pour que des ogres s'endorment ?

Je haussai les épaules.

— Je ne sais pas, mais ils viennent juste de finir de manger. Ça devrait leur donner envie de dormir. Envoie un texto à Mandy et dis-lui qu'il se peut que nous restions là un bon bout de temps. Quoi que tu dises, n'évoque pas le repas. Je vais les surveiller pendant un moment pour m'assurer qu'ils dorment.

Elle tâtonna les poches de son manteau.

— J'ai laissé mon portable dans la voiture.

— Utilise le mien.

Je lui donnai mon téléphone et retournai vers le rideau, où je trouvai les ogres dans la même position. Quelques minutes plus tard, l'un d'entre eux commença à ronfler. Quand dix minutes se furent écoulées sans qu'ils ne bougent, je partis du principe qu'ils dormaient tous les deux. Je pouvais affronter un ogre, deux s'il le fallait absolument, mais je priais pour que l'on n'en arrive pas à cela.

Je m'apprêtais à lâcher le rideau lorsqu'un bruit m'atteignit. Je me figeai et tendis l'oreille jusqu'à le percevoir à nouveau. C'était le miaulement plaintif d'un chat. Il fut suivi par des grattements, et le gémissement distinctif d'un chien. Cela pourrait être n'importe lequel, mais ça me donna une lueur d'espoir que Roméo soit encore en vie.

Tournant le dos au rideau, je faillis sursauter en heurtant quelqu'un. Je levai les mains pour me défendre avant de comprendre que la personne était trop petite pour être un ogre.

J'adressai à Violet un regard noir qu'elle ne pouvait pas voir dans l'obscurité de la scène et l'attirai là où je l'avais laissée.

— Tu es folle ? J'ai failli te frapper.

— Je voulais voir ce qui te prenait autant de temps. Ils dorment ?

J'expirai.

— L'un oui, et l'autre peut-être. J'ai entendu un chat et un chien gémir dans les cages.

Elle serra mon bras avec enthousiasme.

— Et maintenant ?

— Nous allons voir s'il y a une porte menant des coulisses à l'auditorium, et je vais sortir en douce pour récupérer les animaux.

— Je viens avec toi.

Elle leva une main lorsque je secouai la tête.

— Tu auras besoin d'aide pour sortir les animaux d'ici. Et je suis plus leste sur mes pieds que toi.

Elle avait raison. Des années de danse classique et de gym lui avaient donné la discrétion d'un ninja. Mais elle était aussi nerveuse et elle se ferait sûrement pipi dessus si elle tombait nez à nez avec un ogre.

— Arrête de trop réfléchir, et allons-y, dit-elle en voyant que je mettais trop longtemps à répondre.

J'ouvris mon sac à dos.

— Promets-moi que tu fuiras s'ils se réveillent.

— Promis.

Trouvant mon taser de rechange, je le lui donnai.

— Ça n'arrêtera pas les ogres, mais ça les ralentira assez pour que tu t'échappes. Tu devras leur donner un peu plus de jus qu'à un humain.

— Pigé.

— D'accord. Allons-y.

Je me dirigeai vers le côté du bâtiment le plus proche des cages, où un escalier descendait vers une petite porte. Les charnières grincèrent et je retins mon souffle en ouvrant la porte assez grand pour que nous y passions à deux.

La moquette de l'auditorium étouffait le bruit de nos pas alors que nous avancions doucement dans l'allée extérieure vers les cages. Les seuls bruits que l'on entendait étaient le crépitement du feu et les ronflements des ogres. Si la chance était avec nous, nous attraperions les animaux et serions parties avant que les deux ne se réveillent.

Je m'arrêtai aux rangées des cages. De si près, je pouvais voir que ce ne serait pas aussi facile de libérer les animaux que je l'avais espéré. Les cages se trouvaient au bout de l'allée la plus proche du feu, leurs portes à l'opposé de moi. J'allais devoir m'approcher des ogres beaucoup plus que je ne l'aurais voulu.

— *Reste là*, articulai-je silencieusement à Violet.

J'avançai dans l'allée derrière les cages et me dirigeai lentement vers elles, me figeant chaque fois que les ogres grognaient ou bougeaient dans leur sommeil. Il me fallut une éternité pour atteindre les cages, où je fus accueillie par le miaulement d'un chat, un peu plus fort chaque seconde.

— Chut.

Je passai mes doigts à travers les barreaux de la cage la plus haute et le chat blanc se tut tout de suite pour s'y frotter. J'avais déjà vu des chats sauvages, mais celui-ci n'en était pas un. C'était l'animal de compagnie de quelqu'un.

Je me penchai pour regarder dans la cage du bas et y trouvai un chihuahua tout tremblant. Il portait un collier fin qui me laissait entendre qu'il avait eu un maître, lui aussi. La colère me saisit, mais je l'écartai. Ce n'était certainement pas le moment de perdre mon calme.

Je fis le tour vers l'avant des cages, assez proche du feu à présent pour sentir sa chaleur. D'ici, je pouvais regarder dans l'une des caisses en plastique. Je n'étais pas certaine de ce que je voyais jusqu'à ce que quelque chose bouge. C'était un duo de furets noirs qui semblaient plus curieux qu'effrayés en me voyant.

Un craquement fusa derrière moi et je tournai la tête si rapidement que je crus m'être fait un coup du lapin. J'expirai avec soulagement lorsque des étincelles jaillirent du tambour en métal. Ce n'était qu'un morceau de bois émettant un bruit sec dans le feu.

Me mordant la joue, je me penchai pour regarder dans la dernière cage. Mon cœur bondit lorsque j'aperçus les yeux noirs en boutons d'un minuscule Yorkie avec un collier à strass bleu.

Roméo haleta et laissa échapper un petit gémissement. Je le caressai à travers les barreaux pour le calmer tout en me redressant, faisant signe à Violet de me rejoindre. Je ne pouvais pas porter tous ces animaux en même temps et j'avais peur qu'ils fassent du raffut si je les prenais un à un.

La cage de Roméo était calée de telle sorte que je devrais déplacer celle au-dessus pour ouvrir la sienne. Je n'avais jamais manipulé de furets, alors mieux valait les laisser dans leur cage. Je grimaçai lorsqu'elle s'accrocha à la cage du chat, provoquant un léger grincement.

Un ogre ronfla bruyamment et je faillis lâcher la cage. Mon cœur battait follement. Si quelqu'un me demandait un jour ce qu'il fallait faire pour avoir une bonne bouffée d'adrénaline, je conseillerais immédiatement de se faufiler dans un bâtiment abandonné pour voler quelque chose à des ogres endormis.

Lorsque Violet me rejoignit, j'avais décoincé la cage. Je la lui donnai. Lui faisant signe d'attendre, je libérai le chat et le lui passai. Cela me laissait les deux chiens.

Il me fallut manœuvrer un peu pour déplacer la cage de Roméo sans faire de bruit, mais je finis par réussir à ouvrir la porte. Je tirai la fermeture de mon manteau et le mis à l'intérieur. Comme il n'était pas plus gros que Finch, il y entra facilement.

Une fois Roméo en sécurité, j'allai libérer le chihuahua. La pauvre petite créature était si terrifiée que je dus me saisir de son collier pour l'attirer vers moi. Ses griffes raclaient le sol en plastique de la cage et il laissa échapper un jappement lorsque je le pris dans mes bras. Il tremblait violemment, mais je n'avais pas le temps de le réconforter. Je me concentrerais sur lui une fois que nous serions sortis d'ici.

Je retournai auprès de Violet avec prudence. Elle essayait tant bien que mal de retenir le chat, qui paniquait tout à coup. Avec un feulement, il sauta de ses bras et s'enfuit comme si les chiens de l'enfer étaient à ses trousses.

Violet me regarda et elle ouvrit la bouche, horrifiée. Au même moment, je me rendis compte que la salle était devenue étrangement silencieuse.

Je m'arrêtai et regardai par-dessus mon épaule vers l'ogre qui se redressait à côté du feu. Il s'étira et regarda autour de lui avant de m'apercevoir.

Il rugit. Son cri résonna dans tout l'auditorium et, à son tour, son ami se leva en hâte. Je tournai les talons et me précipitai vers Violet, qui semblait paralysée par la peur.

— Vas-y, criai-je par-dessus les rugissements des ogres.

Elle ne bougea pas.

Des pieds martelaient le sol derrière moi et j'accélérai.

— Violet, bouge ton cul !

Je l'atteignis alors qu'elle ramassait la cage des furets. Nous nous tournâmes vers la porte à côté de la scène et nous arrêtâmes en dérapant à la vue des ogres qui surgissaient. Trois, quatre, cinq, six...

J'attrapai le bras de Violet et me tournai dans l'autre direction. Je me dirigeai vers l'entrée principale du théâtre, mais un tas de sièges la bloquaient. Changeant de cap, je courus vers l'escalier conduisant aux niveaux supérieurs, l'entraînant avec moi. J'avais vu un escalier de secours, à l'extérieur du bâtiment, il devait donc y avoir une sortie de secours à l'étage.

Poussant Violet devant moi, je gravis les marches en quatrième vitesse comme si j'avais des ailes aux pieds. Au niveau de la mezzanine, je regardai en arrière vers nos poursuivants patauds qui n'avaient pas encore atteint l'escalier.

J'envoyai un remerciement silencieux à Aedhna pour ne pas avoir octroyé de la vitesse aux ogres.

Je marquai une pause pour inspecter les lieux du regard et trouver mes repères. L'escalier de secours devait se situer juste devant, mais il faisait trop sombre là-haut pour y voir loin. Prenant de nouveau le bras de Violet, je me mis en route en direction de la sortie telle que je l'estimais.

Ma joie de trouver la porte fut de courte durée lorsque je vis sa chaîne et son cadenas. J'avais bien mes crochets, mais d'après le martèlement de nombreux pas dans l'escalier, nous n'avions pas le temps pour cela.

Nous courûmes vers les marches de l'autre côté de la mezzanine. Mon espoir que nous puissions les descendre fut anéanti par la vue de quatre ogres qui attendaient en bas, des massues à la main. Les ogres n'étaient pas aussi stupides que les gens les décrivaient.

Violet et moi montâmes l'escalier menant au niveau du balcon avant que les ogres ne puissent nous repérer et alerter leurs amis. Nous avions une longueur d'avance, mais cela n'allait pas nous servir si nous nous retrouvions coincées ici.

Réfléchis, Jesse ! J'étouffai la panique croissante que je ressentais. Si j'étais seule, je tenterais quelque chose d'audacieux comme utiliser la corde de rappel et le grappin dans mon sac pour me balancer de l'une des loges jusqu'à la scène. Mais Violet ne pouvait pas faire ce saut. À vrai dire, j'ignorais si je le pouvais moi-même.

Nous courûmes vers le coin reculé du balcon où deux portes menaient aux toilettes des hommes et des femmes. Ouvrant la première, je poussai Violet à l'intérieur.

— Cache-toi dedans et occupe-toi d'eux.

Je lui confiai le chihuahua et Roméo.

— Je vais les éloigner.

— Tu ne peux pas y aller seule.

Je lui fis un rapide câlin, écrasant presque les deux animaux.

— Je vais m'en sortir.

Je partis avant qu'elle ne puisse me contredire. *Pitié, protégez-la*, priai-je à quiconque m'écoutait.

Des cris et des bruits sourds montaient d'en dessous, où les ogres cherchaient la mezzanine. Je n'aurais jamais dû laisser Violet rentrer avec moi, mais il était trop tard pour y penser maintenant. Je devais les éloigner d'elle autant que possible, puis je trouverais un moyen de nous sortir de ce pétrin.

Je courus discrètement vers les loges privées, sur le côté de l'auditorium. Alors que je passais devant l'escalier, un ogre se mit en travers de mon chemin et nous nous heurtâmes. J'eus l'impression de percuter un mur. Il sembla aussi surpris que moi, et ce fut ce qui me sauva. Avant qu'il ne puisse se ressaisir et appeler ses amis, je sortis mon taser et l'électrocutai.

Il chancela sur ses pieds. J'aurais pu en profiter pour m'enfuir, mais il s'en remettrait rapidement et ferait rappliquer les autres. J'attaquai donc, frappant de mon poing son cou épais juste sous l'oreille. Les ogres étaient bâtis comme des taureaux, mais comme tout le monde, ils avaient des faiblesses. Le truc était d'atteindre ces points faibles sans se faire arracher la tête.

Les yeux perçants de l'ogre se révulsèrent et il chuta comme une pierre. Stupéfaite, je regardai son corps à plat ventre. C'était quoi, ce bordel ? Mon coup aurait dû lui faire mal, certes, mais j'étais loin d'être assez forte pour l'assommer d'un seul coup.

Je contractai ma main jusqu'à me rendre compte qu'elle ne me faisait pas mal. Je l'avais frappé assez fort, pourtant je ne ressentis pas le moindre élancement de douleur.

Contournant l'ogre, je continuai vers les loges. Je réfléchirais à ce mystère plus tard. Pour l'instant, j'avais des problèmes bien plus importants à régler.

J'entrai dans la loge la plus proche de la scène et mis la main dans ma poche pour chercher mon portable. Il était temps d'appeler Maurice à la rescousse. Il me ferait la morale pour ma stupidité, mais je n'allais pas risquer la vie de Violet pour sauver mon amour-propre. J'avais seulement besoin d'éloigner les ogres assez longtemps pour que les renforts arrivent.

Anxieuse, je tapotai mes poches frénétiquement. J'avais donné mon portable à Violet pour qu'elle envoie un texto à Mandy et j'avais oublié de le lui reprendre.

Je regardai à travers la balustrade du balcon et vis les quatre ogres au rez-de-chaussée, tournés vers l'escalier. Je pouvais voir des silhouettes se déplacer sur la mezzanine, et ma peur monta d'un cran lorsque deux d'entre elles approchèrent de l'escalier à ce niveau.

Ôtant mon sac à dos, je pris ma corde et l'attachai autour de la robuste balustrade. Puis je remis mon sac sur mes épaules et vérifiai que la voie était libre. Avec une profonde inspiration, j'escaladai la balustrade et glissai la corde vers la loge en contrebas.

Mon plan était d'arriver à la scène, de les laisser me voir, et de courir comme une dératée pour les attirer à l'extérieur. Tant qu'ils ne savaient pas que Violet était encore dans le bâtiment, elle était en sécurité jusqu'à ce que je trouve de l'aide.

J'arrivai dans la loge et me cachai juste avant que les deux ogres du bas ne se retournent pour regarder vers la scène. Je les voyais depuis ma cachette, attendant qu'ils se tournent à nouveau. Ils ne le firent pas. L'angoisse se concentra dans mon ventre. Je pouvais descendre la corde et aller sur la scène avant qu'ils ne m'attrapent, mais ils verraient que j'étais seule. Cela fonctionnait seulement s'ils pensaient que nous nous enfuyions toutes les deux.

J'étais si concentrée sur la situation en bas que je ne me rendis pas compte des bruits de pas en approche jusqu'à ce que la porte ne vienne heurter le mur dans la loge voisine de la mienne.

Je pris la corde, prête à me laisser glisser. Je n'avais pas d'autre choix que d'y aller maintenant. Si l'on me coinçait, je ne pourrais jamais aider Violet.

Un miaulement bruyant se fit alors entendre dans le théâtre. Je jetai un coup d'œil juste à temps pour voir le chat blanc dévaler l'escalier et disparaître au fond de l'auditorium. Les quatre ogres en bas regardèrent dans la direction par laquelle était parti le chat. Apparemment, ils débattaient de qui allait le pourchasser.

Je passai par-dessus la balustrade et glissai le long de la corde. À l'instant où mon pied toucha le sol, un cri vint d'en haut et les quatre ogres se tournèrent vers moi. Je lâchai la corde et courus.

— Argh.

Je chancelai lorsque quelque chose de dur percuta mon coccyx, m'irradiant de douleur jusque dans la colonne vertébrale. Me redressant, je regardai la massue en bois sur le sol appartenant à l'ogre au regard noir dans la loge au-dessus de moi.

— Toi, reste, ordonna-t-il d'une voix tonitruante.

Je me retournai et me ruai vers la scène tandis que des cris s'élevaient derrière moi. J'attrapai le bord de la scène pour me hisser, mais j'hésitai quand un cri terrifié fendit l'air.

Violet.

Le sang rugit dans mes oreilles alors que je faisais volte-face vers les ogres qui avançaient. Mon pied percuta quelque chose et je me penchai pour ramasser une tige métallique, un vieux pied de micro. Le prenant à deux mains, je me dirigeai d'un pas raide vers les ogres qui me séparaient de ma meilleure amie.

Ils rirent aux éclats et l'un d'eux chargea. Maniant la tige comme un bâton, je portai un coup bas, le percutant derrière les chevilles. Il alla s'étaler au sol.

J'eus à peine le temps de me redresser que le suivant m'attaqua. Je m'éloignai brusquement de sa charge, mais ses doigts réussirent à me saisir les cheveux. Mes lunettes s'envolèrent et des larmes me montèrent aux yeux sous la douleur de mon cuir chevelu alors que je me libérais. J'avais l'impression que la moitié de mes cheveux avaient été arrachés et je fus soulagée de les voir pendre comme d'habitude sur le côté de mon visage.

J'agitai la tige pour le frapper sur la nuque. Il anticipa mon mouvement et leva sa massue afin de parer l'attaque sur sa zone la plus vulnérable. Laissant la lourde baguette glisser le long de la massue, je l'écrasai sur ses gros doigts. Hurlant comme un tout-petit en colère, il lâcha la massue pour frotter sa main blessée.

Reculant, je me mis en position défensive alors que trois autres ogres rejoignaient les premiers. Ils formèrent un demi-cercle autour de moi et je déglutis péniblement. J'allais devoir me battre pour m'en sortir.

13

LES OGRES S'AVANCÈRENT d'un pas vers moi, et je me raidis tout en les observant pour trouver leurs faiblesses. S'ils m'attaquaient un à la fois, il se pourrait que je sois capable de les repousser, mais je n'avais aucune chance contre les quatre en même temps.

Un très faible craquement du plancher m'avertit que quelqu'un s'était faufilé derrière moi, avant même que les ogres ne portent leur regard par-dessus mon épaule. Une déferlante d'adrénaline pure m'envahit alors que je m'accroupissais et portais un coup au ras du sol pour éviter la massue qui s'abattait déjà vers ma tête. La tige en métal percuta une jambe, et mon assaillant poussa un grognement de douleur.

Je me redressai et frappai encore, mais il attrapa mon arme afin de parer le coup. Je lâchai la tige et mis toute ma force dans le coup à l'aveugle que je lui portai. Mon poing rencontra son visage avec une telle violence que le choc remonta le long de mon bras jusqu'à mon épaule.

La tige métallique tinta sur le sol. Pendant un instant, je réfléchis à la ramasser, puis je changeai d'avis et courus sur les deux mètres jusqu'à la scène. Attrapant le rebord, je me hissai avec facilité... pour trouver mon échappatoire bloquée par une paire de jambes en jean.

Un jean ? Les ogres ne portaient pas de jean.

Une main masculine apparut devant mon visage. Clairement, elle n'appartenait pas à un ogre. Je la saisis sans réfléchir et elle m'aida à me redresser. Écartant les cheveux de mon visage, je levai les yeux vers ceux de Iian, qui me fixait avec un mélange d'émerveillement et d'humour.

— Qu'est-ce que... tu fiches ici ? soufflai-je entre deux bouffées d'air.

Quelqu'un tapa des mains dans l'auditorium. Je fis volte-face pour voir Kerr applaudir alors que Faolin et lui faisaient descendre l'escalier à un troupeau d'ogres. Mon regard se porta sur les bêtes que j'avais combattues et je les trouvai agenouillées et implorantes devant le prince héritier d'Unseelie en personne.

— J'aurais dû apporter mon portable, dit Kerr. *Jamais* personne ne me croira.

— Que... ?

La question mourut sur ma langue lorsque Lukas se tourna pour me regarder. Son nez et le devant de son t-shirt étaient ensanglantés, et ses yeux aussi tranchants qu'un silex.

Je déglutis et fis un pas en arrière, seulement pour me heurter à Iian qui me poussa vers le bord de la scène. Comme je refusais de descendre, il me dit :

— Il n'est pas en colère contre toi.

— Son expression suggère le contraire, marmonnai-je sans bouger.

Iian gloussa et se pencha pour chuchoter :

— Tu as donné un coup de poing au visage du prince d'Unseelie et tu l'as presque mis sur le cul. Dis-moi que ça ne fait pas du bien.

Je levai le menton, car il avait raison. Durant des semaines, j'évacuais mes émotions refoulées sur les sacs de frappe à la salle de sport, et pas une seule de ces séances ne m'avait donné la satisfaction que je ressentais en ce moment.

Je sautai sur le sol en bas et allai me tenir à quelques centimètres de Lukas. De près, il semblait y avoir bien plus de sang et j'essayai de ne pas grimacer à sa vue.

— Je suppose qu'il était temps, dit-il d'un ton sec, essuyant une partie du sang à l'aide de sa manche.

— Je t'ai pris pour un ogre, admis-je.

Un éclat de rire se fit entendre plus haut. Je levai les yeux vers Conlan, qui descendait l'escalier avec Violet dans ses bras. Elle tenait tendrement Roméo et le chihuahua contre sa poitrine, et la cage des furets pendait dans l'une des mains de Conlan.

— Violet !

Je me précipitai vers elle.

— Elle va bien, m'assura Conlan alors que j'attendais avec anxiété qu'ils arrivent au bas des marches. Une petite entorse.

Violet leva la tête et m'adressa un sourire douloureux.

— J'ai essayé de les empêcher d'entrer dans les toilettes, mais ils sont forts, ces fumiers.

Elle brandit le taser que je lui avais donné.

— J'ai épuisé la batterie, mais il y réfléchira à deux fois avant de m'attraper de nouveau.

Je fus si soulagée qu'elle soit saine et sauve que j'hésitai entre rire ou pleurer.

— Comment savais-tu que nous étions en danger ? demandai-je à Conlan, encore ébranlée par leur apparition soudaine.

Il sourit.

— Violet nous a appelés.

Confuse, je la regardai.

Elle sortit mon portable de sa poche et l'agita devant moi.

— Dès que tu m'as laissée dans les toilettes, je savais qu'il était temps que j'appelle la cavalerie. J'ai trouvé le numéro de Faris dans tes contacts et je l'ai appelé. Il s'est occupé du reste.

— C'est une bonne chose que tu ne l'aies pas bloqué aussi, lança malicieusement Conlan.

Je faillis rétorquer que Faris ne m'avait pas donné une seule raison de le bloquer, mais ce serait ingrat alors qu'ils étaient venus nous aider.

Lukas nous rejoignit et me rendit les lunettes que j'avais perdues durant le combat. Miraculeusement, elles étaient intactes, mais je devais sérieusement envisager de prendre des lentilles.

— Tu es blessée ? me demanda-t-il alors que je remettais mes lunettes.

— Non.

Je me forçai à le regarder et la nervosité me gagna devant l'inquiétude dans ses yeux.

Conlan ricana.

— Je dirais qu'elle s'en est mieux tirée que toi, mon vieux.

La mâchoire de Lukas se contracta.

— À quoi pensais-tu en entrant seule dans un bâtiment rempli d'ogres ? Tu as tellement besoin d'argent que tu risquerais ta vie pour une mission ?

— Ce n'était pas une mission. Nous sommes venues récupérer le chien de notre amie. Et on nous a dit qu'il n'y avait que deux ogres.

— Qui ?

— Quelqu'un qui va avoir une autre visite de ma part, dit Violet, une lueur dans les yeux qui ne présageait rien de bon pour l'ex de Mandy. Dès que je pourrai marcher de nouveau, ton taser et moi, nous allons avoir une petite discussion avec Monsieur Gordon.

Drew devait être très content de nous avoir baladées. J'aurais dû laisser cet enfoiré menotté à une chaise pour lui apprendre une leçon.

Conlan fit un large sourire à Violet.

— Quelle petite créature sanguinaire.

— Tout ça pour un chien ?

Lukas n'en croyait pas ses oreilles.

Je mis les mains sur mes hanches.

— Que ferais-tu si quelqu'un enlevait Kaia ?

— C'est différent. Je peux régler leur compte à une douzaine d'ogres.

— Il était censé n'y en avoir que deux, répondis-je, sur la défensive. À quand remonte la dernière fois où tu as vu autant d'ogres vivant ensemble ?

— La vraie question, c'est à quand remonte la dernière fois où quelqu'un a confondu Lukas avec un ogre, s'esclaffa Iian.

Conlan et Kerr le rejoignirent, et mes oreilles rougirent.

— Eh bien, vous ne devriez pas vous faufiler derrière les gens au milieu d'un combat. La prochaine fois, annoncez-vous.

— Tu appelles ça un combat ?

Faolin arriva, laissant Iian et Kerr surveiller les ogres.

Je lui lançai un regard noir.

— Comment appellerais-tu ça ?

— J'appelle ça une fille inexpérimentée parvenant à peiner à repousser des ogres qui l'auraient maîtrisée si nous n'étions pas intervenus. Ta technique laissait à désirer, et tu n'as pas de force dans tes coups.

— Sauf quand elle a cogné Lukas, glissa Conlan.

— Sauf à ce moment-là.

Faolin m'examina comme s'il essayait de me disséquer des yeux.

— Quand tu as attaqué Lukas, tu t'es déplacée avec une agilité que je n'attendais pas de toi. Tu as du potentiel.

— La force est puissante en toi, dit Violet dans une imitation ratée de Yoda, lui valant des regards bizarres des faës et un roulement des yeux de ma part.

Faolin continua comme si elle n'avait pas parlé.

— Tu dois te battre correctement si tu espères survivre comme chasseuse. L'auto-défense ne suffit pas. Tu dois développer ta force et ta vitesse, et apprendre à te battre de manière offensive.

Je ronchonnai.

— J'y travaille, mais ça prend du temps. Même vous, vous avez eu des années d'entraînement.

— C'est vrai.

Violet tapa dans ses mains avec enthousiasme.

— Vous devriez entraîner Jesse.

— Non.

Je la regardai, atterrée. S'était-elle cogné la tête en repoussant cet ogre ?

— Pourquoi pas ?

Elle les désigna d'un geste.

— Ils sont six, pas vrai ? Qui est mieux placé pour t'entraîner ?

Je lui adressai un regard d'avertissement. Il était hors de question que je m'entraîne avec Lukas ou ses hommes. Je supportais déjà à peine d'être dans la même pièce qu'eux.

— Tu as raison, lui répondit Lukas. Nous allons entraîner Jesse.

Je tournai rapidement la tête.

— Non.

Il sourit.

— Ce n'était pas une proposition. Tu commences demain.

— Non, insistai-je avec véhémence. Je suis très satisfaite de ma coach et je n'ai pas besoin de votre aide.

— Comme tu le souhaites, répondit-il poliment. Nous allons te suivre pour te protéger jusqu'à ce que tu sois capable de le faire par toi-même.

— Non, hors de question.

Je le fusillai du regard, mais j'aurais tout aussi bien pu parler en l'air.

Il regarda derrière moi vers Faolin.

— Tu veux la première garde ?

Je croisai les bras.

— Je ne sais pas comment vous faites les choses dans le royaume des faës, mais ici, suivre quelqu'un contre son gré s'appelle du harcèlement. Il y a des lois contre ça.

— Je vais informer l'Agence que ma garde te fournit une protection provisoire, dit Lukas en avançant les lèvres d'une manière énervante. Tu ne peux tout de même pas te sentir menacée par ça.

— Dis-le à ma santé mentale, murmurai-je dans ma barbe.

Conlan rit, et même la lèvre de Faolin remua.

— C'est réglé alors, annonça Lukas comme si le sujet était clos.

J'avais envie de laisser libre cours à ma frustration.

— Est-ce parce que Faris pense qu'il a une dette envers moi ? Car aujourd'hui, vous l'avez largement remboursée.

— La dette de mon frère est la sienne, et aucun de nous ne peut la rembourser pour lui, dit Faolin. Mais cela le rassurerait de savoir que tu es protégée.

Je plissai les yeux vers lui.

— Et voilà que tu te tournes au chantage affectif.

— Tous les combats ne sont pas gagnés par la force physique, répondit-il d'un air suffisant.

— Oh, c'est minable.

Je serrai les dents. Il savait que j'avais une tendresse particulière pour Faris, et il l'utilisait contre moi.

Lukas tendit le bras et prit le téléphone de la main de Violet. J'essayai de l'attraper, mais il le tint hors de ma portée et commença à saisir leurs numéros dans mes contacts.

— Tu sais que je peux simplement les bloquer si je veux.

— Tu ne le feras pas, répondit-il sans me regarder.

Cette fois, je tapai du pied.

— Pourquoi en es-tu si sûr ?

Il termina ce qu'il faisait et me rendit le téléphone.

— Parce que si je t'appelle et que tu ne réponds pas, je vais te faire surveiller vingt-quatre heures sur vingt-quatre.

Je le fusillai du regard tout en fourrant le téléphone dans ma poche.

— J'aurais dû te frapper plus fort.

— Si tu te sens mieux, tu peux le refaire, répondit-il d'une voix qui propagea une douce chaleur dans mon ventre.

Kerr nous interrompit.

— Qu'est-ce que tu veux faire d'eux ? demanda-t-il à Lukas.

Je suivis leur regard vers le groupe d'ogres agenouillés sur le sol, dociles en présence de Lukas et de ses hommes. Ils ne mijotaient rien de bon, et si Lukas les relâchait, ils prépareraient un autre mauvais coup dès demain. Un jour, ils finiraient avec une prime sur leur tête, s'ils n'en avaient pas déjà une.

Lukas se tourna vers moi.

— Tu veux les ramener pour toucher une prime ?

Les ogres bougèrent et chuchotèrent avec inquiétude. Certains d'entre eux lancèrent de rapides coups d'œil alentour pour trouver une sortie. Bonne chance avec ça.

Je fis un rapide calcul. Il y avait onze ogres au total, et comme un valait deux mille dollars, cela me faisait une énorme prime de vingt-deux mille. Je pourrais enfin engager un plombier pour remplacer les tuyaux endommagés.

Je sortis mon téléphone et appelai Levi. Sans surprise, il y avait une prime pour un gang d'ogres opérant dans cette zone. Étant donné qu'ils avaient l'instinct très territorial, les chances qu'il y ait un autre gang dans les environs étaient minces.

— Il y a une prime sur leur tête, annonçai-je à Lukas après avoir raccroché. Mais c'est vous qui les avez attrapés, pas moi.

Ses yeux brillèrent de plaisir.

— Tu es arrivée la première, et je crois qu'on a besoin d'une licence pour réclamer une prime, alors elle est toute à toi.

Je regardai Violet, qui agita la main.

— Je vais me contenter que tu ne dises pas à ma mère comment je me suis foulé le pied.

Conlan ricana.

— Où est passée la petite perturbatrice qui menaçait de taser l'homme qui vous a envoyées ici ?

Elle partit d'un petit rire.

— Ça se voit que tu ne connais pas ma mère.

Je me dirigeai vers eux et pris Roméo des bras de Violet.

— Je vais conduire ce petit gars à sa maman, puis je dois trouver un moyen d'emmener onze ogres à la Plaza.

— Attends, dit Violet avant que je ne puisse partir. S'il y a une prime pour eux, ça ne veut pas dire que la mission était déjà assignée à un autre chasseur ?

— Si, et il ne va pas être content.

— Qui est-ce ? demanda-t-elle.

Je fis un sourire en coin.

— Le pauvre Trey. Pas de bol.

Je traversais un champ de hautes fleurs blanches qui se balançaient dans le vent chaud, leur parfum délicat m'enveloppant. Levant la tête vers le ciel le plus bleu que j'aie jamais vu, je fermai les yeux, laissant la chaleur du soleil me caresser. J'inspirai profondément et expirai en un soupir joyeux. Cet endroit était un vrai paradis.

Un léger bruit me fit tourner la tête vers la droite et je fus surprise de constater que je n'étais pas seule. Une grande et belle femme en robe blanche, aux cheveux d'un blond argenté qui tombaient presque à ses genoux, se tenait à côté de moi. Son visage n'était pas marqué par l'âge, mais ses yeux gris portaient la sagesse d'un millier de vies.

La femme parla, mais si ses lèvres formaient des mots, aucun son n'en sortit. Elle ne semblait pas consciente que je ne pouvais pas l'entendre jusqu'à ce que je montre du doigt mon oreille en secouant la tête. Un froncement de sourcils plissa son front parfait et elle leva les yeux vers le ciel, comme si elle réfléchissait à la suite.

Elle baissa la tête et ses yeux rencontrèrent à nouveau les miens avant qu'elle ne désigne quelque chose derrière moi.

Je me tournai et poussai un cri de surprise. Sur une colline, au-dessus les arbres après le champ, se dressait un château blanc à couper le souffle. Il donnait l'impres-

sion de sortir tout droit d'un conte de fées, avec ses tourelles d'un blanc étincelant et ses vitraux scintillant comme des bijoux au soleil.

Je commençai à marcher jusqu'à ce qu'un léger contact sur mon bras ne m'arrête. La femme secoua la tête et montra le ciel au-dessus du château. Levant les yeux, je vis le bleu se changer en crépuscule en quelques secondes. Avant que je puisse me poser des questions, des rubans ondoyants de lumières multicolores apparurent dans le ciel. Cela ressemblait à une aurore boréale, à l'exception des éclairs irréguliers en leur centre.

Un vif pincement sur la main me fit détourner les yeux. Cette fois, la femme avait les mains sur les côtés. La douleur revint, me faisant monter les larmes aux yeux.

—*Aïe. C'est quoi ce ?*

Le monde autour de moi disparut et je me retrouvai couchée dans mon lit. Il faisait sombre dans la chambre, mais je pouvais voir Gus qui allait et venait à côté de moi.

— Gus, c'est quoi ce bordel ?

Je portai ma main à ma poitrine. Gus venait dormir sur mon lit chaque nuit, mais il ne me dérangeait jamais. C'était la première fois qu'il m'avait mordue depuis le jour où j'avais essayé de le faire descendre des placards de la cuisine.

Il émit un son entre le grognement et le cri, puis il sauta du lit pour voler vers la chaise près de la fenêtre. Peut-être qu'il devait aller dehors et n'arrivait pas à ouvrir la fenêtre de la salle de bain.

Rejetant la couverture, je sortis du lit.

— C'est bon, j'arrive.

Je tendis la main pour déverrouiller la fenêtre et me figeai en voyant les rubans de lumière colorée dans le ciel. Je me frottai les yeux, mais les lumières étaient encore là lorsque je regardai de nouveau. Ce n'était pas impossible qu'une aurore boréale apparaisse dans le ciel de New York, mais pas au milieu de la ville.

Un puissant sentiment de déjà-vu me saisit et je me souvins de mon rêve. Comment avais-je pu rêver de ce phénomène au moment même où il se produisait ? Contrairement à mon rêve, il n'y avait pas d'éclair, et pourtant, même pour moi c'était étrange.

Gus cria et battit des ailes avec impatience. Je levai le battant de la fenêtre, frissonnant lorsque l'air frais me toucha les bras.

— Et voilà, mon grand.

Au lieu de sortir, le drakkan sauta de la chaise et courut sous mon lit. Je le suivis des yeux jusqu'à ce que le froid me force à refermer la fenêtre. Dans le ciel, les lumières commençaient à s'estomper. Je restai là, à les contempler jusqu'à ce qu'elles disparaissent.

Un coup d'œil au réveil m'annonça qu'il était un peu plus de quatre heures du matin. Je bâillai et me remis au lit, espérant avoir encore quelques heures de sommeil devant moi. J'avais le sentiment que j'allais en avoir besoin aujourd'hui.

— Tu es en retard, dit un Faolin au regard noir lorsqu'il ouvrit la porte de leur bâtiment, quelques heures après.

Je lui renvoyai un regard tout aussi hostile en tapant du pied pour enlever la neige de mes bottes.

— De dix minutes. Essaye de te déplacer en hiver dans cette ville sans portail.

À vrai dire, je n'étais pas vraiment pressée d'arriver ici pour ma première session d'entraînement avec eux, mais je gardai cela pour moi.

Il s'écarta et me fit signe d'entrer. Je pénétrai dans la pièce principale, m'attendant à voir Faris ou Lukas, mais il n'y avait que Faolin et moi.

— Laisse tes affaires ici.

Il indiqua l'un des tabourets de bar situés devant l'îlot.

— La salle d'entraînement est en haut, et nous allons commencer là-bas.

— Nous ?

Un minuscule nœud se forma dans mon ventre alors que je déposais mon manteau et sac à doc sur une chaise avant de retirer mes bottes. Il ne voulait quand même pas dire qu'*il* m'entraînerait. Puis je regardai sa tenue, composée d'une sorte de legging noir et décontracté qui s'arrêtait en dessous de ses genoux et d'un haut à manches courtes gris.

— Par là.

Il se tourna vers l'escalier, mais j'eus le temps d'apercevoir son sourire en coin.

Pendant une demi-seconde, je songeai à prendre mes affaires et à détaler. Au lieu de quoi, je redressai mes épaules, pris les baskets que j'avais apportées et le suivis.

Nous montâmes deux volées de marches jusqu'à l'étage, agencé comme le rez-de-chaussée avec des portes fermées de chaque côté. Faolin me conduisit vers la porte au fond du couloir et l'ouvrit pour dévoiler une grande pièce avec un parquet ciré dénué de meubles. Le long des murs étaient accrochés des épées, des bâtons, des couteaux et autres armes dont je n'avais pas le nom. Il n'y avait aucun tatami sur le sol pour amortir la chute, et je grimaçai d'avance en pensant aux bleus que j'allais récolter dans cette salle.

— Tu n'en as pas besoin, dit Faolin lorsque je me penchai pour mettre mes chaussures.

— Tu veux que je m'entraîne en chaussettes ?

Il regarda mes pieds.

— Non. Enlève-les aussi.

Je le regardai, bouche bée.

— Je ne peux pas m'entraîner pieds nus.

— Tu fais partie de ces femmes qui sont mal à l'aise avec leurs pieds ? demanda-t-il avec une pointe d'impatience.

— Bien sûr que non. Seulement, je n'aime pas marcher pieds nus à moins d'être chez moi.

Je pris l'une de mes chaussures.

— Elles protègent mes pieds et aident au niveau de l'équilibre.

Faolin se moqua.

— Précisément. Tu ne devrais pas compter sur des chaussures pour garder l'équilibre ou pour l'efficacité. T'entraîner sans elles renforcera les muscles de tes pieds et tu apprendras à ne compter que sur ton corps.

— D'accord.

Je retirai mes chaussettes et les jetai dans un coin avec mes chaussures. C'était cohérent, mais si je découvrais qu'il s'agissait d'une sorte de bizutage faë, je me vengerais.

Je lui fis face, me sentant étrangement vulnérable sans chaussettes ni chaussures, jusqu'à ce que je me rende compte qu'il avait retiré les siennes, lui aussi. Je portais ma tenue de sport habituelle : un legging, une brassière avec un t-shirt.

Faolin se dirigea vers l'un des supports au mur et décrocha un long bâton en bois terminé par de l'argent de chaque côté. Il se saisit du bâton à deux mains, puis effectua une série de coups obliques, de coups en avant et de frappes, dans une danse redoutable qui me fit reculer d'un pas. Il accéléra à chaque mouvement jusqu'à ce que je ne puisse plus les suivre.

Son enchaînement se termina aussi brutalement qu'il avait commencé, et il se tourna de nouveau vers moi.

— Nous allons te former à plusieurs armes, mais après t'avoir observée la nuit dernière, je pense que tu serais mieux adaptée au bâton.

— On commence où ?

Je frottai mes mains soudain moites sur mes hanches.

Il remit le bâton sur le support du mur.

— On commence avec ta forme.

— D'accord.

Je me relaxai un peu. Maren me faisait toujours faire des exercices à la salle de sport.

— Mon entraînement initial m'obligeait à courir en haut et en bas d'une montagne jusqu'à tomber de fatigue, dit-il.

Je le fixai du regard, certaine qu'il plaisantait.

— C'est sans doute une bonne chose, alors, que nous n'ayons pas de montagnes ici.

— Tu vas utiliser les escaliers.

Deux escaliers, ce n'était pas si terrible.

— Combien de fois dois-je le faire ?

La lueur qui passa furtivement dans ses yeux aurait fait détaler vers la sortie une personne plus maline que moi.

— Jusqu'à ce que tu tombes ou que je te dise d'arrêter.

Une heure plus tard, la plante de mes pieds était engourdie à force de frapper les marches dures, et mes mollets et mes cuisses brûlaient sous l'effort. J'avais perdu le fil du nombre de fois où j'avais monté les escaliers pour entendre Faolin dire :

— Encore.

À la quatre-vingt-dixième minute, je pouvais à peine soulever mes pieds dans les escaliers, et je dus tenir la rampe pour me soutenir. Chaque fois que le sadique en haut des escaliers m'aboyait d'y retourner, j'étais convaincue que je ne pourrais pas les monter une nouvelle fois. J'activais pourtant une réserve de force en moi dont je ne soupçonnais pas l'existence et persévérais.

Presque deux heures s'étaient écoulées lorsque je marquai une pause sur la première marche pour reprendre mon souffle et essuyer la sueur qui coulait dans mes yeux. Ma poitrine se soulevait à cause de l'effort, et je me demandais si monter une montagne pourrait être pire que cela. Au moins, il y aurait de l'air frais et de la nature à apprécier. Et il y aurait des ruisseaux frais où boire. Ma gorge assoiffée tressauta à l'évocation de l'eau.

— Tu abandonnes ? demanda mon bourreau d'une voix moqueuse.

Je lui aurais fait un doigt d'honneur si j'en avais eu l'énergie.

— Je fais juste une pause, dis-je entre deux halètements.

Je ne lui donnerais pas la satisfaction de me voir abandonner.

Il s'écarta du mur et se dirigea vers la salle d'entraînement.

— Viens avec moi.

Je le suivis sur des jambes caoutchouteuses, me demandant quel nouvel enfer il me réservait. S'il prévoyait de commencer à m'entraîner avec le bâton, ce ne serait pas joli-joli.

Nous entrâmes dans la pièce, et il pointa du doigt mes chaussures et mes chaussettes dans le coin.

— On a fini pour aujourd'hui.

— Je n'ai pas abandonné.

— Je sais.

Il croisa ses bras musclés sur son torse.

— Ça ne se limitait pas à ta forme. C'était pour voir à quel point tu te dépasserais, pour déterminer si tu es digne d'être entraînée.

Je mis de côté les cheveux pleins de sueur qui avaient glissé de ma queue de cheval.

— Tout ça, c'était un test ?

— Oui. Félicitations. Tu as réussi.

— Pourquoi est-ce que je n'ai pas envie de fêter ça ? grommelai-je en allant rassembler mes affaires.

Il ne me répondit pas, mais de toute façon, je ne m'attendais à rien. Aucun de nous ne parla alors que nous descendions les escaliers jusqu'au rez-de-chaussée.

— Tu peux te doucher dans la salle de bain à côté de la bibliothèque, dit-il lorsque je m'assis sur la marche du bas pour mettre mes pieds douloureux dans mes chaussettes.

— Merci.

J'avais prévu d'enfiler des vêtements propres, puis de me doucher lorsque je serais rentrée, mais mes cheveux dégoulinaient de sueur jusque dans mes yeux. L'idée de rentrer chez moi dans cet état était moins attrayante que de m'attarder ici assez longtemps pour me doucher.

Lorsque je sortis de la salle de bain vingt minutes plus tard, les cheveux humides ramenés en queue de cheval, Faolin était introuvable. Ce n'était pas plus mal. Deux heures, seule avec lui, c'était plus qu'assez pour une journée.

Je pris mon manteau et entendis le tintement de mes clés heurtant le carrelage. Me penchant pour les récupérer, j'émis un petit cri lorsque je me retrouvai nez à nez avec Kaia. D'où était-elle venue ?

— Salut, Kaia, dis-je lentement, tendant le bras avec prudence pour prendre mes clés.

Le bout de mes doigts les avait à peine effleurées lorsqu'elles me furent arrachées. Kaia me fixa pendant plusieurs secondes, les clés dans sa gueule, puis elle s'éloigna en bondissant comme un chiot plein d'énergie.

— Hé !

Je la poursuivis.

Elle s'arrêta en dérapant dans le salon et se tourna pour me faire face. Pour un peu, je penserais qu'elle me faisait un large sourire.

Je l'approchai lentement.

— Gentil toutou. Je peux récupérer mes clés ?

Elle ne bougea pas alors que je tendais la main, mais dès que je touchai mon trousseau, elle secoua la tête joyeusement et fila de nouveau.

Je grognai en me tournant vers l'escalier.

— Faolin, j'aurais besoin de ton aide.

Kaia fit tinter les clés, et je fis volte-face pour la trouver à trente centimètres de moi. Elle s'accroupit comme si elle allait me sauter dessus, mais elle ne fit que gigoter son derrière, me défiant d'essayer de lui reprendre son butin. J'étais épuisée, et la dernière chose que je voulais faire, c'était de jouer au chat et à la souris, mais elle ne semblait pas s'en soucier.

J'essayai de reprendre les clés, et cette fois-ci, elle me laissa refermer mes doigts autour avant de les tirer d'un coup sec. Je la poursuivis, encore et encore, mais chaque fois que je pensais les avoir, elle s'enfuyait, me laissant les mains vides.

Finalement, mes jambes fatiguées m'abandonnèrent et je trébuchai, tombant sur le canapé. Kaia avait dû penser que je l'avais fait exprès, car elle bondit sur le coussin à côté de moi. J'essayai désespérément de l'attraper une dernière fois et refermai la main autour des clés. Elle essaya de me les retirer d'un coup sec et nous commençâmes un jeu de tir à la corde, finissant par tomber du canapé en roulant pour nous écrouler en tas sur le sol. Je lâchai un « aïe » de douleur lorsque le lamal atterrit sur moi et qu'une de ses pattes s'enfonça dans mon ventre.

— On ne voit pas ça tous les jours.

Je recrachai une bouchée de poils et regardai Conlan, dans l'embrasure de la porte. Il affichait une expression choquée que j'aurais pu trouver drôle en d'autres circonstances. Il s'écarta alors que Lukas, Iian et Kerr entraient dans la pièce. Tous quatre me dévisagèrent comme si des ailes de pixie m'avaient poussé.

— Un petit coup de main, dis-je en haletant alors qu'aucun d'eux ne venait à mon aide.

Lukas fut le premier à réagir.

— Kaia, au pied ! ordonna-t-il en marchant à grands pas vers nous.

Elle se leva sur moi et m'adressa un regard abattu avant de lâcher les clés sur ma poitrine pour le rejoindre.

— Pas bouger !

Il vint s'accroupir à côté de moi.

— Tu vas bien ? Elle t'a fait mal ?

— Seulement à ma fierté.

Je me redressai pour m'asseoir et grimaçai à cause du rideau de cheveux humides qui me tomba sur le visage. Les rassemblant à deux mains, je regardai autour de moi à la recherche de mon élastique. Comme il n'était nulle part, je soupirai et fis de mon mieux pour former un nœud avec mes cheveux emmêlés.

— Qu'est-ce qui s'est passé ? demanda Lukas d'un ton bourru, me faisant prendre conscience de sa proximité.

Je m'éloignai de lui.

— Kaia voulait jouer.

— Jouer ? répéta-t-il comme s'il n'avait jamais entendu ce mot avant.

— Elle a pris mes clés pour que je la poursuive. Tu devrais lui acheter des jouets.

Je me levai, incapable de réprimer un petit grognement en faisant peser mon poids sur mes pieds maltraités.

Lukas fut à côté de moi en un instant.

— Je croyais que tu avais dit que Kaia ne t'avait pas fait mal.

Je la fusillai du regard.

— Elle ne l'a pas fait. Ça vient du sadique avec lequel tu m'as laissée m'entraîner.

— Faolin a fait ça ? Il est où ?

— En haut.

Des ricanements me parvinrent de l'autre côté de la pièce et Kerr dit :

— Elle l'a tuée. Tu dois payer, Conlan.

— Pas avant de voir le corps, plaisanta ce dernier. Elle l'a peut-être laissé pour mort.

— Je suis contente de vous divertir.

Je passai devant eux en boitillant pour aller récupérer mes affaires. Enfilant mon manteau, je le fermai jusqu'à mon menton.

— C'est toujours un plaisir de vous voir.

J'arrivais à la porte lorsque Conlan dit :

— Même heure demain ?

Levant une main, je leur fis un doigt d'honneur et partis sans regarder en arrière.

Dehors, je baissai la tête pour me protéger du vent et me hâtai vers la Jeep. Je ne vis pas la personne qui se dressait sur mon chemin jusqu'à arriver presque à sa hauteur.

— Désolée.

Je levai alors la tête pour croiser les yeux verts et hostiles d'une faë aux cheveux noirs longs et brillants. Je la reconnus tout de suite. C'était la faë que j'avais vue en train de parler à Lukas au Va'sha.

Ses yeux me parcoururent.

— Qui es-tu ?

Son ton hautain me fit hérisser les poils et je la détestai tout de suite.

— Personne.

Elle leva un bras pour me bloquer au moment où j'allais la contourner.

J'eus tout à coup l'impression que quelqu'un faisait pression sur ma poitrine. Était-ce à cause d'elle ? Je ne pouvais pas l'imaginer avec quelqu'un d'aussi froid, mais avais-je vraiment envie de le connaître, lui ou ses goûts en matière de femmes ? Et d'abord, pourquoi m'en souciais-je ?

— Alors ? demanda-t-elle d'un ton sec.

J'écartai son bras en le repoussant.

— Ça ne te regarde pas, mais j'étais là pour voir Faolin.

— Faolin ?

Elle leva les sourcils, mais parut légèrement apaisée par ma réponse.

— Toi et Faolin ?

J'ignorai sa question.

— Vas-y. Je suis sûre que Vaerik sera content de te voir.

Comme s'il nous avait entendues, la porte s'ouvrit derrière moi et Lukas lança :

— Dariyah ?

— Vaerik.

Son visage s'illumina d'un magnifique sourire qui effaça toutes les traces de laideur que j'y avais décelées.

— Qu'est-ce qui t'amène ? demanda-t-il.

S'il semblait surpris et pas vraiment ravi de son invitée, cela ne signifiait rien pour moi. Et ce n'était pas un sourire que j'avais sur le visage en me dirigeant vers ma Jeep. Non, non, pas du tout.

14

M A MÂCHOIRE CRAQUA avec un bâillement alors que je jetais un coup d'œil à l'heure sur le tableau de bord. Il était presque vingt-deux heures et j'avais passé les six dernières heures à surveiller un bodega qui avait des problèmes avec un voyou de troll. Ce serait la première nuit où, pour changer, il avait décidé d'aller autre part, et je rentrais chez moi bredouille.

Je m'arrêtai à un feu, apercevant à peine les passants sur le passage piéton tout en dressant une liste mentale de ce que je devais faire le lendemain. Mes journées étaient si pleines, maintenant, que la seule façon de tout faire, c'était de tout planifier soigneusement. Malgré cela, j'étais souvent occupée jusque tard dans la nuit.

Les deux dernières semaines avaient été un tourbillon de chasse et d'entraînement, accompagné de visites hebdomadaires à mes parents pour casser la routine interminable. D'autres chasseurs, dont Bruce et Trey, avaient abandonné la recherche du ke'tain pour reprendre leurs missions habituelles. Et les missions ne manquaient pas.

Moi, je n'avais pas abandonné la recherche, mais depuis cette nuit à la fête de Davian Woods, je n'avais pas eu de pistes. Je n'avais pas les ressources pour mener l'enquête ou suivre un milliardaire, et je n'étais pas assez stupide pour approcher la garde de Seelie, même si j'avais su où les trouver. J'avais beau avoir horreur de laisser Lukas s'en occuper, j'avais pris la bonne décision en partageant ce que je savais avec lui.

Je n'avais pas beaucoup vu Lukas, cela dit. J'avais rarement posé les yeux sur lui depuis ma première journée d'entraînement, et selon Faris, il était très occupé par la recherche du ke'tain et autres affaires. Je ne pouvais pas m'empêcher de me demander si certaines de ses autres affaires étaient avec son amie Dariyah. J'étais seulement curieuse. Après tout, c'était lui qui avait insisté pour que je m'entraîne avec eux, et c'était le seul avec qui je ne m'étais pas encore entraînée.

J'avais passé les trois premières séances avec Faolin, qui me poussait au bord de l'épuisement, puis les autres avaient commencé à s'entraîner avec moi. Nous avions évolué vers les techniques de combat au corps à corps. Une fois que je les maîtriserais, nous passerions aux armes.

Mon portable vibra et je baissai les yeux pour lire le texto de Violet. C'était un selfie d'elle, avec le panneau d'Hollywood en arrière-plan.

J'aimerais que tu sois là !

Je souris avec nostalgie devant son visage rayonnant. Elle avait décroché le rôle dans ce film de science-fiction pour lequel elle avait passé une audition, et maintenant, elle était à Los Angeles, à rencontrer son agent, à signer des contrats et à s'éclater. J'avais toujours su qu'un jour elle quitterait New York pour vivre son rêve, mais elle me manquait énormément, et cela ne faisait même pas une semaine qu'elle était partie.

Je levais les yeux pour regarder le feu de circulation quand mon regard fut attiré par un homme qui traversait devant moi, la tête baissée contre le vent. Je tremblai même s'il faisait chaud dans la Jeep. Nous avions un hiver extrêmement rigoureux et j'étais reconnaissante d'avoir ce véhicule, même s'il me fallait plus longtemps pour me déplacer.

L'homme leva la tête et regarda vers moi, et j'eus l'impression de l'avoir déjà vu quelque part. Il devait être au début de la trentaine, de taille moyenne, avec un visage rond et des cheveux bruns. J'étais certaine de ne pas le connaître, alors pourquoi me paraissait-il familier ?

Il poursuivit son chemin, et ce ne fut que lorsqu'il eut disparu que je compris où je l'avais vu. C'était Lewis Tate.

L'Agence cherchait le trafiquant depuis la descente dans sa maison, et il y avait une prime de dix mille dollars sur sa tête. Il était doué pour se cacher, et même Faolin n'avait pas été capable de le traquer. Tout le monde supposait qu'il avait quitté l'État, or voilà qu'il était là, à marcher dans une rue du Bronx comme s'il n'était pas recherché.

Le feu passa au vert et je tournai à droite pour suivre Tate. Je dus passer devant lui pour trouver une place de parking, puis je le poursuivis à pied.

Nous marchions depuis cinq minutes lorsqu'un bâtiment familier, à la façade en briques taguée, apparut devant nous. Tate traversa la rue, et j'attendis qu'il ouvre la porte du bar avant de le suivre. Pourquoi allait-il au Teg plutôt qu'ailleurs ? Il avait échappé aux forces de l'ordre depuis la descente, mais franchement, il cherchait à se faire prendre en se montrant ici. J'avais entendu dire qu'il n'était pas rare pour des chasseurs de primes de fréquenter cet établissement lorsqu'ils n'étaient pas en service. Tate devait ignorer cela, sinon il éviterait cet endroit.

J'ouvris la porte, mais lorsque j'essayai d'entrer, une force invisible m'empêcha de franchir le seuil. *C'est quoi, ce bordel ?*

— Merde.

Je laissai la porte se refermer et secouai la tête, furieuse contre ma bêtise. Le Teg avait une protection qui ne laissait entrer personne avec de la drogue ou des armes. Je n'étais pas contente de pourchasser Tate sans défense, mais c'était soit cela, soit attendre ici jusqu'à ce qu'il parte.

Je sortis mon taser de ma poche et cherchai un endroit où le cacher. Il y avait une petite anfractuosité sur le côté des marches, où un morceau de béton s'était effrité, assez grande pour le taser. Ce n'était pas idéal, et n'importe qui regardant de trop près le trouverait, mais ça devrait faire l'affaire.

Ouvrant à nouveau la porte, j'entrai dans le bar bruyant. J'étais prête à sentir l'odeur faë enivrante qui m'avait assaillie lors de ma première visite, mais elle avait disparu. À moins qu'elle soit encore là, mais qu'elle ne m'affecte plus après avoir passé autant de temps avec Lukas et ses hommes.

Ouvrant mon blouson, je me dirigeai vers le bar bondé pour mieux balayer la salle du regard. Il était presque impossible pour une rousse de se fondre dans la masse, dans un bar faë, et je prévoyais de devoir repousser des avances comme lors de ma première visite. Je reçus plus d'un coup d'œil intéressé, mais les faës détournaient le regard dès que je les croisais. C'était étrange, mais agréable. Peut-être que la fascination pour les rousses retombait enfin.

J'aperçus Tate et un autre homme, assis à une table d'angle, entourés par des elfes, des trolls, des ogres et quelques humains. Les deux hommes avaient la tête baissée, en pleine conversation. De temps à autre, Tate levait la tête pour regarder la pièce.

Je l'observai discrètement pendant plusieurs minutes, tout en ouvrant le communiqué qu'avait envoyé l'Agence après la descente. Il y avait une photo de Lewis Tate et je voulais confirmer son identité avant de tenter quoi que ce soit. J'affichai la photo et examinai son visage jusqu'à être certaine que c'était bien Tate que j'avais suivi jusqu'ici.

Je n'avais pas d'armes sur moi, mais il ne pouvait pas non plus en avoir. Par contre, j'avais mes menottes, et si nécessaire, je savais me battre. À moins qu'il ne s'avère être une ceinture noire, je pouvais me débrouiller.

Après avoir commandé un soda au bar, je marchai avec nonchalance vers

la table de Tate. Contrairement aux faës de la cour, ceux des classes inférieures n'étaient pas attirés par les rousses, ainsi, les faës dans cette section
me jetaient des regards indifférents.

À quelques centimètres de la table de Tate, je parlai juste assez fort pour
qu'il entende.

— Lewis.

Sa tête se releva d'un coup et il jeta un regard fébrile autour de lui avant
de poser les yeux sur moi. La perplexité se peignit sur ses traits.

— Tu as dit quelque chose ?

En souriant, je posai mon verre sur sa table.

— Tu es Lewis Tate, pas vrai ?

— Non. Désolé.

Son corps se raidit et il agrippa le bord de la table.

— Vraiment ? Tu lui ressembles comme deux gouttes d'eau.

Je levai mon téléphone affichant sa photo de l'Agence sur l'écran.

— Il pourrait être ton double.

Il se leva d'un bond et me bouscula pour passer. Il était plus imposant
que moi, mais cela n'avait pas d'importance lorsque je tendis le pied, le
faisant trébucher au sol. C'était presque trop facile de le retourner sur le dos
et de lui menotter les mains. Si toutes les captures se déroulaient comme
celle-ci, je serais riche.

Une chaise racla sur le sol et je levai les yeux vers l'autre homme, qui
semblait hésiter à venir en aide à son ami.

— Je ne suis pas là pour toi. Mais cela peut changer si tu te mêles des
affaires de l'Agence, lui dis-je, me réjouissant de mon intonation ferme.

Son regard alterna entre moi et Tate, puis il s'enfuit. Kim avait raison.
L'attitude, ça faisait tout dans ce milieu.

— Debout.

Je pris le bras de Tate et l'aidai à se lever, consciente des nombreux
regards sur nous. Les autres clients du Teg étaient peut-être curieux, mais
aucun ne bougea pour l'aider.

— J'ai de l'argent, beaucoup, bafouilla-t-il. Je te paierai ce que tu veux si
tu me laisses partir et fais semblant que tu ne m'as pas vu.

— Désolée. Je ne peux pas.

Je le dirigeai vers la sortie.

Nous étions passés devant les tables lorsqu'une voix traînante susurra :

— Alors, où crois-tu aller avec notre ami ?

Je resserrai ma poigne sur le bras de Tate lorsque les deux chasseuses du
Texas se campèrent devant nous pour nous bloquer le passage. Je les avais
vues à quelques reprises à la Plaza, mais je ne leur avais pas parlé depuis ma

dispute avec elles, le soir de la descente. J'avais entendu dire par plusieurs chasseurs qu'elles ne se faisaient aucun ami en ville à cause de leur comportement agressif et de leurs remarques désobligeantes sur les New-Yorkais.

— Votre ami ?

Leah, la brune, montra Tate du doigt.

— Nous étions là en premier. Tu ne peux pas débarquer ici et nous le voler.

Natalie, la blonde qui était sa partenaire, me fit un sourire suffisant.

— Ouais.

— Il porte mes menottes, ce qui fait de lui ma capture. Si c'était le vôtre, vous auriez dû dire quelque chose avant que je passe à l'action.

— C'est ce qu'on te dit maintenant.

Leah fit un pas vers moi, et Natalie aussi.

— Ton amie musclée n'est pas là pour te défendre, cette fois, railla-t-elle. Nous allons prendre notre capture, si ça ne te dérange pas.

— Ça me dérange.

Je les examinai, remarquant leurs visages maquillés à outrance et leurs voix légèrement pâteuses. Elles étaient ici pour boire, pas pour chasser, et je parierais toute ma prime qu'elles n'avaient même pas remarqué Tate avant de me voir avec lui.

Elles gloussèrent et Natalie dit :

— Chérie, au cas où tu ne l'aurais pas remarqué, nous sommes deux et tu es toute seule.

J'agitai la main pour chasser les vapeurs d'alcool qui émanaient de leur haleine.

— Vous savez que c'est illégal de boire quand on chasse.

Leah émit un son de mépris.

— Vous, les Yankees, et vos règles.

— C'est le règlement fédéral. Si vous souffliez dans un éthylotest maintenant, vous échoueriez.

Elle planta son doigt dans ma poitrine.

— Je suis toujours une meilleure chasseuse que tu ne le seras jamais.

— C'est quoi, votre problème ?

Je tenais bon. C'était la seconde fois qu'elles essayaient de me chercher des noises. Je ne savais pas si elles détestaient tout le monde ou juste moi.

Elle ricana.

— Toi. Nous avons travaillé pour arriver là où nous sommes. On ne nous l'a pas offert parce que nos parents étaient des ténors de la chasse.

— Personne ne m'a rien offert, et mes parents n'étaient même pas là quand j'ai commencé à chasser.

Je savais que cela n'aurait pas d'importance pour ces deux-là. Elles ne donnaient pas le sentiment d'être du genre à s'embêter avec les faits.

Natalie laissa échapper un vilain rire.

— Oh, c'est vrai. Ils sont drogués au goren.

La colère surgit dans mon ventre, mais je refusais de mordre à l'hameçon. Je les défiai du regard tout en cherchant un moyen de sortir d'ici sans avoir à me battre. Leur abandonner Tate n'était pas une option.

Les yeux de Natalie se plissèrent quand elle constata que ses insultes ne me faisaient pas réagir.

— J'en ai marre de ces conneries. Remets-le, et nous allons te le prendre. C'est aussi simple que ça.

Son regard se porta sur Tate une seconde avant qu'elle n'essaye de l'attraper. Je le poussai derrière moi et elle grogna lorsque sa main ne toucha que de l'air.

Je reculai d'un pas alors que le poing de Leah ricochait sur ma pommette. Mes yeux piquèrent sous le coup et je sentis quelque chose de chaud couler sur ma joue. Je regardai son sourire arrogant, puis la chevalière ensanglantée à sa main droite.

Je serrai les poings, mais les paroles de Faolin me revinrent de l'un de nos entraînements.

Le moyen le plus sûr de perdre un combat, c'est de laisser les émotions te contrôler.

Je souris à Leah.

— Je pense que tu t'es cassé un ongle.

Elle commença à lever sa main pour l'examiner, mais la laissa retomber pour me fusiller du regard.

— Je vais en casser d'autres sur ton visage.

— Que d'agressivité.

J'émis un petit *tss* désapprobateur.

— Tu as essayé le yoga ? Il paraît que c'est génial pour ça.

Quelques personnes ricanèrent à proximité. Les lèvres de Leah se retroussèrent, et une veine gonfla sur sa tempe.

— C'est la guerre, connasse.

Elle se jeta en avant, assenant un autre coup de poing. Je l'évitai pour lui décocher un coup puissant à l'estomac, la faisant plier en deux.

J'avais reçu quelques coups au ventre durant l'entraînement, et je savais à quel point ils faisaient mal.

Natalie empoigna mes cheveux et tira fortement, me faisant monter les larmes aux yeux. Au lieu de résister, je m'avançai vers elle, ne m'arrêtant que lorsque le haut de mon crâne percuta son menton. Je tendis la main pour attraper la sienne alors que sa prise se resserrait. Abaissant son bras, je la forçai à se mettre à genoux, le bras replié derrière son dos.

Des acclamations et des sifflets s'élevèrent parmi les spectateurs, mais ils étaient creux et déformés alors que le monde semblait ralentir autour de moi. Les battements de mon cœur et ma respiration étaient assourdissants à mes oreilles, et je pouvais sentir les vibrations de l'air autour de moi. Peut-être avais-je frappé Natalie un peu trop fort avec ma tête.

Je sentis au lieu de le voir le coup de pied visant ma tête. Lâchant Natalie, je levai les deux mains et attrapai la botte de Leah avant qu'elle ne puisse entrer en collision. Il ne me fallut qu'un coup sec pour la déséquilibrer et l'étendre sur le ventre. Elle essaya de se remettre debout, mais je m'age-nouillai sur son dos, la maintenant sur place.

Le monde s'accéléra et les bruits revinrent à la normale. En dessous de moi, Leah me cassait les oreilles avec des grossièretés, et non loin d'elle, Natalie gémissait, jurant que son bras était cassé et que j'allais le lui payer.

— Le combat est fini, tout le monde, prononça une voix dure qui dispersa la foule.

Même Leah et Natalie restèrent muettes.

Je levai les yeux vers la mine renfrognée d'Orend Teg. Le faë aux cheveux blonds croisait les bras, penché au-dessus de moi.

— Jesse James, pourquoi est-ce que les deux fois où il y a du grabuge dans mon bar ces six derniers mois, vous en êtes au centre ?

— La poisse ? répondis-je.

— La mienne ou la vôtre ?

Il examina les environs.

— Cette fois-ci, au moins, vous n'avez rien détruit.

Leah se débattit, essayant de me faire bouger.

— Que quelqu'un me débarrasse de cette folle.

— Permettez.

Teg fit un sourire en coin et me tendit la main.

— Mademoiselle James.

J'étais parfaitement capable de me lever seule, mais je pris la main qu'il m'offrait et me laissai hisser sur mes pieds. Son front se plissa lorsqu'il regarda de plus près la coupure sur ma joue, mais il ne dit rien.

Leah s'empressa de se mettre debout, le visage marbré et les cheveux en bataille. Elle se rua sur moi, mais Teg s'interposa entre nous, lui bloquant le passage.

— Il n'y aura plus de bagarres dans mon bar.

— Elle a commencé ! cria Leah.

— Vous avez essayé de prendre ma...

Je regardai autour de moi.

— Et merde !

Je courus vers la porte et sortis dans la rue, mais il n'y avait aucun signe de Lewis Tate. Bon sang, comment avait-il disparu aussi vite avec les mains menottées derrière son dos ?

— Vous avez perdu quelque chose ? demanda Teg depuis l'embrasure de la porte.

Je fusillai du regard Leah et Natalie derrière lui, qui me regardaient avec un sourire satisfait.

— Ma prime, à cause de ces deux idiotes.

Les Texanes essayèrent de bousculer Teg, mais elles ne faisaient pas le poids. Il fit signe à quelqu'un, et une serveuse aux cheveux fuchsia nous rejoignit. Je me souvenais d'elle, de ma première visite ici.

— Patron ?

— Cynthia, s'il te plaît, donne à ces deux dames ce qu'elles veulent boire, tant qu'elles se comportent bien.

La serveuse sourit.

— Pas de problème.

Les deux chasseuses m'adressèrent des regards de haine pure avant de se retourner pour suivre Cynthia. Je devrais surveiller mes arrières en attendant qu'elles rentrent au Texas.

— Vous offrez toujours des boissons gratuites aux gens qui se battent dans votre bar ? demandai-je à Teg en revenant.

— Seulement aux femmes.

Il sourit lorsque je lui adressai un regard interrogateur.

— Les femmes attirent les hommes, et les hommes aiment dépenser de l'argent, surtout les faës.

— Ah.

Je fouillai dans mes poches et trouvai un mouchoir pour tamponner ma coupure, mais elle avait déjà cessé de saigner.

— Je suppose que vous les connaissez, dit-il.

Il regarda vers le bar où étaient assises Leah et Natalie.

Je fis la grimace.

— Pas vraiment. Ce sont des chasseuses de primes du Texas qui n'aiment pas la politesse.

— J'ai vu ça.

Teg me fixa jusqu'à ce que je ne sache plus où me mettre sous son regard insistant.

— Pourquoi est-ce que vous me regardez comme ça ?

Il cligna des paupières.

— Désolé. Seulement, je vous ai vue frapper cette brune et je ne pense pas avoir déjà vu un humain bouger comme ça.

Je haussai les épaules.

— Ça s'appelle l'adrénaline. Et je m'entraîne tous les jours.

— Avec qui ? La garde royale d'Unseelie ? rétorqua-t-il.

— Oui.

Il rigola, puis il écarquilla les yeux en comprenant que je ne plaisantais pas.

Je sortis mon portable.

— Excusez-moi. Je dois faire savoir à l'Agence que leur fugitif court dans le Bronx et porte mes menottes.

La bouche de Teg s'affaissa aux commissures.

— Exactement ce qu'il me faut ce soir. Des agents défilant partout dans mon bar.

Je souris pour m'excuser alors que j'appelais l'Agence, et fus transférée à l'unité des crimes spéciaux. Je leur fis un rapide résumé de ce qui s'était passé et ils me dirent d'attendre les agents Curry et Ryan. Je grimaçai en entendant le nom de Daniel Curry. Je commençais à souhaiter n'avoir jamais croisé Lewis Tate au feu de signalisation.

— Vous dites que Tate a rencontré un autre homme ici ? demanda Teg lorsque je terminai l'appel et lui annonçai que les agents arrivaient.

— Oui, il s'est enfui quand j'ai attrapé Tate. L'Agence voudra savoir qui il est et ce qu'il faisait avec lui. J'imagine que vous n'avez pas de caméras de sécurité.

— J'ai des caméras couvrant chaque centimètre carré de cet endroit, à l'exception des toilettes et de mon bureau.

— Si vous pouvez leur donner la vidéo de l'homme, ça les fera certainement sortir d'ici plus vite.

Il laissa échapper un soupir résigné.

— Venez avec moi. Je vais avoir besoin de vous pour les indications.

— D'accord.

De toute manière, je ne pouvais pas partir tant que les agents ne m'avaient pas posé leurs questions. Je pourrais tout aussi bien faire quelque chose d'utile pendant ce temps.

Teg tourna vers son bureau. Ses pas hésitèrent et il attrapa mon bras, me traînant presque avec lui. Il ne me lâcha pas avant que nous soyons à l'intérieur de son vaste bureau.

Je me frottai le bras.

— C'était quoi, ça ?

Il referma la porte et se tourna vers moi. Je fus étonnée de voir l'inquiétude dans ses yeux.

— Jesse, pourquoi est-ce qu'un membre de la garde royale de Seelie se trouve dans mon bar à vous surveiller ?

— Que... quoi ? demandai-je avec difficulté alors qu'un souffle glacé me chatouillait la nuque.

— Je l'ai vu à l'instant, derrière l'estrade. Vous ne saviez pas qu'il était là ?

— Non. Êtes-vous certain qu'il fait partie de la garde royale de Seelie ?

Teg venait d'Unseelie, il était donc possible qu'il ait commis une erreur.

Il marcha jusqu'à son bureau et prit son portable.

— Je l'ai déjà vu avant. Il était avec le prince Rhys à ses débuts. Je tiens d'une source sûre qu'il fait partie de la garde personnelle de la reine Anwyn.

Je déglutis, la gorge sèche. Je n'avais vu aucun garde de la reine depuis ce fameux soir, à la fête de Davian, et j'étais sûre qu'il ne m'avait pas vue. Si c'était le cas, je n'aurais pas quitté l'appartement-terrasse en vie. Je me creusai la cervelle, incapable de trouver une raison pour laquelle l'un des gardes me surveillerait en ce moment.

— Jesse ?

Je sursautai lorsque la voix de Teg troubla mes profondes pensées. Il me regardait d'un air soucieux.

— Vous êtes un peu pâle. Voulez-vous vous asseoir ?

— Non.

Je pinçai les lèvres, pensive.

— Pouvez-vous accéder à vos caméras de sécurité d'ici ?

— Bien sûr.

Il s'assit et se connecta à l'ordinateur.

J'allai me tenir à côté de lui.

— Je suis arrivée ici il y a environ trente minutes, et Tate est entré avant moi. Pouvez-vous revenir en arrière ?

Teg afficha les caméras et je fus ébahie d'en constater le nombre. Il ne plaisantait pas en disant que chaque centimètre carré était couvert. Il commença par la caméra de l'entrée principale et trouva le moment où Tate entrait dans le bar. Je lui dis où était assis Tate et il afficha cette caméra. Sans surprise, on le voyait rejoindre l'homme non identifié assis avec lui.

— Maintenant, pourriez-vous revenir en arrière, au moment où nous sommes entrés, et chercher le garde royal ?

Il fit comme je lui demandais, affichant la caméra au-dessus de l'estrade. Il arrêta la vidéo et montra du doigt un faë aux cheveux blonds.

— C'est lui.

Le soulagement rendit mes jambes faibles.

— Ce n'était pas pour moi qu'il était là.

— Comment le savez-vous ? demanda Teg, sceptique.

— Je ne savais pas que j'allais venir ici jusqu'au dernier moment. J'ai aperçu Lewis Tate alors que je passais devant lui et je l'ai suivi.

Je désignai le faë à l'écran.

— Regardez-le. Il surveillait quelqu'un dans la partie inférieure, et je parierais que c'est l'ami de Teg. Il devait savoir qu'ils se retrouvaient ici et il les a attendus.

Teg se frotta la mâchoire.

— Dans ce cas, pourquoi est-ce qu'il ne les a pas suivis après leur départ ?

— Peut-être qu'il était curieux, car il m'a vue avec Tate. Ou peut-être qu'il aime voir des femmes se battre. Mais à moins qu'il ne puisse prédire le futur et savoir, d'une manière ou d'une autre, que je serais là ce soir, ce n'était pas pour moi qu'il était là.

— Bien vu.

Teg afficha la vidéo en direct, mais le garde royal n'était plus visible. En regardant de plus près, les caméras montrèrent le faë s'en aller du bar, peu de temps après notre entrée dans le bureau.

Un petit coup brusque sur la porte me fit sursauter. Teg afficha la caméra devant le bureau, et la surprise me saisit.

Lukas, Faolin et Conlan étaient apparus à l'écran.

— Qu'est-ce qu'ils fichent ici ?

Teg se leva.

— J'ai appelé Lukas.

— Pourquoi ?

Je me souvenais vaguement de l'avoir vu prendre son portable lorsque nous étions entrés dans son bureau, à peu près au même moment où j'essayais de ne pas paniquer.

Il contourna le bureau.

— C'est mon prince, et je dois l'avertir des activités suspectes dans mon bar, surtout quand cela implique Seelie.

Teg ouvrit la prote et un Lukas au visage de marbre entra en premier. Il fit à peine attention à Teg avant que son regard colérique ne se braque sur moi.

— Si tu vas dire que je ne devrais pas être ici, tu peux économiser ta salive, dis-je avant qu'il ne puisse parler. Et arrête de me fusiller du regard. Le garde de Seelie n'était pas là pour moi. Ça a été une soirée de merde, et je ne suis pas d'humeur pour un sermon, de ta part ou de quelqu'un d'autre.

Personne ne parla.

Je me tournai alors vers Teg.

— Dites-le-lui.

— Ah.

Le propriétaire du bar me regarda, puis Lukas.

— Nous avons visionné les caméras de sécurité après que je vous ai appelés. Le garde royal était là avant Jesse.

Le regard noir de Lukas demeura imperturbable.

— Cela ne veut rien dire. Il aurait pu l'attendre ici.

— Ce n'était pas le cas.

Je relayai tout ce qui s'était passé à partir du moment où j'avais vu Lewis Tate au feu. Teg montra à Lukas et aux autres la vidéo-surveillance, mais cette fois-ci, il ne fit aucun arrêt sur image. On me voyait entrer et interpeller Tate.

— Beaux mouvements, commenta Conlan lorsque je le menottai et le redressai.

Je ne répondis pas, car ma confrontation avec les Texanes débutait à l'écran. J'admirai la fille aux cheveux roux qui se déplaçait avec une fluidité élégante. Lorsqu'on arriva à la partie où j'attrapais le pied de Leah et l'entraînais au sol, je compris ce que Teg avait vu. Durant ces quelques secondes, je me déplaçais deux fois plus rapidement que d'habitude.

Je levai les yeux de l'écran pour voir que Lukas, Faolin et Conlan me regardaient bizarrement.

— Quoi ?

Faolin fut le premier à parler.

— Tes capacités de combat se sont améliorées considérablement depuis le soir où tu as combattu les ogres.

— C'est ce qui arrive quand on s'entraîne tous les jours avec une bande de tyrans.

Il ignora le sarcasme.

— Tu n'as pas montré ce genre d'amélioration durant l'entraînement.

Je levai une épaule.

— Je suppose qu'être en infériorité numérique fait ressortir le meilleur de moi-même.

Lukas rompit son silence.

— Le garde de Seelie ne t'a pas suivie ici, mais Orend a dit qu'il te surveillait. Y a-t-il une raison qui lui ferait penser que tu as des informations sur le ke'tain ?

Je jetai un regard de côté à Teg, et Lukas dit :

— Orend est au courant pour notre recherche.

J'y réfléchis.

— Comme chacun sait, je suis une simple chasseuse de primes, venue ici pour attraper un fugitif. Tout le monde m'a entendue me disputer avec les autres.

— Je n'aime toujours pas ça, dit Lukas. La dernière chose dont tu as besoin, c'est d'attirer leur attention après ce qui est arrivé à tes parents.

Un nœud de peur se forma dans mon estomac.

— Peut-être qu'il ne m'a pas reconnue.

— Combien de chasseuses de primes rousses et jeunes se trouvent à New York ? demanda Lukas.

— Nous avons beaucoup de chasseurs extérieurs à l'État, en ce moment, et si ça se trouve, il pourrait y avoir une douzaine de rousses.

Lukas arqua les sourcils. Je me raccrochais à ce que je pouvais, et nous le savions tous les deux.

Je faillis émettre un soupir de soulagement audible lorsque quelqu'un toqua à la porte. Conlan l'ouvrit pour faire entrer Cynthia.

— Patron, il y a deux agents ici qui veulent vous voir, vous et Mademoiselle James, dit la serveuse, sans sourciller à la vue de tous les faës.

— Fais-les entrer.

Elle hocha la tête et s'écarta pour laisser passer l'agent Curry. Dire qu'il faisait partie des personnes que je n'aimais pas était un euphémisme. C'était peut-être la personne qui nous avait libérés du sous-sol de Rogin, mes parents et moi, mais je ne pouvais pas oublier qu'il m'avait harcelée au lieu de les chercher. S'il avait consacré autant d'efforts à faire son travail, nous aurions pu trouver mes parents bien plus tôt.

Contrairement à Cynthia, l'agent marqua un temps d'arrêt en voyant qui se trouvait dans le bureau.

— Prince Vaerik, je ne m'attendais pas à vous voir ici.

— Agent Curry, répondit Lukas d'une voix indifférente, me donnant l'impression que je n'étais pas la seule à me ficher de l'agent.

À moins qu'il se comporte ainsi avec tout le monde.

Curry se tourna vers moi.

— Mademoiselle James, vous avez des informations au sujet d'un suspect ?

— Oui.

Je fis un pas en avant.

— Vous pouvez parler ici, dit Lukas à Curry lorsque l'agent se tourna pour quitter le bureau. Deux de mes hommes fouillent la zone à la recherche de Tate. J'informerai l'Agence si nous le retrouvons.

Curry fronça les sourcils.

— Vous vous intéressez au fugitif ?

— Je suis intéressé par tout ce qui touche au ke'tain, répondit Lukas. Je suis aussi intéressé par le membre de la garde royale de Seelie qui était ici ce soir et qui surveille votre fugitif.

L'agent fut incapable de cacher sa stupéfaction.

— La garde royale de Seelie ?

— Il s'appelle Aibel, et c'est l'un des membres de la garde personnelle de la reine Anwyn, précisa Lukas.

J'avais déjà entendu ce nom. Le garde de Seelie chez Davian l'avait évoqué devant la reine.

Lukas s'assit sur le bord du bureau de Teg et croisa les bras.

— Comme nous sommes tous au courant de l'implication de Seelie dans l'enlèvement des James, je n'ai pas besoin d'expliquer pourquoi mes hommes et moi resterons pour cet interrogatoire, avant de ramener Jesse chez elle en sécurité.

— J'ai mon propre véhicule, et je n'ai pas besoin d'escorte, lui rappelai-je.

— Tu es garée à cinq cents mètres, et tu as marché jusqu'ici. Nous t'ac-compagnerons et nous te suivrons jusque chez toi.

À sa mâchoire crispée, je compris qu'il était inutile de discuter avec lui. Et pour être honnête, je ne voulais pas retourner à la Jeep avec l'un des hommes de la reine Anwyn rôdant dans les parages. Je ravalai ma fierté et lui laissai cette victoire.

Satisfait, Lukas dit :

— Allons-y, alors.

15

—— J E PEUX CARESSER ton chien ?
Je levai les yeux de mon téléphone vers la petite fille qui se tenait devant moi. Elle était mignonne, peut-être âgée de huit ou neuf ans, et elle tendait la main vers la caisse en plastique posée à mes pieds.

— Non !

Je repoussai sa main avant qu'elle ne touche la cage.

Elle la retira d'un coup sec, son visage tordu et ses yeux remplis de larmes. Une femme se précipita et m'adressa un regard furieux tout en éloignant la fille qui pleurait.

Je me renfonçai dans mon siège, ignorant les regards désapprobateurs des autres passagers du ferry. Ils feraient mieux d'orienter leur mécontentement vers les parents. Qui laissait son enfant aller vers un parfait inconnu et fourrer le doigt dans une cage contenant Dieu sait quoi ?

Quand on parle du loup... Des grognements s'élevèrent de la cage, accompagnés par des bruits de lutte. La caisse trembla et les passagers assis à côté de moi s'écartèrent. Ouvrant mon sac en toile, je sortis un sac de charbon et en fourrai quelques morceaux à travers la porte grillagée. Dix petits visages sales de gnomes apparurent alors que des mains rondelettes arrachaient le charbon de mes doigts. Bientôt, on n'entendit plus que des claquements de dents alors que les trows à l'intérieur dégustaient leur friandise.

Enlevant la poussière de charbon de mes mains, je poussai un soupir las. Lorsque Levi m'avait appelée ce matin pour me confier une mission hautement prioritaire, je ne me doutais pas que je passerais la majeure partie de la journée à préserver la Statue de la Liberté de la destruction.

Bon, peut-être exagérais-je un *tout petit peu*, mais je lui avais épargné de gros dégâts. Les trows paraissaient assez inoffensifs tant qu'on ne les avait pas vus en action. Ces petites créatures possédaient des griffes rétractables aussi dures que du diamant, qu'elles utilisaient pour creuser des tunnels à travers la roche, la brique, la pierre ou le béton. Comme des termites, mais bien plus vite, elles pouvaient détruire les fondations d'un bâtiment.

Dans une ville comme New York, les trows étaient un véritable désastre, et il n'existait pas assez de pouvoir faë dans le monde pour en protéger les bâtiments. De ce fait, ils étaient bannis de notre monde. Ceux-ci avaient été amenés délibérément sur Liberty Island et libérés par un groupe de militants opposés à la récession. J'ignorais ce qu'ils espéraient gagner en faisant des ravages sur un monument national.

Heureusement, tout comme la plupart des faës, les petits monstres étaient affaiblis par le fer. Une couche de maillage de fer au fond de la cage avait suffi à les empêcher de sortir leurs griffes pour se dégager.

Mon portable vibra et je baissai les yeux pour lire un texto de Violet, qui était encore à Los Angeles. Je ne savais pas comment j'allais m'habituer à ce que nous vivions sur différentes côtes quand elle partirait définitivement s'installer dans l'ouest.

Lorelle veut qu'on se retrouve au Va'sha quand je reviendrai, avait-elle envoyé.

Je souris. Violet avait évoqué Lorelle au moins une fois par jour depuis qu'elle l'avait rencontrée à la boîte de nuit. Il était évident que ma meilleure amie avait un gros coup de cœur pour la faë. Je lui envoyai quelques émoti-cônes de bisous et elle répondit avec un smiley rougissant.

Un pied percuta la cage, énervant les trows, et je levai les yeux vers un homme qui passait devant mon siège. Il s'excusa en grommelant sans me regarder et se dirigea vers les escaliers conduisant au pont supérieur. Je m'apprêtais à reprendre mes textos à Violet quand il laissa tomber quelque chose et se pencha pour le ramasser. Alors qu'il se redressait, son visage m'apparut.

C'est une blague.

C'était Lewis Tate.

Après l'avoir échappé belle une semaine plus tôt, je m'étais dit qu'il était parti loin de New York. Quelqu'un d'assez ingénieux pour esquiver les hommes de Lukas et l'Agence tout en étant menotté ne serait pas assez stupide pour rester. Et parmi tous les endroits possibles, qu'est-ce qu'il fichait sur ce ferry ? Un fugitif de l'Agence ne sortait pas de sa cachette pour visiter Liberty Island.

Je me levai dès qu'il disparut. Prenant mon sac en toile et la cage, je les emportai au snack et demandai à l'une des employées de les garder pour moi. Elle me regarda comme si j'étais folle jusqu'à ce que je lui montre ma licence de l'Agence.

— Je reviendrai dès que possible, lui dis-je en me tournant vers les escaliers.

Je m'élançai vers les marches et ralentis en arrivant en haut pour ne pas attirer l'attention sur moi. Le pont intermédiaire n'était plein qu'à moitié, et une ronde rapide ne révéla aucun signe de Tate. Soit il avait continué jusqu'au pont supérieur, soit il était passé ni vu ni connu, et était descendu. Je me dirigeai vers les escaliers. S'il le fallait, j'allais commencer en haut et descendre, mais je le retrouverais avant d'arriver. Cette fois-ci, il n'allait pas m'échapper.

Je tremblais dans mon blouson en cuir doublé lorsque j'émergeai sur le pont supérieur ouvert, où même le soleil de l'après-midi ne pouvait pas calmer la morsure de la brise iodée. Au moins trente passagers avaient bravé le froid pour profiter de la vue, dont plusieurs familles entassées avec leurs enfants. J'étais contente d'avoir mon écharpe et mon bonnet, alors que je cherchais Tate sur le pont.

Il ne me fallut pas longtemps pour le repérer à l'avant du bateau, face à la ville. Il parlait au téléphone. Je m'étais attendue à ce qu'il soit avec quelqu'un, mais il semblait seul. Cela n'avait aucun sens, à moins qu'il ait rencontré quelqu'un sur l'île. Un drôle de lieu de rendez-vous, mais qu'est-ce que je connaissais au comportement d'un trafiquant en cavale ?

Je l'approchai silencieusement. Lorsque je fus à quelques centimètres, je l'entendis parler et je ralentis pour l'écouter.

— Je ne veux pas de tes excuses. Tu sais quel risque j'ai pris en venant ici aujourd'hui pour te voir ?

Une pause.

— Tu as dit que tu avais une piste sur qui l'avait volé.

Une pause.

— Non, ce n'était pas Brian. Il est encore en détention, et il l'aurait craché s'il l'avait.

Mon rythme cardiaque s'accéléra. Parlait-il du ke'tain ? On le lui avait volé avant la descente de police ?

Il se voûta.

— Au diable Davian. Le seul moyen de me tirer de ce pétrin, c'est de le retrouver et de le rendre. Et souviens-toi, si je tombe, tu tombes aussi.

Tate raccrocha et se retourna, se retrouvant face à moi. Il me fixa avec méfiance, sans sembler me reconnaître.

Je tendis la main pour baisser l'écharpe recouvrant la partie inférieure de mon visage.

— Tu me dois une paire de menottes.

La panique se réveilla dans ses yeux.

— Comment arrives-tu toujours à me retrouver ?

J'aurais pu mentir et lui dire que j'étais juste très douée, mais je choisis la vérité.

— La chance.

— Personne n'est aussi chanceux.

Ses yeux regardaient partout alentour, comme s'il s'attendait à ce qu'une dizaine d'agents surgissent derrière moi.

— C'était Cecil, pas vrai ? Cette ordure m'a piégé.

— C'est lui qui t'a fait faux bond aujourd'hui ? demandai-je.

— Comme si tu n'étais pas au courant.

Je fourrai les mains dans mes poches et mes doigts touchèrent le métal froid des menottes qui s'y trouvaient.

— Tu seras content d'apprendre que Cecil ne t'a pas dénoncé. Mais l'Agence sera très intéressée de connaître ta relation avec lui.

— Tu ne peux pas m'emmener.

Il regarda sur le côté comme s'il envisageait de sauter.

Je fis un pas en avant, prête à l'attraper au moindre geste.

— Tu vas mourir de froid si tu ne te noies pas.

— C'est mieux que ce que l'Agence ou les faës me feront.

Le bruit d'un moteur me parvint et je regardai par-dessus son épaule pour apercevoir un hors-bord qui se dirigeait vers nous. J'aurais dû me douter que quelqu'un comme lui avait un plan de secours.

Sans prévenir, Tate fonça. Il me bouscula avec force sur le côté, mais je gardai mon équilibre grâce aux heures d'entraînement avec Faolin. Je le plaquai et nous tombâmes sur le pont, arrachant des cris de surprise aux autres passagers.

Je me débattis avec lui pendant une minute avant d'être capable de le chevaucher. À présent, les gens étaient debout. Je m'empressai de leur montrer mon badge.

— C'est pour l'Agence. Ne vous inquiétez pas.

— Ouah ! s'exclama un adolescent alors que je menottais l'un des poignets de Tate.

La voix tout excitée d'une fille s'ajouta :

— Trop beau !

— Qu'est-ce que c'est ? fit un homme.

Je levai les yeux pour constater que les passagers autour de nous ne me regardaient pas. Émerveillés, ils tendaient le doigt vers quelque chose dans le ciel.

Tournant la tête pour suivre leur regard, je marquai un temps d'arrêt. Le ciel s'était assombri en quelques secondes, et au-dessus de nous se trouvait le même spectacle de lumière ondoyante dont j'avais été témoin depuis la fenêtre de ma chambre, quelques semaines plus tôt. Le fleuve reflétait les lumières bariolées, donnant l'illusion que nous étions au centre d'un dôme magique. C'était à couper le souffle, mais cela m'emplissait de crainte en même temps.

Tout le monde brandissait son téléphone, enregistrant cet étrange phénomène. J'allais faire de même lorsqu'un éclat violet illumina le pont. Je m'empressai de me mettre debout, juste à temps pour voir un éclair percuter la surface de l'eau, du côté du New Jersey. Une gerbe gicla en l'air alors que l'électricité de l'éclair venait vers nous en trombe. Elle atteignit le hors-bord qui nous approchait, et dans la seconde suivante, le bateau explosa. Je percutai le pont, et autour de moi, les gens se mirent à hurler. Un rugissement se fit entendre alors que l'éclair fendait l'eau dans notre direction. Il nous toucherait dans quelques secondes, et le ferry subirait le même sort que le hors-bord.

L'instant d'après, cependant, le bruit disparut.

— Oh, ouf, souffla une voix d'homme tremblotante.

Il avait à peine prononcé ces mots qu'une puissante rafale de vent percuta le ferry. Le bateau oscilla, déséquilibrant les passagers, et je me jetai sur Tate qui tentait de rouler loin de moi.

Le ferry tangua avec violence et je dus attraper la rambarde à une main pour nous y arrimer. Un adolescent à côté de moi, assis sur l'un des sièges, se mit à vomir, me donnant des haut-le-cœur. Le vent emporta l'odeur, mais mon estomac malmené ne pouvait pas supporter la vue du vomi.

Je me mis à genoux et jetai un coup d'œil par-dessus bord, vers la ville qui défilait sous mes yeux alors que le bateau tournait lentement à cause de la force du vent. De ce que je pouvais voir, l'étrange tempête était concentrée sur le fleuve. À l'intérieur des terres, tout était baigné par une étrange lueur violette. Au-dessus de nous, des éclairs aux formes irrégulières zébraient les illuminations dans le ciel. J'aperçus un bateau d'excursion privé et deux autres plus petits, pris dans la tempête avec nous, mais ils étaient trop loin pour que je puisse voir comment ils s'en sortaient.

Tout à coup, l'une des embarcations se perdit dans les remous. Je la cherchai avec frénésie, et elle réapparut alors que l'autre disparaissait à son tour.

Je perdis les bateaux de vue alors que le ferry continuait sa lente rotation. L'eau tout autour de nous s'agita davantage et nous commençâmes à nous incliner et à chanceler. C'était de pire en pire. Le vent hurla, mais quelque chose clochait. C'était un son creux, comme on l'entendrait dans une grotte marine.

Je relevai Tate jusqu'à ce qu'il puisse se saisir de la rambarde.

— Accroche-toi, criai-je alors que des embruns glacials nous fouettaient le visage.

Une seconde après, le ferry s'inclina dangereusement sur le côté. Je pus à peine m'accrocher au bastingage et quelques passagers furent expulsés de leurs sièges. Des cris fusèrent et, impuissante et horrifiée, je vis plusieurs personnes passer par-dessus bord et tomber à l'eau.

Le bateau bascula en arrière, vacillant de l'autre côté, projetant les passagers comme des poupées de chiffon. Le cri terrorisé d'un enfant déchira l'air et j'aperçus un garçon agrippé au pied d'un siège, à proximité, ses jambes se balançant alors que le ferry penchait toujours plus.

Je lâchai la rambarde et glissai sur le pont en direction du garçon. Mon bras entoura sa petite taille juste au moment où il lâchait prise.

— Accroche-toi à moi, criai-je.

Je me cramponnai au siège en métal boulonné au pont, mes jambes contre la rambarde tandis que le bateau continuait sa descente redoutable. Les bras du garçon se refermèrent autour de mon cou et ses jambes frêles comprimèrent ma taille avec énergie. Je me saisis du siège à l'aide de mon autre main, et m'y accrochai désespérément.

Le ferry trembla et mes pieds perdirent leur adhérence sur la rambarde mouillée. La terreur monta en moi alors que nous pendions tous les deux au-dessus du fleuve déchaîné. D'autres personnes passèrent par-dessus bord, mais je ne pouvais que me concentrer sur nous. J'étais une bonne nageuse, pourtant je savais par expérience à quel point cette eau était glaciale. Même si je réussissais à nous maintenir à la surface, nous ne survivrions pas longtemps dans un tel froid.

Pendant le moment le plus long de ma vie, nous restâmes suspendus, le bateau presque couché sur le côté. Le ferry émit un craquement et je fus glacée par l'horrible impression que nous allions sombrer. Mon esprit bouillonnait alors que je prévoyais déjà comment réagir lorsque nous toucherions l'eau.

Enfin, le bateau retomba sur son axe. Il continua de se balancer d'un côté à l'autre, mais il ne se renversa plus. Je me retournai pour regarder le ciel bleu à travers mes lunettes mouillées. La tempête était passée comme si elle ne s'était jamais produite.

Je me redressai, le garçon toujours cramponné à moi comme si nous ne formions plus qu'un. Ses cheveux blonds étaient plaqués sur sa tête, mais il semblait aller bien. Autour de nous, c'était le chaos. Les gens criaient et s'appelaient, certains se penchant sur la rambarde pour hurler les noms de ceux qui étaient tombés à l'eau. Une blonde appela un certain Owen à pleins poumons tout en enjambant le bastingage et il fallut deux hommes pour la retenir.

— Maman, hurla soudain le garçon contre ma gorge.

— Madame ! l'appelai-je.

Elle continua de gémir et il fallut plusieurs cris pour attirer son attention. Lorsque ses yeux se concentrèrent sur le garçon dans mes bras, elle poussa un cri et courut vers nous.

— Owen !

Elle tomba à genoux et attira le garçon contre elle. Il me lâcha pour se blottir contre sa mère et ils sanglotèrent ensemble.

J'allais me relever, mais elle tendit la main pour saisir la mienne.

— Merci !

Je lui serrai la main en retour et me relevai, instable sur mes pieds. Ma main gauche me faisait mal, mais je l'ignorai. Je pris peu à peu connaissance de la scène autour de moi. Des couples s'étreignaient et des parents rassuraient leurs enfants terrifiés. Beaucoup de passagers arboraient des coupures, et certains étaient salement amochés. Un homme était allongé sur le pont, la jambe à un angle bizarre, et plusieurs autres retenaient leurs bras.

Des bruits de moteur attirèrent mon attention vers les dizaines de bateaux de patrouille du port qui fonçaient vers nous. La moitié se dirigea vers les autres navires qui avaient été pris dans la tempête, et d'autres nous encerclèrent. Une vedette s'arrêta et les personnes à son bord hissèrent quelqu'un hors de l'eau.

Un sombre silence enveloppa le pont alors que nous regardions la patrouille du port qui cherchait des survivants dans le fleuve. Combien étaient tombés à l'eau ? Combien ne s'en sortiraient pas vivants ? Ceux d'entre nous qui étaient encore à bord avaient peut-être quelques blessures, mais nous avions eu beaucoup de chance.

La voix du capitaine se fit entendre dans le haut-parleur, nous annonçant que nous serions à la gare maritime dans moins de dix minutes. Il demandait aux passagers d'essayer de rester assis pendant la durée du trajet. Le personnel d'urgence nous attendrait pour s'occuper des blessés.

Ce fut à ce moment-là que je me souvins de Tate. Je courus vers là où je l'avais laissé, mais il avait disparu. Soit il était passé par-dessus bord, soit il avait réussi à descendre.

Un adolescent avec la lèvre en sang agita la main pour attirer mon attention.

— Si tu cherches le mec que tu as menotté, je pense qu'il est allé en bas.

— Merci.

Je courus vers les escaliers. Lorsque j'atteignis le pont intermédiaire, un employé du ferry avec une entaille sur le front m'arrêta.

— Mademoiselle, vous devez vous asseoir jusqu'à ce que nous arrivions au quai.

Je lui montrai ma licence.

— Je vais m'asseoir dès que j'aurai retrouvé l'homme que j'allais capturer.

Il hocha la tête et me laissa passer. Je ne pris pas la peine de chercher sur ce pont. Tate était forcément descendu au pont inférieur. C'était sa seule porte de sortie lorsque nous arriverions à quai.

Le ferry ralentissait déjà lorsque je repérai Tate, rassemblé avec d'autres passagers. Il portait une parka à capuche qu'il avait dû voler à quelqu'un. Il était bien amoché et il ne se débattit pas lorsque je menottai son autre poignet. Heureusement, car j'ignorais si j'avais l'énergie suffisante pour le pourchasser.

Au lieu de s'amarrer là où nous avions embarqué, le ferry rentra dans Whitehall Terminal. Des secouristes et du personnel du terminal montèrent à bord pour s'occuper des blessés et s'assurer que les gens ne se piétinaient pas les uns les autres dans leur hâte de débarquer.

Je voulus consulter mon téléphone en attendant, mais je me rendis compte qu'il avait disparu. Il avait dû tomber de ma poche lorsque le ferry avait presque chaviré. Je soupirai. Mieux valait le téléphone que moi.

Une femme de l'équipe des premiers secours vint s'occuper de Tate et moi, m'expliquant que c'était la procédure lorsque je lui affirmai que je n'avais aucune blessure. Je pensais souffrir d'une légère entorse au poignet gauche, mais je me gardai bien de le lui dire, de peur que l'on m'envoie aux urgences pour quelque chose d'aussi bénin.

— Il doit avoir des côtes cassées et une commotion cérébrale, dit-elle après avoir examiné Tate. Il devra aller à l'hôpital.

— Vous avez un portable ? lui demandai-je. J'ai perdu le mien et je dois appeler l'Agence pour leur dire de nous rejoindre ici.

— Pas besoin. Le terminal grouille d'agents.

Elle sortit une radio et m'adressa un regard interrogateur.

— Dites-leur qu'il y a une chasseuse de primes avec vous qui a arrêté Lewis Tate.

Elle relaya le message à quelqu'un, ainsi que notre emplacement. En deux minutes, nous fûmes entourés par quatre agents. Trois d'entre eux escortèrent Tate hors du bateau pendant que le quatrième m'accompagnait pour récupérer mon sac en toile et la cage auprès de l'employée survoltée du snack.

Je n'avais jamais été aussi heureuse de ma vie de quitter un bateau. Au terminal, je fus surprise par les agents qui m'assaillirent pour connaître mon récit de la tempête et de la capture de Tate. Ils se montrèrent particulièrement intéressés lorsque je leur expliquai que Tate était censé rejoindre Cecil Hunt, qui lui avait posé un lapin. L'avocat était une véritable anguille s'il avait réussi à échapper aussi longtemps à une arrestation par l'Agence. J'avais le sentiment que cette histoire était sur le point de prendre fin. Lewis Tate leur donnerait ce qu'ils voulaient pour obtenir leur clémence.

Je fus enfin autorisée à sortir du terminal, presque deux heures après avoir quitté le ferry. Dehors, je fus confrontée à une foule de journalistes criant leurs questions à tous ceux qui sortaient du bâtiment. Je baissai la tête et me frayai un chemin. Je n'avais qu'une envie, sortir de là.

Ma licence de l'Agence m'avait garanti une place de parking au bâtiment des garde-côtes, juste à côté, et je marchai d'un pas lourd devant les voitures de police, les ambulances et les passants curieux. Mes mouvements étaient lents lorsque je montai dans la Jeep. Mes mains tremblaient tellement que je ne pus qu'agripper le volant. Je regardai dans le vague, par le pare-brise, alors que des images se bousculaient dans mon esprit. Celle qui revenait en boucle, c'était celle des bateaux de sauvetage qui sortaient les gens de l'eau. Comment pouvais-je être assise là, au chaud et en sécurité, alors que d'autres avaient peut-être perdu la vie ce soir ?

Quelqu'un frappa à ma vitre et je croisai le regard inquiet d'un agent de police. Je baissai la vitre, et ce ne fut qu'en sentant l'air frais sur mes joues humides que je pris conscience que je pleurais.

— Vous allez bien, mademoiselle ? demanda l'homme d'un certain âge avec gentillesse.

Hochant la tête, je séchai mes larmes.

— J'avais seulement... besoin d'un instant.

La compréhension transparut dans ses yeux.

— Vous étiez sur le ferry ?

— Oui.

Il posa son bras sur la portière.

— Y a-t-il quelqu'un que vous pouvez appeler pour venir vous chercher ?

J'ignorais pourquoi je pensai à Lukas en premier. Je secouai la tête avant de lui montrer mon badge de l'Agence.

— J'ai une cage pleine de trows que je dois emmener à la Plaza avant de rentrer. Je vous jure que je peux conduire.

— D'accord. Conduisez prudemment. Nous avons des rapports d'accidents de la circulation dans toute la ville. Je suppose que tout le monde était trop occupé à regarder les lumières dans le ciel pour surveiller où ils allaient.

— Je n'y manquerai pas, merci.

Je remontai la vitre alors qu'il s'éloignait. Lui parler avait calmé mes nerfs fragiles et je me sentais mieux en démarrant la Jeep.

L'officier de police n'avait pas plaisanté concernant la circulation. Le chaos régnait dans tout Manhattan, rendant le trajet jusqu'au Queens deux fois plus long qu'en temps normal. À la Plaza, je tombai sur Bruce, Trey et d'autres chasseurs qui me posèrent une tonne de questions quand ils apprirent que j'étais à bord du fameux ferry. Je répondis à quelques-unes avant de m'échapper. Je ne rêvais que d'une douche, d'un repas et d'une bonne nuit de sommeil. Le reste pouvait attendre le lendemain.

— Il y a quelqu'un ? dis-je alors que je marchais dans le couloir faiblement éclairé par deux appliques murales à la lumière vacillante.

Trébuchant sur le sol inégal, je posai une main contre la pierre froide pour me stabiliser et sentis un léger courant d'énergie me traverser. Quel endroit étrange.

Je pénétrai dans une vaste pièce ronde alors que la foudre illuminait le ciel au-dessus du plafond de verre en forme de dôme. Avant que je ne puisse mieux regarder la pièce, elle disparut, et je me retrouvai dehors, debout sur une colline donnant sur l'océan. Je fis un tour complet, et découvris que j'étais sur une petite île rocheuse possédant peu de végétation, sans aucun continent en vue.

La foudre frappa encore et s'élança dans le ciel. Sauf que cela ne ressemblait pas à de la foudre normale. Au lieu de se ramifier ou de zigzaguer, elle se déplaçait en ligne droite, tel un couteau perçant la structure même du ciel. Et elle était d'un vert vif au lieu de blanc.

Je poussai un cri de surprise alors qu'une pluie glacée me touchait, collant mes cheveux à ma tête et détrempant mon pyjama en quelques secondes. Surgi de nulle part, un vent puissant me transporta, me poussant jusqu'à la mer. Je baissai les yeux vers l'eau alors que je volais par-dessus, surprise de constater qu'elle était calme en dépit de la tempête qui se déchaînait là-haut.

Je clignai des paupières, et tout à coup, je ne volai plus. Je me trouvais à l'embouchure d'une grande vallée, entourée sur trois côtes par une montagne et des murs de roches noirs et transparents. Des lumières parsemaient la montagne et le fond de la vallée, m'indiquant que des gens vivaient ici.

En haut, l'étrange foudre verte s'unit en un spectacle ondoyant de lumières bariolées au-dessus de la vallée. L'air autour de moi grésilla sous l'effet de l'électricité statique, dressant mes cheveux dans toutes les directions.

Un rugissement terrible emplit l'air, me forçant à couvrir mes oreilles. Je regardai, prise d'un sentiment croissant de crainte, alors qu'une fissure se formait dans le ciel au-dessus de la montagne. Je courus vers elle, criant pour prévenir les habitants, mais j'étais trop loin.

Le monde devint étrangement calme, comme si les gens en avaient été retirés. Puis une explosion ébranla l'air et la montagne commença à s'effriter. Mon cri fut écourté lorsque l'onde de choc me percuta, me projetant au sol avec force. Je restai là, incapable de bouger et pantelante, alors que le bourdonnement dans mes oreilles bloquait les cris lointains.

— Jesse, réveille-toi.

J'ouvris les paupières et les clignai pour me concentrer. Les ombres au-dessus de moi prirent la forme d'une personne, et je laissai échapper un petit cri alors que je tombais du canapé en roulant. J'essayai de me lever, mais j'étais enveloppée dans ma couette comme un burrito. J'aurais percuté la table basse si les mains de l'inconnu ne m'avaient pas attrapée.

— Lâchez-moi.

Je repoussai mon sauveur, et curieusement, il me libéra. Le cœur battant la chamade, je me remis sur le canapé et levai la tête pour rencontrer des yeux bleus agressifs.

— Qu'est-ce que tu fais ici, Lukas ?

— Pourquoi est-ce que tu n'as pas rappelé ?

— Quoi ? demandai-je bêtement, essayant de ralentir mon cœur qui battait trop vite.

Il souffla en signe d'impatience.

— Je t'ai appelée toute la nuit depuis qu'on t'a vue aux infos.

Je me frottai les yeux, confuse.

— J'étais aux infos ?

— Tu quittais le terminal du ferry. Ils ont interviewé une femme qui a dit que tu avais sauvé la vie de son fils. Et nous avons appris par l'Agence que tu avais capturé Lewis Tate sur le ferry.

Sa voix devint plus dure.

— Qu'est-ce qu'il s'est passé, bon sang, sur ce bateau ? Et pourquoi est-ce que tu as pourchassé Tate toute seule ?

J'enlevai la couverture et me levai, enfonçant mon doigt dans son torse.

— Ne prends pas ce ton avec moi. Seuls mes parents ont le droit de me parler comme ça, et tu n'es ni l'un ni l'autre.

Il écarquilla les yeux face à mon emportement.

Je continuai.

— Si tu me le demandes gentiment, je vais te dire pourquoi j'étais là-bas... une fois que tu m'auras expliqué comment tu es rentré dans mon appartement.

— J'ai crocheté ta serrure, répondit-il comme si de rien n'était.

— Et la protection ?

Le fait qu'il soit passé au travers de la protection sans y être invité cette fois-ci confirmait les soupçons de Tennin. Lukas en était l'auteur. Mais je voulais l'entendre de sa bouche.

— Je l'ai créée.

La colère refoulée s'écoula de moi.

— Pourquoi ?

Il sourit tristement.

— Je voulais que tu sois en sécurité, et c'était le moins que je puisse faire après la façon dont je t'avais traitée.

— Et la protection sur mes parents ?

— J'ai pensé qu'ils pourraient être encore en danger, et cela t'anéantirait si quelque chose leur arrivait.

Il passa une main dans ses cheveux.

— Je savais que tu ne me laisserais pas approcher d'eux, alors je l'ai fait quand tu as quitté leur chambre.

Je retombai sur le canapé.

— C'était toi que j'ai vu partir de leur chambre d'hôpital.

— Oui.

— Merci, dis-je d'une voix sourde.

S'il n'avait pas placé une protection sur mes parents, ils auraient pu être à nouveau enlevés ou tués durant la faille de sécurité à l'hôpital.

— Je ne l'ai pas fait pour gagner ta reconnaissance, Jesse.

Il s'assit à côté de moi sur le canapé.

— Tu ne me dois rien. J'espère qu'un jour, tu pourras me pardonner pour ce que je t'ai fait, mais je ne m'y attends pas.

La culpabilité dans ses yeux était trop forte. Je détournai le regard afin de ne pas la voir.

— Tout ce que je demande, c'est que tu m'écoutes. Tu veux bien ?

Je hochai la tête. Une partie de moi avait peur de l'entendre évoquer ses raisons pour ce qu'il avait fait, mais une autre partie savait que je ne serais jamais vraiment capable de renoncer à ma douleur tant que je ne l'aurais pas entendu.

— Dès l'enfance, on m'a appris à ne croire que les gens de mon entourage, alors j'ai gardé tout le monde en dehors et à distance. Puis je t'ai rencontrée. Je ne mentirai pas en disant que mon aide pour t'aider à trouver tes parents n'a pas été motivée par des raisons égoïstes, mais je ne pouvais pas m'empêcher d'admirer ton courage et ta foi inébranlable que tes parents étaient en vie. Avant que je ne le sache, tu m'avais fait baisser ma garde, d'une certaine manière, et j'ai ressenti ce besoin de te protéger.

Je reportai mon regard sur le sien.

— Je ne l'ai pas fait pour...

Un sourire naquit sur ses lèvres.

— Je me le suis fait tout seul. J'ai cru avec arrogance que je pouvais choisir de qui je me souciais, mais tu m'as prouvé le contraire, et cela m'a poussé à me remettre en question. Je me suis posé des questions sur toi. C'est une excuse piteuse, mais c'est la seule raison que je puisse offrir concernant ma réaction ce jour-là. Je m'étais toujours enorgueilli de savoir lire les gens et reconnaître la trahison, mais je me suis laissé avoir si facilement en imaginant le pire de toi. J'étais trop aveuglé par ma colère pour voir la vérité jusqu'à ce qu'il ne soit trop tard.

— Lorsque Faris s'est réveillé.

Ma poitrine se comprimait un peu plus à chaque mot de son aveu.

— Non. Je le savais avant. Quand tu m'as crié dessus en disant que tu avais confiance en moi. Je l'ai entendu dans ta voix, et j'ai vu ton visage, ton regard plein d'un sentiment de trahison. Je ne m'étais pas détesté autant jusqu'à ce moment. Je voulais abattre cet elfe, et t'emmener loin d'ici, mais il y avait plus en jeu que ton pardon.

— Faris, murmurai-je.

L'ami de Lukas était dans un sale état, et sa vie comptait plus que n'importe quelle amitié que nous avions formée. J'aurais fait pareil pour mes parents.

— Il n'y avait rien que je puisse faire pour Faris que Faolin n'aurait pas fait. Ce que je pouvais faire, c'était laisser Havas penser qu'il s'en était tiré avec son plan et nous mener aux personnes derrière tout ça. Nous sommes partis, mais nous ne sommes pas allés loin. Nous sommes restés surveiller la maison... et toi.

J'en eus le souffle coupé. Il était resté ?

— Ce à quoi nous ne nous attendions pas, c'était que l'Agence se montre quelques heures plus tard. Ou que quelqu'un crée un portail dans la maison pour aider Havas à s'échapper sous notre nez.

Je ne pouvais pas parler. Je digérais encore le fait qu'il ne m'avait pas laissée là toute seule. Pendant tout ce temps, j'avais cru qu'il était parti comme si je n'étais rien pour lui. Je baissai la tête pour qu'il ne voie pas les larmes me brûler les yeux.

— Je suis désolé de t'avoir blessée, Jesse, dit-il à voix basse. Je voulais te le dire depuis des semaines, mais tu étais tellement en colère, et tu avais le droit de l'être. Les faës de la cour n'ont apporté à ta famille que de la douleur. Je me suis demandé plusieurs fois si je devais te laisser me détester, me disant que tu serais mieux sans moi dans ta vie.

Je fixais le sol d'un regard incertain. Comment répondre à cela ? Je m'étais dit que je ne voulais pas d'excuses de sa part, et que je m'en fichais, mais j'avais tort. Tellement tort.

— Tu n'as pas à dire quelque chose. Tu ne me dois rien, dit Lukas devant mon silence persistant.

Sa main apparut dans mon champ de vision et il prit l'une des miennes. C'était un geste délicat, mais il s'agissait de la main que je m'étais blessée sur le ferry, et je fis un mouvement brusque involontaire.

Il s'immobilisa, puis ses doigts remontèrent la manche de mon haut pour dévoiler le pansement que j'avais enroulé autour de mon poignet.

— Tu es blessée.

— Ce n'est rien, ce n'est qu'une entorse.

J'essayai de retirer ma main de la sienne, mais il refusa de la lâcher.

— Tu as vu un docteur ?

Du pouce, il me caressa le dos de la main.

J'essayai d'ignorer la chaude sensation de picotement qui se répandit dans mon bras.

— Un ambulancier m'a examinée avant que je quitte le ferry.

Il prit ma main dans les siennes, et commença à la masser avec soin.

— Tu veux me dire ce qui s'est passé là-bas ?

Toutes sortes d'émotions me remplirent. Il y avait quelque chose de si intime en ce qu'il m'avait fait tout oublier sauf la chaleur et la puissance de ses doigts.

— Jesse ?

Je déglutis.

— Je suis surprise que tu ne saches pas déjà tout ce qu'il s'est passé.

— Faolin a lu le rapport de l'Agence, mais je veux l'entendre de ta bouche. Comment savais-tu que Lewis Tate serait sur le ferry ?

— Je ne le savais pas.

Je lui racontai la mission avec les trows, Tate, puis la tempête. Lorsque j'eus fini, ma poitrine donnait l'impression d'être dans un étau.

— Aux actualités, ils ont dit que six personnes avaient coulé. Deux d'entre elles étaient des enfants.

— Je l'ai entendu, moi aussi.

Malgré tous mes efforts, une larme s'échappa, suivie par une autre. Je les essuyai rageusement.

Lukas lâcha ma main. L'instant d'après, ses bras étaient autour de moi, ma tête nichée sous son menton.

— Lâche-toi, commanda-t-il à voix basse.

— Je ne p-peux pas.

Pour m'apaiser, sa main décrivit des cercles dans mon dos.

— Pleurer ne te rend pas faible, *mi'calaech*. Retenir ta douleur ne fera que te blesser davantage.

J'ignore si c'était son contact ou ses paroles qui en furent la cause, toujours est-il que je laissai les larmes arriver. Je pleurai pour les gens qui étaient morts et pour les enfants dont les cris terrifiés hanteraient mes rêves.

Lukas ne me lâcha toujours pas après que les larmes se furent taries. Je dus me forcer à m'éloigner du confort chaleureux de ses bras. Je me sentais vidée, mais dans le bon sens du terme. Il avait raison. Tout laisser sortir me faisait me sentir plus légère et de nouveau aux commandes de mes émotions.

Ses yeux me dévisagèrent attentivement.

— Tu te sens mieux ?

— Oui.

Je glissai mes cheveux derrière mes oreilles, sans me soucier que je ne devais ressembler à rien. À présent que je me sentais plus moi-même, il était temps d'obtenir des réponses.

— C'était quoi, cette tempête ? J'ai demandé aux agents, et ils se sont fermé comme des huîtres, comme s'ils ne pouvaient pas dire que c'était d'origine faë.

Lukas expira lentement, comme s'il s'apprêtait à annoncer de mauvaises nouvelles.

— Il y a une faiblesse dans la barrière entre nos royaumes, et la convergence des deux atmosphères a provoqué la tempête.

— Mais il y a des portails qui s'ouvrent chaque jour entre nos royaumes, et ils ne causent pas de soucis. Et la Grande Faille ? Je ne me souviens pas d'avoir entendu parler d'étranges tempêtes lorsque c'est arrivé.

— Les portails sont ouverts par de la magie qui protège ce monde, expliqua-t-il. Et la faille n'a pas provoqué de tempêtes, car le royaume des faës était assez puissant pour préserver l'équilibre entre les royaumes jusqu'à ce que la faille soit résolue.

— Il *était* assez fort ?

— Lorsqu'Aedhna a créé notre royaume, elle a mis son énergie dans tous les êtres vivants qui s'y trouvaient.

Il plaça sa main contre sa poitrine.

— La magie dans chacun d'entre nous provient d'elle, c'est la raison pour laquelle nous devons retourner dans le royaume des faës pour la restaurer.

Sinon, nous ne serions jamais capables de résister à l'exposition du fer dans ce monde.

— Quel rapport avec les tempêtes ? demandai-je.

Il sourit.

— J'y arrive. Depuis la Grande Faille, des milliers de faës sont venus vivre dans ce royaume. Il y a beaucoup de magie provenant des faës dans votre monde, là où il n'y en avait pas avant, et cela a bouleversé l'équilibre entre nos univers. Le royaume des faës est toujours le plus fort, mais par une marge moins grande qu'avant. Cela veut dire que le royaume des faës a été incapable de contenir intégralement son énergie lorsqu'une faiblesse s'est présentée dans la barrière, et une partie de l'énergie s'en est échappée. Ce dont tu as été témoin ce soir, c'était le résultat d'une de ces fuites.

Ce n'était qu'une fuite ?

— Elle peut être réparée ?

— La faiblesse a été provoquée par le retrait du ke'tain du royaume des faës, dit-il. Le ke'tain a tellement de pouvoir qu'il a fait basculer l'équilibre de la magie. Seul son retour arrêtera les dégâts.

— Que se passera-t-il si on ne le trouve pas ?

Les lèvres de Lukas formèrent un trait sombre.

— D'autres points faibles se formeront, et les tempêtes deviendront de plus en plus fréquentes. La barrière pourrait un jour tomber complètement. Soit nos mondes fusionneront, soit ils se détruiront. Personne ne le sait.

C'était comme si toute la chaleur avait été aspirée hors de la pièce.

— Et l'Agence est au courant de tout cela ?

— Oui. Ils ont décidé que c'était dans les intérêts de tout le monde de ne pas partager cette information avec le public. Cela ne créerait que de la panique et ne rendrait que plus difficile la tâche de trouver le ke'tain. L'Agence pensait qu'une grosse prime sur le ke'tain serait une motivation suffisante pour que les chasseurs de primes le cherchent sans poser trop de questions.

Je secouai la tête avec colère.

— L'argent n'est pas tout ce qui nous importe. Ils auraient dû nous dire la vérité, nous méritons de savoir ce qui est en jeu si le ke'tain n'est pas retrouvé.

— Je suis d'accord, mais l'Agence a sa propre façon de faire les choses.

L'expression de Lukas disait qu'il avait autant confiance en leur capacité que moi.

— Tu touches au but ? demandai-je.

Je me frottai les bras, essayant de ne pas penser à l'autre possibilité.

Il tendit le bras vers la couette qui était tombée au sol et la souleva pour me couvrir.

— Nous savons qu'il est à New York, car la faiblesse dans la barrière se trouve ici. Mais dans une grande ville, il pourrait se trouver n'importe où. Il faudrait qu'un détecteur soit à trois mètres du ke'tain pour le déceler.

Je m'enfouis sous la couette.

— Y a-t-il un moyen de créer un détecteur plus puissant, qui puisse couvrir une plus grande distance ?

— Nous avons essayé, mais il y a bien trop de fer ici pour obtenir une lecture valable. En plus des détecteurs distribués aux chasseurs, il y a des centaines d'agents et de faës munis de détecteurs affectés aux différentes zones de la vile. Ils ne font que marcher dans les rues et entrer dans les bâtiments, essayant de capter la signature du ke'tain.

Un sentiment d'angoisse me saisit.

— Le ke'tain est tellement petit qu'il pourrait être n'importe où. Si quelqu'un est assez intelligent pour le cacher dans du fer, il ne sera jamais retrouvé.

— Les détecteurs sont une solution de dernier recours. Je me suis demandé qui avait les moyens de retirer le ke'tain du temple et de suivre leurs actions jusqu'ici. Je sais que la reine Anwyn est derrière tout ça, mais ses gardes personnels sont trop doués pour couvrir leurs traces. Je sais aussi que quelqu'un dans ce royaume les aide et j'ai réduit la liste à plusieurs personnes. Davian Woods en fait partie, mais il est intelligent et insaisissable.

Lukas sourit.

— Ou du moins, il l'était jusqu'à ce qu'il invite à son insu une chasseuse de primes chez lui.

Je haussai les épaules.

— Personne ne croit jamais que je suis une chasseuse quand je le dis. Cela a finalement tourné à mon avantage.

— Tu as fait ce que ni moi ni l'Agence n'avions pu faire. Grâce à toi, je suis au courant du lien entre Davian et Tate et la garde de Seelie.

La chaleur se propagea dans ma poitrine.

— Tu admets que j'ai fait du bon boulot ?

— Oui, répondit-il sans hésitation. Mais j'espère que tu sais que Davian Woods n'est pas quelqu'un à mettre en colère, surtout maintenant que nous savons qu'il travaille avec la reine.

— Je le sais, mais si je l'avais su avant, je serais quand même allée à la fête.

— À cause de tes parents, dit-il.

— Oui.

Je remontai mes genoux jusqu'à ma poitrine et les entourai de mes bras.

— Le mois dernier, il y a eu une faille de sécurité à l'hôpital. Un faë a essayé d'approcher mes parents, mais il n'a pas réussi.

— Je sais. Je peux le sentir lorsqu'un autre faë essaye de contourner ma protection.

— Oh.

J'aurais dû le savoir, après que Conlan avait mis en place une protection sur mon appartement pour les alerter lorsqu'il y avait une effraction.

Les yeux de Lukas croisèrent les miens.

— Tes parents sont en sécurité, Jesse. Ils sont sous ma protection depuis qu'on les a sortis de la maison de Havas, et je ne laisserai personne les toucher.

Je ne pus que hocher la tête, la gorge encore nouée. Aujourd'hui, j'étais passée à travers une essoreuse émotionnelle, et de toute évidence, elle n'en avait pas fini avec moi.

Son regard se porta sur les photos de ma famille, sur le manteau de la cheminée.

— Est-ce que tes parents savent ce que tu as enduré pour les ramener à la maison ?

— Pas tout. Je vais le leur dire quand ils pourront le supporter.

Je triturai le bord effiloché de la couverture.

— Je peux te demander quelque chose ?

— Oui.

— Si la reine Anwyn est derrière la disparition du ke'tain, pourquoi est-ce qu'elle le prendrait et risquerait de détruire ton monde ?

Il se passa une main dans les cheveux.

— Pour être honnête, je ne sais pas. Cela fait vingt ans qu'Anwyn insiste pour ramener tous les faës chez eux et sceller la barrière entre nos mondes. Il y a une petite faction dans le royaume des faës qui pense que les humains nous sont inférieurs, mais c'est elle qui se fait le plus entendre sur l'idée de maintenir la pureté de notre royaume. En fait, elle veut préserver notre mode de vie, ne pas le détruire.

Ma lèvre se retroussa à cette description de la reine de Seelie.

— Si elle nous déteste tant, pourquoi laisserait-elle le prince Rhys venir ici ?

— Elle le permet, car la seule chose dont elle se soucie avant tout est son fils, et elle ne peut rien lui refuser. C'est devenu un rite de passage pour les faës atteignant la majorité de venir passer du temps dans votre monde. Le prince Rhys voulait connaître le monde humain, et sa mère ferait tout pour le rendre heureux.

— Tu dis donc qu'il est pourri gâté, et qu'il obtient tout ce qu'il veut.

Un coin de ma bouche se contracta.

— Est-ce que tous les princes faës sont dorlotés comme cela ?

Lukas sourit, ce qui envoya un lâcher de papillons dans mon ventre.

— Mon père a des idées très différentes sur la façon d'élever un héritier. Quand j'étais petit, il a choisi les cousins qui deviendraient ma garde personnelle, et nous nous sommes entraînés ensemble depuis ce jour. Quel que soit le défi auquel ils faisaient face, j'y faisais face avec eux. Lorsque l'un de nous était puni pour des bêtises, tous les six subissaient la même punition.

J'essayai de l'imaginer, lui et les autres, surtout Faolin, en petits garçons espiègles, en vain.

— Ça veut dire que tu as couru dans les montagnes, toi aussi ?

Un rire sortit de sa gorge sous forme de grognement.

— C'était devenu un jeu. Quiconque durait le plus longtemps sans recracher son repas était le vainqueur.

— Laisse-moi deviner, Faolin excellait à ce jeu.

— Tout juste.

Lukas ne cacha pas son sourire en coin.

— Il a dit que tu ne t'étais pas mal débrouillée dans les escaliers.

Je grimaçai.

— Quel compliment.

— De sa part, ça l'est. Sois reconnaissante qu'il n'y ait pas de montagnes ici.

— Je peux affirmer que je ne m'approcherai jamais d'une montagne avec lui.

Je repliai mes jambes sous mes fesses, à l'aise avec Lukas pour la première fois depuis cette horrible journée chez Rogin. Cela me semblait irréel d'être là, avec lui, après tout ce qui s'était passé.

Un bruit se fit entendre dans la salle de bain, et il se leva d'un coup.

— C'est Gus, dis-je avant qu'il ne puisse aller enquêter.

Les sourcils de Lukas se froncèrent.

— Gus ?

— C'est un drakkan. Il rentre et sort par la fenêtre de la salle de bain.

— Tu as adopté un drakkan ?

Lukas m'adressa un regard amusé et incrédule.

— C'est plutôt lui qui m'a adoptée.

Je soupirai.

— Il a percuté ma Jeep en volant, et je l'ai ramené à la maison pour réparer ses ailes. Il refuse de partir, à présent.

Comme s'il m'avait entendue, Gus entra en plastronnant dans le salon. Il jeta un regard à Lukas et grogna avec mécontentement. Mettant la tête sous la table basse, il réapparut avec le jouet à mâcher en forme de ballon de football que je lui avais offert et repartit dans le couloir.

Je fis un large sourire.

— Je ne pense pas qu'il t'apprécie, mais ne le prends pas mal. Gus est un peu grincheux, et je suis presque sûre qu'il ne m'aime même pas.

— Je suis surpris qu'il revienne.

Lukas fixait le drakkan.

— Les drakkans ne sont pas domestiques. Dans le royaume des faës, ce sont de féroces créatures qui protégèrent les frontières d'Unseelie.

Un rire m'échappa en pensant à Gus protégeant autre chose que sa gamelle. J'avais vu des chats de gouttière plus effrayants que lui.

Lukas s'assit et me sourit.

— C'est bon de t'entendre rire de nouveau.

Mon cœur s'affola un peu lorsque nos yeux se croisèrent, et je fus tout à coup très consciente de sa proximité. Je frottai mes lèvres l'une contre l'autre et son regard s'y posa, l'espace d'un instant. Ses yeux étaient-ils plus sombres ou était-ce le fruit de mon imagination ?

Il tendit la main vers moi, et l'air resta suspendu dans ma gorge lorsqu'il effleura mon oreille. Il souleva une mèche de cheveux, l'enroula autour d'un de ses doigts, et tira dessus avec espièglerie, activant toutes les terminaisons nerveuses de mon corps.

— Lukas, chuchotai-je.

Je voulais lui demander ce qu'il faisait, mais mon cerveau eut un court-circuit lorsque sa main abandonna mes cheveux pour prendre mon visage en coupe.

Son regard brûlant croisa le mien. Il se pencha jusqu'à ce que seuls quelques centimètres nous séparent encore, et je fus submergée par une sensation de déjà-vu. Je levai une main et la posai contre son torse, comme si c'était sa juste place. Il répondit en prenant mon bras pour le passer autour de son cou. Un infime tremblement le parcourut alors que mes doigts touchaient les cheveux doux sur sa nuque.

Puis sa main glissa derrière mon cou. Sa bouche effleura la mienne, déclenchant des explosions dans mon ventre alors qu'il murmurait mon prénom, ses lèvres contre les miennes. Je les ouvris, et il n'eut pas besoin d'autre invitation. Sa langue s'y aventura, prenant possession de ma bouche avec une tendresse féroce. J'avais la tête qui tournait lorsqu'il recula enfin.

Je me plaignis à mi-voix, mais il n'avait pas l'intention de s'arrêter. Sa tête se baissa de nouveau et il s'empara de ma bouche avec un autre baiser torride qui anéantit toutes pensées conscientes. Je me noyai dans son étreinte, les sensations me submergèrent. Je ne savais qu'une chose, que j'en voulais plus.

Je fus à peine consciente qu'il me soulevait jusqu'à ce que je me retrouve sur ses genoux. Je me mis à genoux et pris son visage dans mes mains, fusionnant mes lèvres aux siennes. Il renonça au contrôle du baiser, préférant glisser ses mains chaudes vers mes fesses pour me maintenir contre lui.

Il interrompit le baiser et sa bouche descendit le long de ma gorge.

— *Mi'calaech*, fit-il d'une voix rauque, ce mot presque un appel.

À ce moment-là, je lui aurais donné tout ce qu'il me demandait.

La fenêtre de la salle de bain claqua, et ce fut brusquement comme si un sortilège se brisait. Lukas s'immobilisa, et l'espace d'un instant, on n'entendit que nos respirations irrégulières. Il pencha la tête en arrière contre le canapé, les yeux fermés comme s'il ne pouvait pas me regarder.

Une chaleur différente se répandit en moi, cette fois, et je m'enlevai de ses genoux avec autant de dignité que possible. Il ne chercha pas à m'arrêter, ce qui en disait long. J'avais besoin de mettre de l'espace entre nous et j'allai m'asseoir sur la chaise. Quand je le regardai, la tristesse sur son visage me fit mal au cœur.

— Jesse ?

— Je pense que tu devrais partir, répondis-je, fière de la détermination de ma voix en dépit des émotions qui se déchaînaient en moi.

Lukas se déplaça jusqu'au bord du canapé, mais ne se leva pas.

— Je le ferai si tu le souhaites, mais pas comme ça.

Je serrai les mains sur mes genoux.

— Ce n'était qu'un baiser. Ces choses-là arrivent, et tu n'as rien à expliquer.

— C'était plus qu'un simple baiser, répondit-il d'un ton bourru. Et je me suis arrêté à cause de mon désir, justement, pas parce que je ne le voulais pas.

Quelque chose fit tilt dans mon esprit, comme si une porte dont j'ignorais l'existence venait de s'ouvrir. Je le fixai alors que les souvenirs affluaient. Lui, à genoux devant moi, dans ma chambre.

« *Mais j'aime la façon dont tu m'embrasses. Tu le referas quand je serai moi-même ?* »

« *Non, mi'caleach. Mais pas parce que je ne le veux pas.* »

Je mis une main sur ma bouche alors que cette nuit me revenait en force. La majeure partie était floue, comme un rêve dont on ne parvient pas à se souvenir exactement. Mais je me remémorais clairement le baiser.

— On s'est embrassés, la nuit où j'ai eu de la fièvre. Pourquoi est-ce que tu ne me l'as pas dit ?

Il se frotta la mâchoire.

— Cela n'aurait pas dû se passer, et c'était mieux que tu n'en gardes aucun souvenir.

Je ravalai la douleur que sa réponse provoqua.

— Alors, pourquoi tu m'as embrassée de nouveau ?

— Un moment de faiblesse, admit-il.

— Oh.

J'aurais voulu une réponse plus éloquente, mais il ne semblait pas en avoir en stock pour les cas où il embrassait les gens par erreur.

— Je n'aurais pas dû, parce que je savais que je ne voudrais pas m'arrêter à un seul baiser.

Il expira avec force.

— Tu sais qu'il ne peut pas y avoir d'avenir pour nous deux. Je tiens à toi, Jesse, et je ne veux pas te considérer comme une liaison passagère. Tu mérites plus que ça.

Il avait raison, mais cela ne rendait pas ses paroles plus faciles à entendre. À l'instant où j'avais commencé à tomber amoureuse de lui, j'avais su que cela ne mènerait qu'à des maux de tête, car les relations humain-faë ne pouvaient pas fonctionner. Jackson Chase et la princesse Nerissa le savaient, et plutôt que d'être séparés, ils avaient tout risqué. Il l'avait payé de sa vie.

Cela aurait été mieux si Lukas et moi n'avions pas concilié nos différences. Au moins, lorsque j'étais en colère contre lui, j'avais réussi à faire taire les autres sentiments. Et je n'avais aucune idée de ce que cela faisait de l'embrasser.

J'essayai de penser à la meilleure réponse lorsqu'un vacarme éclata devant l'appartement, suivi par la voix forte de Maurice.

— Vous n'avez aucun pouvoir ici, ni le droit de m'éloigner d'elle.

— Oh, non, pas encore.

Je bondis et courus vers la porte. L'ouvrant d'un coup sec, je trouvai mon parrain en colère, visiblement prêt à se bagarrer contre Iian et Kerr qui se trouvaient dos à la porte.

Le soulagement envahit le regard de Maurice lorsqu'il me vit.

— Jesse, Dieu merci. J'ai appris que tu étais sur le ferry dans cette tempête.

— Oui, mais ça va.

Je me frayai un passage entre Iian et Kerr, qui se déplacèrent pour me laisser passer.

Maurice me fit un câlin.

— Ma petite, je pense que j'ai perdu dix années de ma vie en une heure. Pourquoi est-ce que tu ne réponds pas à ton portable ?

— Je l'ai perdu sur le ferry.

Je m'écartai pour le regarder.

— Pourquoi est-ce que tu n'as pas appelé sur le fixe ?

— Je n'y ai pas pensé.

Il plissa les yeux vers les faës derrière moi.

— Il est un peu tard pour avoir des invités, tu ne penses pas ?

— Ils sont venus pour savoir comment j'allais. Ils allaient partir.

— Repose-toi, Jesse.

La voix de Lukas ne dévoila rien de ce qui s'était passé entre nous, quelques minutes plus tôt.

— Tu pourras reprendre l'entraînement dans quelques jours.

Je me forçai à me tourner vers lui. La personne qui m'avait embrassée jusqu'à me faire oublier mon propre nom avait disparu. Le prince Vaerik dans toute son autorité indifférente était de retour, et la distance entre nous pouvait être mesurée en kilomètres. Son sourire ne ressemblait en rien à celui qu'il m'avait adressé juste avant de m'embrasser. Apparemment, cela ne se reproduirait pas de sitôt.

— Merci d'être passé, dis-je aimablement, recevant d'étranges regards d'Iian et de Kerr.

Pouvaient-ils sentir que quelque chose s'était passé entre Lukas et moi ? Le bout de mes oreilles devint brûlant.

— L'entraînement ? demanda Maurice après que les faës eurent disparu au palier inférieur.

— C'est surtout de la remise en forme, répondis-je d'un air las en entrant dans l'appartement.

Il me suivit.

— Avec la garde royale d'Unseelie ?

— Tu penses que je devrais arrêter ?

Une partie de moi voulait qu'il réponde oui, qu'il me dise que maman et papa ne le voyaient pas d'un bon œil. N'importe quoi pour me donner une excuse pour ne pas y retourner.

— Sûrement pas.

Il me regarda comme si j'avais perdu l'esprit.

— Je ne suis pas ravi de voir qu'ils sont dans ton appartement, mais on ne laisse pas passer une opportunité comme celle-ci.

Il marqua une pause.

— Tant qu'ils ne franchissent aucune limite.

Je ris à gorge déployée, et me tournai vers la cuisine.

— Tu n'as pas à t'inquiéter à ce niveau-là.

Du moins, plus maintenant.

16

— FINCH, AISLA, JE sors un moment ! criai-je à la cabane alors que je passais devant le salon.

Finch siffla et je levai les yeux.

Tu as dit que tu ne travaillerais pas aujourd'hui, dit-il en langage des signes.

— Ce n'est pas le cas. J'ai besoin d'acheter un nouveau téléphone.

Faire de petites courses était tout ce qui m'occuperait durant les prochains jours, car je ne pouvais pas chasser ni m'entraîner avec une entorse au poignet. Je n'avais pas l'habitude d'avoir autant de temps libre. Violet était en Californie alors que j'avais enfin du temps pour sortir.

Tu peux prendre encore un peu de yikkas pour Aisla ? demanda Finch.

— Je vais passer au marché pour faës sur le retour.

Aisla mangeait les mêmes fruits et baies que lui, mais son plat préféré était un fruit d'origine faë appelé le yikka, que ses ravisseurs lui avaient donné.

Je pris mes clés et partis, dévalant les marches d'un pas léger. Atteignant le rez-de-chaussée, je m'arrêtai à la vue de six faës qui semblaient prendre tout l'espace de la petite entrée. Les deux faës aux cheveux blonds devant le groupe m'évaluèrent de leurs yeux froids et hostiles. La peur s'empara de moi, et je me raidis, prête à retourner en sécurité chez moi.

— Jesse, fit alors une voix alors que le prince héritier de Seelie franchissait sa garde pour se tenir devant moi.

— Prince Rhys. Qu'est-ce que... vous faites ici ? demandai-je bêtement, même s'il était évident qu'il était là pour me voir.

Quelle autre raison pourrait avoir le prince de Seelie pour se trouver dans mon immeuble ?

Son sourire était presque contrit.

— Je suis désolé de venir à l'improviste. Je voulais vous rendre visite depuis que je vous ai vue au Va'sha le mois dernier, mais je n'étais pas en ville. Puis ce matin, j'ai vu les infos concernant l'accident terrible du ferry, et voilà que vous étiez à la télévision. C'était comme un signe d'Aedhna me disant que je devais venir vous voir aujourd'hui.

Ma bouche s'ouvrit, mais aucun mot n'en sortit. Comment répondait-on à quelque chose comme ça ?

La porte principale s'ouvrit vers l'intérieur et Gorn fit son entrée. Il nous vit et se figea, écarquillant ses yeux sombres.

— Que viens-tu faire ici, le nain ? lança l'un des faës aux cheveux blonds.

Les yeux terrifiés de Gorn alternèrent entre eux et moi. Ma colère s'échauffa. C'était sa maison, et il devrait être autorisé à aller et venir à sa guise sans avoir peur.

Je m'approchai de Gorn et fis face au groupe. Les hommes du prince Rhys m'effrayaient, mais pas au point de me faire taire.

— Je vais vous demander de ne pas harceler ni intimider les gens de mon immeuble. Gorn est un de mes locataires, et de toute manière, vous n'avez aucun droit de remettre en question sa présence ici.

Le faë qui avait parlé me regarda de haut.

— Nous avons tous les droits d'arrêter et de poser des questions à quiconque pourrait constituer une menace à notre prince.

Sa déclaration raviva les souvenirs de la nuit où Faolin m'avait forcée à aller chez Lukas pour être interrogée. À l'époque, j'étais trop émotive pour les défier, mais beaucoup de choses avaient changé depuis.

Je n'étais pas familière avec tous les aspects des traités faës, mais je savais que ce type n'était pas fiable.

— Vous avez l'autorité d'arrêter quiconque constitue une menace *crédible* et d'utiliser la force si le prince se fait attaquer. Vous n'avez pas le droit de détenir, d'interroger, ou de faire du mal aux gens seulement parce qu'ils se trouvent à proximité. Vous n'avez pas non plus le droit d'entrer dans une résidence privée et de menacer ses occupants.

Les cinq gardes me fusillèrent du regard et je faillis partir en courant. Mais si je ne pouvais pas leur tenir tête dans mon propre immeuble, je pouvais tout aussi bien aller me cacher dans ma chambre pour le restant de ma vie.

Le prince Rhys applaudit.

— Bien dit.

— Merci.

Je regardai Gorn et lui adressai un sourire rassurant.

— À plus tard.

Le nain hocha la tête par à-coups et se hâta vers sa porte. Il jeta un coup d'œil furtif vers nous avant de disparaître à l'intérieur.

Une porte de l'autre côté de l'entrée s'ouvrit, et nous nous tournâmes pour découvrir ma voisine de quatre-vingts ans, le regard noir. Les cheveux anormalement rouges de Madame Russo étaient arrangés en gros bigoudis, et elle portait un peignoir vert menthe effiloché qui aurait dû finir en chiffons pour la poussière depuis une décennie déjà, avec ses lunettes œil de chat en strass perchées sur son nez qu'elle ne portait que lorsqu'elle regardait la télé.

— C'est quoi, tout ce raffut ? exigea-t-elle avec l'autorité d'une reine. J'essaye d'apprécier mon feuilleton, et je n'entends absolument rien avec toutes ces jacasseries.

Les faës la dévisageaient sans trop savoir quoi penser de cette petite et étrange créature qui osait les interroger. Personne ne vieillissait physiquement dans le royaume des faës, et ils n'avaient sûrement jamais rencontré de personne âgée irritable, encore moins aussi haute en couleur que ma voisine.

Madame Russo les regarda par-dessus ses lunettes.

— Et bien ? aboya-t-elle. Je sais que vous pouvez parler, alors crachez le morceau.

Mes lèvres frémirent et je les pinçai pour retenir un rire.

— Excusez-moi, ma chère dame.

Le prince s'avança et s'inclina devant la vieille femme.

— Je suis le prince Rhys de Seelie, et je vous demande humblement pardon d'avoir troublé votre cuisine quotidienne.

Elle s'écarta de lui comme s'il avait dévoilé qu'il était un extraterrestre. Le prince Rhys jeta un coup d'œil alentour, manifestement perplexe devant sa réaction.

Cette fois, ce fut plus fort que moi. Je me pliai en deux de rire. Je me fichais que tout le monde dans la pièce me regarde comme si j'avais perdu l'esprit. Je laissai le rire s'échapper de moi, emportant avec lui tout le stress de ces dernières vingt-quatre heures.

— Qu'est-ce que vous avez fait à Jesse ? demanda Madame Russo d'une voix stridente.

Elle pointa vers le prince un doigt osseux.

— Vous avez utilisé des tours de passe-passe de faë pour embrouiller son esprit ?

— Je... répondit le prince Rhys désespérément, me faisant céder à un autre éclat de rire.

Il me fallut un effort suprême pour regagner mon calme. J'essuyai mes yeux et me dirigeai vers Madame Russo pour lui assurer que j'allais bien. Enfin, je dis au prince Rhys :

— Un feuilleton, c'est un genre de programme télé. Elle ne cuisinait pas.

— Je vois, répondit-il, même si ses sourcils froncés me laissaient entendre que ce n'était pas le cas.

Je regardai ma voisine.

— Personne ne m'a charmée. J'avais seulement besoin de rire un bon coup.

Elle sourit et me tapota le bras.

— Ces jours-ci, si quelqu'un mérite de rire, c'est bien toi.

— Je suis désolée de vous faire manquer votre feuilleton.

— Ne t'inquiète pas pour ça. Je l'ai enregistré hier, alors je ne manque rien.

Elle jeta un regard guère impressionné vers le prince et ses hommes.

— Utilisez votre voix intérieure, la prochaine fois.

Sans attendre de réponse, elle entra dans son appartement et ferma la porte avec un bruit sec qui résonna.

Les faës fixaient la porte sans un mot, essayant sans doute de comprendre ce qui venait de se passer. Le prince Rhys fut le premier à parler.

— Est-ce que tous vos aînés sont comme ça ?

— Non.

Je ricanai.

— Madame Russo est unique en son genre.

— Elle est tout à fait intéressante.

Il se tourna vers moi.

— Je suis désolé. Je n'avais pas l'intention de venir ici pour vous créer des problèmes.

— Pour quelle raison exactement êtes-vous ici ?

Il sourit timidement.

— Je ne vous ai pas donné la meilleure image de moi au Va'sha, et je voulais vous montrer que je n'étais pas aussi mauvais. Je crains que ceci n'ait pas aidé ma cause.

— Votre cause ?

Je fourrai les mains dans les poches de mon manteau pour cacher le malaise qui s'installait en moi.

Il dut percevoir quelque chose dans mon expression, car il s'empressa de dire :

— Je ne cherche rien d'autre que de l'amitié.

Je levai les sourcils.

— Il y a des millions de personnes qui tueraient pour être votre ami. Pourquoi moi ?

— Je ne sais pas.

Il fronça les sourcils, aussi confus que je me sentais.

— Peut-être parce que vous faites partie de l'une des rares humaines que j'ai rencontrées qui ne veuillent rien de moi. C'est agréable.

L'un de ses hommes ricana, mais le prince Rhys l'ignora.

— Quelle que soit la raison, j'aimerais mieux vous connaître, et je serais honorée si vous consentiez à dîner avec moi.

Ma première réaction fut de dire non. C'était le fils de la reine de Seelie, et je devais mettre autant de distance que possible entre lui et moi.

D'un autre côté, cela pourrait être une opportunité pour en apprendre plus sur la reine Anwyn, et peut-être avoir un aperçu de la raison pour laquelle elle voudrait le ke'tain. J'étais dans une position unique. J'avais accès à la seule personne qui la connaissait mieux que quiconque. Lukas ne serait pas content, mais si cela l'aidait à trouver le ke'tain, comment pourrais-je ne pas le faire ?

— Je vais déjeuner avec vous, dis-je. Vous avez un restaurant favori ?

Son sourire était presque aveuglant.

— Et si vous choisissiez ?

— Votre Altesse... commença à contester l'un de ses hommes, mais le prince Rhys l'interrompit d'un signe de la main.

Je réfléchis aux options, préférant rester près de la maison.

— Mon restaurant vietnamien préféré n'est pas loin d'ici. Vous avez essayé la cuisine vietnamienne ?

— Oui. Ils ont une soupe qui ressemble à l'un de mes plats favoris chez moi.

Je souris.

— Le pho. Je l'aime aussi.

— C'est réglé, alors. Mes hommes vont nous conduire là-bas.

— Si ça ne vous embête pas, je vais conduire moi-même.

Devant son regard interrogateur, je dis :

— J'ai quelques courses à faire ensuite, et cela m'épargnera le temps de revenir chez moi pour prendre ma voiture.

Le prince Rhys semblait prêt à protester, mais l'expression de ses gardes laissait entendre qu'ils préféraient ce système. Je leur donnai le nom et l'adresse du restaurant avant de les faire sortir du bâtiment sans leur laisser le temps d'ajouter un mot.

Je ne fus pas surprise qu'ils restent derrière moi durant tout le trajet. Le prince voulait sûrement s'assurer que je ne change pas d'avis. Je n'étais pas à l'aise concernant son intérêt pour moi, même si c'était platonique, mais je ne savais pas comment le décourager sans l'offenser. Avec un peu de chance, il verrait aujourd'hui qu'il n'y avait rien de très intéressant chez moi et il passerait à quelqu'un d'autre.

Nous arrivâmes avant la ruée du midi, le restaurant n'était donc pas très occupé. L'hôtesse se précipita en voyant le prince et nous conduisit vers un box au fond du restaurant. Deux de ses hommes nous accompagnaient, et les trois autres se placèrent près de la porte. Au moins, les cinq ne me fusilleraient pas du regard pendant tout le déjeuner.

J'enlevai mon manteau et les yeux du prince Rhys tombèrent sur le bandage autour de mon poignet.

— Ça vient de l'accident du ferry ?

— Ce n'est qu'une entorse.

Je baissai la manche de mon pull pour le couvrir.

— Je serai comme neuve dans quelques jours.

L'inquiétude troubla son regard.

— Mon médecin personnel voyage avec moi. Si vous me le permettez, je la ferai venir chez vous pour s'occuper de votre blessure.

Je souris.

— Vous êtes très gentil de me le proposer, mais ce n'est rien, vraiment. J'ai eu des bleus bien pires que ça durant certaines missions.

Un serveur nous approcha, visiblement terrifié par les deux gardes à côté de la banquette. Il remplit nos verres d'eau et prit nos commandes avant de se sauver.

— Dites-moi, comment quelqu'un d'aussi jeune devient chasseuse de primes ? demanda le prince Rhys.

Je sirotai mon eau.

— La plupart des chasseurs commencent vers la fin du lycée. D'habitude, ils ont de la famille dans le secteur et ils marchent dans leurs pas au lieu d'aller à la fac.

Je ne précisai pas que certains d'entre eux auraient préféré aller à l'université, mais tout comme moi, ne pouvaient pas se le permettre.

— Et quelles traces suivez-vous ?

Je me demandai quoi lui dire, avant de me rendre compte que, depuis le temps, ses hommes avaient sûrement fait une enquête approfondie à mon sujet. Ils sauraient tout de suite si je disais la vérité.

— Mes parents. Ce sont les meilleurs dans ce domaine, répondis-je fièrement.

— Ah bon ?

Il se pencha.

— Parlez-moi d'eux.

Son enthousiasme d'enfant était irrésistible. Pendant le repas, je lui racontai comment mes parents avaient commencé à chasser, et je partageai des histoires sur certaines de leurs missions les plus importantes. Il m'écouta attentivement et m'interrompit souvent avec des questions. Cela ne me dérangeait pas, car j'aimais parler du travail de mes parents.

— J'adorerais les rencontrer, dit-il avec sérieux.

Un de ses hommes laissa transparaître son agacement. Je n'eus pas besoin de regarder le visage du garde pour savoir qu'il n'aimait pas la tournure de cette conversation.

— Pour l'instant, ils ne peuvent pas recevoir de visiteurs.

Les épaules du prince Rhys s'affaissèrent.

— Ils travaillent sur une mission importante ?

Je tordis la serviette sur mes genoux.

— Non. Ils sont dans un établissement de repos. Ils suivaient un trafiquant de goren en novembre, qui les a enfermés et leur a administré la drogue.

Le visage du prince témoigna de sa colère alors qu'il écoutait mon histoire, du moins la version qui avait été communiquée au public. Pour la sécurité de ma famille, l'Agence n'avait pas évoqué l'implication de la garde royale de Seelie dans la disparition de mes parents.

— Je suis tellement désolé, dit-il, manifestement sincère. Je n'ai pas vu les effets du goren sur les humains, mais j'ai entendu dire qu'ils pouvaient être dévastateurs.

Je hochai la tête avec sérieux.

— Les docteurs ont dû garder mes parents dans un coma artificiel pendant deux semaines, le temps que le goren soit évacué de leur corps. Ils se remettent lentement, mais ils ne peuvent pas se souvenir de ce qu'il s'est passé. Les docteurs ont dit qu'ils ne récupéreront sûrement jamais ces souvenirs.

J'ajoutai la dernière partie au cas où l'un des hommes du prince ferait un rapport à la reine Anwyn.

— Je n'imagine pas ce que vous devez traverser.

— Ils sont en vie, et ils s'en remettront. C'est tout ce qui compte.

Je tendis la main vers mon verre d'eau.

— Mais nous n'avons parlé que de moi et de ma famille. Si vous me disiez quelque chose sur vous ?

Il sourit.

— Je suis sûr que tout ce que vous rêveriez de savoir sur moi se trouve dans l'un de ces magazines à scandale.

— Je me fiche de votre couleur favorite ou de ce que vous aimez manger. Dites-moi quelque chose que je ne puisse pas trouver dans un magazine. Qu'est-ce qui vous manque le plus concernant votre pays ?

Ses yeux brillèrent.

— Essayez-vous d'avoir un scoop sur moi, Jesse ?

— C'est vous qui êtes venu me chercher, rétorquai-je avec espièglerie.

— C'est vrai.

Le regard dans le vague, il reprit :

— Je pense que mon tarran me manque plus qu'autre chose. Quand je suis chez moi, je le chevauche chaque jour.

J'essayai de ne pas laisser transparaître mon étonnement. Comme tout le monde disait qu'il était très proche de sa mère, je m'attendais à ce qu'il réponde qu'elle lui manquait.

— J'ai vu des dessins de tarrans. Sont-ils vraiment deux fois plus grands que nos chevaux ?

Un tarran était un équin d'origine faë, qui ressemblait à un cheval en version plus fine et plus élancée, avec deux petites cornes sur le front.

— Pas deux fois plus grands, mais c'est vrai qu'ils sont gigantesques par rapport à vos chevaux, et ils sont bien plus rapides. Il y a une grande prairie au sud du palais, où j'avais pour habitude de faire la course avec mes amis quand nous étions enfants.

Il jeta un regard irritable vers ses hommes.

— À présent, cette activité est mal vue. Elle est jugée indigne et dangereuse pour le prince héritier.

— Vous ne faites donc plus la course ?

— Bien sûr que si.

Son sourire était empreint de malice.

— Je m'assure seulement que la reine n'en entende pas parler.

C'était la première fois qu'il évoquait sa mère, et j'en profitai pour orienter la conversation vers elle, l'air de rien.

— Comme la mienne. Je ne lui raconte pas toutes mes chasses, sinon elle me priverait de sortie à vie.

Le prince Rhys ricana.

— Les parents peuvent se montrer trop protecteurs, où qu'ils vivent. Ma mère ne voulait même pas que je vienne dans votre royaume, mais elle savait que je serais malheureux si je ne faisais pas l'expérience de tout cela. J'ai grandi en entendant des histoires sur ce monde et en attendant le jour où je serais assez vieux pour le voir par moi-même.

— Et cela a-t-il répondu à vos attentes ?

— Oh, oui.

Il hocha la tête avec ferveur.

— C'est mieux que tout que j'aurais pu imaginer. Il y a tant de pays différents où aller et de cultures à découvrir. Je pourrais passer des années ici sans toutes les découvrir. J'ai hâte de ne plus être contraint de rentrer chaque semaine pour recharger mon énergie.

— Le fer vous affecte donc tant ?

Je savais que les faës qui étaient nouveaux dans ce monde devaient rentrer dans leur royaume pour se recharger, mais je pensais que c'était de l'ordre d'une fois par mois.

— Non. C'était l'une des conditions de ma mère, car elle s'inquiète trop.

Il me fit un sourire en coin.

— En vérité, le fer affecte Bayard et les autres plus que moi.

— Bayard ?

— Mon chef de la sécurité.

Il inclina la tête vers l'un des faës à côté de la banquette.

Je ne fus pas surprise de voir que c'était celui aux cheveux blonds qui avait parlé à Gorn. À son regard désapprobateur, je compris que Bayard était encore mécontent du choix de son prince en matière de compagne de table. Eh bien, je n'étais pas non plus ravie de la présence du garde.

Le serveur approcha avec notre addition, mais Bayard l'intercepta avant qu'il n'atteigne la table. Le faë lui remit de l'argent en lui disant de garder la monnaie. Je ne savais pas combien il avait donné au serveur, mais à ses yeux arrondis, je compris que c'était généreux.

Le prince Rhys et moi parlâmes un peu plus, mais surtout des endroits où il était allé jusqu'à présent. Comme aucun moment ne se présenta pour réorienter la conversation vers la reine sans éveiller les soupçons, j'évitai de tenter le coup.

Nous étions ici depuis près de deux heures lorsque Bayard lui indiqua qu'il était temps d'y aller. Le prince hocha la tête et me sourit.

— Je ne saurais pas vous dire à quand remonte la dernière fois où j'ai autant apprécié un déjeuner. Merci d'être venue.

Je me glissai hors du box.

— J'ai aussi apprécié, Votre Altesse.

Il grimaça en se levant.

— Oh, et puis tutoyons-nous. Appelle-moi Rhys, s'il te plaît.

Je souris sans répondre. Je ne pouvais pas nier qu'il était très sympathique, mais je ne pouvais pas non plus oublier que sa mère avait blessé mes parents et torturé Faris. Elle avait volé le ke'tain, ce qui pouvait mener à la destruction de mon monde et de tous les êtres chers à mon cœur. Elle était mon ennemie, et cela ressemblerait à une trahison que je sois amie avec son fils.

Nous marchâmes vers la sortie, escortés par sa garde. Heureusement, le coup de feu de midi était passé et il n'y avait pas beaucoup de monde dans le restaurant. Deux personnes levèrent leur téléphone pour prendre des photos, mais les baissèrent en détournant les yeux sous le regard mécontent des gardes.

— Fais profil bas, me dit le prince Rhys avant que nous ne quittions le restaurant.

Avant que je puisse demander ce qu'il voulait dire, j'aperçus le premier objectif. La garde royale serra les rangs autour de nous alors qu'une foule de paparazzi se mettait à crier des questions au prince. Ils voulaient savoir qui était la jeune femme à son bras et comment nous nous étions rencontrés.

Mon estomac se noua. Ils allaient me suivre, me prendre en photo, puis l'étaler sur tous les journaux people. J'étais censée rester discrète. Cela n'allait pas arranger mes affaires que l'on me colle une romance avec le prince héritier de Seelie. La panique m'envahit. Ils trouveraient qui j'étais et ils écriraient des articles sur mes parents et leur centre de désintoxication. La presse ne faisait pas fortune en écrivant de belles histoires. Ils prospéraient grâce aux scandales, et ils n'avaient aucun scrupule à combler les blancs avec des mensonges.

Le prince Rhys me prit le bras.

— Ne t'inquiète pas. Mes hommes te protégeront.

Je restai silencieuse. Je ne pouvais pas lui dire que c'était sa célébrité que je craignais. Ses hommes ne pouvaient pas me protéger contre cela ou les retombées.

Nous atteignîmes le trottoir et les photographes qui nous entouraient se placèrent à bonne distance de nous. Même ces personnes étaient assez intelligentes pour garder leur distance avec les hommes du prince.

À travers un espace entre les deux gardes, je vis un paparazzi baisser son appareil photo. Je croisai son regard stupéfait alors que nous passions.

À l'aide, articulai-je silencieusement et désespérément, un instant avant qu'il ne disparaisse.

Mon téléphone sonna et le nom de Tennin apparut à l'écran. Je me précipitai pour y répondre, ignorant le regard noir que l'un des gardes m'adressa.

— Rendez-vous à Moore Books, au coin de la rue, et va dans le bureau au fond, ordonna Tennin. La propriétaire est une de mes amies. Dis-lui que je t'ai envoyée. Je serai bientôt là.

— D'accord.

Il mit fin à l'appel et je regardai le prince Rhys.

— J'ai un ami qui m'attend à la librairie au coin. Je peux me cacher là-bas jusqu'à ce que les paparazzi s'en aillent.

La déception apparut brièvement dans ses yeux, mais il hocha la tête.

— La célébrité n'est pas pour tout le monde.

— Surtout les chasseurs de primes.

Je souris et il sembla retrouver sa bonne humeur.

— Bayard, dit-il à voix basse.

— Moore Books, répondit son chef de la sécurité. En approche.

Nous nous arrêtâmes devant le magasin pittoresque que j'avais visité à quelques reprises lorsque j'avais encore le temps de lire pour le plaisir. Je remerciai de nouveau le prince pour le déjeuner, et je me dépêchai d'entrer, la tête basse. Certains paparazzi essayèrent de me suivre, mais les hommes du prince empêchèrent toute autre personne d'entrer dans le magasin.

La gérante, une belle brune d'environ trente ans, était la seule personne dans le magasin. Elle leva les yeux en arrangeant un présentoir de magazines près de la vitrine lorsque la cloche au-dessus de la porte tinta.

— Bienvenue chez Moore Books.

— Je suis une amie de Tennin, laissai-je échapper. Il m'a dit de me cacher ici jusqu'à ce que les paparazzi partent.

Jetant un coup d'œil par la vitre, elle écarquilla les yeux.

— Eh bien. Suivez-moi.

Elle ferma la porte d'entrée et me conduisit vers un bureau exigu au fond du magasin.

— Désolée pour le désordre, dit-elle en déplaçant une pile de livres vacillante de la chaise pour la mettre sur le petit bureau.

— Inutile de vous excuser.

Je stabilisai quelques livres qui menaçaient de dégringoler.

Elle recula alors pour me regarder. Ses yeux balayèrent mon visage et je me rendis compte qu'elle essayait de me resituer.

Je m'affalai sur la chaise et expirai profondément.

— Je ne suis pas une célébrité. J'ai simplement eu la malchance extrême d'être surprise à marcher avec le prince de Seelie.

Sa bouche fit un O parfait.

— C'est ça, dis-je avec ironie. Mais vous m'avez déjà vue avant. Je suis venue quelquefois ici.

La porte arrière s'ouvrit, et j'entendis brièvement les bruits de la circulation avant qu'ils ne soient de nouveau coupés. Quelques secondes plus tard, Tennin apparut devant le bureau.

— Angela.

Il embrassa rapidement la libraire. À son rougissement, je me dis qu'ils avaient peut-être été bien plus que des amis.

— Merci pour ton aide.

— Tout ce que tu voudras.

Les joues toujours cramoisies, elle nous laissa seuls dans le bureau.

Je levai les sourcils.

— Une amie ?

— Oui, tu as de la chance.

Il ferma la porte du bureau et me fixa comme un adulte réprobateur s'apprêtant à gronder un enfant.

— Ai-je vraiment envie de savoir comment tu en es venue à déjeuner avec le prince héritier de Seelie ? J'espère que ce n'est pas un autre de tes plans insensés, parce que cette fois, je ne veux pas être celui qui l'annoncera à Lukas.

Je grognai.

— Je me suis déjà excusée trois fois pour ça. Non, ce n'était pas un *plan*.

Je mimai des guillemets pour le dernier mot.

— Le prince Rhys m'a invitée à déjeuner. Je pouvais difficilement dire non.

Tennin n'essaya même pas de cacher son incrédulité.

— Depuis quand tu connais le prince de Seelie ?

— Je l'ai rencontré au Ralston, le mois dernier, et je l'ai vu au Va'sha quelques semaines plus tard. Je le connais à peine.

Je pris l'un des livres reliés sur le bureau et regardai la couverture.

— Je me demande si elle l'a en version brochée.

Il me retira le livre des mains.

— Est-ce que Lukas sait pour toi et le prince Rhys ?

— Il n'y a rien entre moi et le prince Rhys, et Lukas n'a pas son mot à dire sur les personnes à qui je parle, répondis-je, un peu plus durement que je n'en avais l'intention.

Fronçant les sourcils, je tendis la main vers le livre, mais Tennin le maintint à l'écart.

— Tu joues avec le feu, Jesse.

Je soupirai.

— Il n'y a absolument rien entre moi et le prince Rhys. Il m'a invitée à déjeuner, et j'ai clairement dit que ce n'était rien de plus. Tu le suivais déjà avant qu'il soit connu chez nous, alors tu sais comment il est. Il aura changé de centre d'intérêt en un rien de temps.

— Pour notre bien, j'espère que tu as raison.

— Qu'est-ce que ça veut dire ?

Il posa le livre sur le bureau.

— Tu as conduit jusqu'ici ?

— Oh, non. Tu n'as pas le droit de dire quelque chose comme ça et de le laisser en suspens.

Je croisai les bras.

— Qu'est-ce que tu voulais dire par « pour notre bien » ?

Tennin donnait l'impression d'avoir mangé quelque chose qui ne lui convenait pas.

— Qu'est-ce que je t'ai fait ? répondit-il. Tu ne peux pas oublier ce que j'ai dit ?

Je ne répondis pas.

Il lâcha un soupir douloureux.

— Lukas a fait savoir que tu étais sous sa protection, et que tout faë qui te harcèlerait ou qui te chercherait répondrait de ses actes devant lui.

— Il a fait *quoi* ?

Je me levai rapidement, fixant Tennin du regard.

— Quand ?

— Début janvier. J'étais dans le royaume des faës, et je l'ai entendu en rentrant.

Il grimaça.

— Ce n'est pas aussi grave que ça en a l'air. Il a fait ça pour prévenir quiconque aurait l'intention de te faire du mal.

Je n'en revenais pas.

— Pourquoi est-ce que tu ne me l'as pas dit ?

Tennin m'adressa un regard comme pour me dire : *tu es sérieuse ?*

— Il m'a demandé de ne pas le faire.

— Pourtant, tu me le dis maintenant.

— Parce que je commence à croire que tu causes plus d'ennuis que lui.

Tennin se frotta les yeux.

— Je prévois de m'en remettre à sa miséricorde. Il me graciera sûrement, parce qu'il sait à quoi j'ai affaire.

Je lui lançai un regard noir.

— Là, tu exagères.

— Ah bon ? Tu sais ce qu'il m'a dit à la fête de Davian après ton départ ? Il m'a dit qu'il comprenait ma situation délicate et qu'aussi longtemps que mes intentions envers toi étaient bonnes, il fermerait les yeux sur le fait que je t'avais emmenée chez Davian Woods.

Je mis les mains sur mes hanches.

— Il n'avait aucun droit de te dire ça.

Tennin secoua la tête.

— Il en avait tous les droits. C'est mon prince, et un jour, ce sera mon roi.

En plus, il n'avait pas tort. Je sais que Davian est dangereux et je n'aurais jamais dû t'emmener là-bas. Je suis content que rien de grave n'en ait découlé, en tout cas, pas à cause de Lukas. Je ne pourrais pas regarder tes parents en face si je te mettais en danger.

— Au moins, j'ai pu me mettre sur mon trente-et-un et goûter à cette délicieuse cuisine.

Je détournai le regard pour qu'il ne puisse pas voir ma culpabilité de ne pas lui avoir dit tout ce qu'il s'était passé cette nuit-là. Mieux valait qu'il ne le sache pas.

— Je suis désolée de t'avoir mis dans cette position avec lui.

— Pas d'inquiétude. Il ne m'a fallu que deux jours pour récupérer.

Mon regard revint d'un coup vers le sien. J'étais incapable de savoir s'il plaisantait ou pas.

— Tu ne m'as toujours pas dit pourquoi tu espérais que, pour notre bien, il n'y ait rien entre le prince Rhys et moi.

— Tu ne peux pas oublier ça ?

— Non.

Il enfouit sa tête dans ses mains.

— Pourquoi moi ?

Lorsqu'il la releva, son expression était résignée.

— Tu ne comprends pas ? Lukas ne donne pas sa protection à n'importe qui. Il se soucie de toi. Il ne va pas bien le prendre s'il apprend que tu es intime avec le prince de Seelie, et que je le savais.

Je levai les bras en l'air.

— Nous ne sommes *pas* intimes.

— Bien. Tu peux le dire à Lukas, dans ce cas.

— Je ne lui dirai rien.

Je ne pouvais qu'imaginer quelle direction prendrait cette conversation. C'était hors de question.

— C'est bon, je suis prête à partir.

— Enfin, murmura Tennin. Tu as besoin que je te raccompagne ?

— Ma Jeep est au bout de la rue.

Il tendit une main vers la porte.

— Nous pouvons sortir par-derrière, et je t'accompagnerai à ta voiture sans qu'ils te voient.

— Tu penses qu'ils sont encore là ? Ils ne vont pas suivre le prince Rhys ? demandai-je avec espoir alors que je sortais du bureau en le suivant.

Tennin eut un petit rire moqueur.

— Tu pourrais penser que ton déjeuner en tête à tête n'était pas important, mais mes collègues dehors sont comme des limiers sur une piste. Ils resteront aussi longtemps que nécessaire pour découvrir l'identité de la mystérieuse compagne du prince Rhys.

Ma bouche devint sèche.

— Tu ne penses pas qu'ils le découvriront, si ?

— Pas si je peux l'en empêcher.

Il ouvrit la porte arrière et jeta un coup d'œil dehors avant de la pousser complètement.

— Quand tes parents reviendront à la maison, je leur dirai qu'on est quitte.

———

— Je n'arrive pas à croire que tu ne me l'aies pas dit !

Deux jours plus tard, Violet agitait le magazine alors que je la ramenais à la maison depuis l'aéroport.

— Il a fallu que je voie les photos dans un magazine acheté à l'aéroport. *Un magazine*, Jesse.

J'empruntai la sortie de l'autoroute.

— Je ne savais pas qu'il y avait des photos.

— Je me fiche des photos. Ce dont je me soucie, c'est que ma meilleure amie sorte avec le prince Rhys sans m'en parler.

— Déjà, je ne suis pas *sortie* avec lui. C'était un déjeuner. Et je prévoyais de te le dire dès ton retour.

— Un déjeuner, ça compte, tu sais.

Elle ouvrit le magazine et désigna la photo du prince Rhys et moi, quittant le restaurant vietnamien flanqués de ses gardes. Il y en avait aussi une de moi, de dos, alors que j'entrais dans la librairie. On ne pouvait pas voir mon visage.

— D'après le magazine, vous avez eu un long déjeuner en privé, puis vous êtes allés acheter des livres ensemble.

Je lui aurais lancé un regard assassin si je ne devais pas garder les yeux sur la route.

— Le *Modern Faë* ? Vraiment, Vi ? Ce n'est rien de plus qu'un torchon sur les ragots de stars.

— Mais c'est *toi* sur les photos, affirma-t-elle.

Mes doigts se crispèrent autour du volant.

— Comment sais-tu que c'est moi ?

— C'est évident. Je te reconnaîtrais n'importe où.

— Toi oui, mais les autres ?

Le papier se froissa alors qu'elle examinait les photos.

— Eh bien... elles ne montrent pas ton visage, alors c'est peu probable. Tout le monde se demande qui est cette femme mystérieuse, et le prince ne veut pas le révéler... ton nom, je veux dire.

Mes épaules se détendirent.

— Bien. Et pour info, nous n'avons pas eu de déjeuner privé ni de séance shopping. Nous étions assis l'un en face de l'autre, dans un compartiment, sous la surveillance de ses gardes.

— Oh.

Elle se dégonfla comme un ballon percé.

— Quand tu le dis comme ça...

Je regardai dans mon rétroviseur avant de changer de voie.

— Précisément. Tu veux entendre la vraie histoire maintenant ?

— Qu'est-ce que tu crois ?

En souriant, je lui parlai de la visite du prince Rhys et de notre déjeuner, tout sauf romantique.

— Il semble plutôt terre-à-terre quand on apprend à le connaître. J'ai eu l'impression qu'il aimerait mieux voyager plutôt que de vivre à la cour.

— Tu vas le revoir ? demanda-t-elle avec impatience.

— Non.

— Pourquoi ?

Je la regardai furtivement.

— Comment veux-tu que j'explique à mes parents que j'ai des relations amicales avec le prince de Seelie ? Le prince Rhys n'est peut-être pas impliqué dans ce qui leur est arrivé, mais il en est trop proche.

— Je n'ai pas pensé à ça.

Elle se tut pendant une minute.

— Tu réalises comme c'est dingue que tu connaisses les princes des cours de Seelie et d'Unseelie ? Il y a quelques mois de ça, tu n'aurais même pas été capable de les reconnaître.

— Beaucoup de choses folles se sont passées dans ma vie depuis novembre. Et tu n'aurais pas non plus été capable de repérer Lukas dans une foule.

Elle lâcha le magazine sur ses genoux.

— Je me suis interrogée sur lui. Tu ne trouves pas ça étrange que personne ne semble connaître sa vraie identité ? Depuis le temps, on pourrait croire que quelqu'un aurait ébruité le secret.

— Peut-être que c'est une règle faë de ne pas dévoiler leur identité secrète.

— Tu pourrais le leur demander, maintenant que vous êtes de nouveau en bons termes, suggéra-t-elle.

— Peut-être que je le ferai, répondis-je distraitement, tout en surveillant la circulation.

Derrière nous se trouvait une Lincoln Navigator blanche. J'étais certaine de l'avoir vue en quittant l'aéroport. J'avais bifurqué plusieurs fois, depuis. Quelles étaient les chances que la même voiture nous suive sur la même route ?

— Quelque chose ne va pas ? demanda Violet.

— Il se peut que je sois parano, mais je pense que cette Lincoln nous suit.

— Quoi ?

Elle se tourna pour regarder avant que je puisse lui demander de ne pas le faire.

— Comment tu le sais ?

— Je n'en suis pas sûre, mais elle est derrière nous depuis le début.

Je regardai de nouveau le SUV.

S'ils nous suivaient, ils n'étaient pas très doués. Ou alors, ils se fichaient d'être vus. Des vrilles de peur m'enserrèrent à cette deuxième réflexion.

Elle laissa échapper un cri de surprise.

— Peut-être que ce sont les paparazzi. Et s'ils ont compris qui était la femme mystérieuse du prince Rhys ?

Elle baissa le pare-soleil et commença à se recoiffer.

— Qu'est-ce que tu fais ?

— Si ce sont les paparazzi, je veux être belle pour les photos, dit-elle en fouillant dans son sac à main à la recherche d'un tube à rouge à lèvres.

Je secouai la tête.

— Ce ne sont pas les paparazzi, Vi.

— Comment tu le sais ?

— Tu as passé quelques semaines à Hollywood. Combien de paparazzi conduisent des Lincoln Navigator ?

— Merde.

Elle s'enfonça encore plus dans son siège, comme s'ils risquaient de nous tirer dessus. Si je n'étais pas aussi inquiète de la possibilité d'être suivie, j'aurais ri à sa réaction.

— Qu'est-ce qu'on va faire ? souffla-t-elle.

Je regardai autour de nous et aperçus une intersection plus loin.

— Attends. Je vais essayer quelque chose.

— Euh, tu me fais peur, là...

— Mais non, dis-je, les dents serrées, alors que je déviais sur la voie de droite à la dernière seconde.

La voiture à laquelle j'avais coupé la route klaxonna, mais je l'entendis à peine par-dessus le cri de Violet alors que je tournais dans une petite rue. Je ne ralentis pas pour voir si la Lincoln avait réussi à me suivre. Le cœur battant la chamade, je continuai en priant pour m'être trompée.

— Ils sont partis ? demanda Violet d'une voix chevrotante.

Je regardai dans le rétroviseur.

— Nous les avons perdus.

Elle se redressa dans son siège.

— On pourrait avoir une journée normale pour une fois ?

— Je suis une chasseuse de primes, et tu t'apprêtes à devenir une star de cinéma. Je pense que c'est la nouvelle norme.

— Eh bien, dit comme *ça*, fit-elle avec un gloussement.

Son rire ne suffit pas à atténuer l'inquiétude qui s'enroulait dans mon estomac. J'essayai de me dire que je m'étais trompée concernant le SUV qui nous suivait, mais trop de choses s'étaient produites ces derniers mois pour que j'y croie vraiment.

Nous passâmes le reste du trajet à parler de son séjour à Los Angeles, de certains acteurs qu'elle avait rencontrés aux cérémonies auxquelles elle avait participé. Son agent se démenait pour tirer le maximum de son petit rôle dans ce film.

— Tu vas entrer ? demanda-t-elle lorsque nous nous arrêtâmes devant sa maison en grès rouge.

— Je ne peux pas. J'ai un tas de choses à faire avant de retourner au travail demain. Tu veux venir dîner demain soir, et passer du temps avec moi ?

— D'accord !

Elle tendit la main vers la portière, mais elle s'arrêta pour regarder en arrière.

— Plus de bateaux pour toi.

Je grimaçai.

— Plus de bateaux.

J'allais rentrer chez moi, à deux pâtés de maisons de là, mais j'optai pour un rapide détour par la supérette. Comme d'habitude, une fois arrivée, je pensai à une douzaine de choses dont j'avais besoin, et je quittai le magasin les bras chargés d'un gros sac en papier contenant mes achats.

J'étais presque à la Jeep lorsque j'aperçus le SUV blanc, garé de l'autre côté de la rue. Une Lincoln Navigator.

Je reculai d'un pas lorsqu'un faë aux cheveux blancs surgit à l'arrière de ma Jeep. Un coup d'œil à la détermination froide sur son visage suffit à me faire faire demi-tour vers le magasin. Je m'arrêtai brusquement et faillis lâcher mon sac. Un second faë me coupait la route. Dans ses yeux, le message était clair : *n'essaie pas de t'enfuir.*

17

LA PEUR prit mon estomac dans un étau lorsque je vis plus distinctement le second faë. C'était celui que j'avais vu à la fête de Davian, la garde personnelle de la reine Anwyn.

Mon esprit s'emballa à la recherche d'un moyen de m'en tirer. Regardant autour de moi, j'aperçus plusieurs personnes qui rangeaient leurs courses dans leurs véhicules. Même si je criais à l'aide, ils n'auraient pas la moindre chance contre la garde royale de Seelie. Il y avait des caméras de sécurité sur le bâtiment, mais elles ne seraient pas d'une grande utilité si ces gens-là décidaient de m'emmener loin d'ici. Je serais morte avant que quelqu'un ne regarde la vidéo.

— Jesse James, fit alors une voix sèche derrière moi.

Je fis volte-face vers le faë près de ma Jeep. Mes bras tremblaient autour du sac de courses, que je serrais de toutes mes forces comme s'il pouvait me protéger.

Des yeux bleus impitoyables croisèrent les miens.

— Nous avons un message de la reine pour vous.

Sa main disparut dans son blouson, et tout mon corps se raidit. Lorsqu'elle réapparut sans arme de poing, mais avec une photo, je la regardai, perplexe. L'homme réduisit la distance entre nous et brandit la photo devant mon visage.

Je la reconnus tout de suite. C'était l'une des photos du prince Rhys et de moi, prise après notre déjeuner. On ne pouvait pas voir mon visage, mais de toute évidence, Violet n'était pas la seule à m'avoir reconnue.

— La reine Anwyn n'approuve pas votre relation avec le prince, déclara le faë sur un ton glacial. Elle n'autorisera pas son fils à s'attacher à une humaine, surtout de votre espèce.

Je fus si ébahie par la tournure de la conversation que j'en perdis l'usage de la parole.

— Mon... espèce ?

— Une chasseuse de primes.

Il avait craché ces mots comme s'ils lui laissaient un mauvais goût dans la bouche.

— Vous n'êtes pas digne du prince. La reine exige que vous cessiez cette relation tout de suite.

Je secouai la tête pour l'éclaircir.

— Je ne suis pas dans une relation avec le prince Rhys. Je le connais à peine.

Le faë sortit une seconde photo.

— Dans ce cas, expliquez-moi cela.

La photo me représentait avec le prince Rhys, à quelques centimètres l'un de l'autre au Va'sha. Quelqu'un avait dû la prendre au moment exact où j'avais failli lui rentrer dedans, et le sourire que m'adressait le prince donnait l'impression que nous discutions en privé, tous les deux. Cela n'aidait pas que je sois habillée comme une noctambule, dans une boîte de nuit où les humains allaient pour coucher avec les faës.

— Ce soir-là, je n'ai parlé au prince qu'à peine deux minutes.

— Ce n'est pas ce que dit cette photo. Ni celle-ci.

Il en brandit une autre, où la main du prince touchait ma joue dans ce qui semblait être un moment intime.

Je croisai le regard hostile du faë.

— Celui qui a pris ces photos leur a donné une interprétation erronée. C'est vrai, j'ai vu le prince Rhys au Va'sha, mais s'il m'a touchée, c'était uniquement pour agacer le prince Vaerik.

Les yeux du faë trahirent sa surprise.

— Le prince d'Unseelie était là ?

— Oui. Je lui parlais quand le prince Rhys nous a vus et est venu.

— Vous étiez là en compagnie du prince Vaerik ?

Je secouai la tête.

— J'étais là-bas pour une mission, je devais attraper une nymphe, et je suis tombée sur lui. Je suppose que le prince Rhys pensait que j'étais avec le prince Vaerik, et les deux se sont disputés. Cela n'avait rien à avoir avec moi, alors je les ai laissés régler leur compte. Vous pouvez demander à la garde du prince Rhys, je suis sûre qu'ils vous le diront. Tout comme ils vous diront qu'il n'y avait rien de romantique dans mon déjeuner avec le prince. Il est venu me voir parce qu'il était intéressé par mon activité professionnelle, et c'est principalement ce dont nous avons parlé durant le déjeuner. Il n'a pas demandé à me revoir, et je n'ai pas l'intention de le contacter.

Les yeux bleus glacials me dévisageaient toujours.

— Nous vérifierons votre version. Pour votre bien, j'espère que vous ne mentez pas. Vous ne voulez pas avoir la reine Anwyn comme ennemie.

Un frisson me parcourut à cette menace. La reine de Seelie était déjà mon ennemie, mais je me gardai bien de l'évoquer.

— Restez loin du prince Rhys. Si nous apprenons que vous l'avez revu, nous reviendrons.

Sur ces paroles d'adieu, il tourna les talons et s'éloigna vers la Lincoln. Le second faë, qui n'avait pas parlé, passa devant moi d'un pas raide pour le rejoindre. Aucun ne m'adressa un autre regard alors que le SUV quittait la place de stationnement pour s'en aller.

Je réussis à remonter dans la Jeep avant de m'effondrer. Des frissons ébranlaient tout mon corps alors que j'agrippais le volant jusqu'à ce que mes doigts deviennent blancs. Je pris de profondes inspirations pour maîtriser ce qui pouvait bien être ma première crise d'angoisse. Je n'avais aucune idée du temps qui s'écoula avant que je retrouve mon calme, au moins juste assez pour conduire.

Chez moi, je courus quasiment de la Jeep jusqu'à mon appartement, regardant par-dessus mon épaule pour m'assurer que la garde de Seelie n'avait pas décidé de débarquer ici. J'avais dû m'essouffler en montant les escaliers, car j'avais la tête qui tournait en arrivant à la porte de l'appartement.

Finch siffla alors que je déposais le sac de courses dans la cuisine, les mains tremblantes. Je regardai en direction du canapé, où Aisla et lui étaient assis. Il me dit en langage des signes :

Qu'est-ce qui ne va pas ?

— Rien. J'ai froid.

Je sortis du sac un gros sachet de mûres.

— Regarde ce que je t'ai pris.

Son visage s'illumina. Si je pouvais compter sur quelque chose pour distraire mon frère, c'était bien son goût immodéré pour les mûres. À cette époque de l'année, elles coûtaient deux fois plus cher, mais sa joie valait chaque centime.

Je mis quelques mûres dans un bol et le posai sur la table basse afin qu'Aisla et lui le partagent. Elle ne parlait toujours pas beaucoup, mais son beau sourire était suffisant.

Les laissant avec leurs friandises, j'allai dans ma chambre et me couchai sur mon lit, fixant le plafond. *Ça aurait pu être bien pire*, me dis-je alors que mon cœur ralentissait enfin à un rythme normal. Cela n'avait rien à voir avec maman ou papa, et nous étions tous en sécurité. Tant que le prince Rhys restait à l'écart, je n'aurais pas à craindre le courroux de sa mère.

Je devais juste continuer de m'en convaincre jusqu'à ce que j'y croie.

Deux jours plus tard, alors qu'il ouvrait la porte pour me laisser entrer, Faris me fit un grand sourire.

— Je commençais à penser que tu nous avais oubliés.

Je ris en passant devant lui pour arriver dans l'entrée.

— Ça ne fait pas si longtemps.

— Je me suis habitué à ce que tu viennes chaque matin pour l'entraînement. C'est le fait marquant de ma journée.

— Ta vie doit être ennuyeuse si mes visites en sont les temps forts, dis-je tout en déposant mon manteau et mes clés sur un tabouret de bar.

Ensemble, nous allâmes nous asseoir sur le canapé. Il m'adressa un regard peiné.

— Tu n'as pas idée. J'ai hâte de reprendre l'entraînement et mes obligations. La vie de sédentaire ne me va pas.

— Ça ne durera plus très longtemps.

Depuis quelques semaines, la santé de Faris s'était améliorée à un rythme incroyable. Si l'on n'était pas au courant de la vérité, on ne se douterait jamais qu'il avait été aux portes de la mort deux mois plus tôt. Sa force n'était pas totalement revenue, à cause du fer dans son corps, mais les niveaux baissaient un peu plus chaque jour. Lors de ma dernière visite, il m'avait dit qu'il devrait être en mesure de retourner dans le royaume des faës dans un mois. Plus qu'une semaine à la maison, et il serait complètement guéri.

Sa bouche esquissa un petit sourire.

— J'ai l'air d'un enfant qui boude alors qu'il y a tant de choses pour lesquelles je devrais être reconnaissant. Je ne t'ai même pas demandé comment tu vas. Tu sembles plus contente que d'habitude.

— C'est parce que je le suis.

Mon cœur semblait sur le point d'éclater.

— J'ai vu mes parents aujourd'hui, et ils m'ont dit que mon père pourrait rentrer à la maison dans deux semaines. En ce qui concerne sa guérison, il a des mois d'avance par rapport à ce que les médecins avaient prévu.

— C'est une formidable nouvelle. Et ta mère ?

— Elle doit rester là-bas un peu plus longtemps, mais les docteurs ont dit aussi qu'elle guérissait plus vite qu'ils ne le prévoyaient.

Je n'aimais pas qu'elle soit seule une fois que papa pourrait rentrer, mais elle refusait qu'il reste avec elle. Elle disait que Finch et moi avions plus besoin de lui, et que ça l'aiderait à guérir de savoir qu'il était à la maison avec nous. Je n'avais pas pu protester.

— Je suis tellement content pour toi.

— Merci.

Je pris la tasse de café qui m'attendait.

— Les docteurs ont dit qu'avec le goren, tout le monde se remettait différemment.

Il fit la grimace.

— C'est pareil pour l'intoxication au fer. Certains guérissent plus vite que d'autres. Mais l'essentiel, c'est que tes parents vont bien et que ta famille sera bientôt réunie. Cela me rend heureux de te voir contente.

— Nous avons parcouru un long chemin depuis cette journée.

Je n'avais pas besoin de le préciser. Ce n'était pas quelque chose que nous oublierions.

Il sembla réfléchir à ses prochaines paroles.

— Les choses ont changé, aussi, entre toi et Lukas.

— Nous avons parlé.

Je me passionnai tout à coup pour un fil de mon jean. Lukas était proche de ses amis, mais il ne leur dirait pas ce qui s'était passé entre nous, chez moi. Pas vrai ?

Faris ricana.

— J'imagine que votre conversation n'a rien à voir avec son humeur du moment.

— Humeur ?

Une porte claqua et Lukas entra à grandes enjambées dans la pièce. Sa mâchoire était serrée et je fus surprise lorsque ses yeux furieux se dirigèrent vers moi.

— Il faut qu'on parle.

Il indiqua la fenêtre donnant sur le jardin.

— Dehors.

Je ne bougeai pas, sauf pour hausser les sourcils. Il semblait avoir oublié ses bonnes manières. Je n'étais pas l'un de ses sujets à qui il pouvait donner des ordres.

Il ne lui fallut pas longtemps pour comprendre que son regard noir n'allait pas marcher avec moi. Il soupira avec colère.

— S'il te plaît.

J'adressai à Faris un regard interrogateur en me levant, mais il semblait tout aussi surpris que moi du comportement de Lukas.

Comme d'habitude, le jardin était doux en comparaison avec l'hiver frais en dehors du mur d'enceinte, et il flottait dans l'air un parfum de fleurs exotiques. Je traversai la terrasse et m'avançai sur l'épais tapis d'herbe qui, d'après mon expérience, était plus souple que tout ce qui poussait dans notre monde.

— Qu'y a-t-il entre toi et le prince de Seelie ? demanda Lukas derrière moi.

Je fis la grimace en direction des arbres. Y avait-il quelqu'un qui ne m'avait pas reconnue sur ces fichues photos ? Je me tournai pour le regarder.

— Tu as vu les photos.

En temps normal, je lui aurais dit que les personnes avec qui je passais du temps ne le concernaient pas. Mais il avait une bonne raison pour détester la reine de Seelie et son fils par association. Il s'était confié à moi pour le ke'tain et l'implication de la reine Anwyn, et le moins que je puisse faire, c'était d'être ouverte avec lui.

Sa mâchoire se contracta.

— Depuis combien de temps tu le vois ?

— Je ne le *vois* pas. Nous n'avons fait que déjeuner ensemble.

— On ne fait pas *que* déjeuner avec le prince héritier de Seelie, répondit-il d'un ton brusque.

— Pourquoi pas ? J'ai bien déjeuné avec le prince héritier d'Unseelie, rétorquai-je. Ça compte si j'ignorais, à l'époque, que tu étais un prince ? Ou le prince héritier, en l'occurrence ?

— Jesse.

Il avait grogné mon prénom et un petit frisson me parcourut. Il s'estompa lorsque son regard noir s'accentua.

Je poussai un soupir.

— Le prince Rhys est venu me voir, ce jour-là, après l'accident du ferry. Nous sommes allés déjeuner et nous avons principalement parlé de la chasse. Tout était très platonique, et si ces paparazzi n'avaient pas pris des photos de nous, toi et moi n'aurions pas cette conversation.

— Il est venu à ton appartement ?

Les narines de Lukas se dilatèrent.

— Je suis tombée sur lui dans l'entrée avant qu'il puisse monter jusqu'à mon appartement.

Lukas prononça un mot en faë.

— Et il a pris la peine de venir te trouver seulement pour parler de la chasse ?

— Nous avons aussi parlé d'autre chose, mais oui.

— Comme quoi ?

Je croisai les bras.

— Ce dont parleraient n'importe quelles personnes à un déjeuner. Il n'a pas révélé de secrets sur Seelie, si c'est ce que tu demandes. Je te l'aurais dit, sinon.

Lukas commença à faire les cent pas.

— Je n'aime pas l'intérêt qu'il te porte, ni qu'il sache où tu habites.

— Tu n'es pas le seul à vouloir qu'il reste loin de moi.

Il s'arrêta net.

— Qu'est-ce que tu veux dire ?

Je mordis l'intérieur de ma joue. Ce n'était pas comme si j'avais prévu de lui cacher cela, mais je devais me préparer mentalement pour l'explosion qui allait venir.

— La reine Anwyn n'approuve pas que son fils ait un lien avec une chasseuse de primes.

Lukas devint immobile, plongeant son regard dans le mien.

— Comment tu sais ça ?

— Sa garde est venue me voir et m'a prévenue de rester loin du prince. Je leur ai dit que je...

— Quoi ?

Le cri de Lukas réduisit au silence les oiseaux dans le jardin. Derrière lui, le visage inquiet de Faris apparut à la fenêtre.

Je levai les mains.

— Écoute, ce n'est pas aussi grave que tu le penses. Laisse-moi te raconter ce qui s'est passé avant de péter un câble.

Il hocha la tête avec sévérité et je lui parlai des gardes de la reine qui s'étaient arrêtés devant la supérette pour me transmettre leur message. Voyant la colère dans ses yeux, je me félicitai de ne pas avoir évoqué leur filature depuis l'aéroport.

— Ils avaient des photos de toi et du prince Rhys au Va'sha ? demanda-t-il.

— Les photos avaient été manipulées pour donner l'impression qu'il y avait quelque chose entre nous. Tu étais là tout le temps, tu te souviens ?

Lukas pesta.

— S'ils sont prêts à t'aborder dans un lieu public, rien ne les empêchera de te pourchasser quand tu seras seule.

Il se remit à faire les cent pas et s'arrêta brusquement.

— Tu vas rester ici. C'est l'endroit le plus sûr pour toi.

Je faillis m'étouffer avec ma salive. Il était hors de question que je reste chez lui après ce qu'il s'était passé entre nous. Je n'étais pas assez détachée pour supporter un tel niveau de gêne.

— Rester ici n'est pas une option. Je dois travailler, et mon père revient bientôt à la maison. En plus, l'appartement bénéficie de ta protection.

— Elle ne te protège pas quand tu n'es pas à la maison.

Il fixa du regard le mur de briques autour du jardin.

— Un de mes hommes te surveillera quand tu partiras.

Je secouai la tête avec véhémence.

— Non.

Lukas se dirigea vers moi à grandes enjambées.

— Jesse, la garde de Seelie t'a dans son viseur. Il est hors de question que je te laisse marcher dans cette ville sans protection.

— Elle ne veut pas que je revoie son fils, et je n'en ai pas l'intention. Je le lui ai clairement dit après notre déjeuner.

— Et si Rhys ignore sa volonté et essaye de te voir de nouveau ? demanda Lukas.

Je n'avais pas de réponse à cela, car je m'étais posé la même question. Je levai les yeux vers le ciel et vis un oiseau voler par-dessus la barrière. Étrange. La protection empêchait la pluie d'entrer, mais pas l'oiseau.

Je baissai les yeux pour croiser ceux de Lukas.

— Applique la même protection sur moi que celle que tu as faite pour mes parents. Ça éloignera la garde de Seelie.

La frustration s'empara de son visage alors qu'il laissait échapper un souffle puissant.

— Je ne peux pas.

— Pourquoi ?

Il passa les doigts dans ses cheveux.

— J'ai déjà essayé quatre fois d'appliquer une protection sur toi, mais c'est inefficace. La protection s'écroule à l'instant où j'arrête de l'alimenter en énergie. Quelque chose la bloque, mais j'ignore quoi.

La stupeur me saisit.

— Quand as-tu essayé ?

— À l'hôpital. La première semaine où tes parents étaient là, tu avais l'habitude de t'endormir sur la chaise dans leur chambre. C'était facile de passer devant les infirmières et l'agent de garde.

Je ne savais pas quoi dire. Il était venu à l'hôpital, non pas une fois, mais plusieurs, et je n'en avais rien su.

Il y avait une chose que je savais, et c'était la raison pour laquelle sa protection ne fonctionnait pas sur moi. Selon moi, c'était pour cette même raison que le détecteur de ke'tain s'emballait chaque fois que je le prenais. Je devais le lui dire.

Je m'éclaircis la gorge.

— Tu te souviens de notre conversation concernant les pierres de la déesse, après que je t'ai raconté pour la pierre que j'ai arrachée au kelpie ? Je t'ai demandé si tu voulais retourner sur l'île la chercher. Tu as dit qu'elle n'y serait pas, car elle était repartie vers le kelpie.

Il fronça les sourcils, surpris par ce soudain changement de sujet.

— Oui.

Je tendis la main vers la sienne, et mon ventre frémit à ce contact. Lukas ne dit rien lorsque je levai sa main pour la poser derrière ma tête.

— Et si la pierre de la déesse avait choisi une nouvelle propriétaire ? demandai-je en écartant mes cheveux pour que ses doigts puissent sentir la pierre habilement cachée.

La perplexité sur son visage laissa place au choc lorsqu'il toucha la pierre lisse. Il me retourna et je sentis son souffle chaud sur ma nuque lorsqu'il se pencha pour mieux voir. Le contact de ses mains dans mes cheveux, sur mon cuir chevelu, envoya une décharge de chaleur directement au creux de mon ventre. Je faillis fermer les yeux et m'adosser contre lui.

— Alors, quel est le verdict ? demandai-je avec légèreté pour cacher la réaction qu'il provoquait. C'est une vraie ?

Il l'examina plus longuement.

— Je n'ai jamais vu de pierre de la déesse, alors je ne sais pas. Tu l'avais en quittant l'île ?

— Je n'en sais rien. Je ne l'ai pas trouvée dans mes cheveux avant de prendre une douche à l'hôpital. Elle était blanche quand je l'ai prise au kelpie, mais je pense que c'est la même pierre. Si je l'enlève, elle se rattache à mes cheveux et elle se cache d'elle-même quand je me fais des tresses. Un soir, Violet m'a coiffée et elle n'a pas vu la pierre, sinon elle aurait dit quelque chose. On dirait qu'elle obéit à une volonté propre.

Lukas garda le silence pendant longtemps, ce qui me rendit nerveuse. Incapable de voir son visage, je ne pouvais pas dire ce qu'il pensait. Croyait-il que je mentais ? Ou était-il en colère qu'un humain possède un précieux objet d'origine faë ? Ce n'était pas comme si j'avais eu le choix. Je la lui donnerais volontiers si je le pouvais.

Mais... et si je *pouvais* la lui donner ? Je n'avais retiré la pierre de mes cheveux que pour la poser dans ma chambre. Si je la donnais à un faë, elle pourrait le choisir à la place.

Je repoussai ses mains de mes cheveux pour me saisir de la pierre. Je fis la grimace en l'enlevant. Enfin, je me tournai vers Lukas et lui fourrai la pierre ainsi que quelques mèches de cheveux dans les mains.

— Prends-la. Elle appartient à un faë.

Il retourna la pierre rouge dans sa main.

— Je peux sentir quelque chose dedans.

— De la magie ?

— Plutôt de l'énergie.

Ses mains s'immobilisèrent, et il inspira vivement.

— Elle me donne l'impression d'être du royaume des faës.

— Tous les objets d'origine faë le sont, non ? demandai-je.

Lukas continua de fixer la pierre.

— Quand une chose quitte le royaume, elle perd cette énergie. La magie reste, mais la force vitale provenant du royaume s'estompe. C'est pourquoi nous devons retourner chez nous pour la renouveler.

Son regard était émerveillé lorsqu'il leva les yeux vers les miens.

— Je crois que c'est bien une pierre de la déesse.

Je le soupçonnais depuis le début, mais sa confirmation m'ébranlait un peu.

— Pourquoi moi ?

Son intonation se radoucit.

— Ce n'est pas à nous de comprendre les choix d'Aedhna, mais elle t'a fait cadeau de la pierre. Tu as sauté dans l'eau pour sauver une vie, puis tu as pris la pierre au kelpie. Aedhna a dû considérer cet acte comme étant digne de sa bénédiction.

— Mais je ne suis qu'une simple humaine, protestai-je.

Il prit ma main et posa la pierre dedans.

— Je n'utiliserais jamais le mot « simple » pour te décrire, Jesse.

L'air autour de nous semblait électrique alors que nous étions à quelques centimètres l'un de l'autre, ma main dans la sienne. Je voulais en accuser la pierre, mais elle n'avait jamais rempli mon estomac de papillons et ne m'avait jamais donné follement envie du contact de quelqu'un.

Les lèvres de Lukas s'entrouvrirent un peu, me rappelant leur sensation contre les miennes. Il s'approcha, faisant fébrilement battre mon cœur. J'étais comme un papillon de nuit attiré par une flamme, réduisant la distance restante entre nous. Je ressentis le frisson qui nous parcourut lorsque mon corps s'appuya contre le sien.

Il baissa la tête et je fermai les yeux alors que ses lèvres effleuraient les miennes, si légèrement que je crus l'avoir imaginé. Son souffle chaud caressa ma joue, me donnant le tournis sous l'effet de l'impatience et de l'envie. *Embrasse-moi*, tout mon corps le suppliait.

Sa bouche couvrit la mienne comme s'il avait entendu mon appel silencieux. Contrairement au baiser avide sur mon canapé, celui-ci fut terriblement langoureux, m'emplissant de désir pour quelque chose que je ne pouvais pas obtenir. Perdue à son contact, je me fichais du monde extérieur à ce jardin et de ces choses qui n'arriveraient jamais. Il n'y avait que lui et moi, et rien d'autre.

Je savais que cela devait se terminer, mais la douleur n'en fut pas moins vive lorsqu'il arrêta de m'embrasser. Pas moins que le froid qui se propagea lorsqu'il me lâcha et recula, reprenant ses distances.

— Jesse... Je n'aurais pas dû, dit-il durement.

Ce fut pourtant la culpabilité dans ses yeux qui me blessa plus encore que ses paroles.

Je levai une main.

— Arrête. Je t'ai rendu le baiser, ce n'est pas ta faute. Nous nous sommes laissé emporter.

Il donnait l'impression qu'il voulait dire davantage, mais rien ne changerait notre situation. Mon cœur se comprima et je baissai les yeux vers la pierre dans mes mains, alors que je regagnais mon calme.

— Maintenant que tu sais pour la pierre de la déesse, tu penses que c'est la raison pour laquelle la protection ne marche pas sur moi ?

— C'est la seule explication logique.

— Et si je te la donne ? Ou à Faris ?

Je la lui tendis, mais il secoua la tête.

— Ça ne marche pas comme ça. Elle doit être offerte par Aedhna.

— Qu'avons-nous à perdre ?

Je me retournai et me dirigeai vers la porte. S'il ne voulait pas essayer, je trouverais quelqu'un d'autre pour le faire.

— Où vas-tu ?

— La donner à Faris, répondis-je par-dessus mon épaule. Si quelqu'un mérite d'être béni par la déesse, c'est bien lui.

J'entrai dans le salon et rejoignis Faris, qui lisait un livre à présent. Je tendis la main, la pierre dans ma paume.

— Prends-la.

— Qu'est-ce que c'est ?

Il baissa son livre pour regarder ma main.

— C'est une pierre de la déesse. Je veux que tu la gardes.

Il m'adressa un sourire de biais.

— Elles sont censées venir de la déesse, pas d'un ange.

Je le fusillai du regard.

— Prends-la.

En riant, il me prit la pierre de la main.

— Dix minutes avec Lukas et tu es plus autoritaire que lui. Bon, pourquoi ai-je besoin d'une... d'une... ?

— Faris ?

Il ne répondit pas, se contentant de me fixer avec le regard vitreux d'une personne en transe. La peur m'envahit et j'essayai d'attraper la pierre. Elle était fermement serrée dans son poing.

J'appelai Lukas au secours, mais il était déjà là. Il se précipita et tenta en vain de forcer les doigts de Faris à s'ouvrir. Ce qui les maintenait ensemble était plus fort que le prince héritier d'Unseelie.

Mes jambes chancelèrent et je m'assis sur le canapé à côté de Faris. La culpabilité m'envahit alors que je regardais Lukas essayer de réveiller son ami qui ne répondait pas. *Aedhna, je vous en prie. Ne le punissez pas pour ma faute. S'il vous plaît, s'il vous plaît, s'il vous plaît, s'il vous plaît, s'il vous plaît.*

Faris cligna des paupières une fois, puis deux. Son regard vide devint extrêmement paisible. Je retins mon souffle alors que son poing s'ouvrait pour... ne rien révéler.

Ma main alla à l'arrière de ma tête. Sans surprise, la pierre était de retour dans mes cheveux. Mais qu'en était-il de Faris ? Si elle l'avait blessé, je ne me le pardonnerais jamais.

— Faris ? demandai-je avec hésitation.

— Mon ange.

Il me sourit. Était-ce mon imagination ou son teint était-il plus frais que quelques minutes auparavant ? Et il y avait quelque chose de différent dans ses yeux, une lueur que je n'avais jamais vue.

— Tu vas bien ?

Il inspira profondément, comme s'il absorbait de l'air frais pour la première fois depuis des mois.

— Je n'arrive pas à me souvenir de la dernière fois où je me suis senti aussi bien.

— Qu'est-ce que tu ressens ? s'enquit Lukas.

Faris se leva avec facilité et marcha jusqu'à l'autre bout de la pièce, où il se retourna et jeta les bras en l'air.

— Je me sens de nouveau moi-même.

Lukas vint se tenir à côté de lui. Il appuya sa paume contre la poitrine de Faris, et l'air autour de lui irradia d'une magie d'un bleu pâle. C'était la première fois que je le voyais utiliser sa magie, et je le soupçonnais d'éviter de le faire en présence d'humains.

— Je ne détecte aucune trace de fer dans ton corps.

Lukas baissa sa main.

— Tu es complètement guéri.

La main sur son cœur, Faris me regarda.

— C'est grâce à toi.

— C'était la pierre.

Je regardai Lukas pour avoir de l'aide.

Il tapota son ami sur l'épaule.

— Il semblerait que notre Jesse ait été bénie par la déesse.

— Quoi ?

Faris en resta bouche bée.

Je laissai Lukas le lui expliquer. Prenant mon café tiède, je bus à petites gorgées. Conlan, Iian et Kerr arrivèrent au milieu de l'histoire, forçant Lukas à recommencer. Leurs exclamations tapageuses en apprenant la guérison miraculeuse attirèrent Faolin au bas des marches, les cheveux mouillés de sa douche. Il y eut beaucoup de félicitations et d'étreintes viriles alors qu'ils célébraient le retour de Faris à une santé parfaite.

J'assistai silencieusement à leurs effusions, me sentant de plus en plus comme une intruse. Mes yeux restèrent rivés au sol, et je me demandai si quelqu'un remarquerait si je m'éclipsais.

En me levant, je me déplaçai aussi discrètement que possible vers le tabouret de bar où j'avais laissé mon manteau et mes clés. Je les pris en faisant attention à ne pas faire tinter les clés.

— Où penses-tu aller ? demanda Lukas juste derrière moi.

Je fis volte-face avec un cri. Mes clés s'envolèrent de ma main et dérapèrent sur le sol pour terminer leur course à ses pieds. Il les ramassa, mais il ne chercha pas à me les rendre.

Je serrai mon manteau contre moi. Tout à coup, j'étais devenue le centre d'attention du prince héritier d'Unseelie et de toute sa garde royale.

— J'ai pensé que je...

— Que tu filerais à l'anglaise quand on aurait le dos tourné ? termina Lukas à ma place.

Oui.

— Non.

Ses sourcils levés m'indiquaient que j'étais une piètre menteuse. Mais qu'étais-je censée dire ? Que je ne me sentais pas à ma place ici ? Que c'était gênant d'être à côté de lui après que nous avions partagé un baiser, dont il avait admis que c'était une erreur ? Ou que j'avais peur de tomber à nouveau amoureuse de lui et qu'il n'y ait rien d'autre, dans cette direction, qu'un cœur brisé pour moi ? Tout cela était vrai, mais je ne pouvais pas me résoudre à le dire.

Il me fit signe de m'asseoir sur l'un des tabourets.

— Nous devons toujours discuter de ta protection, maintenant que nous avons déterminé qu'une protection personnelle n'était pas une option.

— De qui doit-elle être protégée ? demanda Faolin.

Les yeux de Lukas restèrent sur les miens.

— Anwyn.

Cette révélation les fit réagir. Ils se rassemblèrent tous autour de nous alors que Lukas leur racontait la visite de la garde royale de Seelie. Avant même que je puisse parler, ils avaient décidé qui assurerait la première garde, et mes protestations tombèrent dans l'oreille d'un sourd.

— Vous exagérez. Je ne reverrai pas le prince Rhys, et la garde de la reine me laissera tranquille.

Je frottai ma nuque, qui avait commencé à me faire souffrir.

Conlan posa ses coudes sur l'îlot central.

— Tu ne connais pas Anwyn. Si elle n'entend ne serait-ce qu'une rumeur sur toi et son précieux fils, elle sera sur le coup.

Un frisson me parcourut. Rien n'empêcherait ces magazines d'inventer une histoire s'ils pensaient que cela ferait vendre des exemplaires.

— Donnons une autre rumeur à Anwyn, déclara Faris. Quelque chose qui lui garantira que Jesse ne s'intéresse pas à Rhys.

Je le regardai. Si la lueur malicieuse dans ses yeux était censée me rassurer, c'était un flop.

— Qu'est-ce que tu suggères ? demanda Lukas.

— Des photos de Jesse avec quelqu'un qui n'est *pas* Rhys. Rien de compromettant, mais il faudra donner l'impression qu'ils sont plus que des amis.

— Non, laissai-je échapper.

Mais personne ne faisait attention à moi.

— Ce doit être une personne qu'Anwyn reconnaîtra, dit Conlan. L'un de nous.

— Anwyn ne croira jamais qu'une humaine a délaissé un prince héritier pour un membre de la royauté moins important, objecta Faolin.

Faris hocha la tête.

— Alors, ça doit être Lukas.

— Vous plaisantez.

Je ris avec nervosité, regardant Lukas qui ne riait absolument pas. En fait, il semblait réfléchir à cette idée ridicule. Ne se rendait-il pas compte qu'il serait lui aussi soumis aux rumeurs ? De ce que j'avais vu, il n'avait jamais été lié amoureusement à une humaine.

— Il faut que ce soit bien géré, dit Conlan.

Il claqua des doigts.

— Tennin. Nous pouvons lui faire prendre les photos, il saura exactement comment raconter notre petit récit par les images.

Je me levai du tabouret.

— Vous avez perdu l'esprit. Il n'est pas question que je vous laisse mettre ma photo sur le site d'un journal à scandales.

Faris posa une main sur mes clés lorsque je tendis la main pour les attraper.

— Tennin fera en sorte que ce soit crédible. Il ne te couvrira pas de ridicule.

— Ce n'est pas ça.

J'avais confiance en Tennin, mais une fois que votre photo se retrouvait sur internet, vous n'aviez plus aucun contrôle dessus. Je me tournai vers Lukas, qui me regardait avec une expression indéchiffrable.

— Je croyais que je devais faire profil bas ?

— C'est tombé à l'eau à l'instant où Anwyn a vu ces photos de toi et de Rhys, répondit-il d'un ton tranchant. C'est la meilleure façon pour détourner son attention de toi.

Je m'assis sur le tabouret de bar, abattue.

— Je préférerais accepter l'idée des gardes du corps, je crois.

Conlan passa un bras autour de mon épaule.

— Où serait le fun dans tout ça, hein ?

18

JE SORTIS de la Jeep et fermai la portière, grimaçant lorsqu'une douleur sourde se propagea dans mon épaule. Je fis tourner mon bras pour assouplir l'articulation avant de m'éloigner dans la rue vers l'immeuble. Je devais demander à Levi d'y aller doucement sur les missions avec les trolls. Ces derniers étaient peut-être aussi débiles qu'un sac de cailloux, mais ils ne se battaient pas à la loyale. Ce soir, j'allais devoir garder des poches de glace sur mon épaule si je voulais pouvoir la bouger demain.

Je ne vis pas la silhouette près du lampadaire avant d'atteindre les marches du bâtiment. Un mouvement du coin de l'œil me fit saisir mon taser alors que je faisais volte-face vers la personne en approche. Je n'avais vu aucun garde royal de Seelie depuis une semaine, après qu'ils m'eurent avertie de rester loin du prince Rhys. Mais j'étais encore un peu nerveuse, de temps en temps, comme lorsqu'un intrus venait vers moi dans la rue en pleine nuit.

Cette intruse, en l'occurrence, n'était pas la garde royale ni quelqu'un que je me serais attendue à voir devant chez moi, mais je n'avais aucun doute qu'elle était là pour me voir. Je relâchai l'arme dans ma poche et attendis que la faë n'évoque la raison de sa présence, même si son rictus parlait de lui-même.

Dariyah ne prit pas la peine de me saluer.

— Tu te prends pour qui ?

Je me hérissai devant son intonation agressive.

— Moi, je sais qui je suis. C'est toi qui me sembles désorientée et perdue.

— Reste loin de lui. Il n'est pas pour les personnes dans ton genre.

Son regard passa sur moi et sa bouche se déforma, comme si elle avait senti quelque chose d'infect.

— Et de qui s'agit-il ? demandai-je en toute innocence.

Nous savions que je le savais, mais j'étais trop énervée pour jouer le jeu.

— Vaerik, prononça-t-elle. J'ai vu les photos de toi avec lui. J'aurais dû savoir que tu ne fouinais pas autour de chez lui pour Faolin.

Ah, les photos. Comment aurais-je pu les oublier ?

Cela faisait deux jours depuis que Tennin avait pris les photos soigneusement mises en scène de Lukas et moi devant un restaurant et les avait mises en ligne sur l'un des sites people les plus réputés. Sur les photos, nous nous tenions l'un près de l'autre, le bras de Lukas, tout sourire, autour de ma taille. On ne pouvait nous voir que de profil, mais j'étais identifiable par ceux qui me connaissaient bien, et surtout, par la reine de Seelie.

Jusque-là, personne n'avait évoqué le nom de la mystérieuse inconnue photographiée avec Lukas Rand. Heureusement pour moi, une histoire bien plus juteuse était apparue hier soir, impliquant une princesse de Seelie et un membre du Congrès américain. S'il y avait une chose que le public aimait plus qu'un scandale avec le royaume des faës, c'était un scandale avec des faës *et* des politiciens.

Goguenarde, Dariyah lança :

— Si tu penses obtenir de Vaerik plus que quelques nuits dans son lit, tu délires. Il n'est peut-être pas immunisé contre une belle rousse, mais tu dois savoir que pour lui, tu n'es qu'une distraction. Il ne garde pas ses maîtresses humaines très longtemps. Il est trop *respectable* pour jouer avec leurs sentiments.

Elle avait prononcé ce mot comme si c'était un défaut de caractère. Je ne pris pas la peine de corriger ses suppositions sur Lukas et moi, ni de lui dire qu'il m'avait déjà clairement fait comprendre que nous n'étions que des amis. Je ne lui devais pas d'explications et je n'appréciais pas qu'elle me pourchasse jusque chez moi.

— Comment m'as-tu trouvée ? demandai-je.

Lukas ne lui aurait rien dit à mon sujet, même s'ils sortaient ensemble.

— J'ai mes méthodes.

Elle rejeta ses cheveux par-dessus son épaule.

— Et maintenant que nous avons eu cette petite discussion, j'espère que tu ne me donneras pas d'autres raisons de revenir.

Sa menace à peine voilée me rappelait celle du garde de Seelie, mais contrairement à lui, la sienne ne m'effrayait pas. Je partis d'un rire dépourvu d'humour. Deux fois en une semaine, on m'avait abordée et demandé de rester loin d'un prince du royaume des faës. Je devais avoir le vent en poupe.

Dariyah fit une drôle de tête, comme si elle avait avalé un insecte.

— Qu'y a-t-il de si drôle ? demanda-t-elle.

— C'est une blague d'initiés.

Je frottai mon épaule endolorie.

— Si on a terminé, j'aimerais bien y aller.

Je me tournai vers les marches, mais n'arrivai pas jusqu'à la première avant qu'elle ne m'attrape par mon bras endolori, dans une poigne de fer qui me rappela qu'elle était bien plus forte que moi.

— Je crois que tu n'as pas bien compris mon message, alors laisse-moi te l'expliquer avec des mots que tu peux comprendre, dit-elle lentement. Vaerik est le prince héritier d'Unseelie, héritier du trône. En tant que roi, il aura besoin d'une consort pour poursuivre sa lignée, et personne d'autre qu'un sang bleu n'est digne de ce rôle. Vaerik le sait très bien et il choisira une partenaire appropriée pour gouverner avec lui.

— Comme toi ?

Mon coeur donna tout à coup l'impression d'être dans un étau, mais je ne voulais pas qu'elle le voie. Ce n'était pas comme si elle disait quelque chose que je ne savais pas déjà.

Son sourire n'avait aucune chaleur.

— Ne doute pas, le moment venu, je serai sa consort.

— Tu n'as donc rien à craindre d'une humaine, pas vrai ?

Elle resserra sa prise sur mon bras et se pencha.

— Tu ne reverras plus Vaerik.

Je soutins son regard.

— Si tu as un problème avec notre amitié, tu peux aller régler ça avec lui.

Elle fronça les sourcils et il me fallut un moment pour comprendre la raison de sa perplexité. Elle avait essayé de me charmer.

Je retirai mon bras d'un coup sec, sourde à la douleur qui traversa mon épaule. J'en avais assez que les faës essaient de me dire ce que je pouvais ou ne pouvais pas faire. Je n'étais pas un pion sur un plateau de jeu, qu'ils pouvaient déplacer à leur guise.

— Charmer un humain est contraire à la loi, mais je suis sûre que tu le sais. Essayer de charmer une chasseuse de primes, c'est tout simplement stupide.

Elle s'esclaffa avec arrogance.

— Je suis membre de la famille royale, et nous savons toutes les deux que je suis au-dessus des lois de ce royaume d'arriérés.

— Pourquoi es-tu ici, si tu détestes tant notre monde ?

— Pour protéger ce qui m'appartient, bien sûr.

— Bien sûr.

Je secouai la tête.

— Je pense qu'on en a fini.

— Oui, en effet, tonna-t-elle.

Je ne perçus pas l'intention dans ses yeux avant qu'il ne soit trop tard. Elle leva les mains, et un faisceau de magie vert clair fusa pour venir m'encercler la gorge. Ses mains se refermèrent et la magie se comprima comme des doigts autour de ma gorge, me coupant la respiration. Je griffai les doigts invisibles, mais il n'y avait rien à attraper.

Dariyah grogna. Je pouvais voir l'effort qu'exigeait autant de magie sur son visage. Elle l'épuiserait bientôt, mais avant ou après ma mort ?

Je ramenai mon bras valide en arrière et lui assenai un coup de poing avec toute la force que je pouvais mobiliser. Sa tête recula d'un coup et j'entendis le craquement d'un os alors qu'elle volait en arrière. Elle atterrit violemment trois mètres plus loin, et je repris ma respiration alors que la magie autour de ma gorge disparaissait.

Je marchai d'un pas raide vers la faë qui gisait sur le trottoir. Sa bouche était ensanglantée et ses yeux me fixaient avec un mélange de choc et de peur. Elle avait utilisé trop de magie sans se soucier des conséquences, et maintenant, elle était complètement à ma merci.

— Je suis... membre de la famille royale, balbutia-t-elle en crachant du sang sur son haut blanc.

Je me dressai au-dessus d'elle.

— Je m'en contrefiche, même si tu étais la reine de Seelie. Tu m'attaques comme ça encore une fois, et je te menotterai si rapidement que ta tête royale n'arrêtera pas de tourner pendant une semaine.

Je fus tentée de la menotter maintenant, mais je ne savais pas ce que le fer lui ferait dans son état actuel. La laissant sur le sol, je montai les marches d'un pas lourd. En haut, je regardai en arrière vers l'endroit où elle était encore étendue, trop faible pour se mettre debout. Je proférai quelques mots bien choisis et sortis mon portable pour composer un numéro.

— Mon ange, répondit Faris en décrochant, un grand sourire dans sa voix.

Il était bien plus dynamique à présent qu'il était guéri.

— J'ai besoin d'un service.

Je ne pris pas la peine de le réprimander pour avoir utilisé ce surnom.

— Tout ce que tu voudras. Quel genre de service ?

Je regardai Dariyah qui essayait vainement de se redresser.

— Le genre que tu ne peux pas dire à Lukas.

J'eus seulement besoin de lui expliquer que sa partenaire potentielle avait essayé de me tuer.

— Je peux savoir pourquoi ?

— Je te le dirai quand tu seras là.

Je bougeai mon bras endolori et me mordis la lèvre quand une douleur lancinante se fit sentir dans mon épaule.

— Si tu pouvais te dépêcher, j'apprécierais beaucoup.

Je raccrochai et regardai Dariyah, toujours là où je l'avais laissée. Avec un soupir, je me dirigeai vers elle et plaçai mes bras sous les siens pour la mettre debout. Elle était si faible qu'elle ne pouvait pas marcher et je dus la traîner jusqu'au bâtiment pour l'asseoir sur l'une des marches. Je restai sur le trottoir, à la surveiller pendant qu'elle me fusillait du regard. Je ne pris pas la peine de lui dire qu'elle perdait son temps. Elle était loin d'être la faë la plus effrayante que j'aie rencontrée.

Vingt minutes plus tard, lorsqu'un SUV argenté arriva dans la rue et s'arrêta devant moi, je fus surprise de voir Faolin en sortir.

— Je pensais que Faris arrivait, dis-je avec mauvaise humeur.

Il contourna le SUV par l'avant, avec son éternelle mine agacée.

— J'étais plus près. Il a dit que tu avais besoin d'un service discret.

— Et tu t'es empressé de venir.

— Je n'ai pas dépassé les limites de vitesse.

Il me jeta un coup d'œil.

— Tu ne sembles pas te vider de ton sang. C'est quoi le problème ?

Je m'écartai pour qu'il puisse voir qui se trouvait derrière moi. Avant de le voir, je n'aurais jamais cru que des sourcils puissent remonter aussi haut jusqu'à la racine des cheveux.

— Dariyah, qu'est-ce que tu fiches ici ? demanda-t-il avec une sévérité qui me fit tressaillir.

Je perçus une lueur de panique dans ses yeux.

Elle ne répondit pas et il me jeta un regard interrogateur.

Je fourrai les mains dans mes poches.

— Nous avons eu un petit malentendu, mais tout est réglé. Je pense qu'elle est restée trop longtemps dans notre royaume et qu'elle a besoin de rentrer pour refaire le plein.

Le regard noir de Faolin s'accentua, mais il ne dit rien. Il s'approcha de Dariyah, la hissa et la transporta jusqu'au véhicule. J'ouvris la portière pour lui et il la déposa sur le siège passager.

Il referma et fit le tour vers le côté conducteur.

— Il devrait être au courant de ça.

— Tu es au courant, ça suffit.

Un sourire apparut furtivement sur son visage et il m'adressa un hochement de tête avant d'ouvrir la portière pour s'installer au volant. Ce bref échange était la conversation la plus significative que nous ayons jamais eue, tous les deux, et ce qui se rapprochait le plus d'une excuse depuis l'histoire avec Rogin. J'allais devoir m'en contenter.

— J'aurais pu conduire, dit papa deux semaines plus tard, pour ce qui devait être la cinquième fois depuis que nous avions quitté la maison de repos.

J'aperçus une place de parking et m'y dirigeai.

— Je sais, mais je me suis beaucoup attachée à cette Jeep.

— Oh, non. Tu ne garderas pas ma Jeep.

Il tapota le tableau de bord avec tendresse.

— Elle m'a manqué.

— D'accord, mais j'ignore comment je vais faire rentrer la cage dans la voiture de maman.

Il rit tandis que je me garais et éteignais le moteur. Je le regardai et il me sourit. Il y avait de nouvelles rides au coin de sa bouche, et plus de cheveux gris sur sa tête. Le goren avait laissé des traces sur son corps, mais les médecins affirmaient qu'il n'était pas resté sous l'effet de la drogue assez longtemps pour subir de sérieux effets à long terme. Quelques cheveux gris, ce n'était rien du tout.

Nous sortîmes et je tirai sa valise du coffre. Il protesta lorsque je lui donnai le plus petit sac, mais je ne voulus rien entendre. Une des conditions pour qu'il sorte en avance était qu'il ne se surmène pas. Il était censé passer les prochaines semaines à se reposer, à se remettre à une activité normale. Je l'avais enfin ramené à la maison et je n'allais pas le laisser faire quelque chose qui risquait de le renvoyer tout droit à l'hôpital.

À mi-chemin dans la rue, je me rendis compte que papa avait cessé de marcher. Je regardai derrière moi pour surprendre son regard fixe.

— Tu vas bien ?

— J'ai l'impression que ça fait une éternité que je n'ai pas vu cet endroit. Il n'a pas du tout changé.

Il baissa les yeux vers moi.

— Je ne sais pas pourquoi je pensais que ce serait différent.

— Quand on traverse une épreuve comme la tienne, c'est dur d'imaginer que le reste du monde ne change pas avec toi.

Il me rattrapa.

— Quand es-tu devenue aussi intelligente, toi ?

— À la naissance.

Je fis un sourire en coin et il rit.

Nous entrâmes dans le hall d'entrée, où Madame Russo attendait devant sa porte avec un plateau de brownies pour papa. Il la prit dans ses bras, lui demandant comment elle allait. Je me rappelai la dernière fois où nous étions tous les trois ici, à discuter. C'était en novembre, autant dire dans une autre vie. Il y aurait toujours un avant et un après la disparition de mes parents.

— Jesse a fait un excellent travail en s'occupant de l'immeuble pendant votre absence, dit Madame Russo. Elle a même engagé un gentil monsieur pour réparer les tuyaux.

Papa m'adressa un sourire fier.

— Je n'en ai jamais douté.

Nous prîmes congé de la voisine et montâmes les escaliers sans nous presser jusqu'à notre étage. S'il savait que je prenais volontairement mon temps, il ne l'évoqua pas. Après un mois d'entraînement avec Faolin et les autres, je pouvais monter les marches en courant même en portant deux valises.

— Je te préviens que Finch ne sait pas que tu rentres à la maison aujourd'hui, dis-je à voix basse tout en déverrouillant la porte. Je voulais lui faire la surprise.

J'ouvris et entrai la première.

— Finch, Aisla, je suis rentrée !

Deux petits visages apparurent dans l'embrasure de la cabane. Aisla jeta un coup d'œil à papa et disparut. Il fallut quelques secondes à Finch pour réaliser que je n'étais pas seule. Ses yeux lui sortirent des orbites et il commença à siffler comme un fou, sautant de la cabane jusqu'au canapé puis au sol. Papa s'accroupit et mon frère plongea dans ses bras.

Au bout de plusieurs minutes, Finch se calma suffisamment pour utiliser la langue des signes de manière compréhensible. Papa s'assit avec lui sur le canapé pendant que j'essayais de persuader Aisla de sortir de sa cachette. Elle était géniale avec Violet, mais elle avait peur des hommes. Sans doute était-ce parce qu'un homme l'avait gardée en cage durant toute sa vie. Une fois qu'elle apprendrait à connaître papa, elle l'aimerait autant que nous.

Il avait l'air un peu fatigué, alors je lui conseillai de se détendre pendant que je préparais le dîner. Pour fêter son retour à la maison, j'avais acheté de gros steaks que j'avais mis à mariner avant de partir. Au lieu de pommes de terre au four, je fis une salade diététique, car le médecin avait recommandé à papa beaucoup de légumes et de crudités dans son régime alimentaire.

J'avais invité Maurice pour manger avec nous, et il arriva alors que je retournais les steaks. En les entendant parler et rire ensemble dans le salon, je souris tout en terminant de cuisiner et de dresser la table.

Le dîner se déroula comme au bon vieux temps, à l'exception de l'absence notable de maman. Finch mangeait dans la cabane avec Aisla pendant que papa, Maurice et moi passions le repas à discuter du travail. Quelques jours plus tôt, Maurice et moi avions parlé de la façon dont nous annoncerions à papa certaines choses comme le ke'tain. Nous ignorions ce qui pouvait stimuler sa mémoire, alors mieux valait qu'il l'apprenne par nous. Je le regardai attentivement, mais il ne montra aucun signe de reconnaissance lorsque Maurice lui parla de l'artefact.

— Une prime de cent mille dollars ?

Papa semblait croire à une blague, à ce que l'un de nous lui lance : « On t'a bien eu ! »

Maurice coupa un morceau de son steak.

— Et tous les idiots possédant un badge d'ici jusqu'au Mexique sont à sa recherche. Il y a deux soirs, j'ai dû arrêter une bagarre entre deux chasseuses du Texas et une équipe de Floride. Ces quatre-là avaient plus d'animosité que de jugeote.

— Est-ce que les Texanes étaient une blonde et une brune ? demandai-je.

Il m'adressa un grand sourire.

— Tu les as rencontrées ?

— On pourrait dire ça.

Papa posa sa fourchette.

— Jesse, je n'aime pas l'idée que tu sois impliquée dans tout ça. Chasser est une chose, mais il y a des gens qui feraient n'importe quoi pour autant d'argent.

— Tu n'as pas à t'inquiéter. Je cherchais le ke'tain, mais Lukas m'a convaincue qu'il valait mieux qu'il s'en charge.

Je ne développai pas. Il n'avait pas besoin de savoir ce qui avait incité Lukas à prendre le relais.

— Lukas, hein ?

Papa me lança un regard inquisiteur.

— Et tu le vois souvent, ce prince d'Unseelie ?

— Pas souvent. Je pense que maintenant il passe la plupart de son temps à chercher le ke'tain.

Je le supposais, du moins. La dernière fois que je l'avais vu, c'était le jour où Tennin avait pris les photos de nous. J'allais toujours chez lui pour m'entraîner, mais il n'était jamais là, et ce depuis le soir où nous nous étions embrassés. Aucun de ses hommes ne l'évoquait en ma présence et je ne posais pas de questions, même si son absence me semblait délibérée. Peut-être avait-il compris que j'avais bêtement développé des sentiments pour lui, et il faisait ce qui était honorable, comme Dariyah l'avait dit.

Je ne l'avais pas revue depuis le soir où elle m'avait agressée. La dernière fois où j'avais vu Faolin, il m'avait dit que Dariyah ne m'embêterait plus, sinon elle devrait en répondre devant la garde royale.

Dariyah était peut-être partie, mais les choses qu'elle avait dites me taraudaient. J'avais beau la détester, elle ne mentait pas en ce qui concernait le futur roi et son besoin de consort. Plus je pensais à la partenaire que choisirait Lukas et qui pourrait lui donner des bébés de sang noble, moins je voulais en savoir. Je n'étais pas assez naïve pour penser un instant qu'il aurait vraiment pu y avoir quelque chose entre nous. Mais l'idée qu'il puisse être avec quelqu'un comme Dariyah remuait vraiment le couteau dans la plaie. Je faisais la vaisselle du dîner lorsque Bruce arriva. La nouvelle s'était répandue que papa rentrait aujourd'hui, et plusieurs de ses amis avaient voulu organiser une fête pour son retour à la maison. J'avais refusé, car les médecins avaient insisté pour qu'il se ménage. Bruce et Maurice étaient ses meilleurs amis et ils ne le laisseraient pas s'épuiser.

— Est-ce que les docteurs ont dit que tu pouvais retourner au travail ? demanda Bruce alors que je rinçais la dernière assiette.

Je coupai l'eau pour mieux les entendre.

— Pas avant quelques mois, répondit papa. Je vais gérer les affaires depuis la maison jusqu'à ce qu'ils me donnent le feu vert, et Jesse s'occupera de la chasse.

Je me séchai les mains et entrai dans le salon alors que Bruce disait :

— C'est une chasseuse née. Elle compte encore aller à l'université ?

— Oui !

Papa et moi avions répondu ensemble et nous éclatâmes de rire.

La fenêtre de la salle de bain claqua, annonçant l'arrivée de Gus. Bruce fut le seul à sursauter, car je ne lui avais pas parlé de mon nouvel animal de compagnie. Si l'on pouvait qualifier Gus comme tel. Il allait et venait à sa guise, n'écoutait jamais ce que je disais, et ne semblait me tolérer qu'à petite dose. S'il s'approchait de moi, c'était uniquement pour manger, ou le soir, pour dormir sur mon lit.

Le drakkan hargneux entra dans le salon et montra les crocs avec un sifflement en voyant toutes les personnes réunies. De fines volutes de fumée sortirent de ses naseaux et il battit des ailes avec nervosité avant de disparaître dans le couloir.

— Il a faim, expliquai-je.

J'allai remplir son bol avec du poulet cru et le portai jusqu'à ma chambre. La queue de Gus dépassait de sous le lit, où il boudait. Il faisait cela chaque fois qu'il n'était pas content. J'avais appris qu'il était inutile d'essayer de le persuader de sortir, alors je posai le bol par terre et m'en allai. L'odeur de la viande crue l'attirerait bien assez tôt.

— Tu es censée rapporter tes captures, pas les garder, plaisanta Bruce lorsque je retournai dans le salon.

— Dis ça à Gus.

Je m'assis à côté de papa sur le canapé, et il glissa un bras autour de moi. Je me blottis contre lui comme si j'avais de nouveau dix ans, heureuse d'être assise tranquillement et de les écouter discuter.

J'avais beau apprécier leur compagnie, je ne fus pas mécontente de voir Maurice et Bruce partir une heure plus tard. Finch descendit de la cabane pour se pelotonner sur l'épaule de papa, et nous regardâmes un vieux western. La seule chose qui aurait embelli la soirée aurait été la présence de maman.

Le lendemain, je ne partis pas à la chasse en prenant ma journée. Après le petit déjeuner, papa et moi nous assîmes à la table avec mon ordinateur et parcourûmes les finances et l'activité de la famille. Lorsque je lui montrai le tableur de maman, que je poursuivais en son absence, il fut stupéfait par le nombre de missions que j'avais accomplies depuis le début.

— Jesse, tu as rapporté cent mille dollars en un peu plus de trois mois.

La fierté dans ses yeux emplit ma poitrine de chaleur.

— J'ai appris auprès des meilleurs.

Il secoua la tête en reprenant son examen minutieux de la liste de missions que j'avais effectuées.

— Je pense que tu as fait plus de missions de niveaux Trois et Quatre que ta mère, Maurice et moi au cours de notre première année.

— Pas tout à fait.

Je lui adressai un grand sourire.

— J'ai vérifié.

— Peut-être que je devrais te laisser reprendre l'activité, plaisanta-t-il, les coins de ses yeux se plissant avec humour.

Je levai les mains.

— Oh, non. J'admets que j'apprécie la chasse plus que je ne le pensais, mais je suis très heureuse d'être l'intello de la famille.

— Tu peux être les deux, si c'est ce que tu veux.

— Je sais, mais mon cœur est tourné vers l'université.

Après la folie des derniers mois, j'attendais avec impatience mon retour aux études. Je rêvais de façades couvertes de lierre, de nuits à la bibliothèque, de cours, de plannings. La majorité des gens pourraient trouver cela ennuyeux après les aventures que j'avais vécues, mais j'avais hâte d'être simplement une étudiante normale.

Je montrai mes lunettes.

— Cette activité, c'est l'enfer pour les lunettes. Comment fait maman ?

Il ricana.

— La mutuelle de l'Agence couvre les renouvellements illimités.

— C'est maintenant que tu le dis.

Il ouvrit le dossier où je comptabilisais les dépenses de la maison.

— Je connais ce plombier. Comment as-tu réussi à lui faire remplacer les tuyaux pour ce prix-là ?

Je haussai les épaules.

— Il a fait un devis deux fois plus cher la première fois. Mais quand il m'a envoyé sa facture, il ne m'a fait payer que ça. Je l'ai appelé pour m'assurer que ce n'était pas une erreur, mais il a dit que c'était bon.

Papa fronça les sourcils.

— Ça n'a pas l'air normal. Rien que la main-d'œuvre coûterait autant.

Un coup sur la porte se fit entendre, suivi par :

— Je sais que vous êtes là. Inutile de vous cacher.

Je ris avec mon père avant d'aller ouvrir la porte à Violet, dont les bras étaient remplis de sacs. Je l'aidai à les porter jusqu'à la table, puis elle serra mon père dans ses bras jusqu'à l'étouffer. Violet adorait les câlins, et elle aimait mes parents. Ses yeux étaient larmoyants lorsqu'elle s'écarta et sortit un gros tupperware d'un des sacs.

— Maman vous a fait une salade de quinoa avec toutes sortes de choses diététiques.

Elle grimaça.

— Il y a sûrement du chou kale dedans. Vous êtes prévenu.

Il prit le tupperware et y jeta un coup d'œil.

— Ça a l'air délicieux. Je vais en prendre pour le déjeuner.

— Il y a aussi des blancs de poulet grillés.

Elle indiqua un second récipient. D'un autre sac, elle sortit une boîte rose avec le logo d'une pâtisserie du quartier.

— Ça, c'est de ma part.

Je lui adressai un regard désapprobateur alors qu'elle donnait la boîte à papa. Je n'avais pas besoin de regarder à l'intérieur pour savoir que c'étaient des donuts à la crème de chez Boston, ses préférés.

Elle haussa les épaules.

— Il a le droit de se faire plaisir.

— Oui, clairement.

Papa prit l'un des donuts et y mordit à belles dents. Il semblait plus heureux que s'il venait de sortir de prison.

Violet inclina la tête vers l'ordinateur.

— Qu'est-ce que vous faites ?

— Je mets papa à jour, répondis-je.

Elle plissa le nez.

— Je vais aller traîner avec Finch et Aisla en attendant que vous ayez fini de faire les adultes. Ensuite, je te raconterai la *super* nuit que j'ai passée.

— Lorelle ?

Elle fit semblant de s'éventer.

— Tu sais ce qu'on dit. Une fois qu'on a essayé les faës...

Papa s'étrangla, projetant des morceaux de donuts sur la table. Violet gloussa, et lui tapota le dos.

— Vous allez bien, Monsieur J ?

— Oui, répondit-il, peinant à respirer.

Elle m'adressa un grand sourire par-dessus sa tête et alla dans le salon. Je m'assis devant l'ordinateur pendant qu'il finissait son donut et léchait le chocolat de ses doigts. La télévision s'alluma à côté. J'entendis la voix de Violet qui parlait à Finch. Aisla ne parlait pas encore, mais elle semblait nous comprendre assez bien.

— Au fait, Jesse, je t'ai dit que mon agent m'a obtenu une audition pour un autre gros film de SF ? cria Violet alors qu'elle parcourait les chaînes.

— C'est super, dit papa. Ça parle de quoi ?

— Je ne peux pas le dire, mais le réalisateur a peut-être fait une franchise sur des robots qui se transforment en voitures.

Elle marqua une pause.

— Mais ce n'est pas moi qui l'ai dit !

— Dit quoi ? répondîmes-nous de concert, papa et moi, en souriant.

Violet émit un petit rire.

— Ils font passer des auditions au Ralston la semaine prochaine, alors souhaitez-moi bonne chance.

— Bonne chance, même si tu n'en auras pas besoin, criai-je d'une voix chantante. Pas vrai, papa ?

Il ne répondit pas. Je le regardai de côté pour le voir les yeux dans le vague, le front plissé comme s'il était plongé dans ses pensées.

— Papa ?

— Pardon. Ce n'était pas mon intention de rêvasser.

Il cligna des paupières et me sourit, mais je pouvais voir que quelque chose le préoccupait.

Je baissai la voix.

— Tu t'es souvenu de quelque chose ?

Les médecins nous avaient dit qu'être à la maison dans un environnement familier pouvait l'aider à retrouver certains souvenirs.

— Je ne sais pas.

Il fronça les sourcils.

— Je n'arrête pas de voir la salle de bal du Ralston. Ce ne sont que des flashes, alors je n'en suis pas sûr.

Mon pouls s'accéléra. Le Ralston était le dernier endroit où maman et lui avaient été aperçus, la nuit de leur disparition. Et le lendemain, un homme d'entretien avait trouvé le bracelet cassé de maman dans l'une des salles de bal.

— J'ai comme l'impression qu'il y a quelque chose dont je dois me souvenir, mais c'est bloqué.

Il se frotta la tempe, comme s'il avait mal.

— Ce n'est que ton premier jour à la maison. Ça viendra.

Il me regarda, sa frustration presque palpable.

— Peu importe ce que c'est, c'est important pour nous tous.

Cela devait être le ke'tain. Quoi d'autre pourrait être plus important pour tout le monde ?

La peur s'immisça en moi. À part pour m'arrêter et me donner le message de la reine concernant son fils, la garde de Seelie m'avait laissée tranquille, moi et ma famille. Que feraient-ils s'ils apprenaient que mon père retrouvait la mémoire ?

— Jesse, tu sais où se trouve la poussière faë ? demanda papa une semaine plus tard, alors qu'il faisait l'inventaire du matériel sur les étagères du bureau.

Je grimaçai et cessai de prendre des notes sur ma mission de la veille au soir.

— Il se pourrait que j'aie tout utilisé.

— Tu as utilisé tout un sachet de poussière faë.

Il se tourna avec un regard incrédule.

— Tu te souviens du bunnek dont je t'ai parlé ?

Il fronça les sourcils.

— La poussière de faë ne fonctionne pas sur les bunneks.

— Je le sais *à présent*. C'était un communiqué, et je n'avais pas vraiment le temps de revenir à la maison et de lire les notes de maman sur les bunneks.

Je montrai l'écran du doigt.

— Nous avons besoin d'une version mobile que nous pouvons mettre sur nos téléphones et synchroniser avec la principale.

Sa grimace me fit rire. L'informatique était le domaine de maman, et ça lui convenait très bien. Heureusement pour nous, durant mes trois dernières années d'école, j'avais suivi des cours d'informatique, et comme maman, j'aimais les tableurs.

— Je vais le faire.

J'y réfléchissais depuis janvier, mais je n'avais jamais eu le temps.

— Nous l'utilisons principalement pour les trolls et les ogres. Personne ne veut se battre avec ces brutes.

Je réprimai un grognement en réalisant combien cela aurait été facile de sauver Roméo de ces ogres avec de la poussière faë. Sans parler des missions avec les trolls. Pas d'entorse de l'épaule, ou d'empoisonnement au kolosh.

Pas de baiser de Lukas.

Ma peau rougit lorsque je me rappelai comment j'avais attrapé le col de son t-shirt, pour l'attirer à moi et l'embrasser. Puis je lui avais demandé s'il m'embrasserait de nouveau.

— Jesse ?

Je sursautai et croisai le regard curieux de papa.

— Hein ?

— Comment as-tu fait les missions avec les trolls sans poussière de faë ? demanda-t-il.

Avant que je puisse répondre, Gus émit un horrible bruit de renvoi dans ma chambre. J'y courus juste à temps pour le voir vomir au milieu de mon lit. Moi-même saisie de haut-le-coeur à cette odeur infecte, je le pris et l'emmenai jusqu'à la salle de bain pour le nettoyer.

C'était la quatrième fois qu'il vomissait en deux jours et je commençais à craindre qu'il soit malade. Il le faisait d'habitude quand il essayait de manger quelque chose de trop gros pour être avalé, comme mon presse-papiers, par exemple. Or ce n'était pas le cas en ce moment.

Papa resta dans l'embrasure de la porte, ma couette en boule sous le bras.

— Il va bien ?

— Je pense qu'il est malade.

Je nettoyai délicatement le groin du drakkan à l'aide d'un tissu humide. Le fait qu'il ne me mordille pas confirma mes appréhensions.

— Qu'est-ce que je devrais faire ?

— Lorsque les faës sont malades, ils repartent dans leur royaume pour guérir. Je n'aime pas dire ça, mais il faudra peut-être aussi renvoyer Gus chez lui.

Je caressai les écailles dorées et rouges sur sa tête.

— Mais il n'a jamais été là-bas. Comment saura-t-il chasser et vivre dans la nature ?

— Ils le présenteront à un troupeau et il s'adaptera, répondit papa. Les drakkans ne sont pas des créatures solitaires. Ils ont besoin d'être avec leur espèce.

Je déglutis malgré la sensation d'oppression inattendue dans ma gorge. Ce petit grincheux s'était immiscé dans mon cœur, à sa manière, et je réalisais qu'il me manquerait s'il devait partir.

— Je ne l'emmène pas à la Plaza, déclarai-je d'une voix sourde.

Je n'accepterais pas qu'il soit bouclé dans une cellule jusqu'à ce qu'on le renvoie chez lui.

— Faris prévoit de rentrer demain. Je vais lui demander s'il peut prendre Gus avec lui.

Papa hocha la tête. Il n'avait rencontré aucun de mes amis faës pour le moment, mais il avait enfin arrêté de m'adresser des regards étranges chaque fois que j'évoquais la garde royale. Le seul nom qui ne revenait pas beaucoup était celui de Lukas. Cela faisait trois semaines depuis que j'avais posé les yeux sur lui pour la dernière fois, et j'avais le sentiment qu'il en serait toujours ainsi désormais. Si mon père pensait que c'était bizarre que je parle peu de Lukas, il n'en dit rien.

Il élabora un petit nid de serviettes sur mon lit et posa le drakkan silencieux dedans. Quant à moi, je m'assis sur la chaise près de la fenêtre et appelai Faris.

— Ton père a raison. Gus ne fait pas partie de ce royaume, me dit-il après que je lui eus expliqué la situation.

— Est-ce que les autres drakkans l'accepteront dans leur troupeau s'il a éclos ici ?

Je pouvais entendre le sourire dans la voix de Faris lorsqu'il répondit :

— Je te promets que Gus sera très heureux dans le royaume des faës. Tu veux que je vienne chez toi pour le prendre ?

Je regardai Gus, qui m'observait avec prudence depuis le lit, et je me demandai s'il pouvait savoir que je parlais de lui.

— Je pense que ça le perturberait moins si je te l'amenais. Est-ce que Kaia l'acceptera ?

— Je vais partir ce soir au lieu de demain, répondit Faris avec gentillesse. Tu peux rester pour nous dire au revoir si tu veux.

— Oui, d'accord.

Je me levai, sachant que plus je repousserais ce qui devait être fait, plus ce serait difficile.

— Nous serons là dans trente minutes.

Je raccrochai et évitai de regarder Gus en sortant de la chambre. Je refermai la porte derrière moi pour qu'il ne puisse pas s'enfuir si l'envie lui en prenait, et j'allai dans le bureau pour dire à mon père où je partais.

Ensuite, je dus aller dans le salon et l'annoncer à Finch et à Aisla, qui s'étaient aussi attachés au drakkan. Expliquer à mon frère larmoyant pourquoi Gus ne reviendrait pas à la maison, c'était presque en première position de ma liste des choses que je ne voulais plus jamais refaire.

Je ne pouvais pas risquer de conduire avec un drakkan en liberté, alors je sortis la cage que j'avais utilisée pour la mission avec le trow. Je remplaçai le filet de fer au sol par de vieilles serviettes et l'emportai dans ma chambre où Gus n'avait pas bougé de sa place, sur le lit. Il grogna lorsque je le soulevai et le mis dans la cage, mais il se calma bientôt, un autre signe montrant à quel point il était malade.

— Tu veux que je vienne avec toi ? demanda papa lorsque je sortis et posai la cage sur la table basse.

Je faillis répondre oui, jusqu'à ce que je voie le visage triste de Finch qui passait sa main dans la porte en fil de fer pour caresser Gus. Il avait besoin de notre père plus que moi en ce moment. Papa suivit mon regard, et nous n'eûmes plus besoin de nous parler.

— Je serai de retour dans quelques heures, dis-je à papa tout en enfilant mon manteau.

— Prends ton temps, répondit-il, avant d'ajouter à voix basse : Finch ira bien.

Je laissai à Finch et à Aisla quelques minutes de plus avec Gus, puis je me forçai à prendre la cage et à partir. Alors que je la posais sur le siège passager de la Jeep et l'attachais avec la ceinture de sécurité, je me dis que les larmes dans mes yeux étaient pour Finch, pas pour le drakkan grincheux qui, dans ses bons jours, ne m'appréciait même pas.

Gus ne fit pas un son pendant les dix premières minutes. Lorsqu'il commença à grogner et à se retourner dans la cage, je souris, soulagée qu'il fasse à nouveau preuve de dynamisme.

— Tu n'auras pas à rester dedans très longtemps. Là où tu vas, tu seras capable de voler toute la journée avec d'autres drakkans. N'est-ce pas merveilleux ?

Il grogna plus fort et je sursautai lorsqu'il commença à griffer avec frénésie la grille en métal de la porte.

— Calme-toi, Gus.

Les yeux sur la circulation, je tendis la main pour caresser le dessus de la cage. Je commis une erreur de calcul, et au lieu de ça, ma main toucha la porte.

— Aïe !

Je retirai ma main d'un coup sec et suçai le sang qui perlait sur le bout de mon doigt.

— Qu'est-ce qui te prend, Gus ?

Je levai les yeux alors que la voiture devant moi s'arrêtait tout à coup. J'appuyai fortement sur le frein, évitant de justesse de lui rentrer par-derrière. Des klaxons retentirent et un crissement de tôle froissée se fit entendre, quelque part derrière moi.

Mon regard se posa sur les passants, sur le trottoir, qui s'étaient arrêtés de marcher pour fixer le ciel. Certaines personnes avaient sorti leurs téléphones et enregistraient ou prenaient des photos.

Je me penchai en avant pour voir à travers le pare-brise et je ressentis un frisson de peur en voyant les lumières et la foudre zébrée. Selon mon emplacement, je supposais qu'elles se trouvaient au-dessus du fleuve Hudson, précisément là elles étaient le jour de l'accident avec le ferry. Je frissonnai, priant pour les bateaux sur l'eau en ce moment même.

Gus choisit ce moment pour paniquer complètement, attaquant les côtés de sa cage. Elle ne le retiendrait pas longtemps, à cette allure, et je ne voulais pas être piégée dans l'habitacle avec lui lorsqu'il se libérerait. La circulation reprit très lentement et je regardai autour de moi à la recherche d'un endroit où me garer.

Je vis quelqu'un sortir d'une place, un peu plus loin, et m'y arrêtai, écopant d'un coup de klaxon furieux de la part du véhicule derrière moi. Ignorant les gestes obscènes de la femme qui passait à côté de moi, j'enlevai mon manteau et le plaçai par-dessus la cage. Cela aida un peu, mais ce dont j'avais vraiment besoin, c'était de mettre le drakkan à l'intérieur, de préférence loin des vitres. Je levai les yeux pour voir quels bâtiments étaient à proximité et j'expirai en voyant le panneau de Moore Books.

Angela se trouvait près de la vitrine, en compagnie d'un client, et regardait le ciel lorsque je courus à l'intérieur. Les yeux de la propriétaire s'illuminèrent en me reconnaissant, puis se posèrent sur la cage qui émettait des grognements de colère et des cris.

Elle m'approcha avec prudence.

— Tu es l'amie de Tennin.

Je hochai la tête et parlai rapidement.

— Je déteste m'imposer, mais pourrais-je utiliser encore ton bureau ? La tempête le perturbe, et tu n'as pas de fenêtres là-bas.

— Bien sûr, répondit-elle, visiblement dubitative.

— Merci !

Je me précipitai dans le bureau et fermai la porte. Posant la cage sur le sol, je m'agenouillai devant et fredonnai à Gus jusqu'à ce qu'il cesse d'essayer de griffer pour sortir.

Angela frappa à la porte.

— Les lumières sont parties. Il va bien ?

Tout le stress quitta mon corps.

— Oui. Tu peux ouvrir la porte.

Elle l'entrouvrit de quelques centimètres et jeta un coup d'œil à l'intérieur.

— Je peux demander ce que c'est ?

— C'est un drakkan.

Ses yeux devinrent incroyablement ronds.

— Pour de vrai ?

Je souris.

— Tennin ne t'a sûrement pas dit que j'étais chasseuse de primes. Ce petit gars était blessé, et je me suis occupée de lui chez moi. Là, je l'emmène chez un ami qui le rapportera dans le royaume des faës.

— Ouah.

Elle ouvrit la porte davantage.

— Je peux le voir ?

— Oui, mais ne sois pas surprise s'il te grogne dessus. Il n'aime pas les gens.

Je levai la cage et la posai sur le bureau, la porte face à elle. À distance, Angela s'accroupit pour jeter un regard à l'intérieur, et curieusement, Gus ne fit pas un bruit.

— Il est si beau, roucoula-t-elle. Oh. Je pense qu'il va vomir.

Je regardai à l'intérieur, et sans surprise, Gus vidait une fois de plus le contenu de son estomac. Son corps était secoué de spasmes, sans relâche, jusqu'à ce qu'il ait tout vomi. Quelques gouttes de bile atterrirent sur le sol, mais le reste maculait la cage.

Angela eut des haut-le-coeur, et appliqua sa main sur sa bouche.

— Mon Dieu, quelle odeur.

— Je suis vraiment désolée.

Je couvris ma bouche alors que mes yeux larmoyaient.

— Je vais devoir le nettoyer. Tu as des toilettes ?

Elle ressortit du bureau et indiqua une autre porte.

— Juste là. Je serai devant.

J'emportai la cage dans les toilettes, composées d'une cuvette et d'un lavabo sur pied. Il y avait à peine assez d'espace pour me tourner une fois que j'eus fermé la porte, et j'eus un mal fou à extraire Gus de la cage sans me mettre de la substance verte et nauséabonde partout. Il ne se défendit pas, même quand je le posai dans le lavabo et lui donnai un bain improvisé sous le robinet.

— Oh, Gus, je n'aime pas du tout que tu ne te sentes pas bien, dis-je alors que je le séchais avec des serviettes en papier.

Je le mis sur le sol et entrepris de sortir les serviettes salies de la cage pour les fourrer dans la poubelle. Cela empestait. Angela allait devoir utiliser tout un flacon de désodorisant pour faire partir cette puanteur.

Je basculai la cage pour l'essuyer, et quelque chose en tomba et roula dans le lavabo. Je baissai alors les yeux vers le petit objet enveloppé de bave. Était-ce la raison pour laquelle il était malade ?

— Qu'est-ce que tu as mangé, cette fois-ci, bon sang ?

J'ouvris le robinet et rinçai l'objet mystérieux. Alors que la substance poisseuse disparaissait, elle dévoila une pierre bleue, irisée et ronde, chaude au toucher, qui semblait briller de l'intérieur.

Mon ventre se retourna complètement. Ce n'était pas possible. Je séchai la pierre dans mes mains tremblantes et la brandis en l'air.

C'était le ke'tain.

19

J E M'APPUYAI LOURDEMENT contre le lavabo. Je l'avais trouvé. Ou du moins, Gus l'avait trouvé. Je fixai le drakkan qui se toilettait sur le sol.

Comment était-ce arrivé ? Comment est-ce qu'un artefact volé d'origine faë recherché par le royaume des faës, l'Agence, et la moitié des chasseurs de primes du monde, s'était-il retrouvé dans le ventre de mon drakkan ?

J'avais besoin de m'asseoir.

Soulevant Gus, j'ouvris la porte et retournai dans le bureau. Le fauteuil pour les invités était rempli de livres, alors je pris la chaise derrière le bureau. Je regardai de nouveau le ke'tain, et ne sachant pas quoi faire d'autre, je le fourrai dans la poche avant de mon jean.

Une fois que le choc initial fut passé, je parvins à réfléchir un peu plus clairement et à reconstituer le puzzle. J'avais su depuis le début que Gus devait être le drakkan qui s'était échappé de la maison de Lewis Tate durant la descente. Avec la tendance de la bête à manger tout ce qu'elle pouvait faire rentrer dans sa bouche, il était logique qu'elle ait avalé la petite pierre. Que cela se soit passé la nuit de la descente ou avant, je ne le saurais jamais. Ce que je savais, c'était que le ke'tain se trouvait sous mon nez depuis tout ce temps.

Et il était à présent dans ma poche.

Mon cuir chevelu picotait sous l'effet de l'excitation. J'avais en ma possession un objet pour lequel les gens étaient prêts à tuer. Mes parents étaient presque morts à cause de lui, et plus je le gardais, plus ma famille était en danger.

Je me levai et enfilai mon manteau. Je devais appeler Lukas. Il viendrait prendre le ke'tain, et tout rentrerait dans l'ordre.

J'avais tout juste sorti mon téléphone de la poche lorsqu'une imposante silhouette apparut à la porte. Déjà sur les nerfs, je laissai échapper un petit cri et lâchai le portable, qui fit du bruit en glissant sur le sol. Incrédule, je le regardai se baisser pour le ramasser.

— Conlan, qu'est-ce que tu fais ici ? demandai-je d'une voix une octave plus haute que d'habitude. Tu m'as fait peur.

Il me donna le téléphone.

— Tu es entrée en courant ici, et comme tu ne ressortais pas, j'ai craint qu'il te soit arrivé quelque chose.

Ma stupeur céda la place à la confusion.

— Comment m'as-tu vue entrer ici en courant, et pourquoi est-ce que tu attendais que je sorte ?

— Nous te surveillons, ton père et toi, depuis qu'il est rentré, répondit-il d'un ton neutre. Lukas était inquiet que la garde de Seelie ou que Davian te pourchassent s'ils pensaient que ton père se souvenait de quelque chose.

— Tu me suis depuis une semaine, et personne n'a pris la peine de me le dire ?

Peu importe que j'aie ressenti la même peur depuis que mon père s'était rappelé la salle de bal du Ralston.

Conlan sourit sans exprimer de remords.

— Te le dire n'aurait rien changé.

Il regarda dans le bureau, vers Gus.

— Faris a dit que tu lui apportais un drakkan malade. Pourquoi est-ce que tu t'es arrêtée dans une librairie ?

L'indignation que j'éprouvais disparut aussitôt. Tout ce qui comptait, c'était la pierre dans la poche de mon jean. J'attirai Conlan jusque dans le bureau et le contournai pour fermer la porte. En me retournant, je vis qu'il me regardait avec un mélange de perplexité et d'amusement.

— Je l'ai trouvé, murmurai-je avec insistance.

— Trouvé quoi ?

Je sortis la pierre de ma poche et la tendis dans ma paume. Pendant quelques secondes, il n'y eut aucune réaction de la part de Conlan. Puis il me surprit en mettant un genou à terre, baissant la tête, les mains sur son cœur. Il murmura quelque chose en faë, comme une prière, avant de relever les yeux vers moi.

— Tu es bel et bien bénie par Aedhna, dit-il avec respect. Comment l'as-tu trouvé ?

Je refermai la main autour de la pierre et lui fis signe de se lever.

— Je te le dirai une fois que nous l'aurons apporté quelque part en sécurité.

En un clin d'œil, l'agréable Conlan que je connaissais avait disparu, et à sa place se trouvait l'un des gardes royaux légendaires. Comme si c'était possible, il semblait encore plus imposant.

— Tu as raison. Je vais te conduire à Lukas.

Mon cœur s'affola un peu à l'idée de revoir Lukas, mais je pris le bras de Conlan lorsqu'il tendit la main vers la porte.

— Tu devrais garder le ke'tain, lui dis-je.

Un coin de sa bouche se releva.

— Tu comptes m'abandonner dès que nous serons dehors ?

Ça lui ressemblait bien de plaisanter à un moment pareil.

— Non. Je pense qu'il serait plus en sécurité avec toi.

Je lui tendis la pierre, mais il recula.

— Je ne peux pas la toucher.

— C'est vrai.

Je me souvenais de Ben Stewart, qui avait dit que le ke'tain était mortel pour les faës. Je fourrai la pierre dans ma poche.

— Bon. Allons-y.

Il ouvrit la porte et jeta un œil alentour avant de me précéder jusqu'à l'avant du magasin. Il n'y avait aucun signe de la propriétaire, et je ressentis une pointe de malaise alors que mes yeux cherchaient la libraire.

— Angela ?

Je me dirigeai vers la caisse. Ce ne fut qu'une fois assez proche pour voir à travers le plateau de verre que j'aperçus le corps, sur le sol, derrière la caisse. Je m'y précipitai. En voyant ses yeux aveugles, je criai pour appeler Conlan. À l'angle anormal de sa tête, je compris que sa nuque avait été brisée.

Le silence m'accueillit. Je me levai d'un bond et faillis trébucher sur le corps d'Angela à la vue de six hommes masqués, en tenue tactique, qui encerclaient Conlan. Le faë était avachi entre deux des hommes, qui le tenaient à la verticale.

— Conlan, criai-je, mais il ne répondit pas. Qu'est-ce que vous lui avez fait ?

L'homme le plus imposant parla.

— Un cocktail spécial de sédatif et de fer. Il est toujours en vie pour le moment.

— Les sédatifs ne marchent pas sur les faës, répondis-je d'une voix chevrotante.

Son sourire était visible par le trou de son masque, au niveau de la bouche.

— Celui-là, si. Cela l'empêchera de s'en mêler assez longtemps pour que nous récupérions ce que nous voulons.

Ma bouche devint sèche.

— Qu'est-ce que vous voulez ?

— Ne faites pas la timide, Mademoiselle James.

L'homme qui semblait être le chef du groupe brandit un appareil qui ressemblait à un détecteur pour le ke'tain, mais en plus gros. La lumière clignotait en vert. Dans son autre main, il tenait un pistolet braqué sur ma tête.

— Donnez-moi le ke'tain.

J'agrippai le rebord de la caisse alors que mes genoux menaçaient de se dérober. J'avais beau être effrayée, je ne pouvais pas lui donner le ke'tain. C'était plus important que moi, plus important que Conlan. S'il était réveillé, il serait d'accord avec moi. Il s'agissait de protéger les personnes que nous aimions.

Je croisai les yeux de l'homme, assombris par le masque.

— Je ne l'ai pas.

— Et moi, je n'ai pas le temps de m'amuser avec vous.

Il tourna son pistolet vers Conlan.

— Même un faë ne peut pas survivre si sa tête est explosée à bout portant.

— Vous savez qui c'est ? L'un des meilleurs amis du prince héritier d'Unseelie. Si vous le tuez, toute la garde royale d'Unseelie vous traquera.

Aucun des hommes ne réagit. Je devais les retarder à tout prix. Depuis le temps, Faris devait se demander pourquoi je n'étais pas encore là. Il m'appellerait, et comme je ne répondrais pas, il contacterait Conlan, qui me suivait aujourd'hui. Dans l'impossibilité de le joindre, il donnerait enfin l'alarme. Faolin localiserait nos téléphones ou la voiture de Conlan jusqu'ici et ils viendraient.

— Vous pensez que Davian Woods ne révélera pas vos noms quand le prince Vaerik en aura fini avec lui ?

La tête de l'homme recula légèrement, trahissant sa surprise. J'en tirai profit.

— Le prince est après Davian. Il est au courant de tous ses petits plans.

Un infime mouvement derrière lui attira mon attention. Je précipitai mon regard sur Conlan et le vis ouvrir les paupières et me regarder pendant un instant.

Je croisai de nouveau le regard du chef.

— Le prince Vaerik sait que Davian essayait d'acheter le ke'tain à Lewis Tate jusqu'à ce que ce dernier disparaisse. Il sait aussi que Davian travaille avec la garde de Seelie. Si quelque chose arrive à Conlan, le prince saura que cela a été fait par un professionnel engagé par Davian. Vous pensez que ça va lui prendre combien de temps pour vous retrouver ?

L'homme baissa son pistolet, le détournant de la tête de Conlan.

— J'arrive, et vous allez me donner le ke'tain, sinon je le prendrai par la force. Le prince se soucie peut-être de la vie de son ami, mais je doute que la vôtre lui importe.

— Donne-le... lui, balbutia Conlan, surprenant tout le monde dans la pièce.

— Non.

Pourquoi dirait-il cela ?

Conlan leva la tête et me fixa avec une expression qui me disait d'avoir confiance en lui.

— Il va le... trouver.

— C'est vrai, répondit le chef avec confiance.

Mais Conlan ne faisait pas référence à lui. Il me disait que Lukas retrouverait le ke'tain si je laissais les hommes l'emmener à Davian.

— Jesse.

Conlan m'adressa un faible sourire pour me faire savoir que tout irait bien.

— Fais-le.

Je le fixai pendant un long moment avant de hocher la tête d'un mouvement rigide, glissant la main dans ma poche.

— Arrête.

Le chef agita son pistolet vers moi.

— Viens là, où on pourra te voir.

Je fis comme il me le demandait et contournai la caisse. La main dans ma poche, j'en sortis la pierre et la lui remis. Je me sentis mal lorsqu'il m'approcha, la paume tendue. Allais-je vraiment le faire ? J'allais la lui donner sans me battre ?

Je voulus retirer ma main d'un coup sec lorsque ses doigts l'effleurèrent. Mon autre main me démangeait de former un poing pour le frapper à la gorge. J'étais encore plus tendue que les cordes de ma guitare, attendant qu'il prenne enfin ce foutu machin.

— Qu'est-ce que tu fais ? demanda l'un des autres hommes. Prends-la pour qu'on puisse partir d'ici.

— Je ne peux pas, répondit le chef en serrant les dents. Elle ne veut pas bouger.

Mes yeux se posèrent alors sur les articulations de ses doigts, blanches à cause de leur prise sur le ke'tain. Les tendons forçaient dans son poignet, mais je ne ressentais que le poids de la pierre dans ma main.

— Donne-la-moi, rugit-il.

— Je ne fais rien.

Je regardai Conlan, mais il semblait aussi confus que moi.

L'autre homme qui avait parlé se rapprocha. Le chef lâcha le ke'tain, et son ami s'en saisit. Il grogna tout en essayant de l'arracher à ma main. La lâchant enfin, il me fusilla du regard.

— Tu utilises la magie. Arrête.

— Pas du tout !

Je me tournai et plaçai le ke'tain sur le comptoir en verre.

— Voilà. Prenez-la.

Il tendit la main vers la pierre, mais à l'instant où il la toucha, elle disparut.

— C'est quoi ce bordel ? cria-t-il, reposant ses yeux furibonds sur moi.

Je ressentis le poids chaud dans ma main avant même de regarder. Il avait raison. Il y avait une sorte de magie à l'œuvre, mais cela ne provenait pas de moi. Pour une raison inconnue, le ke'tain était collé à moi, tout comme la pierre de la déesse.

La pierre de la déesse. Ça devait être ça. D'une certaine manière, elle était liée au ke'tain et empêchait les hommes de me la prendre. Il n'y avait pas d'autre explication.

Je ne pouvais pas le leur dire. Dieu seul savait ce que Davian Woods ferait s'il apprenait que je possédais une véritable pierre de la déesse. Je finirais sûrement enfermée dans l'une ses collections privées.

— Ça suffit. Tu viens avec nous.

Le chef m'attrapa sans ménagement par le bras.

— Nous sommes payés tant que nous apportons le ke'tain.

— Lâche-la.

Conlan nous chargea, mais ses mouvements étaient encore lents à cause du fer. Les autres hommes le maîtrisèrent facilement et menottèrent ses mains dans son dos. Les menottes ne venaient pas de l'Agence, mais elles étaient en fer et elles étaient efficaces.

— Remets le ke'tain dans la poche de ton jean, ordonna le chef.

Après quoi, il vida mes autres poches, jetant mes clés, mon badge, mon taser et mon portable sur le comptoir. Je retenais ma respiration tandis qu'il procédait à une fouille par palpation, et je me mordis la joue lorsqu'il trouva les crochets dans la poche intérieure de mon manteau.

Lorsqu'il eut fini, il me retourna et tira sur mes bras sans ménagement pour les mettre derrière mon dos. Je sentis qu'une paire de menottes froides étaient refermées autour de mes poignets, et je me demandai si mes proies éprouvaient toujours le même sentiment de peur et d'impuissance que moi en cet instant.

Les hommes nous obligèrent à marcher jusqu'à l'arrière du magasin. Nous passâmes dans le bureau et j'aperçus Gus qui dormait, roulé en boule sur le bureau où je l'avais laissé. Il était si épuisé qu'il avait dormi pendant tout ce temps. Que ferait-il lorsqu'il se réveillerait ici tout seul ?

Et la pauvre Angela. Le chagrin s'installa en moi au souvenir de son corps sans vie. Elle n'avait fait que m'aider, et elle était morte à cause de ça. Ils l'avaient tuée.

— Pourquoi l'avez-vous tuée ? demandai-je alors que l'on me poussait vers la porte de service.

Personne ne répondit. Ils nous emmenèrent jusqu'à un fourgon utilitaire d'un blanc uni, garé à côté d'une benne dans la petite ruelle. Ils s'assirent de part et d'autre de la banquette, et mirent sur nos têtes des cagoules noires. Le moteur démarra et je fus submergée par un horrible sentiment de déjà-vu. Sauf que cette fois, je n'étais pas seule dans le coffre d'une voiture. Je ne savais pas si j'étais plus soulagée que Conlan soit avec moi, ou si je me sentais coupable de l'avoir mêlé à cela.

Je prêtai attention à chaque virage emprunté par fourgon, visualisant le trajet alors qu'ils traversaient Brooklyn. Je sus immédiatement lorsque nous commençâmes à franchir le pont menant à Manhattan. Ce n'était pas difficile de deviner où ils nous emmenaient. Au moins, cette fois, ce ne serait pas une cage dégoûtante dans le sous-sol d'un trafiquant de drogues.

Le fourgon prit un virage serré et amorça une courte descente. Il s'arrêta, et le conducteur baissa sa vitre pendant un instant avant de continuer. Nous étions dans un parking, et j'étais sûre que c'était sous l'immeuble de Davian Woods.

Toujours avec les cagoules sur nos têtes, Conlan et moi fûmes sortis du fourgon et menés dans un ascenseur. Nous y rentrâmes à huit, ce devait être un monte-charge, pas celui où j'étais montée le soir de la fête. Nous progressâmes en silence, et lorsque les portes s'ouvrirent, on nous conduisit dans un couloir, puis de l'autre côté d'une porte avant de descendre des marches. Enfin, quelqu'un me fit asseoir sur une chaise et ligota mes jambes à l'aide de ruban adhésif. On laissa mes mains menottées derrière mon dos.

J'entendis des pas sortant de la pièce. Dès que les derniers bruits disparurent, j'appelai Conlan et fus accueillie par le silence. Mon ventre se noua. Que lui avaient-ils fait ? Peut-être qu'ils l'avaient mis dans une pièce différente pour que nous ne puissions pas parler et planifier une évasion.

On ne me laissa pas seule bien longtemps. Des semelles discrètes annoncèrent l'approche d'un homme, mais pas avec des bottes de combat. Je n'eus pas longtemps pour m'interroger sur son identité, car il attrapa le haut de la cagoule et la retira de ma tête.

Davian Woods se tenait devant moi, dans un costume gris foncé. Il semblait prêt à pénétrer dans une salle de réunion. Il affichait le même sourire qu'il m'avait adressé le soir de notre rencontre, mais contrairement à ce moment-là, ses yeux marron demeuraient froids.

Je ne fus pas surprise de voir que nous étions dans la salle manger du haut de son appartement. Je tournai la tête vers la terrasse et ressentis une vague de soulagement en voyant Conlan menotté à une chaise, de l'autre côté de la table. Sa tête était baissée et il semblait inconscient.

— Mademoiselle James, dit Davian, reportant mon attention sur lui. Je peux entrer dans une pièce avec les entrepreneurs les plus intelligents du monde et lire l'esprit de chaque personne. J'ai construit un empire avec ce don. Cependant, non seulement, vous avez eu accès à ma maison, mais vous êtes passée sous mon radar pendant des mois. Comment cela ?

Il plaça une main sur son menton, la tête penchée comme s'il était extrêmement curieux de ma réponse. S'il s'attendait que je sois un agent hautement entraîné, il allait être déçu.

— Vous ne m'avez pas remarquée, car je suis une inconnue... pour vous, en tout cas. Tennin a un faible pour les rousses, et vous avez un faible pour les faës. Et aucun de vous ne soupçonnerait une fille qui souhaite participer à l'une des soirées mondaines de Davian Woods au bras d'un prince faë.

Davian haussa un sourcil devant mon analyse, puis il ricana.

— C'est brillant de simplicité.

Je répondis en souriant. Moins j'en disais, mieux c'était.

Son regard devint plus rusé.

— Comment est-ce qu'une jeune chasseuse de primes sans réseau en vient à être amie avec le prince d'Unseelie ?

— Je ne nous qualifierais pas vraiment d'amis.

Je ne savais pas comment décrire ma relation avec Lukas. Le meilleur qualificatif que je puisse trouver portait à confusion, mais je n'allais pas dire cela à Davian.

Son regard se posa sur Conlan, puis revint sur moi.

— On vous a trouvée en compagnie d'un de ses gardes royaux qui, selon ce que l'on m'a dit, était très protecteur avec vous. Pourquoi ?

Je regardai mon ravisseur avec mépris.

— Vous pourriez le lui demander si vos hommes de main ne l'avaient pas assommé.

Il soupira tristement.

— Ce n'était pas censé se produire. Je vais devoir arranger les choses avec le prince Vaerik.

Je faillis m'étouffer en essayant de ne pas rire. Davian s'était vraiment emballé s'il pensait pouvoir s'en sortir avec de belles paroles après avoir blessé l'un des hommes de Lukas. Je décidai de le laisser découvrir cela par lui-même.

— Je réglerai ce problème en temps voulu, dit Davian. Pour l'instant, je crois que vous possédez quelque chose que j'ai payé très cher pour obtenir.

— Quelque chose qui ne vous appartient pas.

Je me raidis, entièrement à sa merci avec mes mains derrière le dos.

— Ce n'est pas pour moi. Cela n'a jamais été le cas.

— Je ne comprends pas. Vous ne savez pas ce que cette chose fait à notre monde ? À quoi servent tout votre argent et vos biens précieux, dis-je en désignant la galerie d'un mouvement de tête, si le monde est détruit ?

Il fronça les sourcils.

— La reine Anwyn n'a jamais voulu endommager la barrière entre nos royaumes. Ses hommes ont perdu le ke'tain, et ils essayaient de le trouver pour le rapporter dans le royaume des faës. Après cela, la barrière se réparera.

— Le prince Vaerik cherche aussi le ke'tain. Donnez-le-lui et laissez-le le rapporter dans le royaume des faës. Cela contribuera grandement à arranger les choses avec lui, pour ce que vos hommes ont fait à Conlan.

— C'est vrai, mais j'ai un accord avec la reine de Seelie, dit-il. Paiement à la livraison.

Je le dévisageai.

— Vous possédez plus d'argent que vous ne pourriez jamais en dépenser, et vous n'avez pas de problème pour que l'on vous apporte des choses depuis le royaume des faës. Que pourrait-elle bien vous donner que vous ne pouvez pas acheter ?

Les yeux de Davian irradièrent avec frénésie.

— L'immortalité.

Je secouai la tête.

— C'est impossible. Personne ne peut donner cela.

— Si, la reine de Seelie.

— Elle vous ment.

Je m'avançai sur ma chaise.

— Vous êtes trop vieux. Vous ne survivrez jamais à la transformation.

Il ricana, mais il y avait une note de folie dans son rire.

— Vous avez tort. Avec le ke'tain, le pouvoir de la déesse sera dans ses mains, et elle sera capable de tout.

— Le pouvoir du ke'tain est mortel pour les faës. La reine Anwyn ne peut pas l'utiliser.

Je voulais lui hurler dessus, crier, n'importe quoi pour lui faire entendre raison.

Il tendit la main comme si je n'avais pas parlé.

— Je vais prendre le ke'tain, à présent. Le plus tôt elle obtiendra ce qu'elle veut, le plus tôt j'obtiendrai ce que *moi*, je veux.

— Comment suis-je censée faire ça ?

Je forçai contre les menottes.

Davian m'attrapa les bras et me mit debout. Mes jambes attachées à la chaise me firent chanceler, mais il me stabilisa. Sans se laisser intimider, il mit la main dans la poche avant gauche de mon jean, puis la droite. Il sourit lorsque ses doigts touchèrent le ke'tain, mais sa joie disparut aussitôt. Il ne pouvait pas prendre la pierre. Il essaya encore et encore, sans résultat, le visage de plus en plus marbré de colère à chaque essai.

— Arrêtez, dit-il.

— Je ne fais rien.

La gifle arriva, vite et fort, mettant mes lunettes de travers. Davian attrapa mes épaules et me secoua avec une telle force que mes lunettes s'envolèrent. Je crus que mon cou allait se briser.

— Ne jouez pas avec moi, rugit-il, pulvérisant des postillons sur mon visage. Donnez-moi le ke'tain ou je demanderai à mes hommes de vous jeter par-dessus la terrasse.

— Je ne peux pas ! lui criai-je alors que la peur s'emparait de moi.

Il allait le faire. Je pouvais le voir dans ses yeux. Il me tuerait sans une once de remords.

Enfin, il me rassit sur la chaise et recula.

— Vous dites la vérité.

— Oui, répondis-je avec difficulté.

— C'est lui qui a fait ça ?

Il indiqua Conlan.

— Il a mis une sorte de protection sur vous ?

— Non.

Davian pinça les lèvres et hocha la tête.

— La garde de la reine saura quoi faire.

J'essayai de me lever, mais je retombai.

— Ils vont nous tuer !

Il récupéra mes lunettes par terre et les jeta sur la table à côté de moi.

— Vous feriez mieux de trouver un moyen de me donner la pierre avant qu'ils n'arrivent ici.

— Comment ?

— Vous êtes une fille intelligente. Trouvez une solution.

Il marcha vers les escaliers, s'arrêtant pour parler à voix basse à quelqu'un caché derrière la paroi de verre texturé. Je pouvais entendre deux autres voix d'hommes. Davian leur ordonna de monter la garde jusqu'à ce que les faës arrivent.

Un frisson me parcourut quand j'entendis le bruit de ses pas dans les escaliers. S'il appelait la garde royale de Seelie, ils pouvaient être ici en quelques minutes à l'aide d'un portail. En imaginant ce qu'ils nous feraient, j'étais au bord de l'hyperventilation.

Je me forçai à rester calme, car la panique ne nous aiderait pas, Conlan et moi. Davian avait raison. J'étais une fille intelligente. Je devais simplement penser avec logique et chercher une solution.

Je faillis rire comme une hystérique. Nous étions à l'étage d'un appartement-terrasse gardé par au moins six hommes armés. Oh, et la garde de Seelie pouvait débarquer d'un moment à l'autre.

Arrête, Jesse. Je pris une profonde inspiration et expirai lentement. Je ne pouvais me concentrer que sur les choses qui dépendaient de mon contrôle. Je réfléchirais à la prochaine partie une fois que j'y viendrais. Mon premier problème était de sortir de cette chaise. Grâce à Davian, je possédais les outils pour cela.

Je tendis l'oreille et entendis les hommes parler à voix basse vers les escaliers. Me mettant lentement debout, je me penchai vers la table. Il me fallut m'étirer et faire un effort, mais je fus capable d'atteindre mes lunettes. Je me rassis et cassai avec soin les branches, fourrant la monture dans ma poche arrière. Puis je me préparai à travailler sur les menottes.

Ce n'était pas facile de bouger avec les poignets menottés, mais je m'étais entraînée chez moi sur des menottes de l'Agence jusqu'à parvenir à me libérer à tous les coups. J'avais l'habitude de travailler avec de vrais crochets, de sorte que la manœuvre était plus difficile, mais pas impossible. J'avais seulement besoin de trouver le meilleur angle.

— Jesse, chuchota Conlan.

Je maniais maladroitement mon outil de fortune et faillis lâcher l'un des bouts. Le cœur battant à tout rompre, je tournai la tête vers lui pour le découvrir encore affalé sur la chaise.

— Conlan ? dis-je d'une voix trop basse pour que les hommes m'entendent.

La cagoule bougea légèrement.

— Il t'a fait mal ?

— Non.

Je repris mon travail sur la serrure.

— Qu'est-ce qu'ils t'ont fait ?

— Ils m'ont injecté plus de sédatif, je pense. Les menottes sont en fer. Je ne peux pas bouger pour l'instant.

Mon cœur se serra. Je comptais sur les talents de combattant de Conlan pour sortir de l'appartement une fois qu'il serait réveillé, mais apparemment, son état actuel ne le lui permettait pas.

— Donne-moi quelques minutes, dit-il sur un ton rassurant et calme. Je vais nous sortir d'ici.

— Nous n'avons peut-être pas quelques minutes. Davian n'a pas pu me prendre le ke'tain, alors il appelle la garde de Seelie, dis-je tout en travaillant sur les menottes.

Je me mordis la lèvre en entendant un net bruit sec dans la serrure. Les menottes se relâchèrent. Avant qu'elles ne puissent tomber par terre, je les attrapai et les posai en silence sur la table.

Conlan prononça quelques mots en faë.

— Sais-tu où nous sommes ?

— Chez Davian.

Je me penchai pour m'occuper du ruban adhésif autour d'une de mes jambes.

— Depuis le temps, Faris a dû comprendre qu'il nous était arrivé quelque chose. Lukas va suspecter Davian, et ils vont venir ici à notre recherche, dit doucement Conlan comme s'il essayait d'apaiser un enfant effrayé.

— Je sais.

Je libérai enfin mes jambes.

— Combien de temps va prendre ta force pour revenir ?

Il leva la tête.

— Dès que les menottes seront enlevées, ça ne devrait pas prendre plus de dix minutes.

Je tournai la tête vers lui. Est-ce que tous les faës membres de la famille royale étaient aussi forts ou était-ce réservé à la garde ? Je ne serais pas surprise d'apprendre que Lukas et ses hommes s'exposaient exprès à du fer pour développer une certaine résistance.

Je lâchai l'adhésif au sol et me levai en silence. Après avoir écouté les hommes qui échangeaient encore à voix basse, je contournai lentement la table. Conlan devait être plus affecté par le fer qu'il ne le faisait croire, car il ne bougea pas lorsque je me plaçai derrière lui.

— Jesse ? chuchota-t-il.

Je me penchai et lui parlai à l'oreille :

— Oui.

Il sursauta, mais ne dit pas un mot alors que je retirais sa cagoule. Son expression sidérée était presque comique. Je souris en m'attaquant à ses menottes. Je n'en fis qu'une bouchée et entendis son soupir de soulagement lorsqu'il fut libéré du fer.

— Comment ? demanda-t-il alors que j'enlevais le ruban adhésif d'une de ses jambes.

Les hommes en avaient utilisé deux fois plus sur lui que sur moi.

— C'est un truc de chasseur de primes, lançai-je malicieusement, toujours à mi-voix.

Conlan secoua son bras.

— Plutôt un truc à la Jesse.

— Oui, aussi.

Je finis de libérer sa première jambe et passai à l'autre.

— Je suis désolée de t'avoir mêlé à ça.

— Ce n'est pas ta faute, et je suis content d'être ici avec toi.

Il posa une main sur mon épaule.

— J'aurais dû être là pour toi chez Rogin, et ce n'était pas le cas. Je suis désolé.

— C'est du passé.

— Pas pour moi. Nous étions amis et j'ai trahi ta confiance. Perdre ton amitié sera toujours l'un de mes plus grands regrets.

Je regardai sa bouche, dont les commissures étaient orientées vers le bas, ainsi que ses yeux pleins de remords.

— C'est vrai que tu m'as blessée, mais nous pouvons de nouveau être amis. Tu dois simplement faire une chose.

Il hocha la tête.

— Tout ce que tu voudras.

— Tu peux commencer à m'entraîner avec une arme. J'ai eu assez de remise en forme pour le reste de ma vie.

Conlan gloussa.

— Seulement si tu promets de ne pas l'utiliser contre Faolin.

— Je ne peux faire aucune promesse en ce qui le concerne.

Je retirai ce qui restait de l'adhésif et me levai.

— Tu peux marcher ?

Il pencha la tête.

— Oui. Mais les deux hommes là-bas ont des pistolets. Je ne vais pas risquer que tu te fasses tirer dessus.

— Nous devons les désarmer.

Mon esprit bouillonna alors que j'élaborais des plans et les rejetais tout aussi rapidement. Enfin, un sourire me vint.

— J'ai une idée. À quelle vitesse peux-tu courir ?

Deux minutes plus tard, j'étais de retour sur ma chaise, les bras derrière mon dos et le ruban adhésif entourant mes chevilles sans les serrer.

— Hé, j'ai trouvé, criai-je avec enthousiasme.

— Trouvé quoi ? demanda l'un des hommes.

— Le ke'tain. Je pense que je peux vous le donner maintenant.

Il y eut un silence, et pendant un long moment, je craignis qu'ils n'aillent prévenir Davian. Puis j'entendis deux séries de pas approcher, et les deux hommes apparurent au coin. L'un avait sa main sur le pistolet, et l'autre n'était pas armé. Leurs regards alternaient entre moi et Conlan, qui était assis, la tête basse et sa cagoule en place.

— Je ne le vois pas, dit l'un des hommes avec méfiance.

J'agitai les bras comme s'ils étaient toujours attachés, faisant cliqueter les menottes.

— C'est dans ma poche droite. Vous allez devoir le prendre.

Tous deux échangèrent un regard, mais ne firent pas un geste pour prendre le ke'tain.

J'insufflai autant de désespoir que possible dans ma voix :

— Je vous en prie. Je ne veux pas que la garde de Seelie vienne. Donnez le ke'tain à Davian et il me laissera partir.

L'homme non armé m'approcha et fourra ses doigts dans ma poche. J'émis un cri d'indignation.

— Arrête de me tripoter !

— Je ne te tripote pas, rugit-il. J'essaye d'attraper ce foutu machin.

Le second s'avança.

— Lève-la. Ce sera plus facile comme ça.

Le premier retira sa main de ma poche et me mit debout. Je fis mine de perdre mon équilibre, et les deux gardes tendirent les mains pour me stabiliser.

Après quoi, tout s'enchaîna en un éclair. Je ramenai mes bras en avant et donnai un coup de poing dans la gorge du premier homme tandis que Conlan apparaissait derrière le second. Avant que je puisse passer les menottes à l'un, Conlan les avait tous les deux plaqués au sol et assommés.

Je le regardai, bouche bée. S'il pouvait se déplacer de cette façon-là avec du fer et un sédatif dans l'organisme, pas étonnant qu'il soit l'un des faës les plus meurtriers du monde.

Il me sourit.

— Bon travail. Partons d'ici maintenant.

Je ramassai les pistolets et indiquai les escaliers.

— Après toi.

Conlan me prit l'une des armes et nous avançâmes discrètement jusqu'en haut des escaliers. Il tendit l'oreille à l'affût de bruits éventuels, puis il me fit comprendre qu'il y avait deux hommes au bas des marches. Il allait descendre tout seul et les neutraliserait.

Il s'engagea dans les escaliers, mais à la troisième marche, il se figea. L'instant d'après, il était de retour à côté de moi.

— Ils arrivent.

La peur s'empara de moi.

— La garde de Seelie ?

— Ils seront là dans quelques minutes.

Conlan me conduisit à l'écart.

— Davian est en train de désactiver la protection d'atténuation pour eux.

— Dans ce cas, tu seras capable de créer un portail pour nous emmener hors d'ici, dis-je alors qu'il me tirait vers la terrasse. Tu peux le traverser et aller chercher de l'aide.

— Et te laisser derrière ? se récria-t-il. Tu as perdu l'esprit ?

Je regardai désespérément autour de moi.

— Je vais me cacher quelque part. Ils penseront que je suis partie avec toi.

Conlan ouvrit la porte de la terrasse et m'attira dehors.

— Davian et ses hommes pourraient se laisser berner, mais pas la garde. Ils passeront au peigne fin cet endroit jusqu'à te retrouver.

— Tu ferais mieux de te dépêcher alors, répondis-je pendant que nous marchions jusqu'au bout de la terrasse, où l'on ne pouvait pas nous voir depuis les escaliers.

Il me fusilla des yeux et j'ajoutai :

— Si tu as une meilleure idée, je suis tout ouïe.

Le regard qu'il m'adressa m'indiqua que ce n'était pas le cas.

Je désignai des arbustes dans le coin.

— Je vais me cacher là derrière.

Il hocha sèchement la tête et leva les mains pour examiner la protection. Une aura d'un bleu pâle apparut autour de ses mains, mais rien ne se produisit.

— La protection est encore active ?

— Non, répondit-il d'une voix tendue. Je ne peux pas. Je suis encore trop faible à cause du fer.

— Tu as besoin d'une dose d'énergie.

J'enlevai d'un coup la pierre de la déesse de mes cheveux et la fourrai dans sa main.

Lorsque j'avais donné la pierre à Faris, il était entré dans une sorte de transe paisible. Le corps de Conlan tressauta comme s'il avait été poignardé.

Il poussa un cri de surprise et me fixa avec des yeux écarquillés d'étonnement.

Quel que soit l'effet de la pierre, cela dura moins de trente secondes. Son corps s'affaissa, puis il ouvrit la main, mais la pierre ne s'y trouvait plus. Je n'avais pas besoin de vérifier pour savoir où elle était retournée.

— Comment te sens-tu ? lui demandai-je.

— Plus puissant que je ne l'ai jamais été dans ton royaume.

Il leva de nouveau les mains, et cette fois, la magie s'en déversa. Comme le soir où j'avais vu le garde de Seelie créer un portail, l'air devant Conlan ondula et une ouverture commença à se former. J'aperçus un bleu trouble de l'autre côté.

Soudain, quelqu'un cria à l'intérieur de l'appartement. Je fis volte-face pour voir la porte s'ouvrir brusquement. Des hommes armés déferlèrent, suivis par Davian.

— Ne la laissez pas s'échapper, cria-t-il.

Il sortit quelque chose de sa poche et l'agita en l'air tout en scandant des paroles.

— Il active la protection.

Je me tournai vers Conlan.

— Pars tout de suite.

Il m'attira vers lui.

— Je ne peux pas te laisser.

— Saisissez-la ! hurla un homme.

Conlan nous retourna, me protégeant avec son corps. Je n'entendis pas le pistolet tirer, mais je sentis le choc de l'impact lorsque la balle le toucha. Il vacilla et mes genoux se changèrent en caoutchouc. *Oh, mon Dieu. Ils lui ont tiré dessus.*

Devant moi, le portail commença à se refermer.

— Conlan, criai-je, mais avec la tête contre son torse, mes paroles étaient étouffées.

Il me serrait dans ses bras.

— Déesse, pardonnez-moi, murmura-t-il.

Sur ce, il traversa le portail.

20

J'AVAIS TOUJOURS PENSÉ que quand les faës voyageaient par portail, ils apparaissaient l'espace d'un instant quelque part dans leur royaume, puis ils créaient un second portail vers leur destination sur Terre. C'était ainsi qu'on me l'avait expliqué, en tout cas. Je levai la tête lorsque les bruits de New York disparurent, m'attendant à voir une luxuriante forêt ou un aperçu de la cour d'Unseelie. Je ne vis qu'un brouillard blanc autour de nous. C'était *ça* le royaume des faës ?

Une autre pensée inquiétante se forma dans ma tête. Les humains ne pouvaient pas voyager par les portails, ce n'était donc pas le royaume des faës. Et si j'étais morte sans le savoir ?

— Conlan ?

Ma voix semblait vide à mes oreilles. J'avais l'impression d'être seule dans une énorme grotte dépourvue de son, d'odeur et de couleur. C'était à cela que ressemblait un caisson d'isolation sensorielle dans mon imagination.

Un fracas me parvint de très loin, comme une cascade distante. Il s'intensifia progressivement, mais j'étais incapable de déterminer s'il venait vers moi ou si je me déplaçais vers lui. Plus je m'approchais, plus je pouvais entendre des murmures, une sonnerie de téléphone. J'eus le souffle coupé. On se serait cru chez moi.

Le brouillard se dispersa, dévoilant un fouillis de couleurs. Il devint de plus en plus brillant jusqu'à ce que je doive m'en protéger les yeux. D'un coup, la brume se dissipa. J'étais debout dans une pièce que je ne connaissais que trop bien. Je me tournai pour voir Conlan derrière moi, un sourire déconcerté aux lèvres.

— Tu ne cesseras jamais... de m'étonner, Jesse James, dit-il avant de tomber à genoux.

— Conlan !

Un sentiment d'horreur m'emplit à la vue de cette tache rouge étendue sur son t-shirt.

Quelqu'un attrapa Conlan par-derrière et je levai les yeux vers le visage stupéfait de Kerr. Il y eut du mouvement sur le côté et Iian apparut avec Kerr, tout aussi abasourdi.

— On a tiré sur Conlan, dis-je alors qu'ils me regardaient, bouche bée.

— Pas grave, murmura Conlan, que Kerr étendait au sol. Lukas ?

— Il est avec Faolin et Faris. Ils vous cherchent.

Kerr déchira le t-shirt de Conlan pour examiner la blessure.

— Tu t'en sortiras, mon ami. La balle a traversé et tu guéris déjà.

Le soulagement me donna le tournis. J'avais besoin de m'asseoir. Je ne savais pas comment c'était possible, mais nous avions réussi.

— Jesse ?

Iian se précipita vers moi, le téléphone à la main.

— Tu as du sang sur toi. Tu es blessée ?

— C'est celui de Conlan.

Je fronçai les sourcils. Ma voix semblait bizarre. Et pourquoi est-ce que tout semblait plus sombre ici ?

J'eus la soudaine impression de flotter, puis d'être couchée sur le canapé, les visages inquiets d'Iian et de Kerr penchés sur moi. Ce dernier écarta le col de mon manteau et de mon t-shirt, et l'air frais toucha ma peau.

Iian parla au téléphone.

— On a tiré sur Jesse.

— Tiré ? dis-je.

Le goût de sang me remplit la bouche.

J'essayai à nouveau de parler, mais je m'étouffai et l'obscurité se propagea dans mon champ de vision.

— Ne t'avise pas de me laisser, Jesse, commanda une voix sévère.

Lukas.

— Combien de temps encore ?

— On y est presque.

Faolin.

Je dérivais dans un cocon de chaleur, mais je pouvais sentir le froid qui cherchait à y pénétrer. J'étais tellement fatiguée. J'avais simplement besoin de dormir pendant quelques minutes.

— Non, Jesse. Reste avec moi.

La voix de Lukas était autoritaire, impossible à ignorer.

— Ton père arrive. Tu dois rester réveillée pour lui.

———

La chaleur disparut, puis il y eut des lumières vives au-dessus de moi, des machines qui faisaient « bip » et des gens qui criaient. Deux personnes avec des masques chirurgicaux apparurent. Ils se parlaient, mais je ne parvenais pas à comprendre à cause du bruit.

Quelqu'un plaça un masque à oxygène sur ma bouche et mon nez. Les lumières faiblirent.

———

Bip. Bip. Bip.

— Je suis désolé, Monsieur James. Il y avait trop de dégâts à son cœur. S'il y a de la famille que vous devez contacter, vous devriez le faire maintenant.

— Il doit y avoir quelque chose que vous puissiez faire pour elle, répondit mon père d'une voix angoissée.

Parlait-il de maman ? Est-ce que quelque chose lui était arrivé ?

Papa ? Tu m'entends ?

———

Bip. Bip. Bip.

— Maman arrive. Tiens bon, je t'en prie, Jesse.

Papa, qu'est-ce qui ne va pas ? Pourquoi est-ce que je ne peux pas te voir ?

———

Bip. Bip. Bip.

Quelqu'un pleurait. C'était Violet. Pourquoi est-ce que Violet pleurait ?

— Je comprends les risques.

La voix de mon père était rauque et désespérée.

— Je vous en prie, faites ce qu'il faut pour sauver ma petite fille.

Des voix s'élevèrent pour se disputer.

— Je ne peux pas autoriser ça, disait une femme.

Faolin parla tout près.

— Elle va mourir si tu fais ça, Lukas.

— Elle mourra si je ne le fais pas.

Bip. Bip. Bip.

    — Pardonne-moi, *mi'caleach*. Je ne peux pas te laisser partir.

Bip. Bip. Bip.

Une main délicate caressa mon front. Je savais que c'était maman avant qu'elle ne me parle à l'oreille.

— Nous sommes tous là, mon cœur. Nous t'aimons tellement.

Bip. Bip. Bip. Bip. Bip...

    — On la perd !

Biiiip.

— Pas encore cet endroit !

Ma voix semblait fragile dans le vaste espace. Je fis un tour complet, mais je ne pouvais voir que le brouillard blanc infini.

— Ohé ! criai-je. Il y a quelqu'un ?

Rien.

Je commençai à marcher. Le brouillard tourbillonna autour de mes pieds, qui ne faisaient aucun bruit sur le sol. C'était comme marcher sur un nuage.

Je suis morte ? N'étais-je pas censée voir une lumière ou quelque chose pour m'indiquer le chemin ? Je cessai de marcher lorsqu'une horrible pensée m'arriva. Et si j'étais coincée dans cet endroit silencieux et incolore pour l'éternité ?

Je repris ma marche. Si c'était l'au-delà, il devait y avoir autre chose que cela, et j'allais le découvrir. Ce n'était pas comme si j'avais mieux à faire, de toute façon.

— Ça les aurait tués de mettre des signes pour indiquer aux morts où aller ? murmurai-je après quelques minutes.

— Tu n'es pas morte.

Je sursautai à cette voix de femme et regardai sur ma gauche. Une somptueuse inconnue aux longs cheveux d'un blond argenté se tenait là, ses yeux gris et chaleureux m'observant avec tendresse et une pointe de tristesse.

— Je vous ai déjà vue quelque part.

Je me creusai la cervelle en essayant de me souvenir d'elle, et cela me revint enfin.

— J'ai rêvé de vous. Vous me parliez, mais je ne pouvais pas vous entendre.

Elle sourit.

— Je pensais que mon don me permettrait de te parler, mais j'ai découvert que cela ne marchait pas sur les humains.

— Un don ?

— La pierre dans tes cheveux. À l'instant où tu l'as enlevée de la jument kelpie, j'ai senti que tu serais celle qui aiderait à restaurer l'équilibre entre nos mondes.

Ses yeux brillèrent.

— Car pour plonger avec un kelpie afin de sauver un ami, il faut posséder un cœur vaillant et bon.

— Aedhna ? fis-je d'une voix aiguë, ne sachant pas si je devais être effrayée ou en admiration. Je ne comprends pas.

Elle passa son bras sous le mien.

— Viens. Je vais t'expliquer.

Nous commençâmes à marcher. Elle semblait savoir où aller, alors je me laissai guider pendant qu'elle parlait.

— Sais-tu ce qu'est le ke'tain ? demanda-t-elle.

— C'est un objet sacré conservé dans votre temple.

Je la regardai.

— Ce n'est pas vraiment votre souffle, pas vrai ?

Elle partit d'un petit rire musical.

— Non. J'ai créé la pierre pour contenir une partie de mon essence afin de fournir au royaume des faës l'énergie nécessaire pour prospérer. Il y en a trois autres, mais elles sont bien cachées et depuis longtemps effacées de la mémoire des vivants. Lorsque le ke'tain a été apporté dans ton monde, cela a affaibli le royaume des faës. Les trois autres pierres ont réussi à maintenir le royaume, mais le déséquilibre les affaiblit ainsi que mon monde.

— Lukas m'a dit que la barrière entre nos mondes s'effondre, car le royaume des faës n'est plus assez fort pour la maintenir.

— Oui, répondit-elle avec tristesse. Je savais que si le ke'tain n'était pas rapidement trouvé, cela déchirerait lentement le monde que j'ai créé. J'ai essayé de le trouver moi-même, mais je n'ai aucun pouvoir chez vous. J'ai cherché des humains qui pouvaient aider à le rendre au royaume des faës. Lorsque tu as touché la pierre du kelpie, j'ai senti que tu pourrais être celle que je cherchais. Je t'ai fait don de la pierre, et je t'ai observée pour voir si tu étais à la hauteur.

Je lui jetai un regard furtif.

— L'ai-je été ?

Elle serra mon bras avec douceur.

— Je n'aurais pas pu mieux choisir. La pierre ne m'a pas seulement permis de t'observer, elle a aussi attiré le ke'tain à toi. Je savais que tu prendrais la bonne décision et que tu le rendrais au royaume des faës.

Je m'arrêtai de marcher pour la dévisager.

— C'est pour ça que Gus a percuté ma voiture et a refusé de partir de chez moi ? Le ke'tain était attiré par moi ?

— Oui. Et une fois là-bas, le ke'tain savait qu'il était en sécurité dans la protection créée par le prince d'Unseelie.

Je fronçai les sourcils.

— Lukas et Tennin ont vu Gus dans mon appartement. Pourquoi est-ce qu'ils n'ont pas senti le ke'tain ?

— Le feu du drakkan leur a caché l'énergie de l'objet.

— Pourquoi est-ce que le ke'tain ne leur a pas fait savoir qu'il était là ? demandai-je. Gus aurait pu le vomir, et tout aurait été fini.

Aedhna soupira et recommença à marcher.

— Les drakkans sont imprévisibles et font les choses à leur rythme.

— C'est vrai que Gus n'en fait qu'à sa tête.

Je songeai aux fois où il n'arrêtait pas de se faufiler dans mon lit, même si je le grondais constamment pour cela.

— C'est le ke'tain qui m'a fait rêver de vous ?

— La pierre l'a permis, en effet. Il est vrai que le ke'tain t'a donné une force et une vitesse accrue, mais cela arriverait à n'importe quel humain exposé autant que tu l'as été.

— Maintenant que vous en parlez, les gens disaient parfois que j'étais plus rapide que d'habitude. Et moi qui pensais que tout mon entraînement portait ses fruits.

Elle gloussa délicatement, ce qui me fit sourire. Cette femme était l'incarnation de la beauté, de la grâce, et de la force, et sa simple présence me donnait envie d'être une meilleure personne.

— Qu'est-ce qui se passe, maintenant que le ke'tain a été retrouvé ?

Je plissai les yeux vers un endroit devant nous. Le brouillard jouait-il avec mes yeux, ou avais-je aperçu quelque chose là-bas ?

Aedha leva une main fine. Là, dans sa paume, se trouvait le ke'tain.

— Il sera rendu à sa juste place et nos mondes pourront commencer à guérir.

— Et moi ?

Je déglutis, me préparant pour la réponse.

Ce fut son tour de s'arrêter. Elle me retourna et plaça ses mains sur mes épaules.

— Ton corps a été gravement touché, mais le ke'tain t'a maintenue en vie.

L'espoir s'embrasa dans ma poitrine.

— Cela veut dire qu'il me guérira ?

Elle secoua la tête.

— C'est entre ses mains, à présent.

— Lesquelles ?

Elle prit de nouveau mon bras et me mena vers une forme sombre. Le brouillard s'écarta alors que nous approchions jusqu'à ce que je puisse voir Lukas, agenouillé devant quelqu'un couché par terre. Nous les contournâmes. La personne au sol n'était autre que moi, ou du moins une version d'une pâleur fantomatique. Ses lèvres étaient incolores, et même ses taches de rousseur étaient presque invisibles. Elle semblait morte.

Une poche à transfusion partait du bras de Lukas jusqu'au sien. Mes yeux étaient rivés sur la poche alors que le sang commençait à s'écouler, s'approchant de plus en plus de la fille au sol.

Celle-ci trembla, et de la chaleur m'emplit le bras, se propageant lentement au reste de mon corps. C'était agréable, comme s'enfoncer dans un bain chaud par une nuit froide.

Lukas tendit la main et chercha dans ses cheveux. Lorsque sa main réapparut, elle tenait la pierre de la déesse. Sa mâchoire était contractée sous l'effet de la détermination lorsqu'il serra le poing, l'autre à plat sur le cœur de la fille. Il parla en faë à voix basse, et le seul mot que je reconnus fut *Aedhna*. Il priait la déesse.

Des vagues de magie bleue se déversèrent de sa main jusqu'au corps inerte. Je ressentis la pression d'une main contre ma propre poitrine, mais lorsque je baissai les yeux, personne ne me touchait. La sensation demeura, même lorsque je me frottai le thorax.

La fille commença à trembler alors qu'une puissante chaleur se développait sous mes côtes. Je bougeai, prise d'inquiétude, alors que ma cage thoracique se réchauffait. J'eus l'impression qu'il y avait un bandeau métallique autour de mon cœur, qui se resserrait et devenait lentement plus chaud.

La magie prit une teinte d'un bleu plus brillant, et j'expirai lorsque la désagréable chaleur dans ma poitrine diminua.

Le dos de la fille se cambra tout d'un coup, comme si elle avait une attaque. Un instant plus tard, une chaleur torride explosa dans ma poitrine, brûlant l'oxygène de mes poumons. J'essayai de respirer, mais ma trachée était bloquée. Je me lacérai la gorge alors que des taches noires flottaient devant mes yeux.

Le feu s'évanouit et je pris une bouffée d'air salvatrice. Je parvins à respirer deux fois avant que la chaleur ne revienne. Cette fois, elle se propagea dans mon torse, le long de ma colonne vertébrale, de mes bras et de mes jambes. La chaleur satura mes muscles, mon cartilage et mes os, de plus en plus brûlante. J'étais pliée en deux.

Je tombai à genoux en criant lorsqu'une douleur atroce explosa dans mon cerveau. Mes globes oculaires semblèrent prendre feu dans leurs orbites et je repliai les doigts pour les arracher et mettre fin au supplice.

Un objet froid toucha mon front et la douleur dans ma tête s'atténua, un peu plus tolérable tout à coup. J'ouvris alors les paupières pour voir que c'était la main d'Aedhna, qui avait apaisé la douleur. Je la regardai à travers mes larmes. Son visage intemporel était marqué par le remords.

— Cela ne faisait pas partie de mon plan, mon enfant, dit-elle avec bienveillance. Tu étais censée remettre le ke'tain à sa juste place et continuer ta vie de mortelle.

Son autre main prit mon menton.

— De nouvelles épreuves t'attendent, mais sache que je crois en toi. Tu es forte et courageuse, digne de tout défi. Et tu ne seras pas seule. Aie confiance en tes amis, et laisse-les te guider.

— Maintenant, cria brusquement Lukas.

Faolin sortit du brouillard et s'agenouilla à la tête de la fille. Vinrent ensuite Iian et Kerr, qui se positionnèrent à ses pieds. Conlan et Faris apparurent en dernier pour se placer de part et d'autre de son corps.

Conlan et Faris prirent les mains de la fille dans les leurs pendant que les trois autres touchaient sa tête et ses pieds. Ils regardaient tous Lukas, comme s'ils attendaient qu'il parle. Il tendit la main contenant la pierre, et les cinq disposèrent les leurs par-dessus. Lukas hocha la tête. Des ondes de magie, dans différentes nuances de bleu et de vert, se déversèrent alors de leurs mains pour envelopper la fille.

Cette fois-ci, pas même le contact froid d'Aedhna ne put contenir le brasier. J'eus l'impression que mon sang avait été transformé en essence et incendié. Je me tordis de douleur au sol alors que le feu me consumait, m'incinérant de l'intérieur. Il ne resterait bientôt plus de moi que de la cendre, flottant à jamais dans ce monde de brouillard sans fin.

Puis une bombe explosa dans mon crâne. Il n'y avait plus de douleur, plus de moi. Rien que le néant bienvenu, si délectable.

21

J E M'ÉVEILLAI LENTEMENT. Tout mon corps me donnait l'impression d'être emmailloté dans de la soie fraîche, et je ne savais pas si c'était réel ou si cela faisait partie d'un rêve merveilleux. Je voulais rester ainsi et ne pas me réveiller, redoutant que cela ne disparaisse.

Des visions d'un autre rêve essayèrent de s'immiscer dans mon bonheur, mais je repoussai les images, à l'exception d'une seule. Il y avait quelque chose chez la magnifique femme aux cheveux argentés qui était rassurante et familière. Je voulais me souvenir d'elle.

J'ignore combien de temps je dérivai dans cet état plaisant, à demi conscient, avant que mon corps ne décide qu'il avait fini de dormir. La première chose que je remarquai avant d'ouvrir les yeux, c'était que je pouvais encore sentir le tissu délicieusement froid contre ma peau. La seconde, c'était la quantité de peau nue qui y était exposée. Je frottai mes jambes l'une contre l'autre. Pourquoi ne portais-je pas mon pantalon pour dormir ?

Mes yeux s'ouvrirent et je fixai le haut plafond. Je laissai mon regard se poser sur la commode à l'autre bout de la pièce, puis sur le couvre-lit d'un rouge foncé. Mon pouls bondit. Qu'est-ce que je faisais dans le lit de Lukas ? La dernière chose dont je pouvais très bien me souvenir, c'était Conlan sortant d'un portail pour entrer dans le salon en me portant dans ses bras. J'avais le ke'tain. Et Conlan... On lui avait tiré dessus !

Je me redressai brusquement, fixant la chambre au décor très masculin. Je poussai un cri d'exclamation lorsque mes yeux rencontrèrent ceux du faë assis sur une chaise près du lit. Lukas m'observait avec une expression indéchiffrable qui me perturba.

Je ramenai d'un coup la couverture jusqu'à mon menton.

— Qu'est-ce que je fais ici ? Où sont mes vêtements ? Où est Conlan ?

Une lueur traversa les yeux de Lukas, puis disparut.

— Tu es ici pour guérir. Il y a un sac dans le placard, avec certains de tes vêtements. Pour ce qui est de Conlan, je crois qu'il est en bas avec les autres.

— Il va bien, alors ?

Lukas sourit.

— Oui, et il sera ravi d'apprendre que la première chose à laquelle tu as pensé, c'était sa santé.

— C'est normal, il a pris une balle pour moi.

Conlan allait me le rappeler aussi souvent qu'il en aurait l'occasion, mais c'était la vérité. Il m'avait sauvé la vie. Je baissai les yeux vers le dessus-de-lit qui recouvrait tout sauf ma tête.

— Depuis combien de temps suis-je ici, et de quoi est-ce que je guéris, au juste ?

L'expression de Lukas s'assombrit.

— Tu ne te souviens de rien ? L'hôpital ?

— Non.

La panique rendit ma voix plus haut perchée que d'habitude.

— J'étais à l'hôpital ?

Il quitta la chaise pour s'asseoir au bord du grand lit. Il y avait encore au moins un mètre entre nous, mais cela aurait tout aussi bien pu être dix petits centimètres. Sa présence était à la fois rassurante et inquiétante.

Il croisa de nouveau mes yeux et un abysse de peur s'ouvrit dans mon ventre. Je connaissais ce regard. C'était le même que m'avait adressé le docteur Reddy lorsqu'il m'avait annoncé que mes parents devaient être placés dans un coma artificiel. C'était le genre de regard qu'avait quelqu'un lorsqu'il s'apprêtait à vous apporter de mauvaises nouvelles.

— On t'a tiré dessus, dit Lukas sur un ton impassible. La balle a traversé Conlan et elle t'a touchée.

— Quoi ?

Je pris le temps d'analyser mes sensations, mais je n'avais mal nulle part.

— Je me sens bien.

— La balle t'a touchée à la poitrine. Quand Conlan t'a fait traverser le portail, il a détruit la balle, mais il ne pouvait pas te guérir. Nous t'avons emmenée à l'hôpital, et ils t'ont examinée pendant des heures. Il y avait trop de dégâts à ton cœur. Pour autant que je sache, le ke'tain te maintenait curieusement en vie. Nous pensons que c'est la raison pour laquelle tu as réussi à survivre dans le portail.

Alors que Lukas parlait, des bribes de souvenirs me revinrent : lumières vives, bruits de machines, la voix de maman et la sienne, qui me demandait de le pardonner. Mais je l'avais déjà pardonné pour ce qui s'était passé chez Rogin.

Je déglutis avec difficulté, soudain assoiffée.

— Le ke'tain m'a sauvé la vie ?

Quelque chose changea dans son expression. Pour la première fois depuis que je l'avais rencontré, il semblait réticent à parler. Tout d'un coup, je ne voulais pas entendre ce qu'il allait dire.

— Tu allais mourir. Le ke'tain ne faisait que retarder l'inévitable.

Il marqua une pause.

— J'ai dit à ton père que j'essayerais de te sauver avec son autorisation. Nous savions qu'il y avait de forts risques que tu meures, quoi que je fasse.

— Faire quoi ? demandai-je avec méfiance.

Lukas était l'un des faës les plus puissants de son royaume, mais la magie ne pouvait pas soigner les humains. Cela avait été tenté à de nombreuses reprises au fil des ans, mais en vain.

Il expira.

— La seule chose qui pouvait être faite. Je t'ai transformée en faë.

— Ce n'est pas drôle, Lukas.

Il ne souriait pas.

Je secouai la tête lentement alors que mon cœur commençait à s'emballer.

— Non. Je suis trop vieille.

— Tu l'étais, admit-il. Mais tu possédais aussi quelque chose qu'aucun autre humain n'avait : une pierre de la déesse. Je l'ai utilisée pour amplifier notre magie à nous tous, et la magie dans mon sang qui était injectée dans tes veines. Ensemble, nous étions assez forts pour accomplir la transformation.

— Non !

Je m'écartai précipitamment, me mettant de l'autre côté du lit. Je retirai la couverture et descendis d'un bond avant de déguerpir dans la salle de bain, claquant la porte derrière moi.

Je me saisis du rebord de la coiffeuse en marbre et luttai pour contrôler ma respiration. Il mentait. Je ne savais pas à quel jeu il jouait, mais je n'étais *pas* une faë.

Je me redressai et me regardai dans le grand miroir. La première chose que je vis, ce fut le vieux t-shirt du groupe U2 de papa, que je lui avais chapardé deux ans plus tôt. Il datait du premier concert auquel étaient allés mes parents, et en le voyant, je me calmai un peu.

Je levai alors les yeux vers mon visage. Mes mains tremblèrent de soulagement devant le même reflet dans le miroir, celui que je voyais depuis toujours. Les faës n'avaient pas de cheveux roux ni de taches de rousseur. Ils avaient une peau parfaite, une chevelure brillante et lisse, et des dents impeccables. Je montrai les dents, retrouvant celle du bas qui était de travers malgré deux années d'appareil dentaire.

— La transformation ne change pas qui tu es.

Je sursautai et fis volte-face pour voir Lukas qui occupait l'embrasure de la porte. J'avais été si dévorée par l'angoisse que je ne l'avais pas entendu ouvrir. Son intonation était prévenante, mais son expression était la même que chaque fois qu'il était bien décidé à avoir le dernier mot.

— Je n'ai pas changé du tout. Je me sens humaine.

Je levai les mains.

— Tu vois. Pas de magie.

— Ça ne marche pas comme ça, dit-il avec patience. Les humains qui deviennent faës n'ont pas de magie au début. Il faut du temps pour que leur corps s'adapte et fasse apparaître la magie.

Je croisai les bras.

— Tu me dis que je ressemble à une humaine et que je me sens humaine, mais que je ne le suis pas ?

— Oui.

Je passai devant lui et fis le tour de la chambre à la recherche de quelque chose prouvant que j'avais raison.

Il me suivit.

— Tu cherches quoi ?

— Du fer, répondis-je en fouillant les placards. Si je suis une faë, le fer m'affectera.

— Il n'y a pas de fer dans cette chambre.

Ma main s'arrêta en l'air. Bien sûr qu'il n'avait pas de fer dans sa chambre, du moins pas dans une forme suffisamment pure pour lui faire du mal. Je me dirigeai alors vers la porte. Il devait bien y avoir quelque chose en fer dans ce bâtiment.

— Jesse, arrête, lança Lukas.

Je me saisis de la poignée et la tournai.

— Tu n'as pas le droit de me dire quoi faire.

— Mais tu ne peux pas sortir sans pantalon.

Je me figeai en baissant les yeux. Le t-shirt couvrait à peine ma culotte, et j'étais nue en dessous. En d'autres circonstances, me retrouver en petite tenue devant Lukas m'aurait rendue rouge de honte. En ce moment, pourtant, j'étais trop contrariée et en colère pour m'en soucier.

Traversant la chambre d'un pas raide, j'ouvris en grand les portes de son placard et trouvai le sac de mes vêtements. J'en sortis un jean, un t-shirt à manches longues et un soutien-gorge. Je me tournai ensuite vers Lukas et je le fusillai du regard.

— Tu permets ?

Il esquissa un sourire en me tournant le dos. Je fulminais en m'habillant, avant de sortir des baskets et des chaussettes du sac. Au moins, j'étais contente que l'un de nous deux trouve la situation amusante.

Mes vêtements me donnèrent une impression de normalité et je me sentis un peu moins vulnérable. Je ne pensais pas que Lukas me fasse du mal ni quoi que ce soit de déplacé, mais j'avais l'impression que nous étions davantage sur un pied d'égalité à présent.

Je ne lui dis pas un mot alors que je me dirigeais de nouveau vers la porte et l'ouvrais. Là, je faillis trébucher sur Kaia, allongée par terre. Le lamal se coucha sur le flanc pour lever les yeux vers moi, sans chercher à bouger.

— Kaia, écarte-toi, ordonnai-je.

Elle se leva d'un bond et recula, ce qui me surprit. Je passai devant elle jusqu'en haut de l'escalier et m'arrêtai, sans trop savoir si je devais monter ou descendre.

Comme si j'avais parlé tout haut, Lukas me dit :

— Si tu m'expliques ce que tu veux, je pourrai t'orienter dans la bonne direction.

— Du fer. Le genre qui t'affecterait, toi, répondis-je.

— La salle d'entraînement.

Je le savais. Ils utilisaient du fer dans le cadre de leur programme, pour s'endurcir. Je courus dans l'escalier jusqu'au deuxième étage et entrai dans la salle d'entraînement, soulagée de la trouver vide. Je n'étais pas dans le bon état d'esprit pour faire face à quelqu'un d'autre.

Lukas me suivit à l'intérieur et se dirigea vers l'un des meubles de rangement, creusé à même le mur. Il revint vers moi avec une boîte en bois qui contenait une longue chaîne en fer, des poids et une paire de menottes de l'Agence. Il posa la boîte par terre, à mes pieds, et l'indiqua de la main.

Je m'agenouillai à côté et mon ventre se noua. Et s'il disait la vérité ? Si je touchais le fer, et qu'il m'affaiblissait ? Je ne pouvais pas être une faë. Je ne savais pas ce que je ferais si je n'étais plus humaine.

— Ça ne te fera pas mal, dit-il avec douceur. Ça ne fera que t'affaiblir.

La douleur physique était la dernière de mes peurs alors que je tendais la main vers la boîte. Je retins ma respiration tandis que mes doigts effleuraient les menottes, mais je ne ressentis rien. Je les pris sans me sentir différente pour autant.

— Ce sont de vraies menottes de l'Agence ?

Je levai les yeux vers Lukas, qui m'observait attentivement.

— Tu ne vois pas la différence ?

Ma poitrine se gonfla de joie.

— Non.

Il fronça les sourcils.

— Essaye la chaîne.

Je remis les menottes dans la boîte et pris la lourde chaîne à deux mains. Elle était plus épaisse que celle que nous avions dans notre réserve, à la maison, mais c'était bien du vrai fer. L'incrédulité sur le visage de Lukas lorsque je lui jetai un coup d'œil me le confirma.

— Tu vois.

Je lâchai la chaîne dans la boîte avec un air de triomphe.

— Aucun faë ne pourrait tenir tout ce fer sans le ressentir.

Il secoua la tête.

— J'ignore pourquoi le fer ne t'affecte pas, mais tu es une faë, Jesse.

— J'ai une apparence humaine, je me sens humaine, je n'ai pas de magie ni de force propre aux faës, et le fer n'a aucun effet sur moi... mais tu dis que je suis une faë.

Je levai les mains.

— Désolée, je ne te crois pas.

Sa mâchoire se contracta. Je voyais bien que mon incrédulité le gênait. Je ne pouvais pas imaginer un seul scénario où il aurait une bonne raison pour inventer quelque chose comme ça. Qu'il cherche à me mentir me faisait de la peine. En même temps, qu'étais-je censée croire ?

— Pourquoi est-ce que je te mentirais, Jesse ?

Son ton était apaisant, mais cela ne fit que m'agacer.

— Je ne sais pas.

Lukas s'avança d'un pas.

— Je sais que tu es une faë, pas seulement parce que je t'ai transformée, mais parce que je peux voir ton aura quand je te regarde.

La sincérité dans ses yeux m'était difficile à encaisser. Je devais sortir d'ici et aller quelque part où je pourrais penser clairement. Je le contournai, mais il m'attrapa le bras.

— Laisse-moi partir !

Je tirai de toutes mes forces, mais il était trop puissant.

— Je le ferai, après avoir essayé quelque chose.

Je cessai de me débattre et le regardai se baisser pour ramasser les menottes. Il me les donna, grimaçant un peu lorsque je refermai ma main autour. J'ignorais ce qu'il essayait de prouver. Nous savions déjà qu'elles ne m'affectaient pas.

Il m'entoura alors de ses bras et je crus qu'il allait me faire un câlin jusqu'à ce que je ressente une pression sur mes cheveux. Il recula. Mon estomac se mit à me tirailler légèrement. Quelques secondes plus tard, c'était comme s'il avait attaché des poids à mes poignets et mes chevilles, ainsi qu'un joug sur mes épaules. Tout mon corps semblait alourdi et j'avais à peine l'énergie de me tenir debout. J'eus des sueurs froides. La bile remonta dans ma gorge et mes genoux me lâchèrent.

Lukas m'attira aussitôt et m'enleva les menottes de la main, les jetant dans la boîte. À l'instant où elles furent parties, je me sentis mieux. J'étais encore faible, mais la nausée avait disparu.

— Je suis désolé. Il le fallait.

Il me stabilisa et me tendit la main pour que je puisse voir la pierre rouge dans sa paume.

— La pierre de la déesse te protège du fer. Sans elle, tu es aussi sensible que n'importe quel faë fraîchement débarqué.

Je m'éloignai de lui.

— Je suis dans mon monde, ici.

— Tu peux vivre ici, en effet, mais le royaume des faës est ton monde à présent.

Sa voix était ferme, mais ce fut la compassion dans ses yeux qui me fit reculer en même temps que la salle me paraissait trop chaude.

Je me tournai et m'enfuis. Je descendis les marches en courant, ne m'arrêtant même pas dans sa chambre pour prendre mes affaires. Cela devenait de plus en plus dur de respirer, et j'avais besoin d'air. Je devais sortir de cet immeuble.

Je m'arrêtai au rez-de-chaussée en voyant Conlan devant la porte. Mon soulagement de le voir en bonne santé ne dura que le temps qu'il me fallut pour me rendre compte qu'il bloquait la sortie.

— Laisse-moi passer, exigeai-je, à bout de souffle.

Il leva les mains en signe d'apaisement.

— Tout va bien, Jesse.

Ma poitrine se levait et retombait frénétiquement.

— Vous ne pouvez pas me garder ici.

— C'est pour ta sécurité, dit Faris.

Je me tournai pour le voir, debout dans le salon avec Faolin, Iian et Kerr. Ils me regardaient tous comme si j'étais un animal sauvage à manipuler avec précaution.

Faris fusilla son frère du regard.

— Pour l'amour de la déesse, Faolin.

— Tu voudrais que je lui mente ? Elle doit être progressivement exposée à ce milieu, sinon il la rendra malade. La dorloter n'y changera rien.

— Je ne suis pas comme vous, et vous ne pouvez pas me forcer à rester.

Je refermai les bras autour de mon buste, en proie à des sueurs froides dans tout le corps, et mes mains commencèrent à trembler.

— Jesse, regarde-moi, dit Lukas avec détermination.

Je me retournai pour le voir à moins d'un mètre de moi. Je ne l'avais même pas entendu descendre les marches.

— Tout le monde dans cette pièce est ton ami, et nous allons t'aider à traverser cela. Tu es effrayée et fâchée, mais t'enfuir ne changera rien.

— Tu lui donnes l'impression qu'elle a un choix, dit Faolin. C'est une faë, à présent, et c'est sa vie. Elle doit s'adapter et apprendre qu'elle a des restrictions dans ce royaume.

Conlan souffla.

— Elle vient de se réveiller d'un sommeil de cinq jours pour apprendre que toute sa vie a changé. Accorde-lui une pause.

Cinq jours ? Les murs commençaient à s'incliner et à se rapprocher de moi.

— Tout va bien se passer, Jesse, dit Lukas en m'étreignant par-derrière. Ce n'est qu'une crise d'angoisse. Respire.

Je m'éloignai de lui et me dirigeai vers la porte toujours bloquée par Conlan. Je le bousculai et le rouai de coups de poing, mais il était inébranlable. Je criai sans même savoir si c'était dans ma tête ou à voix haute.

Lukas dit quelque chose, mais les mots se perdirent dans le hurlement qui emplissait mes oreilles. Enfin, Conlan s'écarta et j'ouvris la porte en grand. Je sortis en titubant dans l'entrée et tendis le bras vers la porte extérieure.

Le soleil m'aveugla lorsque je fis irruption sur le perron et je dus fermer les yeux, respirant à pleins poumons comme si je me noyais. Je me penchai, les mains sur mes genoux, résistant à la panique sourde qui menaçait de me submerger.

J'ignore combien de temps je restai dans cette position avant de me redresser et de respirer normalement. J'ouvris alors les paupières et regardai autour de moi. Comment pouvais-je être différente alors que tout le reste était exactement pareil ?

Mes pieds commencèrent à bouger, et sans m'en rendre compte, j'étais dans la rue. Je n'avais aucune voiture, pas d'argent ni de téléphone, mais j'avais une destination. Chez moi.

Lorsque Lukas apparut à mes côtés, je continuai de marcher, refusant de lui accorder le moindre regard jusqu'à ce qu'il prenne ma main dans la sienne.

Je la retirai brusquement sans croiser son regard.

— Je n'y retourne pas. Tu ne peux pas me forcer.

— Je ne suis pas là pour te ramener, répondit-il avec gentillesse. Je t'accompagne chez toi.

Je faisais rouler le petit jouet en caoutchouc en forme de ballon, examinant les griffures et les entailles à la surface. C'était le seul jouet que Gus n'avait pas été capable d'avaler, et le seul qu'il laissait toujours sur mon lit quand il dormait là.

Je tournai la tête sur le côté, m'attendant presque à le voir pelotonné sur mon oreiller comme s'il lui appartenait. La douleur me fit mal à la poitrine et je me demandai pour la centième fois où il était et s'il était heureux. Je m'étais renseignée à son sujet lorsque j'étais revenue à la maison. Papa m'avait dit que Faris avait emmené Gus dans le royaume des faës pendant mon sommeil... avec une partie de ma vie disparue à jamais.

Une corde de guitare vibra.

Je ne pris pas la peine de lever les yeux.

— Pas maintenant, Finch. Peut-être plus tard.

Il pinça de nouveau la corde.

Je roulai sur le côté, faisant face au mur. Mon téléphone sonna sur la table de chevet, mais je ne tendis même pas le bras pour le prendre. Violet était dans un avion pour l'Utah, où elle allait commencer le tournage de son film, et il n'y avait personne d'autre à qui j'avais envie de parler. Encore moins à l'un d'entre eux.

Cela ne les empêchait pas de m'appeler au moins une fois par jour. J'avais aussi un texto quotidien, me mettant à jour sur la recherche de Davian Woods, qui avait disparu après son enlèvement raté. Je ne pensais pas que Davian soit une menace pour moi, maintenant que le ke'tain était de retour dans le royaume des faës, mais Lukas avait un compte à régler avec le milliardaire. Davian se cachait sûrement sur une île tropicale privée qui n'était même pas cartographiée. S'il était aussi intelligent qu'il prétendait l'être, il y resterait.

— Ça suffit.

Papa entra dans ma chambre et se tint au pied de mon lit.

— Lève-toi.

— Je suis fatiguée, répondis-je mollement, tournée vers le mur.

— Oui. T'apitoyer sur ton sort depuis une semaine doit être épuisant.

— Ce n'est pas juste.

Ma gorge se noua, car il ne m'avait jamais parlé sur ce ton auparavant.

— Tu ne comprends pas.

— Tu as raison. Je ne comprends pas ce que tu ressens, parce que tu ne fais que te cacher dans ta chambre, refusant d'en parler. Je sais que tu souffres, mais tu n'es pas la seule personne à avoir subi une perte ni à faire face à un changement majeur dans la vie. Et tu n'es pas la seule dans cette famille qui souffre.

Ses paroles tranchèrent ma détresse comme un couteau. Je roulai sur mon dos pour le regarder, *vraiment* le regarder pour la première fois depuis que j'étais rentrée. Son visage était sévère, mais ce furent l'inquiétude et l'angoisse dans ses yeux qui m'anéantirent.

Je clignai des paupières pour faire partir les larmes, et son visage devint flou devant mes yeux.

— Je ne sais pas comment en parler. Je ne sais même plus qui je suis.

— Si, tu le sais. Tu es ma fille. Tu es la grande sœur de Finch et Aisla, la meilleure amie de Violet.

Il sourit fièrement.

— Tu es la fille qui est devenue une chasseuse de primes pour retrouver ses parents, celle qui n'abandonne jamais, peu importe à quel point les choses deviennent difficiles.

Je me redressai, le dos contre la tête de lit, et cherchai Finch qui n'était plus dans la pièce.

— Je me sens si... perdue. Tout ce que j'avais prévu pour l'université et ma vie d'après, tout s'est envolé. Qu'est-ce que je fais à présent ?

— De quoi tu parles ? Tu peux encore aller à l'université et faire tout ce que tu veux.

Papa vint s'asseoir au bord de mon lit. Quand j'étais rentrée une semaine plus tôt, sa protection corporelle ne voulait pas me laisser l'approcher à moins de trois mètres. Lukas m'avait dit que cela avait un rapport avec le fait que j'étais maintenant une faë possédant une pierre de la déesse. Depuis, il avait retiré la protection. De toute façon, elle n'était plus nécessaire maintenant que le ke'tain était de retour dans le royaume des faës.

— Je ne peux pas chasser, dis-je.

L'Agence avait suspendu ma licence après qu'on les eut informés de mon nouveau « statut ». Il n'y avait jamais eu de chasseur de primes faë et ils ne savaient pas quoi faire de moi. J'étais interdite de chasse jusqu'à ce qu'ils décident de me réintégrer ou non.

Pour tous les autres chasseurs, je prenais du repos après avoir reçu une balle au cours d'une mission. L'Agence gardait la vérité secrète, surtout à cause de la frénésie médiatique qui se passerait lorsque le monde découvrirait qu'une humaine de presque dix-neuf ans avait survécu à une transformation. On avait ordonné aux quelques personnes de l'hôpital qui étaient au courant de ne pas parler, et personne n'osait défier l'Agence. Les seuls qui connaissaient la vérité en plus de Lukas et de ses hommes étaient ma famille, Maurice et Violet.

— C'est temporaire. L'année prochaine, tu comptes aller à la fac, il me semble, non ?

— Pour étudier le droit et me battre pour l'égalité des faës, dis-je avec insistance. Je suis une humaine transformée en *faë de la cour*. Qui va me prendre au sérieux ?

— Tous ceux qui apprendront à te connaître.

Il secoua la tête.

— Tu n'as jamais laissé personne te retenir, et tu ne vas pas commencer maintenant. Ce n'est pas parce que le chemin vers ton rêve change que tu ne peux pas avoir tout ce que tu veux. Être une faë pourrait t'ouvrir tout un nouveau monde de possibilités que tu n'avais pas imaginées avant.

Je pris mon oreiller et le serrai dans mes bras. Je voulais tellement croire qu'il avait raison.

— Je ne sais plus où est ma place. Je ne me sens pas comme l'un d'eux, mais je ne suis pas humaine non plus.

Il fronça les sourcils.

— Ta place est avec nous. Tu pourrais vivre dans le royaume des faës pendant des années, mais ça n'y changerait rien. Tu es ici chez toi. Pour toujours.

Je secouai la tête avec passion.

— Je n'irai pas là-bas.

— Tu devras y aller un jour.

Il pencha la tête.

— Tu as passé des années à lire tout ce que tu pouvais sur le royaume des faës, et à présent tu n'as pas le moindre intérêt ? Tu n'es pas du tout curieuse ?

— Non.

Je croisai les bras.

— Une chose n'a pas changé. Tu n'es toujours pas très douée pour le mensonge.

Il ricana en se levant.

— Lève-toi et enfile autre chose qu'un pyjama. On sort.

— Où va-t-on ?

— Faire quelque chose que nous n'avons pas encore fait cet hiver.

Il se dirigea vers mon petit placard et fouilla, réapparaissant avec mes patins à glace.

— Tu penses toujours pouvoir me suivre ?

Je fis un large sourire, tout à coup plus légère. Maman n'aimait pas patiner, alors c'était notre truc à tous les deux, papa et moi, depuis que je savais marcher.

— On pourra boire du chocolat chaud ?

Le soulagement apparut rapidement dans ses yeux. Depuis le jour où j'étais revenue, je n'avais pas d'appétit et je n'avais mangé que pour le calmer. C'était la première fois que je montrais un quelconque intérêt pour ces questions.

— Bien sûr.

Il porta les patins jusqu'à la porte.

— Tu as cinq minutes.

— Disons vingt. Je dois d'abord faire quelque chose.

Il me répondit par un sourire complice et s'éclipsa. Je me levai alors pour aller prendre ma guitare, pour la première fois depuis mon retour. Assise en tailleur sur le lit, je grattai quelques cordes et commençai à jouer *Annie's Song*. Au bout d'une minute, Finch fit irruption dans la chambre et escalada le lit. Aisla entra en voletant pour atterrir avec grâce à côté de lui.

Chante, demanda Finch en langue des signes.

Je m'exécutai, mais je m'arrêtai en plein milieu de la première strophe. Il n'était pas entré dans sa transe habituelle. C'était logique. Seuls les humains pouvaient hypnotiser les faës de cette façon.

Je terminai la chanson et posai ma guitare sur mes genoux.

— Je suis désolée de ne pas avoir été une sœur très présente cette semaine.

Je suis désolé que tu sois triste, répondit-il.

Aisla hocha la tête et siffla.

— Moi aussi, mais j'ai de la chance de vous avoir.

Je caressai ma guitare.

— Vous voulez que j'en joue une autre ?

Ils hochèrent la tête avec impatience et je leur jouai deux morceaux. Après quoi, j'allai me changer pour ma sortie avec papa. Alors que je quittais la chambre, je tendis le bras vers ma paire de lunettes de rechange sur le bureau, avant de me rappeler que j'avais à présent une vision parfaite et n'en avais plus besoin. J'ignorais pourquoi je les avais gardées. Peut-être parce que je n'étais pas encore prête à renoncer à cette partie de moi.

— Je conduis, dit papa lorsque nous tendîmes tous les deux la main vers les clés accrochées près de la porte.

Je me saisis de la poignée et la tournai.

— Cette fois.

Ouvrant la porte, je m'arrêtai brusquement en voyant le prince de Seelie de l'autre côté, la main levée pour toquer. Il était entouré par ses gardes au visage de pierre. Je ne lui avais pas parlé depuis le jour où nous avions déjeuné, et c'était bien la dernière personne que je m'attendais à voir aujourd'hui.

— Prince Rhys.

Ma première réaction fut la surprise. Cela se transforma rapidement en peur lorsque je me souvins de l'avertissement de la reine Anwyn, prononcé si efficacement par sa garde.

Il me fixa, étonné.

— Incroyable. J'ai entendu dire que l'on t'avait transformée en faë, mais je n'y croyais pas. Et pourtant te voilà, et en pleine santé. Moi, il m'a fallu des semaines pour m'habituer au fer dans ce monde.

— Me voilà, réussis-je à dire. Comment es-tu au courant ? L'Agence a dit que personne ne le savait.

Il m'adressa un sourire indulgent.

— Les dirigeants de chaque cour sont toujours informés de la création d'un nouveau faë. Dès que j'ai appris que c'était toi, je voulais venir te voir, mais ma présence était requise à la cour.

Papa se racla alors la gorge et je m'écartai pour faire les présentations d'un air gêné. Le visage du prince Rhys s'illumina comme un petit garçon à Noël lorsqu'il vit qui était avec moi.

— Je suis ravi de faire votre connaissance, monsieur James. Jesse m'a raconté des histoires si divertissantes concernant votre travail.

Je me tournai vers mon papa.

— Le prince est un grand fan du Far West, et la chasse l'intéresse beaucoup.

— Ah bon ?

Papa sourit poliment, car c'était ce que l'on faisait lorsqu'un membre de la famille royale faë arrivait chez soi. Je pouvais voir une tension dans sa posture, néanmoins, que le prince et ses hommes pourraient ne pas remarquer.

— Oh oui. J'aimerais vous en parler en détail. Peut-être que Jesse et vous seriez d'accord pour être mes invités à dîner, un soir de cette semaine.

Bayard s'éclaircit la voix et le prince Rhys m'adressa un sourire contrit.

— Pardonne-moi. Je me suis emporté, j'ai complètement oublié le protocole. Tu fais partie du royaume d'Unseelie, à présent, et tu as été transformée il y a peu. Je ne devrais vraiment pas être là. Mais je voulais te faire savoir que tu as un ami à la cour de Seelie.

— Merci, répondis-je faiblement. Tout cela est nouveau pour moi, et j'apprécie ta gentillesse.

— C'est très gentil à toi.

Papa sortit dans le couloir et tendit la main. Le prince Rhys l'accepta comme un adolescent rencontrant son idole, alors qu'il était lui-même l'une des célébrités les plus adulées de la planète. Parmi tous les moments surréalistes que j'avais connus ces derniers temps, cela devait se rapprocher du sommet.

En le regardant avec mon père, je fus convaincue plus que jamais que le prince Rhys ignorait l'implication de sa mère dans la disparation de mes parents. C'était un membre choyé de la famille royale, avec une parenté regrettable, mais il dégageait une profonde sincérité que je croyais authentique. Si nos situations n'étaient pas aussi différentes, ce serait quelqu'un avec qui je pourrais bien me voir devenir amie.

J'étais tellement perdue dans mes pensées que je pris à peine conscience que les deux autres discutaient encore. J'entendis papa évoquer plusieurs fictions de western que le prince pourrait aimer, écrites par un certain *Louis L'Amour*.

— Je vais me les procurer dès aujourd'hui.

Les yeux du prince Rhys s'illuminèrent. Je souris, car en cet instant, il me faisait penser à papa. Des âmes sœurs peut-être.

— Votre Altesse, nous devrions y aller, dit Bayard. Vous avez une entrevue dans une heure.

— C'est vrai.

Le visage du prince Rhys s'assombrit, et l'espace d'un moment, je crus qu'il allait demander à Bayard d'annuler.

— J'espère que nous pourrons parler à nouveau, monsieur James.

— Je suis sûr que ça peut s'organiser, répondit papa.

Sa prudence initiale concernant la rencontre du prince semblait avoir disparu.

— Magnifique.

Le prince Rhys me regarda.

— Je suis ravi de te voir en bonne santé, Jesse, et je pensais ce que j'ai dit. Je suis là si tu as un jour besoin de moi.

— Merci.

Il se tourna à contrecœur et descendit les marches, accompagné par sa garde. Lorsqu'ils furent hors de notre vue, papa et moi retournâmes dans l'appartement. Il semblait plongé dans ses pensées alors qu'il raccrochait les clés sur le support.

— On ne va pas patiner ? demandai-je.

— Dans un instant.

Il laissa les patins près de la porte et alla s'asseoir sur le canapé.

Je le suivis, préoccupée par son étrange comportement.

— Tu vas bien, papa ?

— Oui. C'est juste que...

Il fixa le mur du fond, fronçant les sourcils avec concentration.

— Je croyais me souvenir de quelque chose, mais ça n'arrête pas de m'échapper.

Je pris place à côté de lui.

— Souviens-toi de ce que le docteur a dit. Ne te force pas, ça viendra naturellement.

Il posa sa tête dans ses mains.

— Je sais, mais ça me semble important. Je dois...

— Papa ?

— Oh, mon Dieu.

Il leva la tête et un frisson parcourut ma colonne vertébrale quand je vis son expression. Il me donnait l'impression d'avoir vu son monde s'effondrer devant ses yeux. Lorsqu'il parla, ses paroles étaient à peine audibles.

— Je me souviens.

Mon ventre se noua, en proie à une excitation nerveuse, mais je maintins ma voix calme et constante.

— De quoi te souviens-tu ?

— De cette nuit-là.

Il me fixa sans me voir.

— Nous sommes allés au Ralston à cause de lui. Ta mère ne voulait pas attendre. Elle ne pouvait pas croire qu'il était parti. Elle avait besoin de le voir et de lui dire...

Ils étaient allés voir le prince Rhys ? Mon corps se figea. Cela voulait-il dire qu'il avait été impliqué dans leur disparition depuis le début ?

— Dire quoi à qui, papa ? demandai-je avec prévenance.

Il cligna des paupières et me regarda d'un œil hagard.

— Dire au prince Rhys la vérité.

Je pouvais à peine respirer.
— Quelle vérité ?
— Qu'il est notre fils. Que c'est Caleb.

~Fin... ou presque~

Vous ne pensiez tout de même pas que j'allais vous laisser comme ça ? Découvrez un aperçu exclusif du premier chapitre de *La Reine*, troisième tome de la trilogie *Fae Games*.

LA REINE (CHAPITRE 1)

Si vous êtes directement arrivé ici, ne lisez PAS ce chapitre avant d'avoir lu *Le Cavalier*. Croyez-moi. Cela va vous gâcher *Le Cavalier* si vous n'attendez pas.

Remarque : Ce chapitre est sujet à changement dans la version finale de *La Reine*.

JE FIXAI mon père du regard, abasourdie, en attendant qu'il dise quelque chose après ses paroles qui m'avaient fait l'effet d'une bombe. La souffrance dans son regard était insupportable, et ce fut presque un soulagement lorsqu'il détourna la tête.

Mon esprit tourbillonnait alors que j'essayais de trouver une réaction à sa révélation. Le prince héritier de Seelie était mon frère. Mon frère, mort il y a vingt ans lorsqu'il avait deux mois. La seule explication possible, c'était que le stress provoqué par mon expérience aux frontières de la mort avait provoqué chez mon père une rechute mentale.

La culpabilité m'écrasa. Les docteurs m'avaient avertie que cela pouvait se passer s'il n'y allait pas doucement. Je devais les appeler. La possibilité que papa doive retourner en maison de repos m'anéantissait, mais nous ne pouvions pas mettre sa santé en danger. Cinquante pour cent des drogués au goren désintoxiqués rechutaient dans l'année, et mon père ne serait pas l'un d'entre eux.

Je posai ma main sur la sienne.

— Papa, tu es tout pâle. Peut-être que tu devrais te coucher pendant quelques minutes.

— Je n'ai pas besoin de me coucher. J'ai assez dormi ces quatre derniers mois.

— Mais...

Il reporta son attention sur moi.

— Je vais bien, Jesse. C'est un choc et ça fait beaucoup à digérer, mais ce n'est pas une illusion.

Je plongeai le regard dans ses yeux clairs. Sa voix était lucide, et il ne donnait pas l'impression d'être sur le point de faire une dépression nerveuse. Mais affirmer qu'un prince faë était son fils décédé... Certains étaient admis en service psychiatrique pour moins que ça. Tout ce que je pouvais faire, c'était l'écouter et voir où cela nous mènerait.

— Tu peux m'en parler ?

Papa prit une inspiration chevrotante.

— Je ne sais pas par où commencer.

Je tendis la main pour prendre sa main.

— Pourquoi penses-tu que le prince Rhys est Caleb ? Quelqu'un te l'a dit ?

— Non. Ta mère a reconnu le prince lorsqu'elle a vu les photos prises par Tennin. Elle a dit que ses cheveux étaient différents, mais le prince a mes yeux et il me ressemble quand j'avais vingt ans.

Papa laissa échapper un petit rire.

— Je sais de quoi ça a l'air. Au début, moi aussi je pensais la même chose.

— Pourquoi est-ce que Tennin ne me l'a pas dit ?

Il secoua la tête.

— Il ne savait pas. Ta mère ne me l'a pas dit jusqu'à ce que nous soyons de retour dans la voiture. Je pensais qu'elle imaginait la ressemblance, mais ensuite, elle a sorti une vieille photo de moi qu'elle garde sous le pare-soleil.

Je me rendis compte que je retenais ma respiration.

— Et ?

— Si mes cheveux étaient blonds, j'aurais pu être le jumeau du prince Rhys lorsque j'avais son âge.

Je devais le voir par moi-même. Me levant, je me dirigeai vers le meuble où maman gardait tous les albums photo. Ils étaient étiquetés par années, et je sortis celui de la fin d'adolescence de mes parents. Le cœur battant, je rapportai l'album au canapé et m'assis à côté de papa. Je fixai la couverture, redoutant ce que je verrais lorsque je l'ouvrirais.

— Tu veux que je le fasse ? demanda-t-il comme je ne faisais aucun mouvement pour regarder à l'intérieur.

— Non.

Je soulevai la couverture. Les premières pages représentaient maman avec ses amies du lycée, suivies par un portait. Elle portait un chapeau et une robe. Je tournai lentement la page pour découvrir une photo de mon père, à sa remise de diplôme. Ce fut comme si quelqu'un m'avait coupé le souffle par un coup de poing.

— Oh, mon Dieu, murmurai-je.

Sortant rapidement mon téléphone, j'affichai l'un des milliers de photos en ligne du prince héritier de Seelie. Je posai le téléphone à côté de la photo de papa et mon monde vacilla sur son axe. Ce n'étaient pas seulement les yeux qui étaient les mêmes. Le prince Rhys et la version âgée de dix-huit ans de mon père avaient un sourire identique et la même minuscule fossette au menton. Le prince avait des traits plus raffinés, comme une statue de marbre dont toutes les imperfections auraient été éliminées et polies, mais papa avait raison. Ils auraient pu être jumeaux.

Je regardai mon père qui m'observait avec impatience. Vingt-trois années s'étaient écoulées depuis que cette photo avait été prise, et son visage était plus fin désormais, avec des pattes d'oie au coin de ses yeux et des rides autour de sa bouche. Lorsque je passais outre, cependant, je voyais le jeune homme qui me souriait depuis l'album photo.

— Comment ai-je fait pour ne pas le voir ? La première fois que j'ai parlé au prince Rhys, j'ai eu l'impression de l'avoir déjà rencontré, mais je pensais que c'était parce que son visage était partout dans les médias.

Je secouai la tête.

— Et Bruce, Maurice, et tes autres amis qui te connaissaient à l'époque ? Aucun d'eux n'a vu de ressemblance entre toi et le faë le plus célèbre du monde ?

Papa haussa les épaules.

— Je doute qu'ils se souviennent exactement de ce à quoi je ressemblais à cette époque sans voir une photo. Cela arrive quand on vieillit ensemble. En ce qui concerne tous les autres, les gens ne voient pas toujours ce qui est devant eux, surtout lorsqu'ils ne le cherchent pas. Qui penserait faire un lien entre moi et le prince de Seelie ? Tu ne l'as pas fait, toi.

Je baissai les yeux vers les deux photos. Je savais par expérience personnelle combien c'était facile de ne pas voir ce qui se trouvait juste devant nos yeux. Je me demandais toujours comment j'avais fait pour ne pas me rendre compte de qui était Lukas jusqu'à ce que Rogin Havas le laisse échapper.

Je pinçai les lèvres en cherchant les bons mots pour formuler ce qui devait être dit.

— Le prince Rhys te ressemble, mais ça ne veut pas dire que c'est Caleb.

Je veux dire... Caleb est mort. Toi et maman, vous l'avez vu. Il y a eu une autopsie et des funérailles.

Je grimaçai intérieurement tandis que la même expression passait sur le visage de papa. Maman et lui n'aimaient pas parler de ce moment, or à présent, il n'y avait pas moyen de l'éviter.

Il changea de position et détourna le regard avant de recroiser mes yeux.

— Le médecin légiste a dit que Caleb était mort d'une atrésie pulmonaire, presque toujours diagnostiquée peu après la naissance. Caleb avait deux mois et il n'avait aucun de ces symptômes. Il ressemblait à un bébé normal et en bonne santé. Ta mère...

Il déglutit.

— Elle ne croyait pas que le bébé mort qu'elle a trouvé dans le berceau était le nôtre. Elle a dit qu'une mère connaissait son propre enfant, et que quelqu'un avait remplacé son bébé par un petit cadavre.

La voix de papa se brisa sur le dernier mot. Des larmes piquaient mes yeux et je clignai des paupières pour les chasser.

— Le bébé ressemblait à Caleb, et le médecin légiste a dit qu'il n'y avait rien de suspect concernant sa mort. Je l'ai expliqué à ta mère, mais elle était trop bouleversée pour y croire. Rien ne la persuaderait que son Caleb était mort.

— Qu'est-ce que vous avez fait ? demandai-je malgré la boule logée dans ma gorge.

J'avais toujours remarqué la tristesse dans les yeux de maman lorsqu'on évoquait Caleb, mais mes parents n'étaient jamais rentrés dans les détails concernant sa mort, sauf à m'en expliquer la cause.

Il s'éclaircit la voix.

— J'ai pensé qu'elle finirait par l'accepter après quelques jours, mais elle a même refusé d'organiser les obsèques. Puis elle a commencé à aller voir des bébés inconnus pour vérifier que ce n'était pas Caleb.

Papa marqua une pause, la douleur gravée sur le visage.

— Pendant la première année, c'était terrible. Après un certain temps, elle a commencé à redevenir elle-même, mais je ne pense pas qu'elle a été de nouveau heureuse jusqu'à ce qu'elle apprenne qu'elle était enceinte de toi.

— Vous ne m'en avez jamais parlé, dis-je d'une voix rauque.

— Ta mère ne voulait pas que tu le saches. C'était un moment très sombre dans nos vies, et elle avait honte de son comportement.

Son visage se tordit de chagrin.

— Personne ne la croyait quand elle disait que le bébé n'était pas Caleb... pas même moi. Et pendant tout ce temps, elle avait raison.

Je devais absolument faire quelque chose. Posant l'album photo sur la table basse, je me levai pour marcher dans la pièce. Cela faisait trop mal de penser à ce que mes parents avaient enduré à cette époque. Je préférai me concentrer sur leur disparition.

— Qu'est-ce qui s'est passé la nuit de votre disparition, papa ?

Il redressa ses épaules comme s'il se débarrassait de la douleur.

— Ta mère voulait voir le prince en personne. Nous avons appelé l'un de nos contacts au Ralston, et nous avons découvert qu'il faisait une séance photo dans la petite salle de bal au sixième étage. Les chances de nous approcher de lui étaient minces, mais nous devions essayer.

Papa regardait un point derrière moi, comme s'il se remémorait les événements de cette nuit-là.

— À l'instant où nous sommes sortis de l'ascenseur, je savais que ta mère avait raison. Le prince Rhys *est* Caleb.

Une nouvelle vague de stupeur me traversa.

— Vous l'avez vu ?

— Pas le prince. La porte de la salle de bal était ouverte et un groupe partait. Il y avait deux faës devant, et dès qu'ils nous ont vus, ils sont venus nous intercepter. Ils savaient qui nous étions avant que nous puissions même leur montrer nos badges. L'un d'entre eux a dit qu'il savait qu'ils auraient dû nous tuer il y a vingt ans quand ils ont enlevé le garçon.

Je couvris ma bouche avec une main pendant qu'il continuait.

— Ils nous ont maîtrisés et ils ont dit aux gardes du prince de l'emmener dans sa suite pendant qu'ils s'occupaient du problème. L'instant d'après, nous étions dans la salle de danse, et ils appelaient Rogin Havas pour qu'il se débarrasse de nous. Ils ne voulaient pas que la mort de deux chasseurs de primes connus attire l'attention sur le prince Rhys et que les journalistes risquent de faire un lien entre lui et nous. Ils ignoraient que la sœur de Rogin intercepterait l'appel et nous sauverait.

— Tu te souviens de l'avoir vue ?

Je lui avais dit que Raisa leur avait donné le goren pour les maintenir en vie. Jusqu'à présent, il n'avait aucun souvenir de son implication.

— Oui. Je me suis réveillé dans sa maison. Elle a dit qu'elle ferait tout ce qu'il faut pour nous maintenir en vie. Après ça, tous mes souvenirs sont flous. Je n'arrive pas à différencier les vrais de ceux induits par le goren.

Je continuai de faire les cent pas. Je n'arrivais pas à penser à la possibilité que mon frère soit en vie ni même à tout ce que mes parents avaient traversé. C'en était trop pour mon cerveau, incapable de tout digérer tout d'un coup. Au lieu de quoi, je me concentrai sur la personne à la source de cette histoire, celle qui avait causé à ma famille une telle douleur.

— Ce que je ne comprends pas, c'est *pourquoi* ? Pourquoi est-ce que la reine Anwyn volerait un bébé humain, le transformerait et l'élèverait comme son fils ? Son *héritier* ? Je sais une chose sur la politique des faës, c'est qu'ils ne veulent que le sang le plus bleu dans la lignée royale. Je ne peux pas croire qu'un faë de Seelie possédant un peu de sang bleu accepte que quelqu'un qui n'est pas même pas né faë devienne un jour son roi.

— S'ils ne savent pas qu'il n'est pas né faë, le problème ne se pose pas.

— C'est ça !

Je tournai rapidement la tête vers mon père.

— C'est pour ça que sa garde a essayé de vous tuer, toi et maman, et c'est pour ça qu'ils ne veulent pas que vous vous en souveniez. Je pensais qu'ils avaient peur que vous ayez découvert qui avait volé le ke'tain, mais depuis le début, il n'était question que du prince Rhys... Caleb...

Ma voix resta en suspens, et un couteau remua mes entrailles devant la nouvelle souffrance dans les yeux de papa. Je n'arrivais pas à imaginer ce qu'il endurait. On lui avait arraché son fils et on l'avait élevé comme un faë, sans qu'il ne connaisse ses vrais parents. Même si le prince Rhys apprenait la vérité et voulait connaître sa famille, nous ne pourrions jamais récupérer la vie qui nous avait été volée.

Je repris mes allées et venues.

— Cela n'explique toujours pas pourquoi elle enlèverait un bébé humain et le ferait passer pour le sien. Que gagnerait-elle ?

— Je ne sais pas.

Papa fixait ses mains du regard.

— Mais elle s'est bien donné la peine de le faire et de le dissimuler.

Il avait raison. Ses gardes avaient fait bien plus que voler Caleb. Ils l'avaient troqué contre un changelin créé pour ressembler à mon frère. Cette manœuvre exigeait beaucoup de magie. Ils avaient sûrement charmé le médecin légiste pour s'assurer que le rapport d'autopsie confirme que le bébé était bien Caleb et qu'il était mort d'une défaillance cardiaque.

Par ailleurs, les gardes ne pouvaient pas emmener un bébé humain dans le royaume des faës. Leur magie n'était pas assez puissante pour effectuer une transformation, ce qui voulait dire que la reine Anwyn était venue en secret dans notre royaume pour le faire elle-même.

Mais pourquoi Caleb ? Parmi les millions de bébés mâles dans le monde, pourquoi avaient-ils choisi mon frère ? Cherchaient-ils quelque chose de précis, ou étions-nous la première famille qu'ils avaient trouvée ? Nous ne connaîtrions jamais la réponse, et je craignais que cela hante mes parents pour le restant de leur vie.

Une colère impuissante s'embrasa en moi. La reine de Seelie n'avait rien fait d'autre que tourmenter les personnes que j'aimais, et elle était quasiment intouchable. Cela dit, nous n'avions aucune preuve de son crime. La ressemblance du prince avec papa pouvait passer pour une coïncidence, et nous n'avions pas la preuve de sa véritable identité. Une fois qu'un humain devenait faë, aucune partie de son ADN ne restait intacte. C'était une vérité que j'avais moi-même du mal à accepter depuis une semaine.

Il y avait bien le corps que maman et papa avaient enterré, mais il faudrait plus qu'une histoire tirée par les cheveux à propos de changelins pour que les autorités ordonnent son exhumation. Et cela ne passerait pas inaperçu. Ma famille serait morte avant que l'encre soit sèche sur l'autorisation.

Un léger sifflement attira mon attention vers Finch au bout du couloir. Les yeux écarquillés et inquiets, il disait en langage des signes :

Papa va bien ?

Je suivis son regard vers là où était assis mon père, la tête dans ses mains, puis je répondis :

Oui. Il vient juste de comprendre quelque chose.

D'accord.

Il se retourna et disparut.

Papa secoua la tête.

— C'est ma faute. J'aurais dû le protéger.

— Comment peux-tu dire ça ?

J'allai m'asseoir à côté de lui.

— Aucun humain ne peut rivaliser avec la garde royale de Seelie. Tu le sais mieux que personne.

— Tu ne comprends pas. J'ai fait protéger l'appartement, mais seulement contre le genre de faës que nous chassions. Je n'ai jamais pensé à nous protéger contre les faës de la cour. Si j'y avais pensé, ils ne seraient pas entrés et n'auraient pas pris Caleb.

— Tu ne peux pas te reprocher ça. Personne n'aurait pensé à se protéger contre la garde royale.

Je posai ma tête contre son épaule, incapable de réconforter l'homme le plus fort que j'aie jamais connu. Mon père était de nature protectrice et il porterait sa culpabilité sur les épaules pour toujours. C'était une raison supplémentaire de haïr la reine de Seelie.

Aucun de nous ne parla pendant un long moment. Ce fut papa qui brisa le silence.

— Nous devons établir un plan.

— Un plan pour quoi ?

Je me raidis.

Il n'allait certainement pas suggérer de dire la vérité au prince Rhys.

J'avais beau vouloir le bonheur de mes parents, j'étais terrifiée de ce que la reine leur ferait.

— Pour protéger notre famille. Si la reine Anwyn apprend que le prince est venu et m'a rencontré, elle ne va pas bien le prendre. Et si ses gardes apprennent que j'ai retrouvé mes souvenirs, ils...

— Non.

La peur me poussa à me lever d'un bond.

— Nous ne pouvons en parler à personne. La garde de Seelie vous pourchassera, toi et maman, et je ne peux pas vous perdre à nouveau. Je ne peux pas.

— Jesse.

Papa se leva, les mains sur mes épaules qui tremblaient.

— Je ne parle pas de rendre cela public. Mais si le prince continue de s'intéresser à nous, la reine le remarquera et sa garde viendra fouiner. Nous devons nous y préparer.

— Comment ?

Il pinça les lèvres et sa poigne sur mes épaules se renforça un instant.

— La première chose que nous devons faire, c'est de le dire à Lukas.

— Non.

Je secouai la tête avec tant de vigueur que je faillis me faire le coup du lapin.

Papa m'arrêta alors que je tentais de reculer.

— Écoute-moi. Je sais que tu es encore en colère contre lui, mais il tient à toi. Il te protégera.

J'ignorais ce que je ressentais pour Lukas. Au début, j'étais furieuse contre lui, car il m'avait transformée en faë sans me donner le choix, même si, sur le moment, je n'étais pas en mesure de prendre une telle décision. Puis je m'en étais voulu d'avoir été injuste envers la personne qui m'avait sauvé la vie. J'avais passé la semaine à alterner entre l'espérance qu'il vienne m'assurer que tout allait bien se passer et mon désir de ne pas le revoir. Cela dit, il n'avait pas essayé d'entrer en contact avec moi. Les autres, en revanche, se relayaient pour voir comment j'allais, mais je n'avais pas entendu un mot de sa part depuis le jour où il m'avait ramenée chez moi.

Il y avait une chose que je savais. Si nous lui disions la vérité au sujet de Caleb et de ce que la reine Anwyn avait fait, il ne me laisserait pas rester ici. Il m'enverrait très probablement en Unseelie pour me protéger, et cela pourrait prendre des mois ou des années avant que je ne revoie ma famille. Après tout ce que j'avais traversé pour les retrouver, je ne laisserais personne nous séparer.

Je confiai mes craintes à papa et attendis plusieurs minutes qu'il ait terminé de faire les cent pas dans la pièce, plongé dans ses pensées. Son visage était encore blême, mais il semblait redevenir lui-même à mesure qu'il réfléchissait.

Il cessa de marcher à mi-parcours et se tourna vers moi.

— Nous dirons aux gens que, d'après les docteurs, nos souvenirs ont disparu pour de bon. Cela arrive généralement en cas de dépendance prolongée au goren, mais après tout, on nous a administré d'importantes doses et on nous a plongés dans le coma. Ce sera crédible. Si la garde se renseigne, ils l'apprendront.

— Et maman ? Si elle retrouve la mémoire et le dit à quelqu'un ?

Papa hocha la tête.

— Je vais lui parler. Elle sera d'accord.

Je ne lui posai pas la question de ce qu'il lui dirait. Il avait promis de s'en occuper, et il le ferait. Le mariage de mes parents était fondé sur une profonde confiance et une compréhension mutuelle. C'étaient les meilleurs amis du monde, des partenaires, et ils se connaissaient mieux que quiconque. Peu importe ce que lui dirait papa, elle aurait confiance en lui et suivrait son exemple sans poser de questions.

— Voilà qui règle la question de maman. Maintenant, comment est-ce qu'on te protège si la garde de la reine vient ?

Une lueur brilla dans ses yeux.

— La dernière fois, la garde m'a pris au dépourvu, mais je sais à quoi j'ai affaire, maintenant. Je vais faire quelques préparatifs et demander à des amis de me rendre service. Ne t'inquiète pas pour moi.

La pression sur ma poitrine s'allégea.

— Tu vas dire la vérité à Maurice ?

— Oui. Je vais lui demander de passer ce soir.

D'habitude, Maurice ne restait pas aussi longtemps en ville, et j'avais pensé qu'il serait reparti pour une nouvelle mission à présent que le ke'tain avait été retrouvé. Cependant, il se sentait coupable de ne pas avoir été présent pour nous lorsque maman et papa avaient disparu, et il voulait se faire pardonner en restant encore un mois environ. Je n'avais jamais été aussi contente de savoir qu'il était avec nous.

— À présent, qu'est-ce qu'on fait de toi ? demanda papa, me ramenant à la réalité.

— Comment ça ?

— C'est toi que le prince Rhys est venu voir. Même si la reine croit que mes souvenirs ont disparu pour de bon, elle ne va pas vous autoriser à continuer à vous fréquenter.

Papa marqua une pause.

— Surtout si elle pense que son intérêt pour toi est plus que platonique.

Mon estomac se noua à la seule idée que le prince Rhys puisse avoir un intérêt amoureux à mon égard. Il avait été élevé comme un faë, mais il était encore mon frère. Le fait que je n'aie jamais été attirée par lui n'atténuait en rien le côté répugnant de cette relation.

Je comprenais mieux, maintenant, pourquoi la reine Anwyn avait envoyé ses gardes m'avertir de rester loin de lui. Cela n'avait rien à voir avec le fait que j'étais une modeste chasseuse de primes et tout à voir, au contraire, avec notre lien familial.

— Je doute que nous le voyions encore beaucoup. Tu as entendu ce qu'il a dit, tout à l'heure. Il fait partie de Seelie et moi d'Unseelie, ce ne serait pas bon qu'il revienne me rendre visite.

Je soupirai.

— Et je ne pense pas que la reine s'en prendra à moi, maintenant que je fais partie d'Unseelie. Elle sait que je suis amie avec Lukas, et après l'affaire du ke'tain, il la soupçonnerait s'il m'arrivait quelque chose.

— C'est vrai.

Papa sourit, la tristesse évidente dans ses yeux. Il se concentrait sur la protection de notre famille, mais à l'origine de tout cela, il y avait cet enfant qu'on lui avait volé. Il devait être tourmenté. Pour protéger le reste de sa famille, il devait faire semblant d'ignorer que son fils était sain et sauf.

Il s'éclaircit la gorge.

— Je vais dans le bureau passer quelques appels.

— Et moi, je vais nous faire du café, dis-je un peu trop joyeusement. Du moins, si tu n'as pas épuisé ma réserve.

— Je n'oserais pas.

Il partit d'un petit rire qui me réchauffa le cœur.

Dès qu'il quitta le salon, toutefois, le poids de tout ce que j'avais appris pesa de nouveau sur moi. Je me déplaçai par automatisme, allumant la cafetière et sortant deux grandes tasses. Je m'étais apitoyée sur mon sort la semaine dernière, pensant à ce que j'avais perdu. Ce n'était rien en comparaison avec ce que mes parents avaient enduré et la perte pour notre famille.

Caleb est vivant. Je me demandais combien de fois je devrais me répéter ces trois mots avant de les imprimer. Je repensais à toutes ces années où je m'étais recueillie sur sa tombe avec mes parents, où j'avais regardé cette petite stèle blanche en imaginant ce que serait ma vie si mon frère était vivant. Jamais je n'aurais imaginé un scénario où il avait été enlevé par des faës et élevé en tant que prince héritier de Seelie. Ni que si j'en parlais à quelqu'un, le monstre qui lui tenait lieu de mère ferait tuer toute ma famille.

Le café finit de couler et je humai l'arôme riche en remplissant nos deux tasses. Au moins, certaines choses ne changeaient pas. Je préparai celui de mon père comme il l'aimait, puis le mien. J'avais été si déprimée pendant une semaine que je n'avais même pas pensé à manger, et l'odeur du café me fit réaliser combien cela m'avait manqué.

Je portai la tasse à ma bouche et fermai les yeux pour savourer la première gorgée.

Puis j'aspergeai la cuisine de café.

Lâchant ma tasse sur le plan de travail, je courus vers l'évier et baissai la tête sous le robinet pour rincer l'horrible goût de ma bouche. Il était amer et cendreux, comme un goût de terre brûlée. J'eus beau me gargariser, impossible de m'en débarrasser.

Levant la tête, je m'essuyai la bouche du revers de ma manche et regardai le café au fond de la cafetière. Quelqu'un me faisait une blague. On avait échangé mon café avec ce truc infect et...

La réalité me frappa telle une bourrasque d'air froid et je lâchai un cri qui aurait fait pâlir de jalousie une banshee déchaînée. Papa entra dans la cuisine en courant, les yeux écarquillés comme s'il s'attendait à trouver toute la garde de Seelie qui m'attaquait.

— Qu'est-ce qui ne va pas ? demanda-t-il, à bout de souffle.

— Je déteste le café, gémis-je.

Il me fixa d'un air confus jusqu'à comprendre ce que je voulais dire.

— Je suis désolé, mon cœur. Ça devait arriver.

Je baissai la tête pour qu'il ne puisse pas voir les larmes dans mes yeux.

— Jesse, dit papa.

Au même moment, on sonna à la porte.

Avec un essuie-tout, je nettoyai le bazar pendant qu'il allait répondre à la porte. Vu le déroulement de cette journée, je ne serais même pas étonnée que ce soit la reine Anwyn.

Je ne regardai pas, mais j'entendis des hommes murmurer. Quelques secondes plus tard, des bruits de pas approchèrent et je levai les yeux vers le visage renfrogné de Faolin. J'aurais encore préféré la reine de Seelie.

— Tu pleures ? demanda-t-il abruptement.

Je jetai le papier absorbant dans la poubelle.

— C'est l'émotion de te voir.

Il ricana, mais j'aperçus une lueur d'amusement dans ses yeux qui ne fit que m'agacer davantage. Son regard perçant se dirigea derrière moi, vers la machine à café et les deux grandes tasses sur le plan de travail. Il fit rapidement le rapprochement, et dans une réplique typique de Faolin, il lança :

— Tu pleures parce que tu ne peux plus boire ce truc ?

Je le fusillai du regard.

— Il ne s'agit pas du café.

Je n'avais pas besoin d'ajouter les mots « espèce d'idiot insensible », car mon intonation les insinuait plus qu'assez.

— C'est quoi, alors ?

— Rien.

C'était bien la dernière personne à qui j'aurais voulu me confier. Je n'en avais même pas parlé à papa. Depuis que je m'étais réveillée et que j'avais appris que j'étais une faë, je m'étais réconfortée à l'idée que je ressemblais à une humaine, que je me *sentais* humaine. Je n'avais pas de magie ni la force des faës, et le fer ne m'affectait pas grâce à la pierre de la déesse. Tant que rien ne changeait, je pouvais prétendre que j'étais la même Jesse.

Je croisai les bras.

— Pourquoi tu es là, Faolin ?

— Je t'ai apporté de quoi manger.

Il posa un sac en tissu bien rempli sur le plan de travail.

Je regardai le sac avec prudence.

— Nous avons assez de nourriture.

— De la nourriture humaine.

Il desserra le cordon et sortit différents fruits faë. J'en reconnus certains, ainsi qu'une bouteille de jus vert et deux petits pains noirs et ronds. Le jus semblait être le même que buvait Faris durant sa convalescence.

Faolin termina sa tâche et me regarda.

— Ton père a dit que tu avais à peine mangé depuis ton retour.

— Ah bon ?

Je jetai à papa un regard accusateur. Comme il n'était pas resté assez longtemps à la porte pour parler de mes habitudes alimentaires, j'en déduisis qu'il avait parlé à Faolin avant sa visite inopinée.

Mon père appuya une épaule contre le mur. Il n'avait pas l'air désolé le moins du monde.

— Tu as certains besoins alimentaires que tu n'avais pas avant, et je ne savais pas vraiment quoi acheter.

— Les faës peuvent manger de la nourriture non faë, leur rappelai-je.

— Oui, mais nous avons aussi besoin d'aliments d'origine faë.

Faolin prit quelque chose qui ressemblait à une poire rose de forme allongée.

— Les fruits et le jus seront les plus faciles à digérer pour toi, en attendant que ton corps s'ajuste au changement. Tu peux manger du pain faë, mais en petite quantité au début.

— Quoi ? Pas de steak de crukk ? lançai-je malicieusement.

Les crukks étaient la source principale de protéines dans le royaume des faës. C'était une sorte de mammouth laineux, et ils étaient élevés en grand nombre comme notre bétail.

Il m'adressa un sourire narquois.

— Tu peux manger du crukk si le vomir une heure plus tard ne te dérange pas.

Je grimaçai.

— Je vais rester sur le bœuf.

— Tant que tu t'assures d'inclure assez de nourriture faë dans ton alimentation quotidienne.

Il agita la main au-dessus du sac.

— Tu peux trouver tout ça au marché local faë, ou nous appeler et nous t'apporterons ce dont tu as besoin.

— Merci, répondis-je sans grand enthousiasme.

— Tu as besoin d'autre chose ?

Oui. Je veux savoir pourquoi Lukas n'a pas apporté ça lui-même et pourquoi il est le seul qui ne m'a pas appelée, pensai-je, mais je me contentai d'un « non » discret.

— Je vais y aller.

Papa recula pour laisser passer Faolin.

— Merci d'être venu. Nous apprécions tout ce que toi et les autres avez fait pour nous. Quand ma fille retrouvera ses bonnes manières, elle te dira la même chose.

Je fusillai mon père du regard. De quoi parlait-il ? Je les avais déjà remerciés, non ?

— De rien, répondit Faolin.

Il me tournait le dos, mais le rire dans sa voix était flagrant. À la porte, il se retourna une dernière fois.

— Ne pense pas que ton nouveau statut te dispense d'entraînement. Nous reprendrons quand tu auras développé ta force.

— Oh, joie. Je suis impatiente.

— Moi aussi.

Il m'adressa un sourire sournois en partant.

— À bientôt, Jesse.

Papa me suivit dans la cuisine.

— C'était gentil de sa part de t'apporter à manger.

— C'est un vrai boy-scout.

J'ouvris la bouteille de jus et reniflai. C'était bien la même chose que buvait Faris. Je la rebouchai et la mis dans le réfrigérateur, puis je sortis une coupelle du meuble pour y disposer les fruits.

— Tu ne vas rien manger maintenant ? demanda papa lorsque j'eus fini.

— Pas faim.

Je pris ma tasse et la regardai avec envie avant de verser le café dans l'évier. Après l'avoir rincée, je la posai sur l'égouttoir.

— Bon, eh bien, ça me fera économiser pas mal d'argent sur le café.

Il s'approcha pour passer un bras autour de mes épaules et m'étreindre doucement.

— Ça, c'est la Jesse que je connais.

Je soupirai.

— Excuse-moi d'avoir été si dure à vivre cette semaine.

— Tu avais une bonne excuse, je vais te laisser t'en tirer cette...

Le sol vibra sous nos pieds et un grondement monta autour de nous, comme si un avion survolait notre immeuble à basse altitude. Je m'accrochai à papa alors que les fenêtres tremblaient. Dans la rue, les alarmes des voitures commencèrent à se déclencher.

Ce fut terminé aussi vite que cela avait commencé, nous laissant interdits, étonnés et silencieux.

Je fus la première à retrouver ma voix.

— C'était un tremblement de terre ?

Fin...

SCÈNE BONUS

Il s'agit d'une scène du *Pion*, racontée selon le point de vue de Lukas

— TOUJOURS RIEN ?

— Pas encore.

Faolin regardait l'écran de son ordinateur d'un mauvais œil. Il avait passé les deux derniers jours à essayer de savoir comment on avait réussi à tuer les deux hommes sous sa surveillance. Peu de choses lui échappaient et il prenait très mal cet échec.

Quant à moi, je voulais écharper les hommes qui avaient attaqué Jesse dans son appartement, mais l'esprit plus détaché de Faolin avait eu raison de mon emportement. Même lui avait dû faire preuve de retenue quand il avait vu les bleus sur son visage et sa gorge, cette nuit-là. Il n'avait aucune tolérance pour la majorité des gens, mais il se détendait un peu au contact de notre *li'fachan*. Même s'il ne l'avouait pas.

Mon téléphone sonna et je baissai les yeux vers le bureau. Une sensation désagréable fit pression sur mon ventre lorsque je vis le nom de Jesse à l'écran. Ma première pensée fut que quelqu'un entrait de nouveau par effraction chez elle.

Je pris mon portable.

— Jesse ?

Un bruissement étouffé se fit entendre à l'autre bout, et elle dit quelque chose, mais elle articulait mal. Jesse ne me paraissait pas du genre à boire, pourtant elle avait l'air ivre. Je souris en l'imaginant composer mon numéro sous l'effet de l'alcool. Je la voyais déjà rougir jusqu'aux oreilles lorsque je la taquinerais plus tard à ce sujet.

Cependant, ses prochaines paroles furent rauques et claires, et je sentis des éclats de glace dans ma poitrine.

— Je pense que je suis en train de mourir.

La ligne se coupa.

— Qu'est-ce qui ne va pas ?

Faolin recula sa chaise et se leva.

— Jesse a des problèmes.

Je me tournai et sortis à grands pas du bureau que nous partagions, au deuxième étage du bâtiment. Il était sur mes talons lorsque j'atteignis le rez-de-chaussée et levai les mains pour créer un portail.

Faolin posa une main sur mon bras.

— Quel genre de problèmes ? Elle est où ?

— Elle ne l'a pas dit. Je vais à son appartement.

— Pas sans moi.

Il recula et attendit que je poursuive.

Je sentis l'air devant moi alors que je murmurais les mots qui permettaient d'ouvrir des portails à travers les protections de mon bâtiment. Distrait par mon inquiétude pour Jesse, j'eus besoin de plus de concentration que d'habitude pour détecter les traces infimes d'énergie faë dans la barrière invisible entre les royaumes, ainsi que pour rattacher ma magie à l'énergie. Dès que le lien fut établi, je dus lui donner davantage de ma magie et la manipuler afin d'ouvrir une fenêtre dans ma cour privée au palais. De cet endroit-là, il fallait moins de magie pour créer une nouvelle fenêtre jusqu'au couloir devant l'appartement de Jesse.

— Je vais y aller en premier, dit Faolin lorsque je tendis la main vers sa porte.

Il fit sauter les serrures en un rien de temps et sortit une petite lame recourbée avant d'entrer en silence.

Il faisait sombre et c'était silencieux à l'intérieur. Je ne décelais aucun danger. Et si elle n'était pas là ? Comment allais-je la retrouver ? Je passai devant Faolin et marchai à pas feutrés en direction des chambres, ignorant l'avertissement dans ma tête qui me disait que mon désir de protéger Jesse était plus important qu'il ne devrait l'être envers une humaine.

La porte de sa chambre était ouverte et j'expirai en la voyant dormir avec agitation dans son lit. Elle avait repoussé sa couette et murmurait quelque chose d'incompréhensible, suivi par un faible gémissement. Sur son lit, à côté d'elle, se trouvait son portable.

Entrant dans sa chambre, j'allumai sa lampe de chevet, éclairant son visage tout rouge et en sueur et ses cheveux humides. Je posai ma main contre sa joue surchauffée.

— Tu m'entends, Jesse ?

Elle tourna la tête vers moi, mais ne répondit pas.

— Elle est brûlante.

Je posai la paume sur son front trop chaud.

Faolin s'approcha de moi.

— Je ne vois rien de suspect. Tu penses qu'on l'a empoisonnée ?

Une nouvelle vague d'angoisse me percuta et je m'inclinai pour renifler son haleine. Je pris plusieurs inspirations afin de distinguer ce qui clochait.

— Je détecte quelque chose, mais c'est trop faible pour l'identifier, répondis-je alors que je touchais son front.

Peu importe ce que c'était, cela pourrait la tuer si nous n'agissions pas rapidement.

— Il faut faire baisser sa fièvre.

Faolin disparut et revint avec un gant humide. Il me le donna et je l'appuyai sur le front de Jesse. Elle émit un petit soupir alors que je passais le gant frais sur son visage, mais ce n'était qu'un soulagement temporaire. Nous devions trouver ce qui avait provoqué la fièvre pour l'aider.

— Les humains sont sujets à des infections quand ils sont blessés, dit Faolin comme si j'avais parlé tout haut. Elle a des blessures ?

— On ne dirait pas.

Je passai mes mains sur ses bras à la recherche de plaies éventuelles. N'en trouvant aucune, je repoussai le drap pour dévoiler le bas de son corps. Elle portait un t-shirt et un short, et elle trembla lorsque je soulevai l'ourlet de son haut pour regarder son ventre.

— Là.

Faolin indiqua sa cuisse, marquée par une entaille rose de dix centimètres.

— Ça ressemble à un coup de couteau, mais elle n'a pas l'air infectée.

J'examinai l'entaille. Elle ne semblait pas sérieuse, mais les humains avaient des systèmes immunitaires fragiles. Cela m'étonnait encore qu'ils puissent prospérer avec toutes les toxines et les maladies dans ce monde.

— Foutu troll, marmonna Jesse en se mettant en boule sur le côté.

Un troll ? Rêvait-elle ou nous disait-elle quelque chose ? Je caressai sa joue pour la réveiller.

— Jesse, c'est un troll qui t'a fait ça ?

Elle hocha la tête par à-coups et un petit sourire recourba ses lèvres.

— Oui. Mais je l'ai eu.

Je me redressai et nous nous regardâmes, Faolin et moi, avec gravité.

— Le kolosh !

Nous avions parlé en même temps.

Le kolosh était un arbre d'ornement qui ressemblait à un bonsaï dans ce royaume. Il était populaire ici jusqu'à ce que l'on découvre que la sève était toxique pour les humains. Les trolls avaient alors commencé à en enduire leurs lames. La sève provoquait fièvre et délire chez les humains, et dans de rares cas, la mort.

— Je vais rester avec Jesse pendant que tu iras chercher le ghillie, lui dis-je.

Il secoua la tête.

— Je ne peux pas te laisser ici tout seul. Tu sais qu'un de nous doit être avec toi en toutes circonstances.

— J'ai la même formation que toi. Je vais m'en sortir sans toi pendant quelques minutes. Vas-y. Jesse a besoin de l'antidote.

Il semblait prêt à protester, mais il hocha la tête et marcha à grandes enjambées vers la porte de la chambre. S'arrêtant dans l'embrasure, il commenta :

— Elle est forte... pour une humaine.

— Je sais.

Je lui souris. Quand j'avais vu Jesse au Teg's, elle m'avait semblé très jeune et totalement hors de son élément. Par la suite, après qu'elle m'eut raconté la recherche de ses parents disparus, j'avais admiré sa détermination et son courage, mais je n'avais jamais cru qu'elle survivrait seule dans cette ville. Depuis ce moment, elle avait combattu un kelpie, survécu une nuit sur North Brother Island, et avait vaincu chez elle deux agresseurs plus imposants. Je n'en savais pas plus à son sujet, mais c'était assez pour me convaincre de ne plus jamais la sous-estimer.

J'écartai une boucle humide de son visage.

— Ça va aller. Faolin est parti chercher l'antidote.

Elle soupira.

— Faolin est tellement gentil.

Je ricanai à voix basse et passai mes bras dans son dos.

— Maintenant, je sais qu'on t'a empoisonnée. Allez. On va t'asseoir.

Elle fronça les sourcils.

— Dormir.

— Ne dors pas. Tu dois rester éveillée.

L'empoissonnement au kolosh se répandait plus vite durant le sommeil, et le meilleur moyen pour le ralentir sans médicaments était de maintenir le sujet en éveil.

Je l'étreignis et la câlinai tendrement contre mon torse, sentant la chaleur de sa fièvre à travers mon t-shirt. Une fois de plus, j'essayai d'ignorer combien elle était parfaite dans mes bras, combien sa présence était idéale, là avec moi. *Elle n'est pas pour toi*, me rappelai-je alors que je la portais dans le salon et l'asseyais sur la chaise.

Je me dirigeai ensuite dans la salle de bain et mouillai de nouveau le gant sous l'eau froide. Lorsque je retournai dans le salon, je vis Jesse à peine droite sur la chaise, qui fixait le mur d'un regard confus. À genoux devant elle, j'essuyai tout doucement la sueur de son visage rouge et de son cou.

— Ça fait du bien, marmonna-t-elle en s'affalant.

Je lui donnai une petite claque sur la joue.

— Reste avec moi, Jesse.

Je jetai un coup d'œil vers la porte. Faolin n'était pas parti depuis longtemps, mais si nous ne lui administrions pas l'antidote bientôt, il serait trop tard.

Elle protesta avec un gémissement et ouvrit les paupières. Ses yeux étaient vagues et injectés de sang. Un fourmillement étrange débuta dans ma poitrine, et il me fallut un instant pour me rendre compte que c'était de la peur. Je ne me rappelais pas quand j'avais éprouvé cette émotion pour la dernière fois.

Le soulagement me gagna lorsque la porte s'ouvrit et que Faolin entra.

— Comment va-t-elle ? demanda-t-il en approchant.

— Même état.

Il brandit un sac et je me levai pour le laisser prendre ma place. Il en sortit une feuille rouge du fruit du ghillie, qui poussait à profusion dans le royaume des faës. C'était le remède le plus efficace pour l'empoissonnement au kolosh. Il porta la petite feuille à la bouche de Jesse.

— Mange.

Elle secoua la tête, pinçant les lèvres comme un petit enfant refusant de manger. J'aurais dû me douter qu'elle ne l'accepterait pas de la main de Faolin. Il ne lui avait pas vraiment donné de raisons d'avoir confiance.

Je tendais la main vers la feuille lorsqu'il essaya de nouveau, parlant avec toute la bienveillance d'un drakkan blessé.

— Ça va te faire du bien. Mange.

Jesse le fixa sans bouger. Peu de gens pouvaient battre Faolin en matière d'obstination, mais il semblait avoir trouvé adversaire à sa taille. La contraction de sa bouche me laissait comprendre qu'il le savait aussi, mais c'était un expert des méthodes coercitives.

— Dois-je en faire manger un peu à ton lutin pour prouver que c'est sans danger ? demanda-t-il sournoisement.

Elle écarquilla les yeux.

— Tu laisses mon frè...

Je souris lorsqu'il fourra sans ménagement la feuille dans sa bouche et la força à la mâcher et à l'avaler. À en juger par le regard noir qu'elle lui lança, elle allait s'en tirer.

— Tu vas survivre, lui dit-il.

Elle faisait grise mine.

— Cache ta joie, ajouta-t-il tout bas.

Puis il fit quelque chose que je ne l'avais pas vu faire depuis la disparation de Faris.

Il sourit.

Jesse pencha la tête et lui rendit son sourire.

— Tu es mignon quand tu n'es pas grincheux.

Un rire à gorge déployée me vint alors que le sourire de mon ami disparaissait. Cela avait peut-être été de courte durée, mais pendant quelques secondes, il avait ressemblé au Faolin d'avant.

Il se leva et alla dans la cuisine pour remplir un verre d'eau.

— Quelqu'un devra la surveiller jusqu'à ce que la fièvre retombe, mais elle s'en remettra. Je peux rester et m'en occuper.

— Non, répondis-je avec plus de force que prévu.

Il leva les sourcils et j'ajoutai :

— Toi et elle, vous n'êtes pas vraiment en bons termes... sauf quand elle est délirante à cause de la fièvre.

Un coin de sa bouche se contracta.

— Si elle s'en sort et ne voit que toi ici, cela pourrait l'énerver, continuai-je.

Il me regardait avec la perspicacité d'une amitié de longue date, mais s'il voyait quelque chose dans mon expression, il choisit de ne pas l'évoquer. Au lieu de quoi, il me tendit le verre.

— Si nous pouvons la faire boire, ce sera mieux.

Je pris le verre et retournai dans le salon, où notre patiente était assise, le menton sur sa poitrine. Je la réveillai en la secouant.

— Non, arrête. Tu ne peux pas encore dormir.

— Mais je suis fatiguée.

Elle semblait si épuisée que c'était cruel de lui refuser le repos, mais il n'y avait pas d'autre choix.

— Je sais, mais tu dois être éveillée pour que le remède fonctionne.

Elle souffla et se pencha en arrière pour bouder, les yeux au plafond.

— Il craint, ce rêve.

Je fis un large sourire et lui laissai quelques minutes pour ronchonner avant d'incliner sa tête et de l'obliger à boire un peu d'eau. Une fois qu'elle eut goûté le liquide froid, elle essaya de tout engloutir, mais je lui retirai le verre avant qu'elle ne puisse le faire. L'astuce consistait à la maintenir assez hydratée pour éliminer tout le poison. Trop d'eau la ferait vomir, ce qui ne l'aiderait pas.

Un bref éclat bleu à l'autre bout de la pièce attira mon regard vers la cabane dans le coin. Un minuscule visage regardait à travers les feuilles d'une plante grimpante, les yeux écarquillés et apeurés.

— Ça va aller, promis-je au lutin qui disparut rapidement.

Je baissai les yeux vers Jesse pour voir que ses paupières étaient de nouveau fermées. Elle grogna lorsque je la réveillai en la secouant.

— Tu es méchant, gémit-elle.

Je glissai une mèche de cheveux humides derrière son oreille.

— Encore quelques heures et tu pourras te reposer.

Jetant un coup d'œil à Faolin, je l'aperçus qui observait avec la même expression que tout à l'heure, dans la cuisine. Il semblait vouloir dire quelque chose, mais il restait silencieux. Il ne m'aurait rien dit dont je n'étais pas déjà au courant.

La fièvre de Jesse se déchaîna durant la nuit et nous nous relayâmes pour la surveiller et lui donner de l'eau. L'odeur de kolosh, de plus en plus forte sur sa peau, me disait que le ghillie faisait son travail et évacuait le poison de son corps. Lorsqu'il aurait fini, sa fièvre culminerait et le danger serait derrière nous.

C'était l'aurore lorsqu'elle commença à trembler et à émettre de petits gémissements. Je pouvais sentir la chaleur émaner d'elle sans la toucher.

— Ça ne sera plus très long, dit Faolin.

Il avait raison. Un instant plus tard, son corps convulsa et elle cria de douleur. Elle essaya de se lever, mais je la maintins immobile. Ses vêtements étaient mouillés de sueur et sentaient fortement le kolosh.

— Ça fait mal, gémit-elle, se débattant mollement pour se libérer.

— Je sais.

Je me sentais inutile. Je ne pouvais que la regarder en spectateur impuissant jusqu'à ce qu'elle cesse de se démener.

— Voilà, *li'fachan*. Le pire est passé.

Elle s'immobilisa tout d'un coup dans mes mains et je fus touché par la peur irrationnelle qu'elle soit morte. Je levai son menton, et quelque chose se relâcha dans ma poitrine lorsqu'elle me regarda de ses yeux ensommeillés.

— Comment va-t-elle ? demanda Faolin depuis la cuisine.

Je retirai ma main et me dirigeai vers lui.

— La fièvre est tombée.

— Elle n'a besoin que de repos à présent.

Il regarda son portable.

— Conlan est en bas avec la voiture, quand tu seras prêt à partir.

— Je vais déjà la ramener au lit et m'assurer qu'elle se calme.

Il hocha la tête, puis ses yeux regardèrent quelque chose derrière moi.

— Qu'est-ce qu'elle fait ?

Je me tournai pour voir Jesse se tortiller sur la chaise, se débattant pour enlever son haut. Mes lèvres se contractèrent lorsqu'elle émit un son de dégoût, mais ses muscles fatigués ne faisaient pas le poids contre le vêtement imbibé de sueur.

Retenant un rire, je répondis :

— On dirait qu'elle se déshabille.

Jesse s'esclaffa et lança :

— Violet, tu peux m'aider ? Mes vêtements sont trempés et je dois faire pipi.

Je regardai Faolin qui esquissa un sourire narquois et leva les mains.

— Je vais te laisser t'occuper de ça.

Mon regard se reporta sur Jesse et je soupirai. La dernière chose que je devrais faire, c'était l'aider à se déshabiller, mais je ne pouvais pas la laisser dans ses vêtements mouillés. Et je n'allais sûrement pas rester là pendant que Faolin s'en chargeait.

Jesse cessa de gesticuler et leva les yeux vers moi lorsque j'approchai. Je me penchai et la soulevai dans mes bras. Elle laissa échapper un petit couinement. Marchant dans le couloir à grandes enjambées, j'entrai dans les toilettes, plus petites encore que mon placard, et la posai sur ses pieds. Une fois certain qu'elle n'allait pas tomber, j'allai chercher des vêtements secs dans sa chambre.

J'attendis d'entendre la chasse d'eau pour retourner à l'intérieur. Elle était debout, une main contre le mur, et semblait un peu perdue. Mon intention de départ consistait à lui donner ses vêtements et la laisser s'habiller seule. Je sus en un coup d'œil que c'était impossible.

— Tourne-toi, dis-je sèchement, bien déterminé à rester aussi distant que possible.

Je m'attendais à ce qu'elle réplique. Elle me surprit en obéissant à mon ordre. Lorsque je me saisis de l'ourlet de son haut pour le passer par-dessus sa tête, elle leva automatiquement les bras pour me laisser le champ libre.

Je gardai les yeux braqués sur sa nuque jusqu'à ce que ses longs cheveux remontent avec le vêtement, m'offrant une vision de ses épaules nues et de son dos, puis de sa taille fine. La majorité des femmes que j'avais vues nues avaient des courbes délicates et une peau bronzée. Jesse était tonifiée par un entraînement rigoureux et sa peau arborait un teint de porcelaine immaculé, à l'exception d'une pincée de taches de rousseur sur ses épaules. Je ne demandais qu'à suivre le chemin de ses taches de rousseur avec mes doigts, à caresser sa peau douce...

Jesse choisit ce moment pour se tourner légèrement, m'offrant un généreux aperçu d'un sein rond couleur crème. Je déglutis alors que mon corps réagissait, et je finis en toute hâte de lui enlever son haut. Ses bras retombèrent le long de son corps et ses cheveux vinrent couvrir la majeure partie de son dos.

Je serrai la mâchoire, tendant la main vers le t-shirt propre et sec que je lui avais apporté. Décidément, je n'avais pas pris la plus sage des décisions en l'aidant à se changer.

Depuis le matin où j'avais transporté Jesse hors de l'île et l'avais maintenue sur le bateau, j'avais senti quelque chose changer entre nous. Au début, je m'étais dit que c'était de la gratitude, parce qu'elle nous avait prévenus du projet d'attentat contre ma vie. Mais quelques jours plus tard, elle m'avait surpris en serviette, et un éclair de désir m'avait parcouru lorsque ses yeux étaient descendus le long de mon corps. Si elle avait attendu une autre seconde avant de me tourner le dos, elle aurait vu à quel point elle m'affectait par un simple regard.

Je tendis son t-shirt au-dessus de sa tête.

— Haut les mains.

Elle pouffa, un son cristallin qui eut un effet immédiat entre mes jambes.

— Tu m'arrêtes ?

Je lui répondis avec un sourire qu'elle ne pouvait pas voir.

— Non, mais je commence à penser que tu es plus dangereuse qu'il n'y paraît.

Je soulevai ses bras et l'aidai à enfiler le t-shirt, m'assurant de garder les yeux fixés sur le rideau de douche au-dessus de sa tête. Heureusement, elle prit le relais à partir de là et baissa le haut sur sa poitrine.

Impossible que je l'aide à changer son short après cela. Je la contournai pour lui remettre le short de rechange.

— Je vais me tourner pour que tu puisses changer le bas.

Face à la porte, j'essayai de ne pas écouter le bruissement du tissu mouillé glissant sur ses jambes pour atteindre le carrelage dans un bruit lourd. La pièce était exiguë, et l'imaginer aussi près derrière moi, en culotte seulement, n'aidait pas beaucoup à alléger la tension.

— La dernière fois où j'étais aux toilettes avec un garçon, il a essayé de me peloter, dit-elle d'un ton léger.

— Pourquoi est-ce que tu es allée aux toilettes avec un garçon ?

Mon estomac se noua à l'idée qu'elle se soit retrouvée aussi à l'étroit en compagnie d'un adolescent aux hormones à fleur de peau.

Elle pouffa.

— Je ne suis pas allée aux toilettes avec lui. J'étais à une fête et il m'a suivie.

Une nouvelle image, celle d'un garçon trop entreprenant avec elle, me vint à l'esprit et je serrai les poings.

— Il t'a fait du mal ?

Il y eut une courte pause, suivie par un soupir.

— Non. Mais j'ai peut-être réagi de façon excessive. C'est à cause de mon père. C'est lui qui m'a imposé tout cet entraînement d'auto-défense.

Mon respect pour Patrick James redoubla à cet instant. La tension s'évacua de mon corps et je me laissai aller à rire en imaginant Jesse offrir un avant-goût de la raclée qu'elle avait réservée à ses deux agresseurs.

— Qu'est-ce que tu as fait ?

— Disons que le pauvre Félix a marché bizarrement pendant une semaine, répondit-elle, amusée.

Je fis un grand sourire à la porte.

— On dirait qu'il l'a mérité.

— Oui.

Elle poussa un autre soupir.

— Mais après ça, aucun garçon de l'école n'a plus voulu s'approcher de moi, sauf Trey Fowler.

Mon sourire disparut.

— C'est ton copain, Trey ?

— Oh que non. Je ne suis pas désespérée, laissa-t-elle échapper. Ça y est, j'ai fini.

Je me tournai pour voir qu'elle avait une main posée contre le mur pour ne pas tomber. Elle m'adressa un sourire las et ne protesta pas lorsque je la portai jusque dans sa chambre. Je la déposai sur le fauteuil, dans le coin, et lui demandai de rester là pendant que je passais un nouveau gant sous l'eau chaude.

J'aurais dû le lui donner pour qu'elle s'essuie la figure et le cou toute seule, mais mon besoin de prendre soin d'elle l'emportait sur les raisons qui me dissuadaient de la toucher. Même pâle et fatiguée après sa fièvre, elle était si jolie que je ressentis comme un coup à la poitrine. À moins que ce soit la confiance absolue dans ses yeux, alors qu'elle me regardait. Personne ne m'avait jamais regardé de cette façon-là, et cela me faisait désirer des choses que je ne pouvais pas avoir.

— On est ami ? demanda-t-elle tout d'un coup, interrompant mes pensées.

L'amitié n'était pas un mot que j'utiliserais pour qualifier ce que je ressentais en ce moment. Je plaçai mes mains de chaque côté de son corps et croisai son regard interrogateur.

— Tu veux que nous soyons amis, Jesse ?

— Oui.

Elle hocha la tête avec passion.

— Mais ne le dis pas à Violet.

— Tu ne veux pas qu'elle sache que nous sommes amis ?

Violet était sa meilleure amie et sa confidente. Pourquoi est-ce que Jesse ne voudrait pas qu'elle soit au courant de notre amitié ?

Elle agita la main pour me faire comprendre que je faisais fausse route.

— Ce n'est pas ça. Violet pense que je devrais coucher avec toi, parce que... euh, tu sais.

Je compris quelque chose. C'était de notoriété publique que les humains préféraient les faës comme partenaires sexuels, mais je voulais l'entendre le dire.

— Qu'est-ce que je sais ?

Jesse leva les yeux au ciel.

— Que les faës sont de meilleurs amants. Je n'arrête pas de lui dire que ce n'est pas ce qu'elle pense, mais tu ne connais pas ma meilleure amie.

Elle expira.

— Heureusement que je ne lui ai pas dit que j'avais pensé à t'embrasser. Sinon, elle ne lâcherait jamais l'affaire.

Mon pouls s'accéléra et le désir contre lequel je luttais revint au galop.

— Tu as pensé à m'embrasser ?

— J'étais curieuse de savoir à quoi ça ressemblerait, répondit-elle d'un ton neutre, comme si elle ne venait pas d'allumer un brasier au fond de mon ventre.

La seule idée qu'elle l'ait imaginé me fit désirer le goût de ses lèvres. Je ne pouvais pas penser à autre chose.

— Et tu n'es plus curieuse ? lui demandai-je.

Ses yeux plongèrent vers ma bouche, et l'instant d'après, elle attrapa le col de mon t-shirt et m'attira vers elle. Je la suivis volontairement, la laissant me guider alors qu'elle s'avançait à mi-chemin et effleurait mes lèvres. Lorsque sa langue donna un timide petit coup contre ma bouche, je réprimai un grognement, mais rien ne pouvait m'empêcher de prendre ce qu'elle m'offrait.

J'inclinai ma bouche contre la sienne alors que mes doigts s'emmêlaient dans ses cheveux et la serrai contre moi. Ses lèvres s'ouvrirent et je l'embrassai, pris d'un désir que je n'avais jamais ressenti auparavant. Elle répondit en se laissant faire, ce qui menaça de me rendre fou. J'aurais pu l'emmener au lit et elle m'aurait donné tout ce que je lui aurais demandé. J'avais une envie folle de la sentir sous mon corps, autour de moi...

Ce fut cette dernière pensée qui mit fin au besoin primaire qui me consumait. Avec une force de volonté dont je n'étais même pas conscient, je me détachai de ses lèvres.

La honte m'envahit comme une vague de froid alors que je posais mon front sur le sien. Qu'est-ce que je faisais ? Jesse s'était à peine remise d'une fièvre dangereuse et n'était pas en état de penser logiquement, encore moins de donner son consentement. Un seul contact d'elle et j'avais laissé mes envies élémentaires me contrôler comme un adolescent. Elle et moi étions du combustible et du petit bois, il suffisait d'une étincelle pour nous faire prendre feu.

— J'avais raison. Tu es très dangereuse, Jesse James.

— C'est pour ça que tu t'es arrêté ? demanda-t-elle d'une voix vibrante de frustration et de doute.

Je croisai son regard désemparé.

— Je me suis arrêté parce que tu n'es pas toi-même. J'ai fait des choses douteuses dans ma vie, mais abuser d'une femme n'en fait pas partie.

— Mais j'aime la façon dont tu m'embrasses.

Sa bouche forma une adorable moue qui me donna envie de l'embrasser à nouveau.

— Est-ce que tu le referas quand je serai redevenue moi-même ?

Elle ignorait à quel point je voulais accéder à sa demande. Malheureusement, un faë et une humaine ne pouvaient pas avoir d'avenir, et elle méritait tellement plus que ce que je pouvais lui offrir. Je touchai le bout de ses cheveux, ternes à cause de la fièvre au lieu de leur roux vif habituel. La première fois que je les avais vus détachés, ils m'avaient fait penser au *caleach*, qui ressemblait à des flammes à la floraison. C'était un nom approprié pour elle. Cela correspondait à sa passion et à son courage.

— Non, *mi'caleach*, répondis-je tendrement. Mais ce n'est pas parce que je ne le veux pas.

Ma réponse sembla l'apaiser et elle se détendit sur le fauteuil, les yeux fermés et un sourire rêveur aux lèvres. Je me rendis compte à ce moment-là qu'elle ne pourrait même pas s'en souvenir dans quelques heures. C'était sûrement mieux comme ça. Je pourrais m'en souvenir pour nous deux.

Je me levai et me penchai vers elle, la soulevant de nouveau dans mes bras.

— Allons te mettre au lit. Le sommeil t'aidera à récupérer.

Dès que je l'étendis sur son drap, elle se roula en boule.

— Merci d'avoir pris soin de moi. Mais tu n'as jamais répondu à ma question.

— Quelle question ? demandai-je en ramenant la couverture sur ses épaules.

Elle m'adressa un sourire assoupi.

— On est amis ?

L'amitié était la seule chose que je pouvais lui offrir. Je caressai son visage, sachant que ce serait la dernière fois que je la touchais de cette manière.

— Oui. Dors, maintenant.

Jesse ferma les yeux et je restai debout au pied de son lit, à la regarder jusqu'à ce que sa respiration devienne régulière. Endormie, elle semblait si vulnérable que je ne demandais rien de plus que la protéger. Elle avait traversé tant d'épreuves. Pourtant, je savais que demain, elle retournerait chasser, à la recherche de ses parents.

— Comment va-t-elle ? demanda Faolin à voix basse depuis la porte.

— Elle dort.

Je ne le regardai pas. Mes hommes n'intervenaient jamais dans mes relations sociales, surtout avec les femmes, mais quelque chose me disait qu'il savait exactement ce qui s'était passé dans cette chambre entre Jesse et moi.

— On peut partir maintenant, à moins que tu souhaites rester plus longtemps, dit-il.

Avec un dernier regard à la jeune femme sur le lit, je mémorisai son image, les cheveux étalés sur l'oreiller et ses lèvres douces entrouvertes dans le sommeil. Je ne pouvais pas m'autoriser le luxe de la voir de nouveau comme ça, car je ne savais pas si la prochaine fois, je serais capable de renoncer.

— Dors bien, Jesse, murmurai-je avant de tourner les talons, la laissant à ses rêves.

À PROPOS DE L'AUTEURE

Quand elle ne travaille pas en tant que programmeuse informatique, Karen Lynch écrit, lit et fait de la pâtisserie. Née à Terre-Neuve, au Canada, elle vit actuellement à Charlotte, en Caroline du Nord, avec ses chats et ses trois adorables chiens adoptés en refuge : Dax, Des et Daisy.

www.ingramcontent.com/pod-product-compliance
Lightning Source LLC
Chambersburg PA
CBHW020521260626
47156CB00006B/2081